周大新文集

战争传说

ZHAN ZHENG CHUAN SHUO

人民文学出版社

图书在版编目（CIP）数据

战争传说/周大新著. —北京：人民文学出版社，2016
（周大新文集）
ISBN 978-7-02-011491-7

Ⅰ.①战… Ⅱ.①周… Ⅲ.①长篇小说—中国—当代 Ⅳ.①I247.5

中国版本图书馆CIP数据核字（2016）第058273号

选题统筹　付如初
责任编辑　付如初
装帧设计　陶　雷
责任印制　苏文强

出版发行　人民文学出版社
社　　址　北京市朝内大街166号
邮政编码　100705
网　　址　http://www.rw-cn.com

印　　刷　三河市鑫金马印装有限公司
经　　销　全国新华书店等

字　　数　262千字
开　　本　640毫米×960毫米　1/16
印　　张　23.5　插页2
印　　数　3001—5000
版　　次　2016年10月北京第1版
印　　次　2018年4月第2次印刷

书　　号　978-7-02-011491-7
定　　价　33.00元

如有印装质量问题，请与本社图书销售中心调换。电话:010-65233595

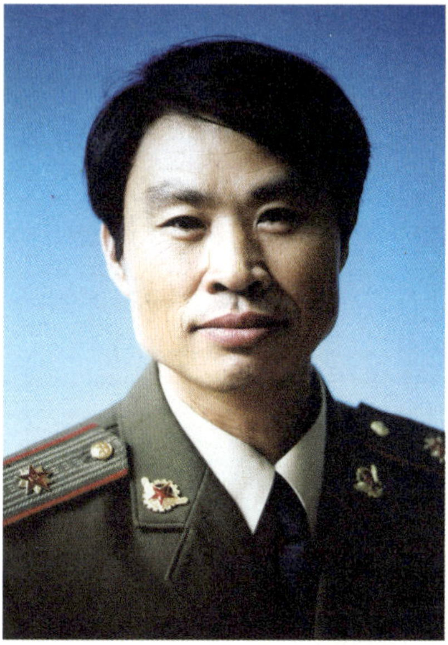

自　序

　　自1979年3月在《济南日报》发表第一篇小说《前方来信》至今,转眼已经36年了。

　　如今回眸看去,才知道1979年的自己是多么地不知天高地厚,以为自己的生活和创作会一帆风顺,以为自己可支配的时间多得无限,以为有无数的幸福就在前边不远处等着自己去取。嗨,到了2015年才知道,上天根本没准备给我发放幸福,他老人家送给我的礼物,除了连串的坎坷和成群的灾难之外,就是允许我写了一堆文字。

　　现在我把这堆文字中的大部分整理出来,放在这套文集里。

　　小说,在文集里占了一大部分。她是我的最爱。还在我很小的时候,就对她产生了爱意。上高小的时候,就开始读小说了;上初中时,读起小说来已经如痴如醉;上高中时,已试着把作文写出小说味；当兵之后，更对她爱得如胶似漆。到了我可以不必再为吃饭、穿衣发愁时，就开始正式学着写小说了。只可惜，几十年忙碌下来，由于雕功一直欠佳，我没能将自己的小说打扮得更美，没能使她在小说之林里显得娇艳动人。我因此对她充满歉意。

散文，是文集的重要组成部分。如果把小说比作我的情人的话，散文就是我的密友。每当我有话想说却又无法在小说里说出来时，我就将其写成散文。我写散文时，就像对着密友聊天，海阔天空，话无边际，自由自在，特别痛快。小说的内容是虚构的，里边的人和事很少是真的。而我的散文，其中所涉的人和事包括抒发的感情都是真的。因其真，就有了一份保存的价值。散文，是比小说还要古老的文体，在这种文体里创新很不容易，我该继续努力。

电影剧本，也在文集里保留了位置。如果再做一个比喻的话，电影剧本是我最喜欢的表弟。我很小就被电影所迷，在乡下有时为看一场电影，我会不辞辛苦地跑上十几里地。学写电影剧本，其实比我学写小说还早，1976年"文革"结束之后，我就开始疯狂地阅读电影剧本和学写电影剧本，只可惜，那年头电影剧本的成活率仅有五千分之一。我失败了。可我一向认为电影剧本的文学性并不低，我们可以把电影剧本当作正式的文学作品来读，我们从中可以收获东西。

我不知道上天允许我再活多长时间。对时间流逝的恐惧，是每个活到我这个年纪的人都可能在心里生出来的。好在美国麻省理工学院的布拉德福德·斯科博士最近提出了一种新理论：时间并不会像水一样流走，时间中的一切都是始终存在的；如果我们俯瞰宇宙，我们看到时间是向着所有方向延伸的，正如我们此刻看到的天空。这给了我安慰。但我真切感受到我的肉体正在日渐枯萎,我能动笔写东西的时间已经十分有限,我得抓紧,争取能再写出些像样的作品,以献给长久以来一直关爱我的众多读者朋友。

感谢人民文学出版社给了我出版这套文集的机会!

感谢为这套文集的编辑出版付出大量心血的付如初女士!

2015 年春于北京

目　录

告白 …………………………………………………… 1
之一 …………………………………………………… 3
之二 …………………………………………………… 6
之三 …………………………………………………… 8
之四 …………………………………………………… 10
之五 …………………………………………………… 12
　昼录 ………………………………………………… 12
　夜录 ………………………………………………… 39
　昼录 ………………………………………………… 81
　夜录 ………………………………………………… 104
　昼录 ………………………………………………… 149
　夜录 ………………………………………………… 186
　昼录 ………………………………………………… 218
　夜录 ………………………………………………… 242
　昼录 ………………………………………………… 256
　夜录 ………………………………………………… 272
　昼录 ………………………………………………… 332
　夜录 ………………………………………………… 349

之六 …………………………………………… 365
附录 …………………………………………… 367

告 白

我着手研究明朝中期的"北京保卫战"时,导师施铭先生给予了支持。施先生说,明朝那场战争是北京作为首都之后发生的大战之一,一个国家如何保卫自己的首都的确值得研究。导师还说,研究战争理论就是要先研究透一场战争,只要把一场战争琢磨透了,很多理论问题也会随之明白,你在我这儿就算毕业了。

有了他的支持,我于是大胆地向1449年走去。

但要研究透一场五六百年前的战争谈何容易。我去了很多地方,查阅了许多史书方志,拜见了不少人,可收集到的有用资料仍很有限。不过令我高兴的是,我在民间听到了不少有关这场战争的口头传说。这些传说内容离奇而有趣,其中有些传说不但篇幅长而且人物、细节兼备,述说的口气也十分逼真,我怀疑它已经过多代识字人和艺人的加工。如果有读者对这些传说感兴趣,可以去读下边我的一些记录。

更出乎我意料的是,我在这次搜求文献资料的过程中,还发现了一本纸张发黄变脆的线装故事抄本,内中记述的是一个瓦剌女子亲身经历这场战争的情景,其中的故事是用第一人称来讲的,甚是曲折生动。我得到这个抄本的地点是在长城外的靳家镇文化站,那儿离北京保卫战的前哨战场——河北怀来的土木堡不远,向我提供这个抄本的是这个文化站的站长——一个四十多岁的中年男子。他告诉我,这故事抄本是一位由河南孟津迁居此镇的老人献出来的。那老人声称他祖上有人在怀来当过官,那抄本是他家先人所留的明朝中期的东西。可据我拿到后对抄本的纸张质地、装订方法、字句使用、表述方式的考证,它应属于20世纪初的东西。此抄本究竟是何人出于何种目的所为,难以说清。我把它也作为一种传说抄记在后——传说之五,供有兴趣者一读。为了方便今人阅读,我在抄记时按当代阅读习惯做了文字上的加工修正,去掉了一些和这场战争关系不大的内容,使用的基本上是当代词语。

这些口头和笔记传说在正史上一无记载,当然没有任何学术上的用处,我记下的目的,只为博读者诸君一笑而已。

对向我提供这些传说的人,我深表谢意。

之 一

　　明朝正统十三年正月初一早上,下了一阵小雪。这不多的一点雪,给节日中的北京城平添了一股喜气,昭示着来年又是一个好年景。吃完早上的那顿饺子,孩子们就开始在铺了一层薄雪的街巷里奔跑嬉闹。这里那里不时有鞭炮炸响,穿红着绿的大姑娘小媳妇们,也不断地把笑声往街上抛撒。城里到处都洋溢着一股喜气。这天早上的北京西直门城楼,因刚下的白雪和前一天奉命挂起的彩旗与灯笼,也容颜顿改,在雄伟中显出了点妩媚。在城楼上担任守卫任务的一帮军士们,料定今天不会有什么大事,一个个神情轻松,站在堞墙后往西直门内的大街上看着热闹,不时地朝街上指指点点。大约当淡白的太阳升到两竿高,年节的喜庆气氛越来越浓时,突然有一声巨响震动了人们的耳朵,那响声是如此之大,以至于把许多人家的水缸都震裂了。那一刻,西直门城楼附近的人都被惊呆在了那儿,大家一齐惊诧着,全用目光在寻找响声的出处。城楼上的军士们以为有了敌情,都急忙扑向外侧的堞墙去看,城外什么都没有,一切和平常没什么两样。大家正诧异这响声的出处,却忽听一个小校在城楼北边几百步的地方叫道:天哪,快来看,这儿的城墙垮了!众人闻声奔过去,跑到时又一齐惊得住了步子,原来,这里好端端的城墙竟一下子垮塌了有十几丈。看见的人都有些变颜失色,不知这是什么变故。当值的一个将军忙令手下飞马去向上边报告。

最先来的大官是兵部的于谦,他纵马赶到一看也大吃一惊,说大约是地动所致,急令军士们清理垮塌下来的城砖,预备将垮掉的这段城墙再垒上。军士们去捡拾那些垮塌下来的城砖时意外地发现,那每块砖上都粘有一张不大的粉色纸片,纸片上画有一种莫明其妙的图案:一支箭镞对着一把大刀,在箭镞和刀尖之间横着一支簪。军士们把粘有这纸片的砖头拿给于谦看,于谦初时以为是城墙垮塌前孩子们玩闹时贴上的,后亲手去捡起其他的砖头看,方知凡垮塌下来的城砖,每一块上都粘有这纸片,他这才也惊怵不已。这时传来了消息,说皇上要亲自来看垮塌的城墙。不大时辰,皇帝朱祁镇的御辇就在御林军士们的护卫下出现在了西直门内的大街上。朱祁镇趋前一看那垮掉的城墙和粘了纸片的城砖,立马就跪下了。他这一跪,来看热闹的军民人等也就一齐跪下了。皇帝起身时命令,立即抬三牛三猪三羊三鸡三鸭来祭典土地爷爷。

大臣们急忙依令而行。

于谦那天拿了一块垮塌下来的城砖回去琢磨,最后得出的结论是:有不满朝政的人使妖术以乱人心。

一月后,垮塌的那段城墙得以修复。这件事也就渐渐被人们忘到了脑后。

第二年十月,瓦剌人也先率兵进攻京城,北京保卫战开始。也先的一支队伍猛攻西直门城楼,而且就在这个垮塌的地方得手,有几十个瓦剌军士由此处登上了城墙与明军的守兵展开肉搏。形势十分危急,如果这个突破口继续变大,城就有被攻破的可能,幸而担任总指挥的于谦及时率援军由德胜门赶到,才又将也先的兵赶下了城墙,使这个突破口得以弥补。

战后,于谦来此处长跪不起……

之 二

  皇帝朱祁镇被瓦剌人俘去之后,朱祁钰即位。就在这朱祁钰做皇帝的景泰年间,有一个冬天的早晨,大同城南善化寺的晨钟刚刚响过,一个用头巾把脸部捂得只剩一双眼睛的女子走进山门,对正在洒扫寺院的小和尚说,她有事要找寺里的住持。那小和尚迟迟疑疑地去三圣殿找到缘和大师通报,正做早课的缘和大师闻报后来到前院,问那女子有何事这么早就来到寺里。那女子低声说出一串话后,缘和大师一阵惊怔。随即便急急将她引进了三圣殿。

  据说此后几天里,那女子除了吃斋饭和就寝之外,一直面对缘和大师流泪讲着什么,那个引她进三圣殿的小和尚则在一旁用笔在抄经文的纸上记着什么。那些天,缘和大师对弟子们交代,不准对外界任何人说起这名女子的到来。这之后,那女子又突然消失了。寺里的其他和尚对这件事很好奇,都想知道那女子说了些什么,但不敢去问住持,就去问那个小和尚。小和尚说,他对天发过誓绝不泄露半句。众和尚并不罢休,仍执意笑着追问,小和尚无奈,只得开口道:那女子说的全是关于北京之战的——话及此处,他的嗓子突然失音,从此后,不论吃什么药,他的失音病一直没有好过。

直到老,他都是一个哑巴和尚。

之 三

　　说是"北京保卫战"爆发之前,那时还是朱祁镇当皇帝,有一个中秋的晚上,皇帝在他的寝宫里拥被读书,这时太监们按照规矩,把当晚侍寝的妃子蓉儿抬了来。因为蓉儿受着皇上的宠爱,她不像别的妃子那样,只裹一条单子赤身径送到床上。蓉儿认为那样太直接,有时反而引不起皇上的兴致。她曾在皇上最高兴的时候向皇上提出请求,让她侍寝时允许她穿上自己喜欢的衣裳,而且太监们只送到寝宫门口,由她自己向床边走来。皇帝破例地允许了她。那蓉儿聪明得很,她是想借她穿衣的本领和由门口向床边走的这点时间,想办法把皇上的欲望挑起来。蓉儿原本就明眸皓齿,双颊红里透白,体形高挑匀称,浑身散发着馨香,加上当晚她上身选穿的是一件卡腰略瘦的水红短衫,两个奶子把短衫一顶,肚脐以下的雪白肌肤就若隐若现起来;她下身选穿的是一条细腿葱绿软缎裤,把臀的丰满和腿的颀长都显了出来。她迈过门槛时，朱祁镇已向她扭过头来，她就满腮含笑地袅娜着向龙床走来，身上顿时便带了千种风情万种魅力。那朱祁镇只看了她一霎，就倏然精神一振来了欲望。只见他哗的一声把手中的书扔到了地上，在抬送蓉儿的太监们尚未关上寝殿大门的情况下，就迫不及待地叫：快呀，我的小蓉儿小亲亲——可那蓉儿不急，照旧用原来的步速向床边走。这时，寝殿的大门已经被从外边关上，蓉儿也已走到床边，朱祁镇急切地伸手想去拉她上床，就在蓉儿弯腰上床的那一刻，朱祁镇忽然发现她的腰后掖着一盘麻绳。朱祁镇大惊，断定蓉儿有害他之心，立时大叫了一声：来人哪——

门外的太监和卫士们闻唤，一齐推门进来。朱祁镇指着蓉儿说：她腰后藏着麻绳，必有害朕之心，还不快把她拿下！众人和那蓉儿闻言都大惊失色，太监们急忙抓住蓉儿去看她的腰后，哪有什么麻绳啊，那蓉儿的腰上连缎带也没束。众人诧异道：皇上，她身上没有麻绳呀！朱祁镇定睛细看，可不，根本没有麻绳。他一时惊诧地呆在那儿，明明看见了麻绳，怎么转眼间就又没了？他扭脸对蓉儿说：你给我说实话，你刚才来时腰里是不是掖着麻绳？那蓉儿流着眼泪摇头道：我掖麻绳干啥？你对我这样好，我难道还会害你不成？太监们那刻已在殿里搜了一遍，没见一截麻绳的影子。众人便都说皇上一定是眼看花了。

朱祁镇挥手让把哭着的蓉儿送走。这天晚上朱祁镇再没有睡着，他百思不得其解。

三年后的夏天，北京保卫战的前哨战——土木堡之战开始，率兵亲征的朱祁镇在身边的将士全被瓦刺军杀死之后，看见一个瓦刺军的小首领手拎一盘麻绳向他走来，他猛地打了个寒噤大叫：麻绳……

9

之 四

　　瓦剌人还没有对明朝动手的正统年间,京北清河附近的一家人新盖了一座楼房,青砖灰瓦木楼板,颇是气派威武。那楼房就坐落在由京城去居庸关的官路旁,楼房盖好的那天,识字不多的主人拿了笔端了墨站在门前,求过往的文人给新房的门额上题一首诗留作纪念。门前过往的行人很多,内中的文人肯定也不会少了,但并没人主动停下为其题诗。一则是这地方离京城不远,题诗的禁忌太多,文人们怕弄不好会惹来麻烦;二则是这家的主人只求题诗未说付润笔费,文人们都不想干这等没有报酬的事儿。眼见得许久无文人停步,那主人就很是沮丧和尴尬,便想进屋作罢。就在这当儿,只见一位白须老者踱过来说:先生若不嫌弃,老夫可以献丑。那主人见状,忙欢喜地递过笔来。老者随即踏上梯子,挥笔就在门额上题了四句:

路旁耸起一新楼，
朝暮倚门看人走。
但见大军北征去，
不听凯歌朝回奏。

那老人题完刚走，一位明军官员骑马路过此处，一见那诗勃然大怒，说这诗分明是对大明军队含有恶意，令新房主人即刻将诗刮掉。可怜那主人没有办法，只得照办。待他拿瓦刀去刮那墨迹时，只见后两句诗中的每一个字突然间都变得血红血红，他刮下的那些和了墨汁的白石灰渣，红得宛如血珠。

目睹的人们惊异不止，大伙儿从未见过这种事情。主人和那些目睹者不知这是什么神示，吓得当即跪地祈祷不已。

第二年夏天，明朝的五十万大军由皇上朱祁镇亲自率领，就经过这家楼房的门口，向北出居庸关朝大同进发，去迎战瓦剌军。不久，震撼全国的土木堡之战爆发，五十万明军主力被瓦剌军全歼，皇帝朱祁镇被俘。

紧接着，北京保卫战开始……

之 五

大清同治七年春天,涿县云居寺塔旁的一座房子进行修缮,一位泥瓦匠无意间在墙头的一个隐秘小洞里发现了一个密封的铜匣,他很惊奇地将其打开,发现内中装了一卷纸,最上边的一张纸上写着:大明景泰年大同府刘小七谨告:这里保存的,是一段不能让本朝人知道的故事。后世若有人发现,烦请交史官处置……当时参与修缮房子的匠人们见状都围了过来,争相去读匣里放着的那一卷发黄变脆的纸。

原来,那卷纸上记录的是一个女人的自述——

昼 录

我的真名叫娜仁高娃。

我尽我所能把事情说得仔细一些,把我记住的都说出来,我的记性还行。

我得从阿台的战死说起,因为那是此后一切事情的起源。没有阿台的死,也许以后的那些事就不可能发生。

阿台是在我十三岁那年春天和他母亲一起迁到我们那片草场上住的。

我们家住在苏特附近离驼道驿路不远的草场上。我们那里人不多,可草场大得无边无际,草场上牧草繁盛,野花遍野,野花中数干枝梅最多。白色的干枝梅花盛开时,香味扑鼻;草丛花丛里边有蜂、有鸟、有兔、有鼠、有沙狐。白天,站到草场上,不仅能看到羊群,看到骑马的牧羊人,看到像飘了棉絮一样云彩的蓝天,还能看到在驿路上赶着驼队行走的汉商,看见汉商们带的女人。到了夜晚,天上的星密得像要被挤下地,低得好似伸手就能抓下几颗。这时站在毡帐前,能看到赶驼客们用牛粪点起的火堆,看见偶尔跑过的狼,看见驮了一男一女跑向远处的马;还能听见歌,听不清歌词只能听清调儿,歌声时高时低,时断时续。

我们一家五口人,父亲、母亲、哥哥、弟弟和我。我们家的日子过得安宁而自在。父亲总是带着哥哥、我和弟弟去草场里放羊,母亲则在家里熬茶、煮肉、炒米、做酒、擀毡。我们出去放羊时总骑三匹马,哥哥和我各骑一匹,父亲带着弟弟骑一匹。当把羊群赶到草场里时,我和哥哥常比赛骑马的本领,看谁跑得快;偶尔,我们也用父亲的弓箭比赛谁的箭法准,看谁能射下天上飞过的灰鹤。父亲最初教弟弟骑马时能把我们笑死,弟弟不止一次地从马背上滚下地,屁股和脸上都沾了泥。他常常委屈地跑到我身边说:姐姐,我不学骑马了。那怎么可以?我总是重又把他放上马背,拍一下马的屁股,让马驮了他再向远处跑去……

阿台来到我们这片草场是在一个和暖的上午。在说到这个上午之前,我得先说说我的一项本领:我能闻见云彩上的一种香味。这话听起来有点离谱,连我父母也不相信,每次我给他们说到这事时他们就笑,母亲总是拍着我的头说:云彩上哪有香味?即使有,怎会就你一个人闻得到?对此我自己也有点惊奇,可我就是能闻到那股香味,那种香味不是普通的花香,有点类似女人用的那种脂粉香。只要我仰头看云,天上又正好有云,倘是其中有一块云向我头顶上靠近,我就能闻到那股类似脂粉的香味。看云是我没事时最喜欢做的事情,仰脸看着天上的云彩或成缕或成絮或成块或成团从头顶上飘过去,我心里总是特别舒坦。母亲告诉说,我从小就喜欢看天上的云彩,小时候我哭闹时,只要一把我抱到毡帐外边,让我的眼睛一看见天上的云彩,我立马就能停了哭声。

那个和暖的上午,父亲、哥哥和我及弟弟一起把羊赶进我们家旁边的草场后,哥哥带着弟弟去练习骑马,父亲开始给几只羊剪毛,没事的我便躺在草上看云。看着看着,我就见有一块云彩向我的头顶飘来,与此同时,我的鼻子便闻见了那股熟悉的类似脂粉的香味。我当时很高兴,就站起了身,张大了鼻孔去闻。也就在这一刻,一阵马蹄声传进了我的耳朵,惊得我从天上收回了目光,就看见一个人骑一匹马牵一匹马赶着十几只羊向我们这边走来。哪里来的客人?我略略有些意外地看着那骑手走近。那人走近时我才看清,他是一个比我年龄大不了多少的面孔陌生的小伙儿。他的背后坐着一位像是有病的老人,显然是他的母亲。他牵着的另一匹马背上驮着搭毡帐的用具。我父亲这时也已从剪羊毛的地方走过来,那人向着父亲施了一礼说:老人家,我叫阿台,我可以在你们这儿搭帐住些日子吗?父亲在将近中午的阳光里朗声笑道:草原是神的,你当然可以住下。

阿台于是下马,又把他的母亲抱下地。我的哥哥这时也跑了过来,和父亲一起帮阿台选搭毡帐的地方,并很快地帮他把毡帐搭了起来。站在一旁的我这时走上前和那老人搭话,我这才知道他们家原来住在另一片草场上,家里的羊群在去年冬天的大雪中几乎全被冻死饿死了,他们只得迁出原来所在的那片不祥的草场,来到了我们这儿。

阿台是在我闻到云彩上那股脂粉香味时来的。这一点我记得很清。

这天的晚饭阿台和他的母亲是在我们家吃的。吃的是手扒肉,阿台肯定是饿极了,吃相有点不太好看,恨不得把手上的肉一口就吞下去,两个嘴角都粘了不少肉渣。我看着看着就想笑出声来,可母亲拍了一下我的手,示意我不能笑并要我给阿台端马奶子酒。阿台的母亲对我们的款待再三表示谢意,可阿台竟一句感激的话也没有。饭后,还是我扶着他的母亲送那老人回他们家毡帐的。两家的毡帐相距只有二百来步。临出他家的毡帐时,我看了他一眼,我注意到他也在看我,他的眼睛并没有因为喝酒而变得浑浊迷蒙,仍是乌亮乌亮,我的心无端地跳了一下。

我们两家的交往由此开始。他母亲经常来我家借用东西,我们家要修理羊圈时,他也过来帮忙。阿台不是一个爱说话的人,加上他母亲有病,无力给他收拾衣物,他的穿戴很不讲究,差不多可以说是有些邋遢。一开始我对他的印象一般,不过是把他当作一个邻居,可后来发生的一件事让我对他刮目相看。那是一个夜晚,沉入酣睡的我们一家突然被一阵狗叫声惊醒,父亲和哥哥闻声急忙提了刀拿了弓箭出去,我也披衣跟了出来。到了帐门外才看清,原来是有几个赶驼的汉人

15

吓得抖抖索索地跪在我们的帐门前哭着说:求朋友帮帮我们,我们驼上的货物被歹人抢了,他们刚刚走,能不能帮我们追回来,追不回来我们回家就会被商号掌柜打死的……父亲刚问清那些歹人的逃跑方向,还没来得及说什么,只听嗖的一声,站在自家门口听着这一切的阿台已飞身上马,箭也似的向那些歹人逃跑的方向追去了。我的哥哥也随后上马去追了,可他因为没能追上阿台不知他的去向又沮丧地返了回来。那些赶驼的汉人和我们一家以及阿台的母亲,都焦急地等着阿台的消息。直到天亮时分,我们才看见阿台满胳膊是血地返了回来,随他回来的还有驮了货物的三匹马。马背上驮的全是汉人们被抢走的东西。那些汉人激动地朝他围了过去。他只说了一句"把东西拿回去吧",没有再听汉人们的感谢话就下马进了自家的毡帐。我父亲看着阿台的后背点头说:好,这是一个瓦剌汉子!父亲随后对我挥手:去,帮他包包伤口。我进了他家的帐子,我看见他已脱光了膀子让他母亲在擦拭那长长的伤口上的血迹,我的心哆嗦了一下。我上前换下了他的母亲,小心地为他擦净了伤口,敷上了药,他的确是一个汉子,在我擦他那肌肉外翻的伤口时,他自始至终没哼叫一声。当我用我自己的干净汗巾替他把伤口包好之后,因为钦佩也因为想给他点安慰,我俯在他受伤的那只肩上轻轻亲了一下。他看了我一眼,我的目光朝他迎了过去,我看见我们的目光相碰之后他的身子轻摇了一下。

　　那天那支汉人的驼队重又起程时,专门又来表示感谢并接受我们两家的祝福。长长的驼队停在我们两家的毡帐前,牵驼的汉人说完感谢的话后,我父亲端了一碗鲜牛奶来,让阿台的母亲和阿台,让我们一家每个人都用中指蘸了一点抹在那些牵驼人的额头上,父亲还轻声唱了祝福之歌:

不要把鼻拘折断,
不要将驼蹄磨穿;
不要让驮子偏斜,
不要把驼峰压弯。
拣好草的地方走,
拣好水的地方住;
吃喝时不要磨蹭,
睡觉时安好驼铃。
遭沙暴不要惊慌;
见狼群保持镇静,
遇歹人拉满弯弓……

就是从这一天起,阿台的身影钻进了我的脑子里,让我不时地想到他。

后来就到了那个中午,那天中午阿台家的一只母羊要用我们家的那头公羊来配种。他们家的羊太少羊群太小了,他和他的母亲迫切地希望他们家的母羊多产羔,因此提出用我们家的那头远近闻名的大公羊来配种。父亲和哥哥去草场放羊没有回来,母亲又在忙着做酒的事,阿台已经拉着他家的母羊到了我家的毡帐前,我只好领着他去了我家的羊圈。他家的母羊和我家的那只公羊亲热时,他突然一把抓住了我的手腕。我在一惊之后红了脸,可我没有挣脱他的手,就让他那样紧紧地抓着。他没有说话,我也没有看他,我只是觉出我的心跳得很快很快,心里莫名其妙地感到了甜。

这个中午过后,有一天当他和我们一起外出放羊时,他又突然提出要和我赛马,我当时一愣,不知他这是想干什么。就在我犹豫的当儿,我父亲在一旁开了腔:赛就赛吧,我不信我的女儿就赛不过你!有了父亲这话,我一抖马缰就向远处跑

17

去,他随后赶了上来。我使出了我的全部本领和他比赛,我听出了我的马蹄生风,身子如同腾空飞着一样,但是忽然之间,我被他一下子从马上抓离了马鞍,我的眼睛一黑,惊叫了一声,我估计我要重重地摔落在地了,可当我睁开眼时,才发现自己正躺在他的怀里。此时,我们早跑出了我父亲和哥哥的视线,他微笑着看定我,而后俯下脸来,在我的额上和嘴上长长地亲了一阵……

从此之后,我们的接触就更频繁了。我们寻找一切可以在一起的机会,我们一起剪羊毛、一起挤羊奶、一起采野菜、一起编马鞭、一起捉雪兔……和他在一起,我就觉得身上畅快心里甜蜜。第二年秋天的一个黄昏,他借帮我饮马的机会小声对我说:他要在半月之后与母亲一起带上哈达、奶酒和糕点去我家求婚。一旦你的父母答应,我要在明年想办法借钱买白马三匹,白骆驼三峰,白绵羊三只做聘礼,把你娶进我家去!我高兴得身子忽悠一下飞上了天,忘记自己是怎样手捂发烫的双颊三步并作两步奔进毡帐的。那一晚我做了许多梦,每一个梦里都响着求婚的歌子:金杯里盛满了清凉的奶酒,放在洁白的哈达上敬献给你,遵照先世预定的婚约,你把宠爱的女儿许给我……

可谁也没有想到,就在几天后的一个正午,也先太师召唤男儿从军的信被人送到了我们两家的毡帐。我的父亲、哥哥和阿台,都必须在接信后第三天的天黑之前到指定的军营集结。父亲二话没说,立刻拿出长刀来擦,哥哥和阿台也马上开始整理他们的弓箭。我有些慌了,我说:阿台,你不能走!阿台还没有开口,父亲就瞪了我一眼道:说什么昏话?阿台怎么能违抗也先大人的指令?我们瓦剌人的救星就是太师也先,他一定能把我们带到福地去,我们无论何时都要听他的话!

再说,哪有瓦剌男儿不从军的?

我被父亲训愣在了那儿。

那时我还不知道也先是谁,不知道他长的什么模样,更不知道我一个普通瓦剌人的女儿,还要和他这样的高官发生联系,没想到自己的生活还会和他纠结在一起。

父亲、哥哥和阿台是在第三天的午后走的。那天的午饭说好两家人在一起吃,就在我母亲和阿台母亲一同在我家毡帐里准备午饭的时候,我出门示意阿台和我一起骑马到远处走走。我们的马一同奔上那座平缓的山顶,他先下马,然后走过来抱我下马,我趁这机会搂紧了他的脖子,把两条腿缠紧在他身上。他开始亲我,并在我的耳边小声说:我去从军,不知什么时候能回来,我回来之前,你不会跟了别的男人走吧?我没有说话,我只是哧啦一声撕开他的袍子,然后把右手的食指咬出血,在他赤裸的胸口上用手指上的血画了一颗红红的心。他笑了,边笑边把我放平到草地上,将手伸进我的袍子里,两只眼一眨一眨地直看着我,我被他看酥了身子,看花了眼睛。我犹犹豫豫地解开了我的袍子。我瞥见他的眼惊喜地瞪大了,正午的太阳照着我的身子,暖暖的,四周很静,两匹马这时也停止了嚼草,先是吃惊地看着我,随后扭过了头去。他贪婪地亲着我的身子,亲着我身上的每一个角落,甚至把我的脚指头都一个一个地噙进了嘴里。我先是觉着山顶在向下陷去,随后又感到在升高,以为天上的云彩离我越来越近。我这时看见他猛地抽出了腰刀,一下子就把他自己右手的食指割破了,然后把滴血的手指在我的两个奶头上各滴了三滴血,那些温热的血滴使我的身子不由得一悚。他轻声说:我用血浇了它们,它们应该属于我了!说罢,他便开始去脱他的衣服。我没有说话,先是睁眼看了一下天上那些无声飘移的云块,随后就把眼睛闭了。我听见了他的喘息,感觉到他已向我俯下了身子。我的心已飘然上提,我已做好了迎接一切的准备。未料就在这时,哥哥的喊声突然像石头一样向我们飞来:阿台、高娃,吃饭了!伴着这喊声的,是很快临近了的马蹄响。我和阿台顿时一惊,我们几乎同时伸手去抓过了自己的袍子。我刚刚把袍子披在身上,哥哥的马已飞奔上了山坡:快,吃饭了!哥哥叫了一声,叫过之后便狐疑地看着正在系着袍带的阿台。阿台没有再说什么,只是跨上马飞快地跑了……

我是带着一点失望和怅惘的心境回家的。我那时还不知道,正是哥哥的突然出现,正是因为这一事件的中断,才使我后来的故事得以发生,才使我很深很深地卷入了一场战争。

那天父亲和哥哥、阿台走时,太阳已经偏过头顶很久了。我与母亲、弟弟还有阿台的母亲站在那儿为他们送行,阿台临上马时扭头看了我一眼,碍着父母的面,我也只是回看了他一眼。我们没有说话,我当时以为我和他此后还会有很多机会在一起说话,我根本没想到等待我俩的会是另外一种结局。

那个结局的到来是在一个黄昏!

我记得很清,在那个该诅咒的黄昏里,我正与弟弟在毡帐门口给一只母羊喂催奶的药水,忽然听见家里养的那条名叫银狐的牧羊狗尖叫一声向远处奔去。我当时没有在意,片刻后,那银狐又箭一样奔来咬着我的袍角叫着,我挺惊奇:银狐是怎么了?弟弟抬脚就朝它踢了一下,可它还是在那儿叫。母亲闻声出来一看也很奇怪,说:银狐是听到什么了?母亲的话音尚未落地,一阵马蹄声就由远处响过来,弟弟先喊了一声:快看!我和母亲刚抬起头,就见有一小队兵马正在暮色里向我们这边疾奔过来。八成是咱们瓦剌人的军士。我正猜想着,弟弟却已欢呼了一声:是哥哥——跟着就奔跑着迎了上去。我这才看明白,跑在这支小小队伍前边的,果然是哥哥,他的身后跟着父亲。我急忙去队伍后边寻找阿台的身影,可是没有,后边的人全是我不认识的瓦剌军士,只是有一匹马上没有骑手,马背上驮着一个长长的布袋。我惊疑的那刻,哥哥他们已在离我们家的毡帐几十步的地方勒马停下,弟弟、母亲和闻声出来的阿台的母亲这时都跑了过去。我还站在原处想着阿台为何不和父亲、哥哥他们一起回来。这当儿,猛然就听见了阿台母亲尖厉的哭声。我一惊,原本拿在手中喂母羊的药罐一下子落地摔碎,只觉得有一只手突然攥住了我的心,我本能地知道出事了。我丢下那只催奶的母羊向他们跑去,跑到哥哥身边时,那些军士已从那匹没有骑手的马上卸下了那个长长的布袋,并从布袋里抬出了浑身是血肢离头碎的阿台。我几乎认不出他了,他的脖子只差一点就被砍断了,他脸上蒙着白布,两只手夅煞着,一股浓浓的血腥味直冲我的鼻孔。

……是明朝的军队伏击了我们……是那些明军的兵……我在阿台母亲和我母亲的哭声中听清了父亲的断续述说。那一刻,我忘记了哭,我向阿台扑了过去,阿台的身子已经冰冷冰冷,我听见自己的上下牙齿磕碰起来,随后就觉得天旋地转,身子软软地向地上倒去……

我醒过来时天已经完全黑透,我发现自己已在自家的毡帐里,正躺在母亲的怀中。他在哪儿？我声音微弱地问。母亲知道我问的是谁,她叹了口气,轻声说：已经送他走了。我猛地起身想站起来,可刚动了一下身子,就又晕了过去……

对明军的仇恨就是在此时钻进了我的胸腔的,决心也是在这时下定的：我一定要为阿台报仇！我一定要亲手杀死几个明军士兵！大明朝廷,我和你们不共戴天！阿台,我一定要为你把恨雪了……

21

那时,我想到的报仇方式就是骑马背箭提刀,找个机会杀进明军的营中,我根本没想别的,我也想不到还有别的报仇方式。自然也没想到那场选美。

也先选美的消息,是在这个黄昏过后没有多久传来的。

也先那时是我们瓦剌人的太师,几乎所有的瓦剌人都知道他的名字。他的举动在草原上一向很受关注。

在我们瓦剌人生活的草原上,除了骏马、羊群外,一点特别让人自豪,那就是我们的姑娘长得都很漂亮。

很小时就听说也先的身边美女成堆。在他的太师府里,他到前帐议事时,有美女奉茶;他到中帐宴饮时,有美女献舞;他到后帐休息时,有美女侍寝。

不知他为何还要选美。他要再一次选美的消息像风一样地在草原上刮着,人们传着这次选美和以往有很大不同,第一是范围限制得很奇怪:所有参选者必须是出身于和大明朝廷有仇恨的家庭,其家庭成员中有被明朝军队杀过或伤过的;第二是标准很古怪:所有参选者都须是懂一些汉话和汉俗的;第三是岁数限制得极其严格:只允许十五至十八岁的姑娘参选;第四是最后入选的美女人数很少,只有一个;第五是选的方法很奇特:不再是按部落推荐,而是按一张画像来选,凡和画像上的姑娘面貌相像的,都进入初选,而后由也先太师亲自从中选定一个和画像上的姑娘最相像的女子。

消息传开后,起初人们都以为也先这是在为自己选女人,议论纷纷。不过很快又有人提出了怀疑:他若为自己选女人何必要按画像来选?难道哪个女人中自己的意他还不知道吗?而且那女人为何一定要懂些汉语和汉俗?

我是从哥哥那里知道这消息的,起初这消息从我的左耳朵进去,又很快从右耳朵溜了。我根本没有放在心里。我那时心里塞的全是阿台的影像,是他离家之前我和他在一起的那些场景。这消息后来所以令我的心动起来,是因为哥哥说出的一个判断。哥哥说,这次选美也许和报仇有关,要不然条件不会这样奇怪,很可能是为了对大明朝廷干点什么……我记得我听了这话身子一个激灵,立时想既是如此我就应该去试试,我要抓住这个机会去为阿台报仇。即使也先选女人不是为了向大明朝廷报仇,是为了他自己,可只要我入选当了他的女人或到了他身边,我要做的头一件事,就是说服他发兵攻打明朝的军队为我的阿台报仇!最好是能允许我亲自随军队出征,让我亲手杀死一个明朝的士兵,为阿台把仇报了,好让他在地下瞑目安息。

就是为了这个目的,我提出参加这次选美。我暗自衡量了一下自己的条件,觉得有三条标准我是符合的:第一,我和明军有仇;第二,我就要满十六岁了;第三,我因为频繁和经商驼队的汉人们打交道而颇懂汉话和汉俗。

可母亲不愿意,母亲说:我知道你的心意,可阿台已经死了,一个女孩子家,要紧的是先找个自己中意的男人嫁了。

但我一旦动了心就不愿放弃,我坚持让哥哥送我去参加选美。父亲和母亲没有办法,他们都知道我的脾气,只好默许。我猜想,他们之所以能默许,也是认为我不可能就正好被选上。

我没想到选美进行得那样顺利。我见了到我们部落选美的人,那些人看了一阵我又看了一阵他们带来的画像,就点点头说:好,你初选合格了。我看了看他们带来的那幅画像,我长得还真和那画像上的女人有点相像。

那是一个阳光温和的上午,我和另外八名被初选上的姑娘一起被领进了一个帐子,让一位老女人仔细地摸了一遍下身,然后穿上衣服在太师也先的大帐前站成一排。也先缓步走出来仔细地相看,边看边和手中拿着的那张画像相对照。这是我第一次看见也先,他长得一点也不让人喜欢,他真的值得我信任?他会为了我去向明朝发兵报仇?说实话,我当时心里已有点动摇,有点后悔参加了这次选美,可那刻已不可能再退出了。我们九个姑娘都是在草原上长大的,岁数差不多的样子,一个个胸丰臀凸。因为是按一个标准选出来的,我们看上去就像是姐妹。她们八个姑娘都面带羞意,在也先审视和挑剔的目光里相继低下头去,只有我仍昂首看着他。也先在我们九人面前来回走了三趟,最后在我身前停下了步子。他又仔细地对着手上的画像看了一阵,而后招手让站在一边的一个随从过来,说:帖哈,你再看看,这姑娘和那人长得像不像?我没想到这个帖哈竟是当初随我父亲和哥哥送阿台遗体去阿台家的那个军士头目。那一刻我说不清心里怀着什么希望,既希望帖哈会摇一摇头让我走掉,又希望他点一点头让我留下。就在这种互相矛盾的等待中,我听见帖哈指着我说:很像。也先于是对我说:就是你了!言罢,挥手让其他姑娘们散去,让我跟着他向他的大帐走。

我开始慌起来了。

那一瞬,眼见女伴们纷纷跑回到她们父母身边,我也真想变个鸟儿飞回到自己家里。在临进大帐门时,我又回望了一眼站在远处的哥哥。我不该来呀,哥哥,我该听母亲的话呀……

走进大帐,也先抹去了脸上原有的那层威严,和颜悦色地问我:叫什么名字?

娜仁高娃。我低了头搓着袍子的一角。

今年多大？

十五岁零十一个月。

家里都有什么人？

父亲、母亲、哥哥和弟弟。

你们家有人被明朝军队所杀所伤吗？

有，我想嫁的男人阿台被他们杀死了。

他似乎是怔了一下，随后目光一下子变得严厉了：说实话，你和那男人睡过觉吗？

想睡的，但没来得及。我被他问得有些生气，头抬了起来。我的倔脾气有点上来了。

噢，是这样。他笑了一下，随后转过头对帖哈说：你让总管送给娜仁高娃家三匹飞龙马，一群百头的羊，外加银子五十两。

帖哈点头答：明白。

从今天起，也先又对我说：你除了跟帖哈学一些东西之外，不能再见别的人，包括你的家人，更不能见别的男人。而且要给你改个名字，叫尹杏。

尹杏？我瞪大了眼睛：为什么改名？

以后记着不要问我为什么，只记着怎么做就行。

我不敢再说话，也先的眼神令我害怕。

你对帖哈必须完全服从，他要你学什么，你必须学会什么，不能有任何违抗，否则，他有权惩罚你，惩罚的手段可以是任何一种，包括砍头！

我打了个寒战。

我可是自找倒霉了。母亲，我应该听你的话的！

我是当天就骑马和帖哈去了远离太师府也远离人群的一

座毡帐的。跟我们同去的还有三个带箭、带刀的军士,他们负责保护我们,不过他们并不和我们住在一处,他们的毡帐离我们住的地方有半里之远。我们的住处四周再无他人,无马也无羊群。我们来时骑的那两匹马,也被住在半里外另一座毡帐里的三个军士收走了,他们按时给我们送来吃喝用物。

我不明白这是要干什么。可我已明白,我被也先选来不是要做他自己的女人。

也可能真的是为了向明军报仇。我有一点高兴。

帖哈长得还算耐看,年岁和我父亲差不太多。刚到的那天傍晚,帖哈说:高娃,我和你父亲相识,我和他的年岁也相仿,从今天起,你就把我看成你的父亲。我未置可否,我和他刚认识,心里对他还充满了警惕,我担心他会在这个远离他人的地方无故地欺负我。尤其是到了夜晚,我害怕他会突然钻进我的被窝里,因为两个人就睡在一个毡帐里,铺盖与铺盖相错不过几步远。但后来我发现,帖哈在这方面很老实,像一个长辈人的样子。

帖哈告诉我,我一开始要学好的是汉人的语言。我点头表示愿意。我说我其实已经会说汉话,而且也认识许多汉字;这是因为我家的毡帐离那条驼道驿路很近,经常有赶驼的汉人和汉人信使从我家门前过,我和他们常接触;有时,一些赶驼的汉人就宿在我们家里,所以我对汉话和汉字产生了兴趣。他摇摇头说:你现在懂的这点汉话和汉字,与我们需要你懂的内容还相差很远,你必须下力气学习。

我点头说:行。

帖哈的汉话说得十分流利,读汉人的书读得很快。他换上了汉服之后,看上去完全是一个汉人。我问他从哪里学来的这本领,他摇摇头说:不要问。

他教我教得十分耐心,我们一边学说一边学写,两个人教与学时的样子完全像一对父女。在学汉语的同时,帖哈让我穿上了汉人的衣服;并让我学着做和吃汉人的饭菜,还给我讲解汉人的风俗习惯。我当时十分惊奇,说:你这是不是要把我变成一个汉人?帖哈一本正经地回答:你猜得很对,我就是要你变成一个地道的汉家姑娘。我越加惊奇:把我变成一个汉家姑娘干什么?帖哈说:这个以后再讲。

在学说话和识字累了的时候,帖哈还教我拿针缝汉人的衣裳,教我唱汉人的歌曲,教我像汉人姑娘那样走路、打招呼、盘头发,教我用皂角洗衣服、洗身子,教我像汉人那样鞠躬施礼。

我有一分聪明,加上有兴趣,学这些东西一点也不觉得吃力。唯一让我感到难受的是吃不上我习惯吃的草原上的东西,比如羊肉、奶茶、奶豆腐、酥油、白油、奶皮、奶酪、炒米,更不让我喝马奶子酒。有一天,我实在馋得不行,就含着眼泪向帖哈要求吃一顿手扒羊肉。帖哈想了一阵,说:吃顿羊肉可以,但不能按我们的吃法去吃手扒羊肉,要按汉人的吃法把羊肉切成小块放进锅里加上菜去炒。我觉得那种吃法实在不痛快,不过也不敢再提更多的要求,只得照汉人的吃法吃了一顿羊肉。

帖哈看来预先做了教我的计划,我说的话由易而难,我读的书由浅而深,我做的事由简而繁。大约有半年工夫,我已被训练得很像一个汉族姑娘了。这时,帖哈告诉我,我们下边开始第二步的学习,识图。我惊奇地看着帖哈从身上抽出一块布摊开在地上,那块布上画了很多莫名其妙的符号,涂了几种颜色。帖哈耐心地告诉我图上的符号各代表什么,让我一一牢记在心里;告诉我哪里代表南哪里代表北;告诉我哪里是北京哪里是长城;告诉我要记清辽东、山海关、蓟州、宣府、大同、太原、偏头、榆林、延绥、宁夏、甘州、固原这些地名……

到了这一步,我越加断定我被选出来是为了向明军报仇。

这么说我当初的选择是对的。阿台,你等着吧,我会把你的恨替你雪了。

我学东西的兴趣更浓,劲头更足了。

我用我的毅力,将帖哈教给我的都一一记在心里。没用多少天,我已可以按帖哈的要求快而准确地在图上找到一个地方。到后来,我还能按帖哈的要求,在另外的白纸上,画出一个地域的图形来。我的成绩令帖哈非常高兴,那是一个黄昏,帖哈说:高娃,我允许你提一个要求。我听了很欢喜,说:那就让我在月光下跳跳舞吧。帖哈摇摇头,叹口气道:抱歉得很,这个要求我不能答应,因为你现在是一个汉人,汉人的姑娘不敢随便跳舞,她们的父母通常都要求她们低眉敛目举止稳重。你要从此把这个爱跳舞的习惯改掉,它是可能暴露你身份的一种举动。我听罢嘴噘了起来,满脸沮丧地坐到了地上。也是在这个时候,我开始想家,开始想父亲、母亲、哥哥和弟弟,我向帖哈提出回家看看。帖哈说,死了这条心吧,在也先太师交我们办的事情尚未办成之前,根本不可能放你回家!

第三步的学习是听帖哈讲过去朝代的事情。我坐在那儿,静静地听帖哈讲唐高祖李渊怎样在长安称帝;讲宋太祖怎样建都开封;讲高宗赵构怎样南逃;讲耶律氏的辽国;讲完颜氏的金国;讲铁木真当年怎样兼并漠北各部后,在斡难河之源建国,被称为成吉思汗;讲忽必烈即帝位后怎样建元纪岁,怎样把开平城升为上都,怎样把燕京先定为中都后升为大都,怎样采纳汉人文臣的建议,建国号为大元;讲忽必烈以后的成宗、武宗、仁宗、英宗、泰定帝、文宗和顺帝的功业;讲朱元璋怎样反叛怎样在应天府称帝建立明朝;讲朱元璋的兵怎样与元朝的兵开战怎样杀人无数……把我听得一会儿清楚一会儿糊涂,一会儿激情澎湃一会儿伤心欲绝一会儿义愤填膺。身为普通人家的女儿,我原本对过去的大事一无所知,我早先的愿望不过是嫁给阿台,和他一起生一群儿子和女儿,在草原上过平安的生活;帖哈的这一番讲授,撩拨得我的心里有了一种要做点什么大事的冲动。

第四步是学习用拳和使用短刀。帖哈说,我们日后所在的环境,既不能使用弓箭也不能使用大刀,能用的只是自己的拳头和短刀,而且不到万不得已不准使用。他先向我做了用拳的示范。他把一块挺厚的木板竖在帐壁前,"嗖"的一声出拳生生将那木板捣烂,这让我吓了一跳,没想到平日看上去挺温和的一个人还有这等本领。接下来他让我看了一眼他别在腰中的一把很短的刀,然后指了一下十几步之外刚从洞里钻出来的一只地老鼠,说了一声:看!那"看"字尚未落地,我还没看清他的手是怎样动的,那只鼠已经无声地倒下在那儿伸腿了。

嘀!我惊叫着。

从今天起,你就在它身上练!他边说边从毡帐里抱出一个装了干草的布袋,在上边用笔画了一个人头和一个胸脯。你要把他看作是杀了阿台的人!

一提到阿台,我的怒气和劲头就来了。我按着帖哈教的打法,一拳一刀地练了起来。大约有二十天时间,我每天要干的事情就是这个。后来的一天上午,帖哈穿了一身厚衣服站在我的面前说:来,试试你的拳头。我暗暗提足了气,"嗖"地出拳向他胸上捣去,尽管他急忙抬手来挡,可还是中了我的拳,他吸一口冷气连连退了几步,说:行,有一股子狠劲。他随后又去不远的草丛里捉来一只老鼠,说:我将它放走时,你可以对它动刀!说罢就丢了那老鼠,老鼠抬腿就想逃,但我的短刀这时已飞了出去,老鼠立时被刀扎死在地。帖哈这时笑着说:行,基本的防身本领你已经有了!

接下来就到了一个夜晚,这个夜晚刚开始帖哈就告诉我:太师派人来说,明天你父亲和几个人去大同换货返回时路过此地,太师允许他顺路来看望你。我听了好高兴。我自从入选后就再也没见过父亲。那天晚上我基本上没有睡熟,我不停地看见父亲骑在马上向我奔来;不停地听见父亲的笑声。我懂事以后,知道父亲常去南边与汉人换货,十来岁时我还跟父亲去过一次,我知道换货是怎么回事——每过几个月,父亲总要和一帮朋友一起,带上自家养的几匹马或一群羊,或去张家口或去大同,从那里的汉人手上换回我们瓦剌人过日子必需的布匹和锅碗瓢盆以及白面、盐巴及其他日常用品,还有打猎用的火药。我躺在那儿暗暗祝福父亲这次换货顺利,能换来更多的东西。天还不亮我就起了床,帖哈那天允许我脱下汉人的衣服换上我喜欢的瓦剌袍子,我在晨风里殷切地搓着袍角向大同的方向看着、盼着。帖哈那天起床后也很高兴,满脸带笑地在毡帐里准备着早饭。早饭做好后他喊我进去吃饭,我说:你先吃,我待他们来后和他们一起吃。帖哈听后把饭碗端出来递到我的手上,说:你就站在这儿吃吧。我那阵子摆手:我一定要待他们来了再吃。帖哈在把饭碗往回端时笑道:好,我也不吃了,咱们等你父亲来了一起吃。唉,我也有点想我的孩子了。我同情地看他一眼,帖哈曾经告诉过我,他有妻子和一个儿子、一个女儿,他也常想回家看看。

远远地看见四五个骑马的人向这里奔来,我估计是父亲他们,就忙不迭地喊帖哈出来快看,帖哈和我站在一起,看着那几个人飞快地驰近。近了,近了,我看见前两匹马上坐的是我们瓦剌军士,第三匹马上坐的是父亲,可他的身后怎么还坐着一个人?那人的手还在扶着父亲。出什么事了?我紧走几步迎上前,我的双眼一下子瞪大,天哪,父亲浑身是血。怎么了?我扑上前由马上去接父亲,我的手在触到父亲时才知道,父亲的身子已是凉的。

怎么回事?我在呆愣中听见了帖哈的惊问。

他们……一个瓦剌士兵在解释……

我使出全身的力气把父亲抱在怀里,我看见他的两眼睁得很大很大。

……在换货时不小心碰上了大明朝的一伙兵,对方可能是要检查,结果打了起来,我们赶去时已经晚了……

我没能听完,就和父亲的遗体一起倒了……

我是被帖哈救醒的,醒来时帖哈还在掐着我上唇上的穴位,这时已近中午。我这才"哇"一声哭了出来。我哭了许久许久,直到嗓音嘶哑哭不出声时,帖哈方轻声说:他们已把你父亲的遗体送回你家,太师已传令厚葬你的父亲,你母亲、哥哥和弟弟会看着他们把后事办好。这是明朝皇帝和大明军队欠下我们瓦剌人的又一笔命债,明军砍了你父亲十一刀,你要是一个有血性的孩子,就应该记住这杀父之仇!他们杀我们瓦剌人杀得太多,我们早晚有一天要让他们全部还清!

帖哈那天傍晚拿出一块布来,他把那块布摊开时我才看清,那原来是在我后晌躺那儿歇息时他自己动手画的一幅画,上边画着两个浑身流血的人。帖哈指着画中一个半装在袋子里的人说:高娃,这是你的阿台!又指着另一个歪倒在马背上的人说:高娃,这是你的父亲!我画这幅画的目的,是想让你记住,你的两个亲人都是被大明朝的军队杀死的,你不能忘了这深仇大恨!

  我望着那幅画,只觉得浑身的血直向脑门涌来,我身子一挺站起来咬了牙说:我原本就要找明朝军队报仇的!旧仇还没有报,又添了这杀父新仇,这两仇不报我誓不为人!帖哈点头:对,报仇!可杀一个两个汉兵并不能解恨,要紧的是要把明朝的军队灭掉!我说:我现在就要去找他们算账!说着,"嗖"一下从帖哈的腰里拔出他那把防身腰刀。帖哈急忙按住我的手说:用刀去报仇,历来是莽汉的做法,我就算给你一匹马一张弓一把刀,你能杀死几个明军士兵?要紧的是要用脑子用计谋!我瞪圆了眼睛问:你快说可用什么计谋?帖哈低了声道:你我现在做的,其实就是我们瓦剌人报仇计谋的一部分。

  是吗?我没有太吃惊,他的话证实了我过去的判断。

  我所以教你学这些汉话识这些汉字读这些汉书懂这些汉俗,教你识图和防身的本领,就是为了以后能顺利进到汉人之间,把大明朝欠我们的仇报了。

  能行?我觉出自己的心在猛烈地跳动。

  当然能行。不过,要想成功地把仇报了,除了以上学过的那些,还要学会一项本领!

  快说!我催着。

  我说出来害怕把你吓住!

  怎么可能?我恼了:你见我怕过什么东西?

  真的不怕?!

  当然!

  那么好,我们现在就开始学这项本领,你把衣服全脱了!

  什么?我惊骇地后退了一步:你可是说过,我应该把你看成自己的父亲!

我们这是在学报仇的本领。

我……

看看,我就说你会害怕的。

我的声音低了许多:学报仇的本领脱衣服干什么?

学这项本领就需要脱去衣服。

你能不能说得明白点?我不懂!

我们要彻底把仇报了,必须去利用一个身份十分重要的男人,而那个男人只有你才有可能去接近他,你接近他并使他不怀疑你的唯一办法,就是利用你的身体!

我没有说话,可我明白了他的意思,我低下了头。原来是这样!是用这个法子去报仇?

明白了?

我没有说话,只把头点点。为什么不派兵去和大明军队决一死战?怎会想出这个法子?难道这个法子最好?!我慢腾腾地开口问:我去了就能行吗?

当然。帖哈答得很肯定。

你能断定那个男人会让我去接近他?

前提是你必须把我教给你的东西全学会。

学脱衣服?

这是其中的一步。

脱衣服不用学习,我将来去到他身边时把衣服脱了就行。

帖哈摇头:他不是一个普通的男人,有些本领你必须学会,否则,他一旦不喜欢或看出破绽,很快就会把你赶走甚至杀掉你,我们根本无法利用他。

我迟疑了一下,慢慢抬手去解衣服的扣子。

帖哈从一个袋子里摸出了六根蜡烛,把它们一根一根点亮插好。在明亮的烛光下,我有些羞赧地把身上所有的衣服都脱了下来。

帖哈说:记住,那个人喜欢在他的睡房里点六根蜡烛,他愿意在很亮的烛光里看女人脱衣服,你脱时害羞可以,但不能表现出任何不愿意。

我再次点头。我注意到帖哈说话时两眼并不看我的裸体,这让我有些惊奇。

在他招手要你向他身边走时,你要先走到那些蜡烛前将它们一一吹灭,而后绕到他的背后走上前。帖哈交代。

为什么?

不要问为什么。当他让你在他的身子背后坐定时,你要主动伸手帮他脱去身上的衣服,但记住,不要帮他去脱裤子,裤子他会自己去脱。现在我们试着做一遍。

我满脸惊疑地先上前吹灭了那些蜡烛,而后绕到帖哈的背后走到了他的身后坐下,开始伸手帮帖哈脱去上衣。在帖哈去脱裤子时,我猛地生了恐惧:他不是要用这个办法来达到和我睡觉的目的吧?但是没有,帖哈脱去裤子后仍一动不动地坐在那儿。

接下来你要主动把手放到他的身上,慢慢地触摸,可是要记住,一定不要去触摸他的小肚子和小肚子以下的部位。现在你来做一遍。

我满怀不安地把手放到帖哈的身上,轻轻地触摸着。我原以为帖哈在我的触摸下身子会有什么动静,因为这毕竟是一个姑娘在触摸他,可是没有,帖哈仍一动不动地坐着,像是一个石头人。

如果他在你的触摸下出气有些变粗,或者伸手要去对你做什么,那你就算成功了,接下来他要做什么你任他做就是了。可如果你触摸了一遍他仍无动于衷地坐在那儿,你就要改用舌头。

我慌了:舌头?

用舌头舔他的后背,从他的脖子后边开始舔起,一点一点舔下去,如果舔到尾骨那儿他没有反对的表示,你也可以把他的身子放倒,先使他侧躺在那儿,然后使他趴下,你在他的身上继续舔,一直舔到他的脚后跟。

我叫了一声:我不!

帖哈不动声色地说:我们这是为了获取他的好感和信任,是为了报仇!我们侍候他的目的是为了将来杀掉他,来,做一遍试试。

他究竟是什么人?我再一次忍不住问。

会有你明白的一天。

我停了一霎,才又俯首在帖哈的后背上伸出了柔软的舌头。

帖哈这时又说:按通常的情况,他这时就会对你做点什么,不管他对你做了什么,都是我们的成功。可如果他仍然不对你做什么,你就可以轻轻地咬他。

咬他?

轻轻地咬,咬他的两只耳朵,咬他后背上的肌肉,咬他的腿肚,总之,一定要让他高兴起来,让他对你动手做点什么……

类似的学习又接连进行了许多次。直到我在做那些事情时不再着慌怕羞,直到我做得十分随意,帖哈才说,行了,不必再练了。令我意外的是,在我和帖哈这么多次赤身裸体的接触中,帖哈竟然一次也没有动和我睡觉的念头。就好像他也是个女人,一点也没有坏心思。在帖哈宣布不再练了的那个晚上,我一边弯腰去穿衣服一边笑着说:帖哈老师,我在你身边的感觉就好像当初在我妈妈身边一样,没有丝毫的害怕和担心,你有点像一个女人。帖哈听罢这话脸色一变,"呼"一下伸出手将我拉到了怀里,眼中喷出了吓人的火光。我吓得低叫了一声。听着,高娃,我是一个男人,你不能侮辱我,我对你很好,我们是在办一件带有生命危险的事情,我们必须相互尊重!在我的内心里,我把你看成我的女儿;在你的心里,你要把我看成你的父亲!

我吓得不敢再说别的,挣出身子去穿了衣服。

就在这件事过去的第三天早上,帖哈对我说:该让你学的你都已经学过,今天后响太师来做完检查,我们就要上路了。

我问:上路去哪里?

到时候跟着我走就是了。

这个上午帖哈没再安排任何事情,闲下来的我第一次有时间坐在毡帐外去细看天上的云彩,一片片白云像被驱赶的羊群一样地从头顶跑过去,又渐渐散落在湛蓝的天边。有一块颜色稍暗的云慢慢移来头顶,我正在琢磨它像什么形状,忽然之间鼻子里就闻见了那股我曾闻过的近似脂粉的香味,那香味越来越浓,就好像有一个抹了脂粉的人在向我一点一点走近。我忙把帖哈喊出毡帐,我说你闻没闻见什么味道?他耸耸鼻子说:没有呀!再闻再闻!我不信这么大的香味他就不能闻到,可他依然摇头说:我没闻见什么反常的味道。齉鼻子!我不再理他,仍旧仰头去看天上,我盯着那块颜色稍暗的云,看来那香味就是这块云带来的,哦,我又闻见了云彩上的香味……

那天的黄昏时分,太师也先在一队人马的护卫下向我们所住的毡帐奔来,不过,他的随行人员都在半里之外那座军士们住的毡帐前下马停步,陪他来见我和帖哈的,只有那三个平日保护我和帖哈的军士与一个老妇人。帖哈和我都一身汉人打扮迎到门口,帖哈高叫:山西朔州小民尹二栓和女儿尹杏拜见太师大人! 也先笑着问帖哈:该做的都做了? 帖哈点头。也先说:好,我只检查一样。说罢朝随他来的那位老妇人一摆手,老妇人就上前拉了我的手向毡帐里进。进了帐内,老妇人说:把裤子脱了。我一愣,问:干什么? 老妇人面孔肃穆:太师让我看看你还是不是女儿身,不是的话,你出去也不可能做好他交办的事情,恐怕你也就走不出这个包了。我吸了一口冷气,我想起帖哈那天说过的"生命危险"的话,顿时有些明白了。我坦然地往那儿一躺,任她去检查。

我随老妇人重又走出来时,我听见老妇人对太师说了一声:她还是的! 也先听了,对帖哈呵呵一笑:看来我没有选错你。跟着转向我:你和帖哈今晚就走,你们走后,家里的事完全放心。帖哈,你的妻子和孩子按我们的老规矩,将发给他们都事品级的用度;高娃,你的哥哥将升保义校尉,你的母亲和弟弟我也会给予关照。你们两个人身上肩负着我们瓦剌人征服明朝的希望。这些年,朱元璋和他的儿孙们多次北犯,对我瓦剌部征伐不断,对我瓦剌人是又打又杀,欠下我们无数血债,此仇我们怎能不报? 此恨我们岂会不雪? 如今,明朝皇帝还在北京城里作威作福,我们决不能只是眼睁睁地看着,我们一定要动手,要打进北京城去,把朱家小儿从那个皇帝宝座上拉下来。如果有朝一日我们实现了这个愿望,我坐在了那个宝座上,那么你俩就是大功臣,会有天大的赏赐在等着你们! 你们会登上很高的官位,明白?!

明白,大人! 帖哈很谦恭地俯下了身子。我默望着也先那张踌躇满志的脸,只在心里说,我什么赏赐也不要,只要你能为我报了杀父杀阿台之仇就行!

身为男人,都该有一番雄心,我的雄心就是征服天下,让所有的人都听我的,按我的心思来做事。知道我想让人们去做什么吗?也先望着帖哈问。

帖哈笑笑:愿听太师指教。

我要让天下所有的人们都去养马养羊,要让天下到处都是马群和羊群,哪个人想骑马了,随便牵来一匹就骑;哪个人饿了,随便拉来一只羊宰了煮熟就吃。我要让所有的人都不再尝步行之累,都不再受饥饿之苦。那时,全国所有的土地都不能再开垦耕种,都必须变成草地,人们唯一要做的,就是去骑马放牧。这活儿又不累,人骑在马上既可以看天看地看鸟看云,又可以哼歌唱曲仰躺倒立,那是一种多么自由自在悠然自得的生活。想想看吧,只要一想起那幅美景我就在心里陶醉:天下遍地都是一片接一片的草原,碧草连天;草原上到处是马群羊群,像云团一样飘移;谁都不会饿肚子,谁都不会无马骑;人人活得称心,个个活得如意……

也先说得双眼微闭脸上浮出了可心的笑意。

太师真是为天下人着想。帖哈赞道。

好了,不说了,你们还要上路,待我们大功告成以后再细说吧。他随即从衣袋里摸出一个小壶,招手让随他来的那三个军士和那位老妇人到他面前,一边伸手去拿过那三个军士手中的马刀一边笑道:你们几位也辛苦了,我专门带了点好酒来慰劳,来,每人喝上两口。四个人都急忙致谢,接过酒壶传喝,待四人传喝罢,也先又说:这酒还有特别的明目功能,你们可将酒向自己的两眼中各滴两滴。那四人又一一照办。不过片刻之后,便见那几个人全都跺脚摆手起来。这时节,也先方重又对我和帖哈说:他们四个都已经变成了瞎子和哑巴,再不会把你们的事情说出去,你们现在可以走了!

我惊骇无比地看着也先。

上马!帖哈这时已把一匹马的缰绳塞到了我手里。

帖哈,记住我们的计划,我等着在草原上为你们设宴庆功!

放心吧,太师!帖哈说完这句,在驱马前行的同时,猛挥鞭打了一下我的坐骑……

夜 录

我们是从宣府那边进的长城。我俩扮成父女,装作是与瓦剌人以货换货后返回的行商,顺利进了长城混进了北京。从帖哈对路途的熟悉程度看,这条路他已走了不止一次。

我们在京城鼓楼附近一条小街内的两间小屋里住下,看样子房子是预先买下的,因为钥匙就在帖哈手上。住下的第三天,帖哈不知从哪里推来了一辆独轮车,车上放着一些盛咸菜的坛坛罐罐。我问他这是要干什么,他说,从明天起,我俩出去卖咸菜。我一愣:卖咸菜?他说,我们只有用这个办法,才能接触那个男人。因为那个男人早年家穷,吃惯了咸菜,如今虽然每天都可以吃山珍海味,可仍时不时地要吃点咸菜。我们用其他办法,都很难在他家门前停步从而让他留意到你。

原来如此。

那个男人究竟是干什么的?现在该告诉我了吧?我望着帖哈。

帖哈笑了:你不问我也要告诉你。他就是宫中司礼监的大太监王振,当朝英宗皇帝朱祁镇最信任和最倚重的内臣,人称"内相",是个权势和家财都无人能比的人。

太监？我在草原上从未听说过这种人。

就是允许在皇帝后宫中活动的男人，他们两腿间的那坨东西被去掉了。

哦？就在那一霎，我忽然明白了帖哈何以要教我那些动作。

他为什么会留意到我？这京城里的漂亮姑娘多的是，何况我只是一个卖咸菜的姑娘？

因为你长得非常像他早年在蔚州老家爱上的一个姑娘。据说那姑娘和他同村不同姓，叫殷星。殷星家里也穷，他爱她爱得很深，那姑娘也爱他，两人整日眉目传情。可惜王振家拿不出送聘礼的钱，他几次托媒人去说亲，都被姑娘的父亲拒绝了。后来那位父亲看他可怜，勉强答应说，要是他当年能考中秀才，可以把女儿嫁给他。没想到那次考试，他又落榜了。他落榜不久，那姑娘就嫁到邻村做了别人的媳妇。他痛苦不已，已有了寻死的念头。他后来能下决心净身入宫做宦官，当然有别的考虑，可与这次情爱失败也多少有点关系。他今天虽已无了和女人睡觉的能力和兴趣，可他还在记着那个女人，常常念及她，脑子里还保存着那一段刻骨铭心的爱的记忆。后来他也学别的大太监的样子暗娶了一房夫人，但他仍不能忘怀原来爱的那个女子，让人按他的记忆专门画了一幅那女子的画像挂在床头，每天睡觉前都要看看她。也先太师就是根据那幅画像选定的你。

我"啊"了一声，才算明白那次选美何以那样古怪。

那殷星也是一个贫寒人家的姑娘，你现在的身份和他记忆中的那姑娘刚好相符，而且你卖咸菜，他爱吃咸菜，这都能勾起他做小伙子时的记忆。根据我们的观察和猜想，他只要一见到你，就会留意，就有可能把你弄到他身边去。

万一他不留意我呢？

那我们只好另想办法，不过那样一来，我们报仇的时间就会推迟了。

如果他留意到我，把我弄到了他身边，要我做什么？杀死他？

不，不。你到他身边的目的，不是去杀死他，单要杀他，我们可以派刺客，没必要费这么大的功夫。派你到他身边，要办的是两件事：一件，探听宫中的消息，弄清皇帝正在干什么，打算干什么。王振是替皇帝拿主意的人，知道了王振的想法，差不多也就知道了皇帝的主意了；另一件，想法子按我们也先太师的要求去影响王振，让他做我们想让他做的事情。

哦？

他今年春天可是喜事连连，先是英宗皇帝因他在宫中的勤勉理事赏赐了他一把扶手上镶银的靠椅，接着是两个从七品京官自愿提出做他的义子，再就是一处新建的私宅落成。当然，这私宅对外并不明说是王振的，他们编了一个人名充当这宅子的主人。因为有英宗的宠信和庇护，自然没人敢去查明这宅子的真正主人是谁。我们明天就去他新建的那个私宅大门前卖咸菜，你现在就要学学怎样给人夹咸菜……

第二天吃了早饭，他推上独轮车，我挎了一个小篮跟在后边，篮里放着一杆小秤和一些干荷叶。我们两个人慢慢地沿街走着，听到有人喊：喂，买点咸菜。他就会停下车，我随之走到车前，问清是买哪一种之后，麻利地用筷子将咸菜夹出放到一片干荷叶上过秤，待他收了钱再递到买者手中。

我边走边满眼新奇地看着街景，自从被带进京城后，我总觉得有看不完的景致。这儿，有着数不清的街道和房子，更有着数不清的人，也有数不清的可吃、可玩的东西，和草原完全是两个世界。

我们最后来到了一座新建的大宅前。他朝我使了一个眼色,说,杏儿,咱们就在这摆摊吧。说完,停了车用棍子把推车支好,随后仰头高喊了一声:卖咸菜啦——

目的地终于到了。我有些紧张地看着那座宅院。

从外边看,宅院里的一切都是新的,砖是新的,瓦是新的,门楼是新的,连门前的两个石狮子也是新的。看不清宅院里有多少房子,反正是一个院套一个院,好大一片屋脊在那儿排列着。我注意到院子的大门口站着几名军士,每个军士的腰里都挎着带鞘的大刀。

喊什么喊?一个军士听见帖哈的喊声快步向我们走来,快走,这儿不准大声喧哗!

军爷,我们只是想卖点咸菜,你要不让喊我们就不喊。

不行,走开!那军士凶凶地挥着手。

军爷,我们实在是——

怎么回事?帖哈恳求的声音被另一个响亮的声音打断。我扭头看时,才发现从那院里又走出来一个身材很高膀大腰圆的军士,所穿的衣服和挎剑的模样都像一个小头头。

卢旗长,这两人在这儿大呼小叫地卖咸菜,我怕惊扰了王公公。

那人走近看了看我们的小推车和车上的咸菜坛子,说了声:别再大声叫了。之后朝先来的那个军士挥挥手:让他们卖吧。

那军士只好随这位卢旗长走了。我望着那个旗长的背影,在心里对他生了一点小小的好感。多亏了他,我们才能在这儿继续待下去。

这些担任王振府上护卫的军士,属于腾骧卫的,是腾骧卫的指挥使为了巴结王振特意派来的,一共是二十五个人。他们是在王振搬来前一天才来的。帖哈这时低声说。

我吃惊地看他一眼,不知道帖哈怎会把事情弄得这样清楚。也许,他还有另外的帮手?

有几个在附近街口站着说话的老人,这时踱了过来看着车子上的咸菜,问清是"老来祥"的咸菜之后,相继掏钱买了一些。内中一个多话的老太太说:你们过去没来过这一带卖吧?

是呀,过去总在宣武门那一带串街。帖哈急忙说明。

说话的当儿,只听那宅门里一阵喧哗,跟着就见一伙人走了出来。几个买咸菜的人一见那些人出门,立时四散了。摊子前只剩了我们两个。

留心看走在最后的那个男人。帖哈轻声对我交代。

我的目光先是一个惊跳,不过随后便定在了那人身上。那是一个长得还算富态的中年人,个子不是很高。没有什么胡子。穿戴很讲究。原来是你?!那人平平常常的相貌忽然间消除了我内心的紧张。你就是那个大权在握令人人害怕的司礼太监?就是那个英宗狗皇帝朱祁镇信赖和倚重的王振?就是那个一人之下万人之上的宦官?

如果他向这边走,你可要沉住气。帖哈又微声叮嘱。

我嘘了口气:他要是不往这边看呢?

"老发祥"的咸菜——帖哈,不,是尹二栓突然高叫了一声。

那伙人被这叫卖声惊得一齐扭过头来。

把头抬起来也向他们看。帖哈又悄声提醒我。

我知道这是让对方注意自己的机会,目光直直地朝他们迎了上去。

43

乱叫什么？到别处卖去！一个焦干中带了凶气的声音随之响起。伴着这声音，有一个人快步向这边走过来。我心里有点发慌，他会不会把我们赶走？

楚七呀，我可是最爱吃咸菜的，你赶人家干什么？小贩们也不容易。

这是一个软软的男人的声音，我清楚地听出这声音出自他——王振之口，心里禁不住一阵高兴。几乎在这同时，我看见王振的目光扫到了我脸上，那目光分明是猛地一停，而且我敢断定，他的目光里露出了意外。

帖哈这时忙说：大人想吃点什么咸菜？我们这儿可是啥咸菜都有，腌萝卜、腌芥菜、腌黄瓜、腌蒜薹、腌——

王振这时已走到了我们的摊子前，慢了声说：我嘛，最喜欢吃的是咸萝卜疙瘩。嘴上说着话，目光却在我身上晃，我知道他在打量我，便尽量平静地揭开咸菜罐，去给他用筷子夹咸萝卜疙瘩。

姑娘叫什么名字？这是王振在问。

这孩子叫尹杏，我是他爹尹二栓。

殷杏？

尹杏。帖哈再次说明。

尹杏多大了？

我急忙答：十六了。

你们就住在这附近？

老家是山西朔州的，帖哈不慌不忙地答。杏儿三岁那年，连着两年天旱得厉害，种的庄稼颗粒不收，一家人只好出来逃荒，最后，就走到这京城来了。眼下，在鼓楼那边的一条小街里租了间破房子，靠做这小本买卖糊口。帖哈叹着气。

噢，是这样。王振点了点头，你们继续卖吧。说罢，示意那个叫楚七的随从接了我手上的咸萝卜疙瘩,转身又向大门走去。

那楚七一边掏出零钱递给帖哈,一边说:王公公平日可是难得与人说话的,大约你们朔州离他的老家蔚州不远又卖着咸菜,才有了与他说话的幸运。来,这咸菜你们先弄一块吃下去,好让我放心。

为什么?我很惊奇。

万一你们在这咸菜里下了毒咋办?

帖哈和我都笑了。帖哈掰了一块填到嘴里嚼嚼咽了下去。

那楚七又站了一阵见帖哈没事,才挥挥手进大门去了。

他刚走,早先准许我们在此处卖咸菜的那个卢旗长又踱了过来,笑着说:你们倒是胆大,说过不让你们喊的,你们在王公公出来时还敢喊,也罢,既是王公公喜欢吃你们的咸菜,你们以后就常来卖吧。

谢谢军爷了。帖哈急忙鞠着躬。

那天往回走时,帖哈有些忧心忡忡,自语着说,王振注意到了你却没有表示什么,别不是他们弄出来的消息不可靠吧?我问:你从哪里知道他会喜欢我这样的姑娘?

帖哈没有回答,只是摇摇头振作起精神说:咱们明天还来,我想一般不会弄错。

第二天头晌,我们把摊子又摆在了王振新宅大门前的街口。可直到中午,也没见王振出来。帖哈说,他大约是上朝了,我们只有等他。所幸不断有人来买咸菜,使我们的等待不至于太明显。眼看太阳快落了,还没见他的身影,帖哈先急起来,低了声说,但愿他别在宫里住。他的话音刚落,就见一乘极普通的青呢小轿由远处响过来,我和帖哈先以为是哪个小官来王振府上有事,没想到从轿里走出来的就是王振。走在轿旁的那个穿便衣的高个子年轻人上前去扶王振时,我才认出,那人原来竟是卢旗长。后来我才知道,王振平日由宫中往返家里,虽然不断换轿,但都是极普通的市面上常见的小轿。他喜欢坐这种小轿,认为坐这样的轿子安全,京城里这样的轿子成千上万,没有谁会去注意。他当然有能力弄最漂亮的大轿,可他觉得那太招摇,招摇了反而不安全。据说他特别害怕刺客,每次外出都由四个卫士着便衣跟随。他大约知道他在朝上得罪了许多人,他得小心遭人暗算。

王振在大门外走下轿时,早有一帮下人迎上前来。我紧张地看着他,希望他会朝我看过来。可他在众人的簇拥下照直朝大门走去,就在我觉得没有希望时,他的目光却又忽然转了过来,双脚随之也已停下。我心中一喜,我虽然没和他的目光接触,可我明白他在看我。我期待着会有事情发生,然而没有,他又扭头走进了大门。

当王振家的大门轰隆一声关上之后,绝望顿时充满了我和帖哈的心。我们只有走了。回到鼓楼的那两间住屋里,帖哈和我的情绪都很低落。我说:也先太师手下的人是不是弄错了?帖哈叹了口气,说道:看来我们得另想办法了。那天的晚饭我俩都吃得无滋无味,饭吃到一半时,门忽然被人敲响,我和帖哈都一怔。自我们在这儿住下后,还没人来敲过门哩。帖哈上前拉开门,我一眼就看出站在门外的是王振手下的那个楚七,心中立时"哐"地响了一声,我明白有一桩事情要发生了。

尹二栓,还认识我吗?楚七对着帖哈问,眼角露着一点笑意。

帖哈肯定早认出他了,可他假装惶恐地想了一阵,而后摇着头:官人是——

嘿,奶奶的,这么快就忘了?你昨天不是还在王公公府前见过我?

帖哈这才"哦"了一声,叫道:哟,这不是楚官人吗?!你怎么屈尊来到我们这小户人家里——

想起来就好。楚七边说边走进屋子,这楚七说话的声音和走路的样子与王振差不了太多,一看就知也是宦官。楚七这时看着我问:尹杏,想没想过不卖咸菜了,到王公公府上做点事情?

我心上虽然高兴,却又急忙摇头,决不能让他看出什么来。

帖哈也急忙开口:俺们这小门小户的人,怎敢有那样想法?再说,她一个小姑娘家,去王公公府上能干什么?

楚七继续望了我问:你只说愿不愿到王公公府上做事吧?不愿。我想我得说坚决点,不能让他有一点点怀疑的地方。我愿意卖咸菜,卖咸菜赚的钱够我和爹吃穿了。

楚七笑了:可你知道吗,你要是到了王公公府上,挣的钱可就不是仅仅够吃穿了。

帖哈这时接口:楚官人别和俺们父女开玩笑了,你是不是想来点咸菜——

我这可不是跟你们开玩笑,楚七一本正经起来,我是奉王公公之命,来叫尹杏去王公公府上做事的。

帖哈分明是忍住了高兴,淡了声说:她一个不懂事的孩子,怎能去王公公府上做事?麻烦楚官人代我们感谢王公公的大恩大德,就说尹杏去不了,她只是一个卖咸菜的命。

尹杏到王府能不能做事要你操什么心?只管让她去就行。告诉你,别给我摆这不行那不行的理由,王公公让她去她就得立马去。这满朝的大官都没人敢不听王公公的话,别说你们?

帖哈装作吓得不敢说话的样子,低了头站在那儿。

还不快去换了衣服走?!楚七对着我叫。

这就走?我这时是真的有些慌了,虽说按计划心里一直在盼着这一天,但真要立马就去那个陌生的地方见那个权大无边的陌生男人,我心里还是像擂起了鼓。

走,轿就在门前。

我听说轿就在门前,越发慌张起来,看了一眼帖哈,叫:爹——

换换衣服,去吧。帖哈朝我挥了一下手。咱们得听王公公的。

我急忙走进里间,把预先准备好的衣服换上。在换衣服的过程中,我让自己平静了下来。就要见到自己的仇人了,就要为草原上无数被打死的冤魂们报仇了!尹杏,你要沉住气。换罢衣服,我又梳了梳头发,对着水盆里的清水看看自己的模样,还行,我觉得自己挺耐看。

出了里间的房门,我像所有离家的女孩常做的那样,不舍地扑到了帖哈的怀里,帖哈装作哽咽地说:孩子,去了要好好听王公公和楚官人的话,记着常回来看看爹。说着,悄悄用手捏了捏我的手腕,我明白那既是一份叮嘱,也是在表示一份欢喜。

嘿,别那么哭哭啼啼的,这是让你去享福,又不是叫你去受罪!楚七说罢,扯了一下我的衣袖,我就向门外走了。

门外果然停着一乘小轿,我坐了上去。当小轿颤颤地被抬起时,我的心也忽悠一下悬了上去:此去会有一个什么结果?

在王家新宅大门口,是那个卢旗长拦了我的轿。我隔着轿帘缝看见,楚七对站在大门口当值的卢旗长说:王公公又让买了一个丫鬟。那卢旗长一笑,说:王公公亲自交代过,进出的车轿一律检查,原谅我要看一看轿里了。说着就叫落轿,他走到轿前掀起了轿帘,我把目光朝他迎过去。他看见我显然吃了一惊,悄声说:是你?!我没有说话,也不知道该说什么,这当儿他已放下轿帘转对楚七说:快请进吧……

进了王家新宅我才知道,王振的全家也就五口人:他和他夫人马氏,加上被收为干儿子的王山和王山的媳妇及他们的儿子。帖哈曾告诉我,宦官虽已无法再有正常的性生活,但大都还有和女人亲近的愿望。王振因为在英宗小时候就陪伴着他,英宗对他极有感情,所以对他私下把马氏留在身边充当夫人也就不加追究。

我被楚七带到后院的西侧厢房里住下。这座新宅共有前院、中院、后院三进大院子,外加一个后花园。每一进院子里都还有小门通向跨院。前院是王振和客人见面办公事的地方,中院是王山夫妇住的地方,后院正屋是王振的卧室。我原以为马氏是和王振在一起住的,后来才知道,马氏住在东厢房,什么时候王振差人叫她,她才能进到王振卧室里。

我被小轿抬到王振新宅时天已黑定,楚七对站在西厢房门口的两个丫鬟模样的姑娘说,先侍候客人洗洗澡,洗罢了去厨房里端点东西让她吃。

我把我带来的那个小包袱扔到那张带有帐帷的床上,就随两个丫鬟向洗澡的地方走。我的心现在已完全安定下来。费千种心思吃万般苦总算来到了王振的身边,我不用着急了。

两个丫鬟的年纪都比我小,我同她们说话也就不必拘谨。

我问在这儿洗澡有什么规矩,她们说,一般人洗澡可随便洗,王公公和马夫人洗时要先在水里泡上玫瑰花瓣,有香气出来时再下水;要先洗头,再洗身子,洗时要用皂荚;洗完后要在脚趾缝里夹一种包有茴香的小布包。我惊奇地记在心里。

洗澡水盛在一个很大的木桶里,这和我在草原的河边洗澡那感觉可是两样的。好在这些帖哈都预先给我说过,我能应付过去。我这天晚上洗得很快,我想快点知道洗完后等待我的是什么。洗完要穿衣时,一个中年女仆送来了一身蓝底碎花衣服,说,王公公让你换穿上这个。我看那身衣服,干净虽干净,可分明有人穿过,而且式样也是极常见的,没有给人什么特别好看的感觉,我不太想穿,可又不能不穿。我边穿边猜让我穿这身衣服的用意。我穿上后发现,这衣服倒是挺合身,好像就是给我定做的。

我穿好衣服回到房间,丫鬟端来了吃的东西,我没有客气,立马吃了起来。我说不出那些食物的名字,可我得承认它们都很好吃。我吃完东西刚把头发梳好,那个中年女仆就推门进来说:你漱一下口,王公公让你过去一下。我的心顿时一紧:终于要面对他了!

中年女仆把我领到正屋王振的卧室门口时示意我进去,我刚迈过门槛,门就在我身后无声地关上了。我抬头看去,屋里果然分六处点着六根蜡烛,烛光亮得晃眼。他穿着一身白色的内衣,静静地坐在一张没挂帐帘的大床上,那张床可真是宽,大约能躺四个人。王振脸上好像带着一丝笑意,这让我消除了一些紧张,我躬身施礼:王公公好。

哦,好,好。去,站到那幅画前让我看看。他的手臂抬起指了一下床旁的墙壁。我这才看清,原来那墙上挂着一个女人的大幅画像,画上的女人和我差不多一般高低,而且穿的衣服和我身上穿的这套一模一样。有一霎,我觉得那就是我的画像,后来我才想起,当初也先太师在草原上选美时,拿的也是这样一张画像,不过尺寸比这稍小一点而已。原来这张画上的女人就是王振喜欢的女人。

我默然走到那张画像前站定,仔细地看了她一眼。我再次确定,我和她长得真是很像,我们就像一对姐妹。为什么一个瓦剌女子和一个汉人的女子会长得如此相像?是她的前辈里有瓦剌人还是我的先辈里有汉人?

转过身子,站到画的旁边。他的声音像女人一样柔和。

我照他说的做了。我和画上的那个女人并排站着,我好像触到了她的衣服,听见了她的呼吸,闻到了她身上的那股香味。

他坐在床上,先是直直地看着画像,然后又直直地看着我,看一阵我,又看一阵画像,看一阵画像,再看一阵我,如此循环往复一阵后,就见一个笑容在他的脸上渐渐漫开了:像,真像,太像了。殷星儿,我到底又找到你了,找到你了……他一边喃喃着,一边下床向我走来,他没有穿鞋,赤了脚走得很快。到我身边时,他先拍了拍我的肩膀,而后走到那张画像前,伸手轻轻地触摸着画上女人的脸蛋,嘴里喃喃着:从今后,我看见她,也就等于看见你了;我亲她,也就等于亲你了;我和她在一起,也就等于和你在一起了……

说着说着,他的眼里分明有泪珠在晃。

我惊疑地看着他的举动,这时,他缓缓地朝我转过身来,双颊有些潮红,两眼迷迷离离。我急忙把眼里的惊疑抹去,像画上的女人那样笑着看他。他抬起双手,缓缓地摸着我的脸蛋,摸着我的眼睛,摸着我的耳朵,摸着我的头发,摸着我的鼻子,摸着我的嘴唇,摸着我的眉毛,摸着我的脖颈。他的手慢慢下滑,口中也在微弱地说着:我当初多想摸摸你呀,可是不敢,现在我敢了,我终于摸到了,摸到了……

我一句话不敢说,连大气也不敢出。

他的两只手顺着我的脖颈一点一点下移,先是到了我的两个肩上,在那儿揉了一阵,随后来到了我的胸脯上。他像是要找我的上衣扣子,两只手哆哆嗦嗦地移动着。我想抬手帮他的忙,可我的右手刚抬起去摸住衣扣,他的手也到了我的衣扣处,他摸住了我的手,攥住了,然后把我的手拉起来按在他的脸上,让我的手掌贴住他的面皮移动着,反反复复。渐渐地,我感到手掌下触到了水,分明是他流泪了。跟着,我听到他发出了很低很低的呜咽。我对与他见面后可能出现的情景想了许多种,可没有一种是这样的,我一时不知该怎么办了。他的泪越流越多,我的手掌已经捂不住了。我清楚地看见有泪水流到了他的下巴上,我这时自作主张地抬起左手,去他的下巴上擦那些泪珠。就是这一个动作让他的身子一颤,仿佛把他惊醒了。他的呜咽随即停止,他很快地放下我的手,转身向床走去。

我呆立在那儿,把沾了他泪水的手紧贴在裤子上。

你回去睡吧。他走到床边时突然说。

我原以为他还要对我做点什么,听到这话不由一怔,可我不敢再说什么,随即就抬脚向门口走去……

第一次见面就这样结束了。

事后我回想了一遍,我没有做错什么,也不可能让他怀疑到什么,这一次见面在我应该说是成功的。第二天我起床时,丫鬟告诉我王公公已经上朝去了。他不在家,我心里觉到了一阵轻松。吃过饭,我就向院里走去,我想我得尽快把这座宅子的布局弄清,万一以后有事,我在这座宅子里来去走动时会心中有数。我不能忘了我来这里的目的。

我先在后院里走了一圈。后院的正屋和厢房盖得都很宽大威风,墙上的砖全被刷上了一层暗红色,看上去很是柔和舒服。看到这种坚固的房子,再想想草原上的那种毡帐,心里真觉得还是住这样的房子好。后院的院子也挺宽敞,但什么摆设也没有,只是在地上种了苜蓿。那些苜蓿长得很旺,绿莹莹的,踩上去软软的,看了倒也令人心里舒服。

我在那片苜蓿地上坐下,恍然间有一种回到草原的感觉。我不自主地仰脸向天看去,我已经许久没去看天上的云了。正是半上午时分,天虽不像草原上那样碧蓝碧蓝,但看上去倒也明净,有一些云片在空中散散漫漫地飘游,我凝神看着它们的相聚和分离,看着它们不断地幻变着自身的形状。渐渐地,有一片云向我的头顶飘来,慢慢地,有一股香味钻进了我的鼻孔,我身子一振,立刻辨出是那股熟悉的我曾多次闻过的类似脂粉的香味。天哪,在这儿也可以闻到你?云的香味?!我惊喜地看着天空,看定那片云……

夫人,在地上坐久了对身子不好。丫鬟的一声提醒让我回过神来,让我意识到了自己现在的身份。我忙从地上站了起来。

后院里依旧是空无人影,除了我和两个丫鬟的脚步声外,没有别的。我在后院走了一阵,想去中院时,被一个年龄不大的男子拦住,他说没有王公公的交代,后院的女眷不能走出后院的门槛。我听他说话的声音和王振差不多,估计他也是一个宦官。我说,我不能总在后院里吧?他指了一下通后花园的门说,要是闷了可以去后花园里散心。

我只好向后花园走去。刚进了后花园的门,就看见一个眉目和善的三十多岁的妇人,带了两个丫鬟正在花圃里忙着什么。我轻声问跟在我身边的丫鬟:她是谁?丫鬟忙答:是马夫人。马夫人喜欢整理花草,每天都在这园子里忙。原来她就是女主人,我不敢怠慢,忙上前照我学过的礼节问候。她显然知道我的到来,笑着说:是尹杏吧,正说要过去看你哩,怕你劳累愿多睡一会儿,就没早过去打扰。她慈眉笑目地说,口气异常温和。这和我想象的有点不同。在我的想象中,她因为没有正常的家庭生活,应该是一个脾气暴躁乖戾的女人。她很热情地领我看花园里的各种花草树木,告诉我它们的花期和栽种养护事宜。她对花草树木确实懂得很多,她说的那些话我大都闻所未闻。我过去在草原上看到的多是一些野花野草,根本没见过这么多家养的名贵花草。整个上午我都和她在一起,和丫鬟们一块儿帮她把一些花栽到花盆里。她是我以后常打交道的人,我必须小心和她处好关系。我原来担心她会嫉妒我的到来,毕竟我是一个王振看上的女人,可见面后发现,她对我根本没有嫉妒之意。我猜,她大概因为知道王振对女人无能为力,知道他不可能真正喜欢上一个女人,所以这方面的心也就彻底放下了。

下人们来花园里喊我们吃饭时,那马氏先是挥手让几个丫鬟先走,而后走到我身边轻声道:尹杏妹子,你刚来,有些话姐姐想给你说说,不知你愿不愿听?

妹妹正想请姐姐赐教哩,快请说吧。我笑着,真诚地催。

你来到这个家里,要是有些事和你原来想象的不太相同,你可不要大惊小怪,更不能说出去。

姐姐是指哪些事?我想我已明白她说的是什么了。

她迟疑了一下,说:比如说在床上,你不可能指望他能对你做什么。不管他对你做了什么,你都要承受下来,不能表示出不高兴!

我点点头:谢谢姐姐提醒。

还有些东西,姐姐以后再对你讲。

我再次谢了她……

那天后响,王振从皇宫里回来时太阳还没有平西。他在楚七的陪同下进到后院他住的正屋,我正不知该不该过去问候一下,忽隔窗看见一伙人从中院里进来,在那片苜蓿地里排成一队站着。那些人全穿着军衣,手里虽没拿武器,但一个个挺身雄立倒也威风。我仔细一看,嘀,站在最中间的那个人竟是卢旗长。我不知他们这是要干什么,正诧异间,只见有人从正屋里搬出一把高背靠椅来,在对着那伙人的前廊里放下,随后楚七就扶着王振从屋里出来坐到了那把椅子上,有两个持刀的卫士分站在椅子两边。这时,只听楚七高喊:凡在后院的各色人等,愿看"人搏"的,可以出来站在各自的门前看。服侍我的丫鬟听见,就急急地拉了我的手说:快出去开开眼界,"人搏"可是好看极了!我被她们刚拉到门前的走廊上站好,只听楚七朝那伙军士大声叫道:开始!这口令一发,只见那个身个最高最壮的卢旗长,立时走到苜蓿地的中间猛然半蹲下身子,朝刚才同他站在一起的那六个军士吼了一声:谁来?

我来!一个军士应声出来。只见他紧握双拳向大个子冲去,两个人顿时用拳用脚打在了一起,西斜的阳光照在他们身上,似一团火在他们的身上烧着。他们是真打,能听到拳头击在肉体上闷重的声响。突然之间,应战的那个军士被卢旗长打倒在地,只见那军士在苜蓿草上痛苦地滚动着。他刚倒地,又一个军士向卢旗长冲去,边冲边叫:看我来收拾你!卢旗长没有歇息,立刻又同来者打斗,几个回合过去,这第二个上去的军士又被卢旗长打倒在地,在苜蓿草上滚动着呻吟。紧接着,第三、第四、第五个军士又相继扑了上去,结果全被卢旗长打倒在地上。但这时,大个子卢旗长的体力显然已消耗殆尽,第五个军士被打倒时,他已经摇摇晃晃有点站立不住了,所以当最后一个也就是第六个军士扑上去时,他的打斗动作已经十分无力,但他仍顽强地坚持着,一直把第六个军士打倒在地,不过在对方倒地的同时,他也轰然扑倒了。

  看到七个军士全都筋疲力尽地倒在苜蓿草上滚动呻吟,一直静静坐在那儿看着的王振这才慢慢起身,在楚七的陪伴下向倒地的那七个军士走去。他走到他们身边时,用手中拄的一根棍子一个一个轮流地轻点了一下他们两腿之间的部位,带了笑声说:怎么倒下了?你们不是有这个东西吗?不是很精神吗?不是很有劲头吗?不是很威风吗?

  那些在地上滚动呻唤的军士们一个个都住了声。

  倒下了就证明你们并没有什么了不起!

  我很惊奇地看着王振的举动。我注意到站在对面走廊上的马夫人也在向他看着。

  他最后满面笑容地对楚七说:给卢石发三两银子,其他人每人二两,把他们抬出去吧。

  听他这样说,我才知道那个卢旗长叫卢石,嘿,他挣这三两银子可不容易!

  大约是看了"人搏"高兴,这天晚饭后我被中年女仆带去王振的卧房时,他的脸上有着不少笑容。屋里的气氛也比前一晚上显得有点轻松。房间里仍然点着六根蜡烛。

  看"人搏"了吧?

  我点了点头答:看了。

  好看吗?

好看。

世上最好看的,不是斗牛,不是斗鸡,不是斗狗,不是斗蛐蛐,而是人搏!也就是斗人!人不仅有体力还有智力,所以斗起来特别精彩!

我没有开口,他说的道理让我吃惊。

看出什么道道了吗?

我茫然地摇了摇头,在心里惊道:这种事还能看出什么道道?

看了这个你就会明白,不论什么样的男人,他在我面前都没有什么了不起。他们都会被我想办法打倒!王振既像对我说话,又像自语,脸上也随之出现了一股冷意。你说谁才是真正的男人?是他们?是那些倒在地上的人?

我没有贸然接话,他的神色也没有表明要我回答。

好吧,我们不说这些,去站在那儿吧。他抬手指了一下墙上挂着的那张女人画像。

我于是像前一晚上那样,走过去站在了那张画像旁。我屏住呼吸,尽量让自己也像画中人那样,不吭,不动。

他的目光一会儿在画上的女人身上,一会儿在我的身上来回晃动,渐渐地,他的目光变得更加柔和了,笑容也越来越多地浮上了他的双颊。只听他低微地叹息道:你终于来了,走到我身边了,我想了你这些年,你还想我吗?我做梦常常梦见你,梦见我俩在桑干河边走,你一个劲地说,下河里洗洗澡吧,顺便看看我……现在我真的要看你了,脱了吧,让我好好看看你……看看你……他的声音越来越低,完全像是自语了。

有一刹那,我愣在那儿,我不清楚他这是不是真的在对我说话,但随后,我想起了帖哈的交代,不要放弃任何和他亲近的机会,既是他说了让我脱衣服,不管他是不是对我说的,我

57

就要真做。我没再犹豫,抬手就去解衣服。他没有阻止,一双眼睛紧盯着我,随着衣服的落地,我能感觉到,他的目光罩住了我的身子。他那目光在触到我的肌肤时虽不像城里其他男人看我脸蛋时那样邪性,可也有一点热度,而且渐渐变得迷离起来。

来,过来吧,过来吧,你让我想得好苦,好苦……他朝我招手。我轻轻地挪步向他身边走去,帖哈当初说过的情景终于出现了。我按当初帖哈教我的办法,边走边把六根点燃的蜡烛一一吹灭了,我走到床边,可我没有迎着他的面上床,而是按帖哈教我的法子,绕到床的另一面,从他的背后爬上了床。由于吹熄了蜡烛,屋里显得有些黑,可借着从窗户透进来的星光,我能看见他仍一动不动地坐在那儿。我跪在他的背后,慢慢把手伸到他的胸前去摸他的衣扣,他依旧没动,没有反感和反对的表示。看来帖哈说得真有道理。我动作很轻地解开他的上衣扣子,而后去脱他的上衣,他配合着我的动作,上衣很顺利地脱了下来。我把他的上衣放在床边,照帖哈当初教的,我用手轻轻去触摸他的身子,先是后背,然后是两肋、两臂、前胸,他没有反对的表示。我尽量让手指对他肌肤的触摸变得轻柔而且含着情意。时间在缓缓过去,可他的身子好像并没有什么反应,我略略有些着慌,我会不会又像前一晚上那样被他赶走从而变得劳而无功?不防就在这时,他的右手忽然抬起抓住了我正在他胸前触摸的左手,我一怔,随即便感受到了一点拉力。我在短暂的愣怔之后,忙顺着他的拉力,把身子朝他的胸前靠过去,这时他的左手猛把我一推,我一下子躺倒在了他的胸前,我感觉到他的裤子尚未脱去,我此时是仰躺在他的面前的,头靠在他的右胳膊上,大腿放在他的左腿上,我正想接下来我该怎么做时,不防他的左手突然伸到我的双腿间,将一个指头猛地朝里刺去,没有丝毫防备的我被这猛烈而可怕的一刺疼得"呀"地叫了一声。自从被也先选中之后,我就做好了破身的准备,可我从来没想到是这样破身的。我疼得出了一身冷汗,身子也本能地痉挛成了一团。他这时已把手指从我的体内抽出,对我说:去把蜡烛点着。我不敢说什么,忙忍了疼起身去点亮了一根蜡烛。他把手指凑到蜡烛光亮前,仔细地看了一眼手指上沾的血滴,把手指在雪白的床单上一抹,上边立刻显出了血迹。他这才突然地呵呵笑了,边笑边喃喃着说:殷星儿,我总算得到你了,得到你了,你是在我这儿破的身,我是你的真正男人,你说我是吗?是吗?!他望着我问,我急忙点头。我看见他的脸上浮起了一个骄傲的笑容。过来吧。他向我说,同时再次撩起白色的床单去擦手指上的血。我重又吹熄蜡烛,绕到他的背后上了床。我不知他接下来还要对我做什么,跪在他身后没动。他朝我转过身子,拍拍床单说:睡吧,就睡到我的身边吧。说着,他先躺下了,他的裤子依旧没脱。我也急忙躺了下去,同时拉过被子盖住了我俩的身子。他伸过手摸了摸我的嘴唇,声音极柔和地说:快睡吧。说罢,他就闭上眼睛睡了。他睡觉不打呼噜,鼻息声也很轻很轻,几乎没有任何声息,我好长时间都不敢断定他是否已经睡熟,躺在那儿一动不敢动。直到他翻了一个身,发了一声呓语后,我才知道他真的睡熟了。我望着已走到床前的月亮,心想,现在如果太师也先要我杀了这个明朝的大人物,我真可以说是轻而易举……

可能是昨晚的紧张耗去我太多的精力,所以一旦入睡就睡得很死,当我醒了睁开两眼时,发现天已大亮。王振已经不在床上了。我急忙起床穿衣,怕他因为我的晚起而生气。不想就在这时,外间忽然传来楚七慌慌的声音:王公公,刚才宫中来人禀报,说辽东、大同、宣府的驻军都发现对面的瓦剌兵有大的不寻常的调动,皇上有些担心——

我一听到瓦剌两字,知道是有用的消息,立刻停了穿衣,侧耳去细听。

就为这事慌成这样?让他们调呗,我不信瓦剌人还能翻了天了?谅他们还没有敢同大明朝公开作对的胆子!

要不要给皇上做点解释,好让他放心?是楚七在问。

待我进宫后再说吧。

我听见楚七的脚步声响出门外,担心王振会很快进来,便忙把衣服穿好下了床。

睡醒了,杏儿?王振果然站在外间通里间的门口问道。

我羞笑着低下了头说:我睡得不知天亮了。

这样才好,年轻轻的,就该这样。去,把床单晾在门外的绳子上。

我一开始没明白他的意思,带了羞意说:床单上有血。

就是因为有血我才要挂出去哩,让这后院里的所有女人看看,好让她们知道我和你都是什么样的人。

我没敢再说别的,忙把那张床单拿到外边晾在了绳子上。

那天吃早饭时王振的心情依然很好,坚持要我和他一起吃。据说平日他都是独自进餐,并不和马夫人一桌吃饭。吃饭时他还不住地给我夹菜,这使我看出他是真心喜欢我。我想我得利用这个机会要点随便走动的权利,要不然总在后院得到的消息肯定就少。我看他吃完饭要起身时,就笑着求道:王公公,我原先总是跟着爹爹到处走,如今整日就在这后院里憋着,实在难受,能不能也让我出了这后院散散心?

行,从今天起,你可以在整个宅子里走动,我让楚七告诉

60

他们那些护卫。王振应允得很痛快。我紧忙致谢,他拍拍我的头说:杏儿,我愿意看到你高兴。

那天王振刚离家向宫里去,我就带了一个丫鬟向中院走。守在后院通中院的门口的小宦官,显然已被告知,一点也没有难为我就放行了。我在中院里缓步走着,努力在心里记着房子的格局,以备以后情急时使用。这中院很大,不过照样很安静。我快走到正厅门口时,忽然听到一声恶狠狠的呵斥:不在后院里待着,乱跑啥子?!我一惊,抬眼看时,才见一个年轻女人正站在正厅门口拿眼瞪着我们。

少奶奶,这位是——我身边的丫鬟急忙向那女人解释,但话未说完,对方就又扔过来一句:又买来的一个丫鬟,对吧?我告诉你们,任谁也不能来打搅我,你们要老老实实地给我待在后院!

我估计这女人就是王山的媳妇了。她的年龄看上去比我大,有二十多岁,脸面长得也算好看,可没料到她的脾气这样凶。和马夫人相比,完全是另一种人了。

娘,娘,我要吃麻糖!一个虎头虎脑的小男孩这时跑过来抱住了王山媳妇的腿。看来,这女人挺有福气,养了一个漂漂亮亮的儿子。

我的小乖乖,娘立马去给你拿。那女人俯身亲了一下儿子,随之又抬头朝我们瞪了一眼,叫:我说你们愣在那儿干啥?还不赶紧给我回到后院去?!

丫鬟刚想再开口解释,我忙抢到前边说:王公公应许我们到前院办点事的。看来,这个女人不是一个好对付的角色。

王公公应许的?她看了我们一霎,见我没有害怕的样子,才又挥挥手:那就去前院办吧,办完赶紧给我回到后院!

我没再说别的,便和丫鬟向前院走。丫鬟边走边说:该给她说明白的,要不她以后还会拦我们。我笑笑:以后再解释吧。

中院通前院的院门是由军士们来守卫的,我和丫鬟向前院走时,也未受到拦阻。显然也有人预先做了交代。前院更大,院里的人也很多,两边厢房和正厅里都有人在忙着什么,我知道这是王振办公事的地方,有心想进去看看,又怕引起怀疑,罢,来日方长,以后再说吧。正厅是王振迎候招待客人们的地方,两边的厢房住的则是他的随从、军士和仆人们。楚七大概已对这些人做了交代,他们看到我时不仅不拦阻,还都有一份尊敬,忙着起身施礼。我装作巡查的样子,对两侧的厢房逐间看了一遍。在其中的一间房子里,我看到了昨天在后院搞"人搏"时那个一人打六人的大个子旗长卢石,他正躺在一张小木板床上,让另外一位小个子军士用热水给他洗腿上的青紫伤处。他见我和丫鬟进去,先是一怔,随后站了起来施礼。他大概也已知道了我现在的身份,所以态度很是恭敬。

伤得重吗?我语气中带了关切,我想起那天卢石没有赶我们离开王宅门口的事情,记起了他的那份关照。

不要紧。他答得很小心。

你是什么地方人?

河南开封。

哪一年来京当军士的?

五年了,原先在腾骧卫,后来因为我身高力大,才被派来给王公公当护卫。

你是个旗长?

只是个小旗长,按规定手下只有十个人,不过临来王公公府上时,又给我加了十五个人,我手下现在有二十五个军士,相当于半个总旗。

你们每日都要干些啥?

看守大门,保护院子,王公公出门时也随身护卫他。再就是抽暇训练各种各样攻防的本领。

昨日这种"人搏"过去也做过?

做过,也是王公公让做的。

还愿做吗?

他笑笑,没有回答。他笑得有点勉强,我猜他是不敢乱说。

我看见他两只胳膊上也满是伤痕,心里不免有点替他难受,就对那个给他洗伤处的军士说:去给他请一个治跌打损伤的郎中吧。那小个子军士苦笑笑:请郎中是要花钱的,俺们挣那点钱——

我从身上摸出了一点帖哈给我的碎银子,扔到了床前的桌子上说:快去请吧。他们两个见状一愣,我没再听他们说那些感激的话,就急忙扭身走了。

我最后站在了整座宅子的大门口,我没有贸然走出去。王振今天给我发的话只是在整座宅子里走动,不能让他觉得我不守规矩,我要一步一步地来。我站在那儿望着大门外的街景,听着外边的市声,想,我以后就要争取走出这座大门。

那天午后,我刚想往床上躺,忽听丫鬟在门外招呼:马夫人来了。我急忙整理一下衣饰去迎她:姐姐,快请进屋。那马氏笑着进来,说:我看见那床单上的血了。

我的脸一红。

是用的手指头吧?

没料到她会问得这样直白,我只好点头。

我昨天已经给你说过,你要想开些。她的声音中含着深深的同情。

她的话语和音调,让我的心头一热。

我当初也是这样,一开始想不开,心里总是难受,我怕你也像我当初那样,所以特来看看你。

谢谢姐姐。

说实话,看见你来我很高兴。你和他床头那张画像上的女人长得很像,这会让他欢喜,他的日子其实过得也苦。

我低了头没有说话,这个女人的心地真是少有。

她那天走时我望着她的背影在那里站了很久很久……

当天晚上吃饭时,王振说,今晚咱全家在一起吃,我也把你给全家人介绍介绍。他的话音刚落,楚七已把马夫人和我上午在中院见过的那个年轻女人领了进来,随后进来了一个三十来岁的着官服的男人,一进屋就朝王振叫:爹,你今儿个可好?我明白,这个人就是王山了。

王振在饭桌的上首坐好,马夫人坐了右首,那王山习惯地去左边的椅子上坐,只见王振朝他摆手说:山儿,你和你媳妇都坐下首,这个位子让杏儿坐。说着就朝一直站在一旁的我招手。那王山和他媳妇显然都一愣,一时站在那儿没动。

王振这时便笑了说:我给你们介绍介绍,这杏儿呀,是我刚迎进来的,她以后就住在后院西厢房,也是咱们家的一个主人,你们任谁也不能慢待她!这位哪,是你马大姐,你马大姐对咱们这个家,可是出了大力的,你要敬着她;这位哪,是王山,我的儿子;这位哪,是王山的媳妇小蕉,对他俩你今后可以随意指使。

一直惊愣在那儿的王山,这时自然明白了我的身份,立马就作揖道:哎呀,二娘,我预先也不知道你来,你看,太失礼了,快请坐!之后,转了身朝他媳妇小蕉叫:还不快点给咱二娘施礼!

他叫的那声二娘让我头皮一麻,身上顷刻间起了鸡皮疙瘩,他比我的年龄还大,怎么叫二娘叫得这样顺口?

那小蕉蚊子哼似的叫了一声"二娘",眼中分明都是不情愿。我赶忙说:快坐下吃饭吧。

我那宝贝孙子哪?王振这时又问。

把小宝抱过来!王山向外喊了一声,跟着就见一个奶妈抱着我上午见过的那个男孩走了进来。睡眼惺忪的孩子看见王振,叫了一声:爷爷。王振两眼就笑得眯了起来,伸手抱过那孩子说:来,就坐爷爷身边吃饭。

饭和菜就开始端上来了。

咱们这个家哟,可是越来越兴旺了。王振边吃边说着,人越来越多,业越来越大,官也越做越高,王山,吏部他们知会你了吧,要让你去吏部做官了。

爹,我觉得还是在锦衣卫好。王山笑看着王振说。

这你就不懂了,孩子,这锦衣卫是很有权,在这里做官是很光彩,整天在皇帝身边,挺威风,挣的银子也不少,可这里出不了治国治军的栋梁之材。朝廷的一品大员和封疆大吏,都不是这儿出的。你到了吏部,那就不一样了,那是专门管官的衙门,在那里升迁比一般衙门都快,哪里有了位置,都是吏部最先知道,由他们拿出安排主意。爹已经替你想了,你只要在吏部干到了侍郎,我就请他们外放你,一外放,就是封疆大吏了。你在外省干上一年两年,再返回朝中任职,那就是正儿八经的一品大员,说不定就是宰辅了。爹我这一辈子是只能当内臣了,可你,一定要干出个名堂,争取做一个朝廷重臣,为咱蔚州老王家争光!

我听爹的。王山给王振斟上一杯酒,恭恭敬敬端起来说:

儿敬爹一杯。敬罢王振和马氏,王山又把酒杯端向了我说:二娘,今天我们虽是第一回见面,可我能看出你是个贤惠长辈。你的到来,是俺爹的福气,也是俺和小蕉这做晚辈的福气。今后,你要和大娘一样,对我和小蕉该怎么指使就怎么指使!来,敬你一杯。

我看见了小蕉那副不屑的神气,心中不由得想,她日后可能要给我找些麻烦。

我忙接过酒杯喝了。喝完,按帖哈教我的规矩,也拿过酒壶给王振、马氏、王山和小蕉斟上了酒,说:我初来府里,不大懂府上的规矩,不过我会把该我做的事做好,凡有做得不当的地方,请王公公、马大姐和王山、小蕉多多宽谅,来,我敬你们一杯!……

自从有了那个破身的夜晚之后,每过几天,王振总要在夜里让我过去陪他。每次去,都是在烛光下先站到那张画像旁,让他看上一阵,当他在眼里生出一种迷离之光后,再吹熄烛光,绕到他背后上到床上。接下来就是按照帖哈教我的那些办法,让他激动起来。随着次数的增多,我慢慢明白,他激动起来不仅不容易,而且每次激动起来的时间非常短,只有喝两三口水的时间,他激动起来后对我所做的动作,也就三种,要么是猛然揪住我的一只奶子,往上拽;要么是用手揹住我臀部上的肉,把指甲都深深掐进去;要么是用手指猛刺进我的两腿间。不论做哪种动作,持续的时间都很短,虽然使我很疼很疼,可我还能够忍受。我唯一觉得难以忍受的是他身上的那股气味。他身上的味道特别奇怪,既不是男人身上的味道,也不是女人身上的味道。男人身上的味道,我过去在父亲、哥哥、阿台、弟弟和帖哈的身上都闻过,我很愿闻;女人身上的味道,我过去在母亲和我那些女伴身上也都闻过,它们一点也不令我难受,唯独他身上的味道,令我反胃。我一到他身边,就不敢用鼻子呼吸,改为张嘴呼气吸气。为着这股令我难以忍受的气味,我真不想上他的床,可不上床那所有的计划不就都泡汤了?我开始盼着他洗澡,心想他洗了澡可能就没有那股味道了,没想到他洗了澡后那味道依然还在。我只有痛苦地出一口长气。看来是我鼻子太尖,对味道太敏感。

在经过了这些之后,我以为我已获得了王振的信任,我在王家算是已经站稳了脚,没料到还有一连串的危险在等着我。

头一桩危险发生在一个午后。那天午后,我正准备上床歇息,一个丫鬟忽然来告诉我说:大门口有一个女人来找我,说是我家的亲戚,问我要不要去见她。我当时一愣,我在这京城里哪有什么亲戚?莫不是帖哈为了什么紧急事情,他自己不好来,专门派了一个女人来告诉我?我疑疑惑惑地点头说:既然说是我的亲戚,那我就去见见她。

我便匆匆向大门口走去。在大门口的一间值房里,我看见了一个挎篮子的中年女人。那女人看见我,很亲热地迎上来说:杏儿呀,你长这样大我还没见过哩,瞧瞧,多漂亮,你该向我叫表姑的。今儿个,你爹他有事不能来看你,特意让我来一趟,看看你在这里怎么样,有没有啥东西要捎给他。

我虽然从没见过这女人,但她的话让我心一动,我进王府后没回去过一次,也许帖哈真的担心我出了什么事,才派了这个女人来探问消息。就问:我爹他身子怎么样?

他身子好着哩,一顿饭能吃几碗猪肉炖萝卜,昨儿个他让我给他做了——

猪肉?我一怔,我知道帖哈和我一样,从来都是不吃猪肉的,他一见猪肉就想吐。

是呀,昨儿个他说他特想吃一顿猪肉,让我去街上买——

他让你给他做饭？

是呀,他一个人过日子,那个难哪,我是他的表妹,能不过去帮帮他的忙？

一个疑团倏然从心里升了起来:帖哈在没有外部压力的情况下为何主动要求吃他不爱吃的猪肉？一向谨慎小心的他为何把一个女人弄到身边张张扬扬引起别人注意？

你有啥东西要带给你爹吗？

我摇摇头,我的确没有什么东西要带给帖哈,我刚刚进来,帖哈应该明白。

有话要带吗？比如有什么消息要我给他说吗？或者你写在纸上也行。

一股怒气从我心里升起来:帖哈怎会如此着急和大意？我真探得了消息还能不给你说吗？用得着这样派人来催？而且让写在纸上,不想要命了？就在这一刻,通里间的门帘被风吹得一动,透过帘缝,我猛地瞥见王山的影子在里间一闪,我的心一个惊跳,他怎么会在这里？他怎么会正巧在这里？这女人莫不是……

我打了个寒战。

刚才的那个疑团陡然间变大塞满了我的心。

我立刻改变了声调,高了声说:你老实给我说明,你究竟是干什么的？我在这京城里可是从来就没有什么表姑！

嘿,你这孩子,怎么这样说话？要不你去问问你爹,看是不是——

我顿生一计,是呀,为何不就此去看看帖哈,顺便对一下质,如果真是"亲戚",对她道个歉不就完了？倘若不是,不就可以戳穿这个把戏！来人哪——我猛然朝外高喊。

几个在门口当值的军士立刻走了进来。

来,先把这个女人绑起来,她冒充我家亲戚行骗,我要当面把她戳穿!同时转对丫鬟说:去,让他们备轿,我要带上这个女人回娘家对质!

哎呀,夫人哪,我不是——那女人的话未说完,通里间的门帘突然掀起,王山笑着走出来截断那女人的话:二娘,我刚才在这儿办点小事,恰好听见这女人来找你,于是就在里边听了她的话。我这一听就听出了破绽,她肯定是个骗吃骗喝的东西!这样吧,二娘,你回去歇息,这女人就交由我来处置!

也好,王山。我明白我得给他台阶下。这人就交给你了,像这类骗子,记住给我狠狠打!要打得她皮开肉绽,要不她会不长记性!说罢,我就转身出了门。回到后院我的屋里,我的心还因为后怕在咚咚地跳个不住,天哪,我只差一点点就信那女人了。倘不是那阵风吹动了通里间的门帘,我可能就真把她当自己人了,万一我要说出一句要紧的话来,那这会儿被绑的就可能是我了!

还得多加小心哪!

当晚吃罢晚饭王振叫我过去时,我先把这件事给他说了。我原以为他会表示意外的,没想到他只是"哦"了一声说:京城里的什么骗子都有,不奇怪。我立刻明白,这件事他预先就知道,并不是王山一个人所为!

这件事让我对王振更提高了警惕。

这之后不久,又一桩试探开始了。

这是一个夜晚,这晚王振进宫没有回来,我就准备在自己的房子里早睡,刚脱了鞋打算上床,跟我的一个丫鬟忽然敲门轻声叫道:夫人,有桩急事要给你说。我对那丫鬟印象挺好,就应道:你进来吧。

那丫鬟推门进来后,满脸神秘地低了声说:夫人,我捡了一把钥匙。说着,把手朝我伸过来,我看见她手掌里躺着一把挺长的铜钥匙。

就为了这个叫我?我有点不太高兴。赶明儿问问是谁丢的不就行了?

我知道是谁丢的。她说得很肯定。

嘿,知道了还不赶紧给人家送去?我越加不高兴了。

你知道这是啥房子门上的钥匙?她眼中露着诡秘。

啥?

楚七管的库房门上的钥匙。

库房?我有点明白这丫鬟的意思了。

楚七替王公公管着一个珍贵的库房,那间库房我们任谁都没进去过,不知里边都装了些什么宝贝。我真想进去开开眼界,你不想去看看?

那库房在什么地方?我被她撩起了兴致。就是,趁机去看看,这也是更深地了解王振的一个机会。

就在咱们房子的隔壁呀。

什么时候去合适?

我看这会儿就行。她向外瞅了一眼说,今晚王公公在宫里住着没回来,楚七又陪着他去了,马夫人睡得早,这会儿灯也熄了。后院里其他的女仆丫鬟这会儿也都进了屋,没了别人,正好,咱开了库房也没人知道。

好奇心攫住了我,我点头说:好。

丫鬟于是就拿了一支蜡烛,领我向外走。院子里很静,对面马夫人的屋子里也果然没了灯光。一股夜风吹来,让我打了个冷战。丫鬟领我到隔壁的那间屋门前,悄没声地打开了门上的锁,又很快地推开了门,拉我走了进去。之后,她就关上门,点亮了蜡烛,在烛光亮起的同时,我瞪大了眼睛:这库房里装的都是好东西,有金锭、银块、绸缎、大米、麦子、酒坛、香烛……

怎么样?我没说错吧?

我默然看着,像王家这样的大户人家,有这样一个库房也算正常。

夫人,我听说马夫人已攒了不少体己钱,你也该为自己积点体己,要不要拿点银子?反正这都是些没数的东西,再说,咱拿走后再把钥匙隔了门缝扔进楚七的屋里,他也不晓得自己的钥匙丢过,根本起不了疑心。

我倏然想起了母亲每次不舍地用卖羊和羊毛积起的一点碎银,去驿路驼道上的那些商人手里买盐、买香油、买布料的情景,心不由得一动。

我就替你拿一些吧,赶明儿我出去送给你家老人。那丫鬟这时已把一包银子揣到了怀里。她的大胆举动让我吃了一惊,她怎敢在我还没点头的情况下就擅自把银子揣进怀中?就在这一霎,我忽然想起今晚后院的安静有些反常,往日这时还是不断有女仆在后院进出的,莫非——我的身子一抖,决定也就在这一刻做出了。我大喝一声:来人哪——

后院通中院的门口立刻响起了脚步声。

那丫鬟此时照说是该吃惊的,可她却没有,只默然站在那里。

几个当值的小宦官和两个在府院巡查的军士闻声跑了过来,我走到门口指着库房里的那个丫鬟叫道:把这个东西给我抓起来,她想偷库里的银子!

那几个人于是就不由分说上前将那丫鬟捆了。这当儿,王山走进了后院,问是怎么回事,我就一五一十地给他说了一遍。他也怒道:好一个胆大的东西!二娘,你把这个家贼交给

71

我处理吧。我会让她知道咱们王家的家法的!说罢,手一挥,人们就把那丫鬟推走了。那丫鬟临出门那刻仍是一副不惊不怕的样子,不说半句求饶的话,让我坚信了这又是对我的一场试探。

我的警惕性提得更高了:原来四周都有陷阱呀!

接下来还会有一场试探?如果有,会怎样试探?

我做了各种各样的猜测,而且做了应变的心理准备,可没想到,当那试探真的到来时,我还是差一点上了当。

新的试探是在一个白天到来的。那天上午,王振去宫中之后,我照老习惯独自去前院闲逛,走过一间厢房门口时,忽听门内传来一声问候:夫人好!我扭脸一看,见是小旗长卢石站在门内,就问:你在这儿忙什么?卢石说:这是练脚房,是我们军士练脚上功夫的地方,我今儿上午要在这儿练脚。

练脚?我很惊奇,还有专门练脚的地方?

是呀,身为军士,脚上的功夫那可是太重要了,一旦和敌手打斗起来,脚上的功夫不够,轻则会受伤,重则会送命。

怎么练哪?我来了兴趣。

夫人要是感兴趣,可以进来看看。

好,我看看。我边说边就进了门。

你看,夫人,这是我们练踹功的用具,你只要能一脚把它踹出三尺远,那么你的脚踹到人身上,就能保证使他的骨头全碎掉;这是我们练踢功的用具,你只要能把它踢出五尺远,那么你的脚踢到人身上,就能保证把他踢滚出去一丈远;这是我们练绊功的用具,你只要能把它绊倒,那什么样的人就都会被你绊倒在脚下;这是我们练勾功的用具,你只要能把它用脚勾到手上,那么敌方手上和落在地上的任何东西就都会被你用脚勾过来。

嘀！我摸着那些东西，真是大开眼界。

你可以看着我练一阵子。

好，好。那一刻，我根本没想别的。你练吧。

我得先请夫人原谅，我练功时需要把外衣脱去。

脱吧。我点着头。

他迅捷地脱去了外衣，只穿了一个短褂和一条短裤开始练功，他踹、踢、绊、勾轮番进行，只把我看得眼花缭乱。在这些充满了力的动作中，他那强健的身子来回在我眼前晃动，渐渐就让我的心也晃了起来。我模模糊糊地感觉到有一种快乐的东西在我胸中积聚，不由自主地，我开始把目光紧紧粘在他的身上。尤其当他出了汗把上身的短褂也脱去后，他那异常健壮半赤裸的身子实在让人看了高兴，和我当初看阿台那半赤裸身子的感觉十分相似，心分明是一跃一跃的。我的一双眼睛渐渐就再也不想离开卢石的身子，就那样呆呆地看着。这当儿，他的手在挥动时好像不经意地碰了我的手一下，我顿时有一种麻酥酥的感觉。我的眼睛禁不住地由他的上身向下移，停在了他那不停挪动的腿上，他那筋肉突出的两条腿是那样的刚健有力，使我生了一种想摸摸的冲动。这时，他的手在挥动时再一次碰了我一下，这一次碰的是我的胸部，我身子顿时一颤，周身开始热起来。我注意到他也在看我，眼中还带了点莫名的笑意，那笑意也让我的心荡了起来。他的手第三次碰住我的腰时，我的手竟不由得想伸过去抓住他。我已经在心里暗暗期盼他的手再碰过来。就在这时，他忽然失脚跌倒在我面前，双手一下子抱住了我的一条腿，我的身子先是一悸，随后是一软。我差一点就要蹲下身子去抱他了，那一刻，我心里充满了要抱住他的渴望，可就在这时，我瞥见了他的目光，他的目光分明没有看我，而是看向屋子的一面墙，出于本能,我也迅疾地扭头向那面墙看去。我这才发现,那面墙上有一个整整齐齐的裂缝。我的身子骤然一冷,立刻明白了那墙上有一个暗门,这么说,那暗门后很可能有人在看着这一幕。我在一惊的同时即刻做出了反应,我朝门外大叫一声:快来人哪,这里有人要欺负我——

卢石闻唤急忙松开了我的腿。

正在前院当值的两个男仆闻声跑了进来。

快!你们立马把这个姓卢的狗东西给我绑起来!他竟敢欺负我!

卢石的旗长身份让那两个仆人有些犹豫,我便用更高的声音喊:王山——

墙上的那个裂缝忽然变大,暗门出现了,和我的判断一样,王山从那里边走了出来,他装作很吃惊地问:二娘,我正在隔壁办事,忽然听到你喊,出了什么事?

这个狗东西竟敢欺负我,对我动粗,抱住了我的腿,你一定要给我做主!要为我出这口气!

胆大的狗东西,我看你是不想活了!来人,给我拖出去先打二十军棍!王山朝卢石恶狠狠地瞪了一眼,对随他从暗门进来的几个军士挥了挥手,那几个人上前便把卢石架了出去……

回到后院我自己房里,后怕让我紧紧捂住了胸口:天哪,今天只差一点点就要出大事了!他们竟然对我用这样的法子?他们怎会想起这样的法子?……

晚上王振回来时,我知道我必须继续把戏演下去,我装作仇恨满腔地对他说了一遍事情的经过,我决绝地对他说:你必须把那个胆大包天的卢石给我杀了,要不然我咽不下这口气!我也不想活了!

王振淡淡一笑说：看到你这样生气我很高兴,你能在卢石这样的男人引诱下不为所动,把这看作是对你的污辱,说明你是一个贞洁的女人。我喜欢贞洁的女人。我现在可以告诉你,不是他胆大包天敢去欺负你,再借一个胆子给他他也不敢,是我让他这样去做的,我想试试你是一个啥样的女人！

什么？我假装惊骇地后退一步,然后就捂脸装作伤心地哭了。我边哭边怨道：我虽是穷人家的女儿,可爹娘从小也教我要贞洁做人。王公公你既然不信我是一个守妇道的女人,那就放我走吧,让我去死吧……

王振这时就把我揽到怀里,一边亲着我一边温言软语地劝我：别哭了,我的小宝贝,我也是不得不多个心眼。想你也能看出,因我有现在的权位,很多女人都想到我身边来,可我必须小心,万一把一个坏女人放到身边,让她日夜跟我在一起,那就等于在自杀了。说实话,你是这些年来我真正看上的女人,也正因为如此,我才想反复试探。好了,你经过了今天这个试探,以后就是我最贴心的女人了,再不会有试探了,再不会有了……

这天晚上,他是亲自把我抱到床上的。

就是从这天晚上起,我感受到他对我没有了精神上的戒备。

我仍是应召去他屋里睡,他不召时,我就在自己屋里睡。

在那些同睡一床的夜里,每次他对我做完了他想做的事情之后,就会长出一口气,然后拍拍我的肩头说,睡吧。一开始他总是背对着我睡,不愿我碰他,随着我们睡在一起的夜晚的增多,他慢慢习惯了我,开始面朝着我睡。起初,他和我在一起睡时从不脱裤子,后来,他见我从不探看也从不触摸他的下体,他也就脱了裤子睡了。为了使他越来越离不开我,我把过去丫鬟们和仆人们为他做的事情都揽了过来,我给他洗头、洗脚,给他剪指甲、剪头发,给他脱衣服、换衣服。我做这些事时都非常仔细,尽量让他觉得有一种快感,让他认为只有我做得最好,从而使他在生活上越来越依赖我。也就是一个来月的工夫,我感觉到他真把我看成了他最贴心的人,他不跟马夫人说的话,都跟我说了。比如他在宫中的烦恼,他打算罢免的官员,他给蔚州老家要做的事情,他赚得的钱财,全对我说了。对这些,我只听不插嘴,更不细问,以免引起他的不快和警觉。

我刚去时他睡觉的规矩是,他独自一人睡三天,让马夫人陪睡一晚,他再独自睡一天,让我过去陪睡一次。随着他对我喜欢程度的增加,他先是取消独自睡觉的习惯,凡马夫人不陪的夜晚,都让我去陪;后来,他干脆连马夫人的陪睡也取消了,让我每天晚上都陪他。当然,每天晚上在一起,他并不让我每天晚上都去站在那张画旁,而仍是隔四天做一次,也就是说,我每隔四天,要让他短暂地高兴一次。为何选择这样一个间隔,他没说,我估计他是觉得这样做不至于伤他的身体。

对于他冷待马夫人的事,我心里暗暗不安,我怕马夫人记恨从而妨碍我的大事。我来王家不是为了与她争得王振的宠爱,我来是为了报杀父杀阿台之仇,是为了灭掉明朝,为此,我决定和马夫人把关系修好。有天上午,王振上朝之后,我带了点王振平日送我的礼物,没让丫鬟作陪,径直去了马夫人住的东厢房。和马夫人施礼相见送过礼物之后,我假装红了脸说:大姐,有件事我想向你说明,并不是我存心每晚都去正屋睡的,实在是……马夫人听我说到这个,立刻明白了我的意思,笑道:这我还能不明白? 其实,你根本用不着不安,你去正屋睡,也只是为了照顾他,别的你还能得到什么? 我还能不清楚吗? 再说,我年纪也大了,睡觉时总打呼噜,不仅不能照顾好他,有时还妨碍他睡。你没来时,我就劝他再找一个年轻的,可惜一直没有合意的,直到找到了你。如今,你就替我多操心照顾好他,他多活一天,咱俩就会多享一天福……马夫人的话让我放了心,看来她真是一个好心眼的女人。

接下来我想到了和王山媳妇小蕉的关系,这府里以后能给我找麻烦的女人,可能就是她了。得想办法和她套一点近乎,别让她以为自己是她的对手。我想了两天,想出了一个主意,我给了丫鬟一些钱,让她去街上买了不少孩子们爱吃的糖呀果呀点心这类东西。第二天,我就趁那孩子由奶妈带领在中院玩耍时,去了中院。走到那孩子身边,我掏出了那些好吃的东西边自己吃边问他要不要。那孩子自然没有客气,就伸出了手。几块点心吃进肚里,那孩子就跟我没了生分,不停地朝我叫起了二奶奶。我告诉他,以后只要想吃好东西了,随时可以去后院二奶奶的屋子里拿。小家伙连连点头。随后,我就拉上了他向他家屋里走。那小蕉看见我来,多少有些意外,就忙着让座端茶。我说:小蕉,这小宝你可要好生带大他,他呀,不仅是你和王山以后的指靠,也是我的指靠。我这一辈子,是不会解怀生孩子了,将来老了,靠谁? 也要靠小宝养老送终呢。从今以后,我每年都要给这宝儿一点钱,算是我也尽了一点抚养的心意。说着,就让丫鬟拿出我预先交给她的五十两银子——这是王振高兴时赏给我的——递到了小蕉手上。那小蕉甚是意外,脸上也第一次朝我露了些喜色……

有天上午我去前院时,忽然撞见了那个旗长卢石,我这时对他的好印象早就没了,心里把他也看成了一条狗。我的脸就顿时一黑,咬了牙骂道:你个狗东西,竟敢给我来设陷阱?! 总有一天,我要让你知道我的厉害! 他吓得"扑通"一声跪倒在地,低了声说:请夫人宽恕,我那天的不敬之举,实在是奉命而行。卑职以后若对夫人再有一点不敬,愿受任何惩罚,就是杀头也无半句怨言!我早就想向你说明原委……

我看他跪了不起,一副吓得战战兢兢的样子,心里原来对他存有的那些好印象又一点点浮了出来,想着他也是受人指使,不是存心来害自己,就在心里原谅了他。再说,他是这宅子里的护卫兵的头头,以后我说不定还有用得着他的时候,就缓声说道:罢了,起来吧,念你是迫不得已,我就不再计较。只是你要记住,我不是个任人欺负的女人!

他起身后连声说:今后夫人有用得着卑职的地方,我一定尽力。

我挥挥手让他离去。

就是从这天起,我觉得我在王振府中彻底站稳了脚跟。也是因此,我决定回帖哈那儿一趟,把我这儿的情况给他说说。那是一个晚上,在王振的身体得了短暂的满足之后,我躺在他的身边撒着娇说:我想我爹了,我真想回去看看他老人家。他拍拍我的脸颊说:想了就回去看看嘛,又不远,明天我让他们派人送你。

第二天早饭后,一辆马车果然在前院等着我,车上还装了不少糕点、衣料和羊肉、猪肉。王振送我到车前说:替我问候你爹。

那天陪我回家的,除了我贴身的丫鬟和马夫外,还有卢石和两个军士,他们的任务大概是保护我的安全。我傲然地看了一眼卢石,点了下头算是打招呼。

马车驶出王振家前院大门时,我长长地嘘了口气。这是我进王家后第一次走出院子,看到喧闹的街景时我心里好高兴。那一刻我想,日后待我把仇报了,把太师也先交给我的事情办完,我要好好在这北京城玩玩。

我坐的马车车厢是撑有布篷的,丫鬟和我坐在车厢里,马夫坐在车厢前,两个军士和卢石在车两旁与车后步行跟随。我隔着车厢上留的小窗口,看着跟在车旁大步走着的卢石浑身都是汗水,内心有些不忍地问道:累不累?

不累,夫人。他扭头朝我笑了一下,眼中还有怯意。

你们从军干这个,一月能挣多少银子?

不多,夫人,不过够用了。

你开封老家还有几口人?我生了和他聊聊的心愿,我心里对他并没有恶感。

三口,娘、妹妹和弟弟。

你爹病死了?

不是,是和瓦剌人打仗时死的。

哦?我心头一震。

我们家是军户,照规矩,爹死儿要顶着。

你弟弟多大?

十二岁。

这么说你们家主要是靠你挣钱养家?

是的,穷人家,能吃饱就行了。

我没再说话,只默望着他那粗大的身躯,听着他因急走而起的喘息……

帖哈显然没料到我会在那天回来,乍一看见我从马车上下来时有点发呆,不过很快就从呆愣中恢复过来,开始扮演他的角色,高兴地扑过来抓住我的手说:你可回来了,我的孩子,爹可是想死你了,你怎么样?好像有点胖了,王公公他身体也好吧?……

我没让丫鬟下车,卢石和那两个军士把礼物由车上拿进屋后,我让他们也出去照看着马车,我要单独和帖哈说说话。

79

怎么样？一切都顺利吗？在屋里只剩下我和帖哈后他迫不及待地问。

我点点头。

他松了一口气：你这么长时间没有消息，我还以为出纰漏了，弄得我坐卧不宁。

告诉我，你是怎么知道王振那些习惯的？这个问题一直憋在我的心里。

能不问的，就不要问。他拒绝回答我的询问，却又小了声问我：确实已获得了他的信任？他没有对你生疑？

差不多吧。我简要地说了获得王振信任的经过，他紧张地听着。

一定要让他把你看成最贴心的女人，这样你才能得到有用的消息，你的话也才能对他产生影响。

我明白。我朝他点头。不过这种日子并不好过，我希望能早日离开。

当然，只要我们把仇报了，把明朝打败了，会让你顺利离开的。到那时，你就是也先大人的功臣！顺便告诉你，你的哥哥已被太师封了官，官虽然不大，但是一个官。你的弟弟也已被也先太师招进了军营，吃穿用都不再由你母亲操心。

烦向太师转达我的谢意，谢谢他的关照。

太师捎来口信说，他可能很快就要用到你了。

哦？要我干什么？

帖哈笑道：当然是探听我们需要的消息，为我们瓦剌军下一步的行动做准备。

要攻打明朝了？我一阵兴奋。

还不知道。不过你要尽可能多地和王振待在一起，听到事关军队调动、新营成立、军官和监军太监任免以及朝政等有用的消息就记在心里,而后告诉我。为了我们联系方便,我过些日子会装一次病,你可借此机会要求王振同意我搬到他府里去住,我离你近了,传递消息也会不引人注意。

好吧。

最后要记住,你是孤身一人钻进了狼窝里,狼随时可能朝你扑过去,每时每刻都不能大意。

我点头表示明白。

你在王振身边当然会受委屈,尤其是到了晚上,那些侮辱我一想都能想象出来,你可要忍住。

帖哈这话让我的眼泪一下子流了出来,是的,我每时每刻都有一种受侮辱的感觉,尤其是夜里发生的那些事情,我一想起来就感到恶心。我太想哭诉一番,可又怎能说出口?要不是为了报仇,我怎会去忍受这些?

帖哈拍着我的肩头叹了一句:世上所有做大事的人都要学会忍受……

昼 录

在王振不进宫的日子里,他有时会坐马车出去散心。听马夫人说,王振散心不愿去皇家园林或风景名胜处,他总是坐上马车去城外找一个人迹罕至的地方,独自坐上或走上一阵,再不就是兴之所至地哼一阵家乡小调,有时甚至挖一阵野菜,然后就回来。马夫人说,她过去也陪他出去散过心,因为他总是这一套散心法子,她觉得乏味,就找理由不去陪了。我听罢却心中一动,觉得这又是一个抓紧他获得他的彻底信任的机会。所以那个晚上听说他第二天要出去散心,我就在他用手揪住我奶子十分高兴的那一瞬间,提出了我的要求:我明天想陪你去散散心。他立刻便点头答应了。

第二天的天气不好,阴云一团一团地在头顶上飞,楚七劝他改天再出去,但他执意带我上了马车。这天随车保护王振的军士有十来个,卢石也在其中。卢石和另外三个军士坐在我们这辆车车篷外的四个角上,剩下的军士分坐两辆马车,前边走一辆后边走一辆,把我们这辆车夹在中间。楚七坐在第一辆车上。

车出城东行,上了田间大路。王振默然看着路的两边,身子一动不动,他心里显然有事。走了大约一个时辰,前边的路旁出现了一个池塘,他让马车停了下来,说:就在这池塘边坐坐吧。

王振带我走到池塘边时,楚七和那些军士已四散开警惕地看着四周。这里离京城已经不近,除了从远处的村子里传来一声牛叫狗吠,几乎听不到别的声音。

这地方不错,多安静,哪像京城里,整天喧闹得人心烦。他沿着塘畔走着说着。这是一个天然的池塘,因为水极清澈,能看出塘水不深,水里的水草不少,有小鱼的身影不时在那些水草间一晃一闪;水面微波不兴,有两只蜻蜓在水面上飞,间或栖落到岸边的草尖上;塘边长了些高高低低的柳树,一些柳枝像是渴了,干脆把头垂到了水里;池塘的四周,是荒地,荒地里长满了各种各样我叫不上名儿的草。

热闹了多好,人都想到热闹处去哩。我接口道。

那是因为你年轻,没在热闹处常待。人哪,最初都是待在清静处,后来就想热闹,一心想往热闹处去闯,可真在热闹处待长了,又只想找个清净的地方去。像我这老在热闹处待的人,就害怕热闹了,热闹之处是非多呀!

啥是非也不会惹到你身上,人们都说王公公在宫中德高望重,皇上信赖,百官敬仰哩。我想引出他的话来。

宫中的日子可不像这池塘里的水,连波纹也没有,那可是无风也起三尺浪的大海呀。你要稍不留心,一个浪头打过来,就可能把你打进去淹死!他又边走边叹着。

你可别吓我!我笑起来:啥浪头也不敢朝王公公身上打呀。

吓你?他扭过脸来,一本正经地说:告诉你,最近就有一个大浪头打过来了。一帮人在朝中散布说,由于我不懂军事,漠视北部边防筹备,只顾在云南用兵平叛,致使北边瓦剌人的军事力量壮大起来;而且声言,瓦剌人的头头也先很快就可能要带兵来反明了,明朝已经处在战争的危险之中。

哦?我心中暗暗一惊。明廷中果然还有料事如神的人。这会是真的吗?我不动声色地问。

真个屁!他冷冷一笑,他们无非是想以此为借口,动摇英宗对我的信任,想夺走我手中的权力,置我于死地罢了。什么他奶奶的战争,我就不信也先这个瓦剌小子还敢对我大明朝动手?他有几个脑袋?他至多不过是想和我们做点以货易货的交易,并趁机占我们一点便宜罢了。

王公公所言很有道理,我不懂朝中的大事,可我知道一条小道理,力气小的人一般不会去找力气大的人闹事,小小瓦剌怎么敢来打大明朝?那他们不是来找死?我想我得影响他的看法,这也是也先太师派我来的一个目的。

好了,我们不说这些让人生气的事。我今天出来散心就是想暂时忘掉一切,让自己快活快活。人心里总不快活可是要出毛病的。我们说说这池塘、这柳树、这田地、这云彩吧。

听他说到云彩,我忙抬起头来。这些天整日精神紧张,竟一直没有抬头去看云了。这一刻,天上的云很厚很多,堆积成了大大小小的山头,那些山头缓缓移动且在变换着形状。看哪,那山上像不像垒了一道长城?!我指着其中的一堆云彩笑叫。王振伸手摸了摸我的脸蛋,含了笑说:知道么,杏儿,我喜欢看你欢叫,你这孩子气的一叫呀,让我也以为回到了少年时代。少年时的我也爱看云哩,那时的我多么单纯哪,哪像如今这样心里整日塞满了烦恼。

我正想开口同王振说点什么,鼻子里突然间又闻到了过去闻过的那股类似脂粉的香味,噢,来了!我指着头顶的那团云转身问王振:王公公,你有没有闻到一股香味?

香味?啥香味?他有些发愣。

那团云彩上有一种脂粉香味,很香,你仔细闻闻!

他吸吸鼻子,摇头笑了:我的傻杏儿,云彩上哪有什么脂粉香味?你闻的是你自己身上的脂粉味儿吧。

我没再解释,我想我也解释不清。我只是直瞪着头顶的那团云彩,猜测着那云团是怎么染上香味儿的。我已经明白,云彩上的那股脂粉香味儿,真的是只有我一个人才能闻到的……

杏儿,还傻看哪?

我忙恋恋不舍地从天上收回目光。

说一点高兴的事儿。

王公公愿不愿听我唱支田歌?我忽然想起了这个让他高兴的法子。我当初在草原上就爱唱歌,后来帖哈教给我几支山西和蔚州一带种田人爱唱的歌子,让我出来后以备急用,这会儿可以派上用场了。

你还会唱歌?他扭身带了笑看定我。

唱不好,也就是瞎哼哼,小时候跟村里一些姐姐、嫂子们学的。你愿听吗?

好,好,唱唱你们山西人的田歌,我小时候去大同,常听见路两边的种田人在唱,我愿听,唱吧。

我放开了喉咙:

> 蜜蜂爬在窗棂棂上,
> 心乱全在那嘴唇唇上,
> 圪爬爬榆树钻天杨,
> 妹一颗心抠在你身上。

> 三天两天交个新鲜,
> 三年五载交个姻缘,
> 十年八年不算个交,
> 黑头要交到白头老。

我边唱边注意观察他的反应,如果他反感,我就随时打住。还好,他听得挺认真,而且脸上的笑纹越来越多。

不孬,唱得不孬。我唱完之后他点着头说。你的歌声又把我带回了老家,带回到了老家的庄稼地。小时候我跟爹娘下地干活,常能听到你刚才唱的这类歌子,我老家和你们山西挨着,歌子和调儿都差不了多少。那个时候心里多单纯哪,就是想把面前的农活做完,想中午吃顿饱饭,想看几页爱看的书,哪像如今,啥时候脑子里都装着一堆事情。有时候我就想,这日子要能倒过去,我宁愿在家种庄稼,也不再出来当这朝中的官了。

可你眼下这个官位,是多少人做梦都在盼着的。我恭维着。

是呀,人们总是只看外表的荣耀,看不见人内心的苦处哪。罢,罢,我们不说这些,你再接着唱,再唱一曲我听听。

我低头想了想,忽然觉得这是我向他表明忠贞之心让他对我放心的一个机会,于是就选了那首《想你》又唱:

想你想得手腕腕软,
拿起针来穿不上线,
三天不见你的面,
就心火上升把个嘴角烂。

想你想得两腿酸,
锄谷子拿起割草镰,
哥哥你把心放大,
妹妹死也要和你在一打打……

王振听到这儿,猛地伸手搂紧了我。他把下巴搁在我的脖颈窝窝里说:杏儿,你唱得我这心里头都热了。

我也假装动情地说:我唱的虽是现成的曲儿,可那也是我对你的心意的表白哩。

他叹口气道:难得你一个小女子对我有这份心,八成是老天爷看我这辈子的日子过得太窝心,没有女人真心疼爱,就派了你来。好,有你,我就知足了。从今往后,只要我活着,就决不会让你受罪。看,那边不是过来了两头牛吗?他猛然指着远处叫。我抬头一看,果然见一个男孩赶了两头牛向这边走来。——楚七,快去牵一头牛来——他对站在警戒点的楚七喊。

楚七闻言急忙朝那放牛的孩子跑去。我有些诧异,问:王公公,牵牛来做什么?

骑。小时候我常骑在牛背上玩,我们今天也骑一回牛,再体验体验那个味道。他有点兴高采烈。

楚七把一头老母牛牵过来的时候,王振让我先骑上去。我一愣,我过去骑过马可没骑过牛,不过还好,有骑马的经验,骑牛便不难了。我骑上去,那牛便缓缓地朝荒地里走,不时地啃一嘴青草。王振站那儿看一阵,就让楚七扶他也骑了上来,他坐在我后边,双手搂着我的腰,那老牛依旧不慌不忙地边吃草边慢步向前走着。在草原上骑惯了疾驰飞奔的马,骑这老牛实在没味道,不过我假装很高兴,夸张地叫着:王公公,我愿意和你就这样一辈子骑坐在牛背上。这话当然中听,他听后叹口气说:杏儿,你来之前,我对女人是很少接触的,心里总对她们烦,更不愿让她们的身子挨近我,可你来之后,我有点变了,我看见你不仅不烦,还只想和你在一起。唉,倘若我不是这种身子,倘若我俩能养一个孩子那该多好……

　　其实现在这样也挺好,我既是你的女人,同时一个女儿能为你做的事,我也能替你做,我可以一身兼两职——

　　他把我搂得更紧了,没让我继续说下去,同时把下巴放在了我的颈后摩挲,我从他的动作里,感受到了一种深深的依恋之意……

　　这次游玩,使我俩的关系更亲密了。游玩回来的当天晚上,吃罢晚饭,他悄声说:我要让你看一样东西!随即便拉了我的手向他住的正屋西间走去,他没让丫鬟提灯,自己亲自提了灯在前边走。进了西间,他插上屋门,在一个房角的地板上用脚踩了一下,地上忽然就出现了一个洞口,他示意我跟着他踏着一个梯子向下走。在下梯子之前,他告诉我不能直接踩到正对梯子的地上,说那里的地板下边是一个很深的陷阱,可以一连让十个人死去。他教我要大迈一步躲开那个陷阱盖。地洞弯弯曲曲,走到洞底是一扇坚固的镶了铁皮的门,他打开门上的锁后我才发现,这原来是一个很大的地下室,地下室里堆满了木箱和柜子。

你打开它们看看！他指着那些箱子柜子说。

我满眼惊疑地打开了其中的一口箱子,天哪,里边装的全是白花花的银子;又打开一口,里边照样是银子。我又打开一个柜子,看见内里装的全是各样雕刻得十分精致的玉器。再打开一口箱子,里边装的全是珍珠和珊瑚。

这里放的全是银子、金子和其他值钱的东西,它们都是各地官员和外国人送的。人家送来了,你不要,人家不高兴;要吧,就积下来了。他望着我,一脸的自豪。当初建造这个地下密室和向密室里搬东西的人,一个也没有活下来。如今知道这个密室的人,除了我就是你,连王山我也没有告诉他,更不用说马夫人了。从今天起,你将这把钥匙拿在手里。他边说边把手中的钥匙朝我塞过来。我吓得慌忙向后退了一步,说：别,别,这样重要的地方还是你自己管吧。他见状笑道：我要是信不过你,怎会领你来这里？既然让你看了,这些金银珍宝就是我们俩的了。这些东西是我准备不测时用的,万一我将来在朝中站不住脚了,我们就带上这些东西回蔚州老家,它会保证我们照享荣华富贵。

我还没有从震惊中回复过来,他已把钥匙塞到了我的手里。

我把这把钥匙给了你,就表明你是我在这个世上最贴心最信任的人了！

我假装受了感动,"扑通"一声朝他跪下了双膝,说：王公公,我尹杏生是你的人,死是你的鬼,倘是有一点对不住你,天打五雷劈！

他急忙弯腰扶起了我……

我能感觉到我在王振家地位的上升,过去王山来后院问安时,总是问罢王振就去问候马夫人,对我只是礼节性地说一声"二娘好",神态中根本不带恭敬之意。现在,他问过马夫人的安,还要特意过来恭恭敬敬地问候我,有时还要坐下来细问我有没有要他帮助做的事。王振也交代我,你马姐姐喜欢养花,王山有政事要参与,这管理整个宅子的事,你可多操些心。我当然急忙点头应允。

有了王振的这个交代,我在王宅各处便都可以随意走动,可以指使各种下人干活,我的活动空间空前大了。有一天我在前院看见一间厢房在空着,便打算晚点把帖哈安在这里住,想他住在这儿,进出大门向太师他们传递消息也方便。看好这间房子的第三天早上,我正和王振坐在一起吃早饭,一个军士忽然匆匆来到后院告诉我说,大门外来了一个半大孩子,自称是你家的邻居,说你父亲已经病了几天,让你回家照顾他。我一听就知道这是帖哈在催我把他接来王府住下,便装作慌张地起身向王振告假,王振这时已有点离不了我的照顾,问我回去多长时间。我说,依我的本意,我是真不想离开你一天,可父亲就我一个独女,我也实在不能抛下他不管,要不这样,我两边跑,白天我去那边照顾他,晚上再回来——

罢了,干脆将你父亲接过来住,你也不用两边跑了。他转身对那军士交代:立刻去备马车!

我急忙跪下致谢。

帖哈是当天午后被接来王家的。当把他在我预先看好的前院那间厢房里安顿好后,王振亲自来看了躺在"病床"上的帖哈。帖哈假装挣扎着要坐起身,王振急忙摆手止住了他。王振对帖哈说,从今天起,会有两个仆人来照顾你的饮食起居,请郎中看病的事由尹杏去安排,你只管安心调养身体……在屋里只剩下我和帖哈之后,帖哈抓住我的手无声而满意地摇了摇。我悄声告诉了他那天陪王振去游玩时听到的消息。帖哈说:他会转告太师也先注意隐瞒瓦剌人的真正企图,不让明廷感到战争在即,从而使其继续放松警惕……

就是从这天起,我随时都可以把我听到探到的重要信息告诉帖哈。帖哈也让我放心,我告诉他的每一个有用的消息,都会很快地传到太师也先耳里。我不知道帖哈的传送渠道是什么,我没有问,我估计就是问了他也不会说。

我当然有些担惊受怕,只怕被王振发现我和帖哈所做的事。这王振整治起人来,太让人恐惧,想自己的真实身份若一旦让他知道,后果定是非常可怖。不过,一想到自己是在为太师也先做事,在为我们瓦剌族出力,在为父亲和阿台报仇雪恨,我就又觉得自豪起来。

有天晚上吃过饭后,我看见楚七提着灯笼引着王振向后花园走去,心里就有些诧异:这个时候还去花园里看花吗?好奇心使我悄悄跟在了后边,到了后花园,我看见他们向花园西侧院墙上开的一扇小角门走去,只见楚七抬手拍了拍那门,那门就"吱呀"一声开了,两个人随后便闪身走了进去。这让我很惊疑:原来那里边还有人住着?!我平日白天里来花园中逛时,见那小角门总在关着,以为是向花园里运送粪肥的通道,因此也就没有留意。想不到那角门还通向一个住处,那里边住的是什么人?难道也是一个女人?

这个发现使我一晚上没有好好睡觉,我想我得赶紧弄清楚。第二天王振和楚七去宫中之后,我像往日闲逛那样,没让丫鬟陪着,一个人走进了后花园。那阵子马夫人还没有进园,我径直去了那小角门前侧耳听听,里边先是很静,随后响起了一阵低低的箫声,这箫声我过去从驿路上的那些赶驼客那儿听过,能够分辨出来。谁在这儿吹箫?这箫声里分明含着愁绪,是王振霸来的又一个女人?我壮起胆子抬手敲门,门无声地开了,一个男仆站在门后问:夫人,有事?

这是一个小院,除了三间正屋之外,还有灶屋。小院除了有小角门与后花园相连之外,其他地方都有很高的院墙与外界相隔。过去我数次从这门口经过,根本没想到这小门里还另有一个世界。这儿住着什么人?我边问边就走了进去。那人有些想拦的样子,见我瞪他一眼,没敢做出拦的架势,只说:住着一位先生,王公公交代过,不准有人来打扰他。

那箫声此时已经停止。

先生?什么先生?我更是意外,让一个男人住在这样隐秘的地方干什么?

一个整天读书的先生。

嘀?我越发有些惊疑,待要向正屋里走,却见正屋原本半掩的门已"吱扭"一声开了,一个须发花白面孔儒雅的老者捏着一把箫站在门里说:请进屋吧。

我愣在那儿,这和我原来的判断相错太远,原来真的不是女人。

我听下人说,王府上来了位尹夫人,想必就是你了。那老者笑着,脸上倒没有受了打扰的不快。

你是——我真有点猜不准对方的身份了。

我姓骞,过去领过兵,后来解甲后仍喜读兵书,是王公公请我来给他说说兵事的。

是吗?我走进了屋子,果然,屋子里满是书架,书架上放了一函又一函的书。这更出乎我的意外,王振对读书人还如此客气?

你对王公公都说些什么兵事？

什么方面的都说,凡他希望了解的,战史战例方面的,军队统领驾驭方面的,军队单位编配方面的,将士操练方面的,边备海防方面的,战法阵法方面的,战争预测方面的,都说。王公公给我交代过,在他面前,不要怕说错,凡我知道的,都可以说！

我心里暗暗惊讶,他身为一个太监,怎么会愿意了解这些？

只顾说话了,忘了让座,夫人快请坐。骞老先生这时急忙让道。

不了,我是因为听到你的箫声,觉着好奇,就走进来看看,打扰了。先生的箫吹得不错。

解解闷罢了,让夫人见笑……

我告辞出来,那骞先生也并不送我出门,送我出来的仍是那个男仆。我刚一出小院院门,他就急忙将院门关上了。我重又置身在后花园里,四周十分安静。

我疑疑惑惑地回了屋。我知道自己去那小院的事,那男仆会报告给王振,所以王振那晚刚一由宫中回来,我就决定先向他说明。他洗罢手,习惯性地亲了一下我的脸,问我今天过得快不快活,我就说:我今儿个在后花园里,无意中在小角门那儿听到了一阵箫声,觉着惊奇,就上前敲了门,我这才发现,原来那小门通着一个小院。进去一看,方知道里边住着一个姓骞的老头,那老头屋里有好多书。我无意中做了这件事,你不生气吧？

我看出他明显地一怔,不过随后就挥手让屋里的两个丫鬟出去,这才说:除了我和楚七,那个小院平日是不准别人进去的,包括王山他们。不过你既是进去了,也就罢了,其实你是我最贴心的人,对你也没有必要保密。那里边住的那个姓蹇的,是一个熟读兵法深谙兵事的人,我需要他这样的一个人住在我身边,我好让他随时给我讲讲兵书和战例。我如今在宫中,其他方面的事情都可以得心应手地应付,无非是用人提官,是抓好民生的诸样事情,是调协各衙门的关系,是揣摩皇上的心思,唯有军事方面的事情我过去的确接触不多,替皇上拿出主意比较难。而军事也最是一国之大事,不敢马虎。现在已有些人放言说我王某不懂军事,说我净替皇上拿馊主意,想抹杀我王某在大明朝军事上的贡献。我现在只要一有空闲时间,就让姓蹇的给我讲课,为的就是尽快在这方面也变成行家。待我变成军事上的行家之后,你说我在这朝中还在乎他们谁?!我不更是一言九鼎了?再进一步,倘以后逮住合适机会,说不定我还能让你做一回皇后!

皇后?

他急忙捂住了我的嘴,做了个噤声的手势,片刻后,放低了声说:这些都还是一厢情愿的想象。

那姓蹇的愿意给你讲吗?

当然。他要敢不给我讲,我就——他做了个砍头的手势。再说,他那一肚子军事方面的学问没有用处,他也着急,他愿意讲,我给他说了,他这也叫间接为朝廷效力。

要是以后他出去对人说他给你讲过兵书,会不会让人——

你的顾虑是对的,一个太监头头对军事过分感兴趣,会让人生疑的,说不定会惹来祸患,也因此,他出不去了,这个院子只要他进来了,就不会再走出去。他要想离开这儿,必须变成尸体!

我打了个寒噤。为了掩饰自己的失态,我急忙说:以后你再去听他讲时,我也陪着你去,我想看看他讲课时的样子。

行呀,只要你不嫌坐在那儿枯燥,只管随我去。今儿晚上我就要去他那儿,吃过饭咱们就过去。

我心里暗暗高兴,这也是了解王振内心、了解他在军事方面会做出哪些决定的机会。

那天晚上骞先生讲的是古时的战史和战争之源。一张小桌,一支蜡烛,两杯用绿豆熬的水——王振晚上不喝别的东西,只愿喝这个。那位骞先生和王振相对而坐。楚七和仆人都已退了出去,我坐在他们一侧的暗影里,屋子里除了骞先生的声音没有别的响动。王振一脸谦和地听着,他那一刻看上去很像一个虚心的学生,而不是大权在握随时可置人死地的大内重臣。

……截止到南宋,有史书记载的大战,就有两千五六百次。战争在华夏之地,每次停下来的时间都很短,间隙超过百年的几乎没有。从《战国策·秦策》上知道,神农伐斧燧之战,是我们有文字记载的第一场战争……

我没有去细听骞先生的话,只是望着王振在心中暗暗说道,又一场战争很快就要到来了,你知道吗?你这个还在梦中的东西!……

……人为了自己生存的地盘和某一种有用之物,比如银子、粮食、水、铁、铜、油、盐等,或为了女人,抑或为了信仰和脸面,都可能挑起战争,战争其实根源于人的争斗本性,根源于人身上那股嗜血的天性。我们经常可以看到一个男人为一件事突然撸起袖子要向对方动拳头,这其实就是战争的雏形。如果这个要动拳的男人去叫来了自己的同伴并拿来了木棍,他的对方也这样做了,那么,一场原始的战争就开始了……

我看着王振,观察着他脸上的神情变化。他微闭了眼,并不看侃侃而谈的骞先生,只默然听着。

……不管一场多大的战争,你只要追溯它的源头,都会发现最初的发动者其实都只是一个人,这个人通常是男人。发动战争的男人一般有三个特点:其一是年轻。我们只要查一下历史就可以发现,高龄的男人,一般很少再去发动战争;男人一旦年龄大了,就知道人活着的不易,就不愿用战争这种办法去解决事情。其二是有野心或叫有雄心。总想让世界按他的心思变化,总想占住什么或夺得什么。其三是血冷,具有好勇斗狠的脾性。他们一般不怕看见流血,即使自己流血也不皱眉头……

王振的眼睁了一下,又慢慢闭拢。

……在人类的许多次战争中,也有女人主动参与的特例。她们或是给男人的心火上浇油,怂恿男人去开战;或是给男人鼓劲,告诉男人胜利就要到来;或是直接披挂上阵,亲自协助男人打仗。这部分女人之所以对战争感兴趣,通常是因为她们心中有仇恨需要宣泄……

我的心头一紧,这个姓骞的不会是对我生了怀疑吧?

一场战争发生前通常都有哪些征兆?王振突然打断他的话这样问。

我闻言舒一口气,侧耳去听。

你是指内战还是他人入侵?

两种都说说,先说内战。

内战的征兆一般有四:一、掌握兵权的大人物中有人失了制约生了野心;二、天降大灾之后饥民数量太大,他们心中对官府的怨恨开始发酵变深;三、朝廷的某一项法令只保护了一部分人的利益且使另一部分人利益受损,利益受损的这部分人开始推举头头来有组织地表达他们的不满;四、官府的中层官员也开始离心。

有点道理。王振点头。

他人入侵的征兆也有三条:第一条,对手的军事力量渐渐变得比我方强大,我方已无吓阻对手的东西;第二条,对方的统帅层面出现了那种极有野心的人;第三条,双方的小摩擦开始不断升级且对方不情愿主动住手。

王振听罢默坐在那里半晌没有出声,他在想什么?想到了我们瓦剌人的威胁?

大约在帖哈搬来十来天后的一个傍晚,王振由宫中回来后面孔阴沉,他草草吃了几口饭后便向前院走,我以为是前院有仆人或军士做错了什么事惹他生气,就忙问他要不要陪他去,他说:你愿来看看也行。

进了前院正房大厅才知道,原来那里已押来了一个四十多岁的兵部的官,我看不出他官居几品,但能感觉出他的厉害。他虽然全身被捆满绳子,但照样气定神闲睥睨一切。

王振在摆在大厅正中的长桌后坐下,我则悄悄立在内厅的门口向外看着。我听见王振威严地咳了一声,而后朝那人厉声问道:你知不知罪?

我何罪之有?!那人叫道,我身为兵部官员,看出国家面临着瓦剌军的进攻,一场大战迫在眉睫,上疏皇上陈明我的看法,这叫有罪?你这是哪家的王法?

我闻言一惊:原来是关于我们瓦剌人的事情!

你妖言惑众,明明是汉瓦两族边民和睦相处,只为互市发生小的争执,而你却故意夸大其词说成是战争一触即发,搅乱皇上心思不说,还企图证明我的军备策略有误,你居心何在?

我的居心皇天可鉴,我就是想让皇上速整北方边备,以形成对瓦剌人的威慑力,从而遏止瓦剌军即将对我大明朝发起的进攻。眼下北方边境虽表面平静,可只要稍加观察就可发现,也先绝不是那种愿和明朝皇帝和平相处的人。他既然可以西夺东争,西占哈密卫东占东胜卫,扬言重建新朝,就不可能只满足在长城一线和我军对峙。手握重权的人的野心,历来都是战争的重要起因,也先既有重建新朝的野心,既然也想当皇帝,他就决不会就此安稳过日子。根据近日瓦剌军加紧调动的情况,我以为,战争不仅已不可避免,而且是近在眼前。我身为朝廷命官,在兵部做事,拿朝廷俸禄,难道不该提出自己的看法,为朝廷的江山社稷为黎民百姓着想?!

我直直地盯着这个人,盯着他的脑袋,这是一个聪明而可怕的人,但愿他不能说服王振和皇帝。他对于我们瓦剌人绝对是一个危险人物。

说得多么慷慨激昂,多么义正词严,可你没说出自己的心里话。其实你真实的动机只有两个;其一,是想哗众取宠,是想让皇帝赏识你,是想升官;其二,是想毁我的名声,是要证明我不懂军事,是要夺我手中的权力!王振冷笑着。

你如果一定要这样说,也可以。我首先承认,我想升官,我想有权带兵去守卫边境,使国泰民安;其次也承认,我想让你和你们那些监军的太监,不要再过问、操纵军队和边防大事,不要再向皇帝胡乱进言,以免误国!

你好大胆子!楚七这时在一边喊。

别阻止他,让他说。王振冷声道。

我没有别的要说的了。我仅仅因为给皇帝上疏表达我的看法,就遭了你们绳捆索绑,这样,以后谁还敢说真话?谁还敢进忠言?朝廷还能听到来自下层的真实声音?

97

没有要说的了？王振探身问道，见那人没再开口，说：那好，现在听我说，你不是想升官吗？我成全你，来人，升他做一品大员！

他的话音刚落，只见十二个军士向那人跑过去，三几下把他的双脚绑定在一根铁链上，与此同时，从屋梁上"嗖"地落下一根绳圈，军士们把那绳圈套在了那人脖子上。十二个军士分作两帮，一帮六个人抓住绑脚的铁链，一帮六个人抓住了套脖子的粗绳。那人见状惊叫道：王振，你要干什么？

成全你升官的愿望呀！凡是反对我可又想升官的人，我都是这样提拔他们的！言毕，一挥手，那六个抓了粗绳的军士便忽地拉起了绳，那人的身子随即"嗖"的一下升到了空中。不过转眼之间，又把他放下了地。

那人倒在地上，好长时间才又醒了过来。只见他慢慢坐起身，声音低微地骂道：王振，你个不是男人的东西，竟然如此狠毒，仅仅因为看法和你相左，就对我下此毒手——

动手！楚七慌忙朝那些军士叫。

军士们刚又要动手，王振抬手道：慢！既然他声言他是个真男人，那为何不让大家见识见识，让他显示显示？！

他的话音刚落，只见两个军士"唰"一下扯掉了那人的裤子，迅速地用绳子拴住了他的私处，那人立时疼得叫骂了起来：王振，你个浑蛋，你个断子绝孙的阉竖，你会不得好死——这时，只见王振猛一挥手，抓粗绳的六个人"嗖"一下拉起了绳，那人重又被吊到了半空中，他的叫骂声也戛然而止，在这同时，下边的六个人分成了两拨，三个人扯紧拴着那人两脚的铁链，三个人扯紧拴着那人私处的绳子，那人被向三个方向扯拉，只听见一声惨叫，跟着就见他的头和私处被生生扯离身体，他的身子轰然一声掉到了地上。

血溅得满地都是。

我吓得急忙闭上了眼睛。

大厅里鸦雀无声。

告诉兵部,王振慢吞吞地说道,就说他因犯了扰乱民心之罪,害怕遭到惩处而畏罪自杀。边说边向门外走去……

这天晚上王振没有让我再做任何事情,更没有伸手动我。我给他脱了衣服后他就躺下了,可他许久没有睡着,不停地翻身。我估计他也还在想着那个人的事。我自然也睡不着,一闭眼,那血淋淋的场景就会出现在眼前。那个人的死让我既高兴又恐惧,高兴的是,明廷少了一个洞明局势的人,这会使明朝皇帝更看不透我们瓦剌人今后的作为;恐惧的是,一个人就那样被生生折磨死了,怎么可以让人这样死去?!这是我第一次看到王振可怕的一面,与坐在牛背上和我慢声说话的那个王振判若两人。

没睡着?他忽然开口问。

哎。我朝他依偎过去:今夜好像有些冷。

是不是在为今晚上的事情害怕?他的手指不带任何感情地拨弄着我的奶头。

没,那人该死!明明王公公看事情看得准,他偏在那儿逞能胡说。小小的瓦剌怎敢和咱大明朝打仗?

他是该死!所有和我作对和我唱反调的人都该受到惩处!我不能容许朝中有不同的声音。这么大的一个国家,这么多的人,大家都来发表自己的看法,各唱各的调,那还得了?那还能安宁?还能做成事?那不就天下大乱了?

对。

可那个杂种他临死还敢侮辱我,骂我断子绝孙。

人死,话也就没了,忘掉它。我边轻声安慰边用手搂紧了他。

我也会让他断子绝孙的！他的拳头攥了起来。我要想法抄他的家,让他满门抄斩！

你有儿子,王山就是你儿子,你也有孙子,宝儿就是你的孙子。他们可以为你们王家接续香火传宗接代,别把他的话放到心上。

可王山不是亲生的。他的身子忽然间软了下来,头偎到了我胸前,带了几分哽咽说:我是断子绝孙了,是的,杏儿,是的……

我是第二天借去探望病情把昨晚的事情给帖哈说的。帖哈听罢轻轻一笑:幸亏明朝有一个王振,真是天助我瓦剌人也。倘没有王振这个糊涂蛋,我们瓦剌人的麻烦可要多了。不过,明朝的聪明官吏不会只有那一个死去的人,还会有人看出我们瓦剌人的用心,我立刻想法告知也先太师,让他加快出兵的步子。你要继续不显山不露水地给他灌输瓦剌人并无灭明之心的看法,让他进一步相信瓦剌人不会与明朝作对不会对明军开战。

我点点头。

你做得很好。帖哈握住我的手很高兴地说,我会把你所做的一切都告诉太师,将来他会重赏你的。你的作用起码会胜过五万大军,不过要小心,王振只是在军事上糊涂,别的方面可是很精,不能让他感觉到你的异常,不能让王振对你有一丝一毫的怀疑。

我当然明白,我的任何不慎都可能招来杀头之祸,招来计划的全盘失败。

这天上午,王振没去宫中,早饭后他先在屋里看了一阵书,而后对我说:走,咱们去后院。我明白他是要去骞先生处,忙起身扶他向后花园中走。进了骞先生屋子,他坐下后说的第一句话是:依你之见,眼下大明朝有没有面临战争的危险?

骞先生没有立刻回答,而是端起茶杯,喝下了一口水,那口茶水在他嘴里停了挺长的时间,之后才被咽下去。他这时方慢慢开口:一个国家要想不面临战争危险,有两个办法:其一,内里关系和谐,使民可以得生,使民心可以得聚;其二,军队强大,有精兵强将,有骇人之武器,四围之邻不敢轻举妄动来挑战。以大明朝今天的境况嘛——

他停了下来。

说呀。王振催道。

要是我说得不合你的心意,或是犯了什么忌讳——

尽管说,即使说错了也无关系。

大明朝眼下虽表面看去仍一如往常,呈康健之象,但内里已有多种疾病生出了,一些部位已在化脓了。据我了解,在不少地域,百姓们活着已很艰难了,既是活着艰难,那就会使他们铤而走险,这就是这两年东南和西南都有民变出现,内战时有发生的原因。也是因此,本朝的气力已不如前几帝在位时那样强盛,尤其是在军力上,衰弱之象已现,这样,对外的威慑力也就没有了。没有了威慑力,外人见你已经不再害怕,战争的危险也就跟着来了。

哦?!王振的眼瞪了起来。

危险其实已到眼前了。

来自哪个方向?

北边。

北边?

说明白点,那就是瓦剌人。

我的心猛一提:这个姓骞的,眼睛的确厉害。

瓦剌人真会来与我大明朝打仗?王振的眼眯了起来。

会的。

说说原因。

第一,是因为瓦剌军力这些年大大提升,他们的青壮年男子差不多都是军士,加上又皆为骑兵,机动速度极快,更使威力加大。而明军这些年受和平生活软化,意志和战力大大降低,两相比较,单就军力来说,瓦剌已是强的一方。强的一方当然想靠自己的力量说话。第二,是因为也先这人有野心,我根据你让我看的那些"边报"发现,此人的一些言行已暴露出他非平和贤良之辈,他不是那种可以和睦相处和愿意久居人下的人,他总希望别人能听他的,受他的指挥,他对明廷一直是暗中不服,当他自以为可以和明廷一决雌雄的时候,他决不会手软,而眼下,他认为已经可以动手了。战争从来都是强者发动的,而且是有野心的强者发动的。力量强但没有野心和有野心但没有力量,都不能使战争得以发动。遗憾的是,这两者也先如今都已具备。

我不信瓦剌的军力已比大明军强大。王振摇了下头。

不信恐怕不行,衡量军力的强弱不仅仅是看双方兵员的数字,重要的是看这些兵员组编得是否恰当,再就是他们的机动速度。机动速度是影响战力的最重要的东西。眼下瓦剌军不仅有日行数百里的铁骑,还有专门抛射爆炸物的炮手军匠。我们只要想一想当年成吉思汗的成功就行了。四十四岁的铁木真当年站在翰难河边的大帐前决定对金国发兵时,他手下只有九十五个"千户",也就是十万骑兵,可他却能在野狐岭一仗击溃金国三十万精锐大军,并追杀其大部,从此驰骋北国无敌手。接着,他又西征西夏——

好了。王振挥了一下手,打断了骞先生的话,今天就说到这儿。随之他就站起身向门外走。我望了一眼骞先生,这是一个不寻常的人物,他对事情分析得竟是如此准确,我当然不愿他有此眼力,可我还是对他生了佩服之心。

那晚回到卧室之后,我想我得弄清王振对骞先生说的那些话的看法,弄清那些话对他的影响究竟有多大,会使他对我们瓦剌人采取哪些新对策,我还得想办法尽量贬低骞先生的那些分析,使其不至于对王振产生大的影响。于是就故意把话题扯到骞先生身上。我一边给王振脱着衣服一边说,那骞先生倒是挺有自己的主见,只不过他的话我怎么听着和那天那个死去的兵部官员的话差不多。

王振默然了一霎,然后慢吞吞地开口:骞先生的用心和那人并不一样,他不是为了当官,不是为了争宠,他只是想说出他的看法。当然,对他的话也不能都信,我们要分析,有道理的就听;无道理的,当作耳旁风行了。他说瓦剌军的军力要比大明军强,这我确实难以置信,你说呢?

我?我怎么懂这个?

这倒是,这又不是说衣料的好与坏,你不会关心这些事的。

可有一条我是明白的,大明朝占的地面比瓦剌人大得多,人也多得多,造的刀枪箭镞和火炮也比瓦剌人厉害得多,怎么就能说瓦剌军比咱大明军要强呢?我不信!

我也是这样想的,杏儿,在这一点上我俩的看法一样。

我认为王公公你的看法最有道理!

是吗?那就还按我们的看法办!

我在黑暗中无声一笑,心想,幸亏明朝有王振这个又骄横又不懂大事的人在把持着大权,真是天助瓦剌人哪……

夜 录

随着我在王振府中地位的日益巩固,随着我在府里活动自由度的变大,一件我原先未曾料到的事情竟然不知不觉地发生了。

那是一个黄昏,王振去宫中还没回来,我先去前院看望病情转轻的"父亲"帖哈,然后就在前院散步,不知不觉中走到了军士们住的厢房门前。经过其中一间房子的门口时,忽然听到屋里有痛苦的呻吟声。我觉得诧异,就探头去看,一看才明白,原来是一个人屁股上受了伤,正被扒下裤子趴在床上,让另两个军士擦上边的血迹。眼见得那人屁股上血糊糊的,我心里不由得一阵难受,就走了进去问:怎么回事?一个军士忙答道:他练骑马时不小心落马了,被摔坏了屁股。那伤者听到我的声音,这时扭过头来说:谢谢夫人关心。我这才认出,伤者原来就是那个旗长卢石。

我心里发声冷笑:不亏!转身就走了。

这件事过去之后,我就回了后院,很快把它忘到了脑后。我当时并没有想到它还会继续发展下去。

第二天早饭后,王振临去宫中前叫住我说:楚七告诉我那个卢石旗长练骑马受了伤,你今天上午记住带点礼物代我去看看他。对我们身边的军士,须要恩威并重,抓住这个机会对他施之以恩,他会感激不尽的。他毕竟每天都带了人拿了刀剑在我们身边晃荡,我们要会驾驭。

我急忙说行。

半上午时分,我依嘱让丫鬟带了些点心随我去了前院。没当值的军士们那阵子都集合在前院的空场上练剑法,我和丫鬟就径直往卢石住的屋子走。恰在这时,中院小蕉的一个仆人喊我的丫鬟,说有东西要交给她。我就让她把点心给我,独自一人向卢石的门口走。他的门虚掩着,我推门进去刚要说话,却吓得急忙又退了回来,原来那卢石正侧身躺在床上酣睡,可能因为屁股上有伤的缘故,他的下体整个赤裸着,没穿也没盖任何东西。我这时要说是该往回走的,也可以喊别人进屋先叫醒了他再说,可是一股奇怪的吸力使我再次走了进去。我惊奇地看着他的下体,血涌上了我的头,我明白我是想看看他的那个地方,看看真正的年轻男人的下体,一股羞耻感在催促着我赶紧走开,可双脚却并不听使唤。在这之前,我已经看过帖哈和王振的下体,可他们一个因为年老一个因为残废,并没有满足我的好奇心,当初和阿台在一起时,还没有这种机会。现在看清了,我觉得我的心越来越快地跳了起来。我想退出门去,可慌张中脚碰响了一个椅子,惊得卢石一下子睁开了眼睛。

夫、夫人……我不、不是故意的……他急忙拉过衣服盖住了下体,我实在是因为疼……说着,他脸上吓出的汗珠可就滚了下来。我慢步上前,轻轻伸手拍了拍他的肩膀,低了声说:这没什么,别怕,又没别人看见。他慌慌地抓住我的手说:千万不能让王公公知道,他要知道我在你面前这样,我可就保不住命了……

我安慰了他许久才让他平静下来……

大约是从这天起,卢石曾经在我心里引起的那股气愤彻底消失了,他的身影在我的脑子里留了下来,并且有点挥之不去了。每当我一个人静坐在那儿的时候,他赤身侧躺在那儿的模样就会在我脑子里出现,而且那影像还敢大模大样地朝我直走过来,吓得我失声叫起丫鬟来。有一次丫鬟闻唤跑过来看见我一个人面红耳赤地坐在那儿,惊诧地问:是你喊我?我急忙摇头说:没有啊。

到了晚上,当王振让我横躺在他的腿上时,我又会想起卢石的那个样子,直想得我双颊热得发烫,王振这时揪住我的奶头,我会想象成这是卢石在用手揪自己,从而快活得低声叫了几下,这使得王振也很高兴。他笑着说:看来,我还能让女人快活起来……

我意识到自己心里对卢石生出了一股异样的东西,我有些害怕,不敢再见他,可又渴望着能经常看见他。

负责守护宅子的军士们有时也在前院练习骑马劈杀,每次看见他们练习骑马,我的心就痒痒。我太喜欢骑马了,我过惯了在草原上纵马狂奔的日子,现在整天在这个院子里生活,实在憋闷得慌。军士们骑的马,其实都是我们草原上的马,是明朝人用粮食和箭镞从我们那儿换来的,单单看见那些马,心里就有亲切感。有一天我趁王振高兴时说:王公公,我也想学学骑马,可以吗?王振笑了:好呀,让他们教你就是了。有了他这句话,第二天他进宫之后,我就到前院找到卢石说我想学骑马。那卢石显然已得到了王振的指令,知道了我要学骑马的事,立刻答应,并喊过一个军士去牵马。

一匹浑身乌黑的马被牵了过来,卢石伸手抱我坐了上去。他这一抱,我这心就忽悠一下悬了上去,身子有一种麻酥酥的感觉。我被帖哈和王振抱过多次,但从来没有这种舒心的感觉。我真希望他就一直把我抱在他的怀里。卢石没有发现我的异样,边扶我在马背上坐好边说着骑马的要领,其实哪用他教我,我教他还差不多。但我不敢露出会骑马的样子,装作胆怯害怕的模样,在马背上扭着身子,并趁别人不注意,用脚踢了一下马肚子,使那马一惊,猛地跃起前蹄甩了一下我,我假装没有防备,身子一歪又向卢石倒去。那卢石手也真快,一把抓住我的腰带将我闪电般地抱在了怀里。他的一只手抱紧我的小腹一只手抱紧我的胸部,随之就把我放到了地上。

我又短时间地体味到一种迷人的快乐。

我刚要继续练习骑下去,帖哈忽然让一个仆人来叫我,说为吃药的事要同我商量。我估计他是有事,就紧忙走了过去。果然,一进他的住屋,帖哈就皱了眉问:我隔窗看见你在干什么了,你为何要去骑马?你难道不知道这有可能暴露你的身份吗?汉人女子有几个喜欢骑马的?你一旦骑上去就能保证不露出你会骑马的真相吗?你是不是存心想让王振对你起疑?告诉你,决不能再去摸马,一次也不能!只要我们瓦剌人早点战胜了明朝的军队,还能没有你骑马的时候?!我默默点头,我内心里承认他说得对,我是有点忘乎所以了。我一旦骑上去让马撒开蹄子,就难免不露出我会骑马的样子,那要是传到王振耳里,就真有可能出危险了。

这次骑马虽然半途而废,可卢石抱我的情景却成了我又一桩难以抹去的记忆。这记忆让我寂寞的生活里添了些有趣的东西。

有一天午后,王振带楚七进宫去了,我单独一人百无聊赖地去前院闲逛,刚好看见卢石在前院大厅门口站着,就顺脚走了过去。卢石看见我来,忙施礼道:夫人好。我点点头,走进了大厅。大厅里并无别人,空荡荡的只有些桌椅。我扭头看看低首跟在我身后的卢石,心里忽然升起一股想要让他抱抱的可怕的冲动,一个令我脸红的念头也跟着闪了过来。我指了墙上挂着的一幅唐代太监高力士的画像说:那画像帽子上的图案我看不清楚,你能不能抱起我让我看上一眼。卢石闻言先是迟疑了一下,随后点头说:行。跟着就伸臂抱起了我,

107

他的手刚一挨住我的身子,我就因为快乐和激动浑身发起抖来。我虽然眼在看着那幅画,心却早飞到了天上。

看清了吗?卢石小了声问。

我心上是想让他再抱一阵的,可不好再找借口,只能说:看清了。

把我放到地上后,卢石胆怯地向大厅门口看了一眼,显然是害怕有人看见这场面。我忍住心上的高兴,故意问他:你看什么?他嗫嚅着说:可不能让别人看见我抱你,王公公要是知道了,那还得了?保准会杀了我!也许还有你!

有那样厉害?我故意撇着嘴表示不信。他急忙抱拳求我:千真万确,你可千万小心别说出去!好吧,我不说出去。我朝他点头,他的害怕劲儿也让我高兴。

自此之后,一当王振出门,我就特别想看见卢石。想看见他的面孔,想看见他在前院与别的军士练打斗的身影,想看见他在前院和中院各哨点检查当值军士的样子。一看见他,我心里就涌满了一种不可名状的快活,两腿就有些发软,身子就觉得发飘。我知道我是喜欢上他了。我心里当然明白这事发展下去会有危险,因此总想法把这份喜欢压到心底里去,可无论怎样努力,无论用多少大事情去压它,那念头总能找个空隙从重压下钻出来,重新在胸口里边翻腾。

为了不再使事情向下发展,我开始下决心不去中院和前院,把自己的活动范围就限制在后院里,我甚至去帮马夫人到后花园里浇花种花。马夫人看到我的变化也有些奇怪,问我:你也喜欢上种花了?

可帖哈不知道我的心里发生了什么事,对我一连几天不去他那儿着急起来。有天上午趁王振进宫时差了一个小太监来后院叫我,说是他的头又晕了起来。我当然知道这是他要见我的借口,只得又向前院走去,帖哈看见我就问:是不是出了什么事情?我摇摇头说:没有。没有出事你为何几天不来看我?帖哈生气了,一个女儿一连几天不去看与她同住一宅的有病的父亲,这也会招人怀疑的。我无语,他说得对,我不能不来看我的"父亲"。可只要一来看他,我就会管不住自己的眼睛,我的双眼就可能要死命地去寻找卢石的身影。那天从帖哈住屋里出来,果然是那样,我的一双眼睛不受约束飞快地四下里找着,直到在一处哨点上把卢石找到。卢石分明是从我的目光里看出了什么,吓得急忙扭开眼睛不再看我。

如果这时有另一双眼睛看到我的目光,他一定也能看出我心里的秘密了。

我为自己的狂热着慌了。

还好,也就在这个时刻,有一桩更紧急的事情发生了。

那是一个临近中午的时分,没有进宫的王振告诉我,说王山要去山西为皇上办差,午饭全家在一起吃,也算为他送行。我当时没有在意,心想,不过是一顿应酬而已。

那顿午饭桌上的气氛很好,王山夫妻不时起身向王振、马夫人和我敬酒。马夫人不会喝,我是不敢喝——我过去可是跟哥哥学过喝酒的,马奶子酒我一气可以喝上两碗。王振能喝几杯,几杯酒下肚后,他脸上平日的那几分阴沉消去了不少,王山又一次给他斟满酒后,他端起杯说:说实在话,和你们几个人在一起,我这颗心才真算是松开了,才敢说说心中憋着的话。我这些天一直在琢磨,人活着究竟是为了个啥?为个有钱?为个有权?为个有名?这三样东西我现在都有了,可为啥心里还不痛快?是不是还有个啥金贵东西我没有得到?王山笑了,说:爹你心里不痛快还不是因为朝里有人跟你作对嘛。其实你完全不必理会他们,他们翻不了天,你只管享福就是,该吃就吃,该喝就喝,该玩就玩,把日子过得有滋有味。马夫人这时也插嘴说:山儿说得对,你把心放开,好好享自己的那份福……我没有说话,只是不时应和一声,赔个笑脸,言多必失,万一说错了什么,想挽回可就难了,我必须十分小心。眼看这顿饭就要结束,我一直绷紧的心刚要放松,没想到王山这时突然转向我笑着问:二娘,我记得你说你老家是山西朔州的?对呀。我一愣,不知他问话是什么意思。是朔州城里的?他又接着问。我的心一下子提了上去:帖哈过去只是含糊地说是朔州的,可从来没具体说是朔州哪个地方的。对,就在城里,记得是住西关小街。我只好胡编了说。家里还有没有亲人?他继续笑着问。我想说没有了,可又怕他起疑,就说:还有个大伯,在开茶馆,听我爹说,去年还捎过口信来哩。那大伯叫啥名字?尹大栓。我只好继续编下去。

王山献媚地笑着说:那好,我后晌就要出发去山西为皇上办差,期间也要到朔州,我到了朔州后,一定替你去看看这位老人家。

原来如此。我吃了一惊,急忙拦阻道:你去为皇上办事要紧,用不着讲那么多礼节,不必去看他。

那怎么行?我作为一个晚辈,难得去一次,一定要去看看。

我暗暗叫苦,他要在朔州西关小街找不到一家茶馆,甚至根本找不到一家姓尹的,那不就糟了?!不就全露馅了?天哪,这可怎么办?没想到无意中捅了个马蜂窝。

那顿饭结束时几个人又说了些什么话,我一概没听进去。我只是在暗中着急,得赶紧把这事给帖哈说说,让他想一个搪塞的办法,我是想不出了。

王山夫妻走后,我就借口去看"父亲"服药了没有,匆匆向帖哈的住处走去。帖哈听了我的话后也大吃一惊,在床帮上呆坐了半晌,之后才喃喃着说:在这里说任何一句话都要小心,因为我俩的性命和咱们的计划可能会因为一句话而化为乌有。天哪,你怎能随口乱说老家在朔州城西关小街?

你过去又没有交代,让我怎么说?现在怎么办?要不,咱们赶紧逃走吧?

上哪里逃?帖哈瞪我一眼。先不说我们很难逃出京城——王振家的人一见我们没了还不要立时派出快马四处查找?就说我们顺利跑回了草原,那等待咱俩的也是一个死!也先太师能容许我们这样子回去?!

我打了个冷战。那可怎么是好?

罢,罢,既然事情已经出了,由我来办吧。你还像过去一样,不能露一点慌张和不安出来。王振是一个疑心特大的人,不能让他看出一点点异样。我点头表示明白,满怀不安地回到后院自己的住屋里。

当晚,王振仍像往常一样地要我去他房里睡。我强打起精神做他要我做的那一套程式,待他心满意足地躺下睡着之后,我才闭了眼去慌恐地想帖哈将怎样应付这次危险,万一来不及应付那可怎么办?死在这里?王振会怎么对付我和帖哈?他要知道了我们的身份后会怎样震怒?会不会将我俩也吊在前院正厅的那个大梁上?……

那些天我一直沉浸在恐慌里。恐慌原本就折磨人,努力去掩饰这种恐慌就又是一重折磨,在这两重折磨下,我感觉到我的气色有些不好。我没想到王振也看出了我的气色的微小变化。有天晚上,他把我平放到他胸前时,用手摸着我的两颊说:我的甜杏儿,你是不是没睡好?这脸蛋蛋上的鲜红颜色可是有点退了。我心里一惊,急忙找了个理由说:这个月我的月红来得特别多,下边的月红多了,脸上兴许就会有点变化。是吗?他很关切地俯下身在我的脸上亲了一下,那赶紧让他们去找个御医来给你看看,吃点药。我这样的人还能惊动御医吗?我假装轻松地笑了。那怎么不敢惊动?我连大臣们都能差遣,找个御医还不是易如反掌?我见他有些当真,便又笑着生法拦道:我估摸这不是什么病,很可能是你的本事生了功效。我的本事?他在黑暗中盯着我。我故意撒娇道:你把我的通道打通了,原先阻在里边的月红就都出来了。我这番奉承大约让他听了很受用,他呵呵笑了,抱紧了我说:这样看来我还是有本领的!我继续给他灌着迷魂汤:你不仅有本领,而且本领大着哩……

从第二天起,为了不让自己的气色再有变化,我增大了饭量,而且白天也加了睡眠时间。我明白自己之所以能讨王振的欢心,全在于自己的身子对他有点吸引力,倘是没有了这个,其他的一切就都没有了。

我在煎熬中度过了十几天时间。到了王山预定回返的前两天的下午,我又忐忑地去了帖哈的住处。帖哈说:事情该安排的都安排了,只是不知他们能不能办得妥当,我们现在只有听天由命了。

唉,我们最初要不说老家在朔州多好呀,刚巧王山又去朔州办差。我叹着气后悔。

那倒是,我们那时可以随便说一个山西的地名,可谁能想到王山他刚好会有这趟差?帖哈也摇着头。八成这是咱俩的命吧,咱俩命中该有这一劫呀!真要露馅了,咱们就认命吧……

从帖哈房里出来时,天已是将黑未黑时分。我恍恍惚惚走到中院,刚好看见卢石站在墙角的一处哨点上对一个军士说着什么,我的目光在他身上一晃就赶紧闪开并转身走了,没想到他这时竟主动叫了一声:夫人。并跟着走了过来。我一愣,停住了步。他疾步走到我面前轻了声问:你是不是身子不舒坦?我看你走路有些打晃,要不要我去叫人来扶你回房?我在暮色中看见他的眼里露着真正的关切,不由得心里一热。我那刻突然来了胆量,压低了声音问:卢石,如果我真得了急病需要立马离开这个院子,你愿用军马载了我跑出去吗?

他迟疑了一下:有病我可以出去为你找大夫,再不行就请王公公发话,我去把御医请来。

我说的是得了急病,我必须立马离开这个院子。

那恐怕也得经王公公允许。

要是王公公不允许呢?

我……他迟疑着。

不敢了吧?我讥讽地一笑。不敢就算了,走开吧。我扭身就走。

等一等。他喊住我。

还有事?我瞪住他,我看清他的目光里有一股火苗在跳。

如果你真得了急病需要我用马载了你跑出这个大院,我……

愿意?

可你怎会得急病呢?你的身体不是好好的吗?

人活在这个世上,什么事情都可能发生。

他咽了口唾沫,虽然没说什么,可他的目光已经表明了他愿意。

我心里一阵冲动,环顾了一下四周,见无别人,猛抬头在他的脸颊上亲了一下。

第二天,是我估计在世上活着的最后一个日子。按王山的日程,明天他就要回来。也先再有本领,他能在朔州城西关小街无中生有地造出一家姓尹的来?露馅是肯定的,王山一旦发现我和帖哈的身世是编造的,他能不疑心我们的来历不朝我们动手吗?

我这一辈子活到此处为止了。为止了?

正当我坐在屋里嚼着绝望时,帖哈差人来叫我,说他心口有些疼。

我自然知道他叫我不是因为心口疼,就去了他屋里问有什么事。帖哈叹口气说:事已至此,我们既不敢对也先的补救不抱希望,也不敢抱太大的希望,我想,我们还是做点最坏的准备。

怎么做?你不是说逃走是不行的吗?

仅由我们两个贸然来逃肯定不行,但如果有外人帮助,成功的可能性还是有的。

谁会来帮助我们?

我想到了一个人。帖哈慢吞吞地说。

谁?

卢石。

我的心一动。他想的和我心里想的竟然相同。可你怎么知道他会愿意帮助我们?做这事一旦失败可是要杀头的,他不会不明白。

我们要想办法促使他来帮我们。

这怎么可能?

有可能。帖哈说得挺肯定。因为他是这个院里的护卫兵们的头领,我对他做过仔细观察,尤其是有你在场的时候,我注意观察过他的眼睛,他看你时眼里带了喜欢之意。

不会吧？我心里有了一种猜测被印证的高兴。

我不会看错的,这就使我们有可能利用他。

哦？

比如说我把他叫到这里来,你假装对他生了情,做一点挑逗动作,对他做些允诺,让他有一点越轨之举但又不让他得逞,这就为我们下一步的行动打下了基础。一旦王山真的在朔州弄清了我们的来历,我们必须冒死跑走时,你就可以去求卢石,就说王振听人说了你和他有不轨的事,动了杀机,必须立刻逃走……

我瞪住帖哈,半天没有出声。最初那一霎我有点高兴,总算有了和卢石接近的机会;可很快,我又生了愤怒,帖哈把我当什么了？我冷冷开腔道:还是要利用我的身体？你就不能想出个别的主意？我的身体能利用几回？

我也是急得焦头烂额,实在没办法了才想出这个主意。他讪讪地说。你要是不同意,就算我没说,我们就在这儿干等着最后的结果。

也罢,反正我已是一个工具了。我淡声说道。就照你说的办吧。

我这就去差人叫他？帖哈很小心地问着。

好吧。我点了头后心里说不出是什么滋味。不过想想就又想开了,自己还没有活过二十岁,不知道一个女人有了真正的丈夫有了真正的家庭有了孩子是什么滋味就去死,真是太不甘心了。我应该做一点努力,争取在最坏的结果到来时能够不死。何况,自己对卢石也是真心喜欢,这样做也没什么了不起,这也不是在利用和出卖自己的身体。

还是活下来要紧！

没过多久,卢石果然来了。待他进到里屋,我二话没说,先将里间的门关上闩好。在关门的时候,我听见站在外间的帖哈轻轻叹了口气。我对帖哈叮嘱了一句:别让任何人进到外间屋里,你可以到门口坐着。

有什么事?卢石压低了声音问,他被我关门的举动弄得分明有些紧张。

我明天可能就要死了!我看定他的眼睛微声说。

你瞎扯什么?他的双眸一个惊跳,不过随后他又笑了:活得好好的,咋会说这话?!

在临死之前我要做一件事!我按照自己的思路说。

他惊疑地看定我。

在做这件事之前我想问你一些话,你要如实回答!

他点点头。

你心里是不是有点喜欢我?

他怯怯地朝门口看一眼,笑了一下。

我要你回答,点头或摇头也行。

他极快地把头点了一下。

喜欢我身上的什么?

头发。他想了一下,显然有些不好意思地轻声答。

头发?只是头发?

他再次笑了一下,笑得很小心,像是怕我生气。

那好,既是你喜欢,你就来摸摸它。我抬手松开了我的头发,让它们垂到胸前来。

他有些惊住,不自主地向后退了一步。

你不必害怕,这里没有人看见你的举动,你要不摸就证明你不爱我的头发,证明你刚才说了假话!

他迟迟疑疑地走上前来,惊惊怯怯地摸了一下我的头发。

你还喜欢我身上的什么？

他再次迟疑了一下，答：眼……睛。

那好，那你就摸摸我的眼睛。

他只好抬手极快地摸了一下我的眼睛。

还喜欢我身上的什么？

他咽了一口唾沫，没有回答。

就这两样？

嘴巴。他说话突然变流利了。

好，那你就摸摸我的嘴巴。

大概是刚才那两次触摸壮大了他的胆子，他这次摸的时间有些长了，我感觉到了他的手指在我唇上的移动。

还喜欢什么？我鼓励地望着他。

他低下了头，不敢再看我。

我按照我的计划，"哗"一下扯开了我的胸衣，露出了我的整个胸部，同时压低了声音：不喜欢这个？

他的眼睛刚一抬起，我就看见火苗从他的眸子里蹿起了，比我预想的时间还要短，那些火苗就变成了大火，他不顾一切地朝我扑过来了。接下来的事情就超出了我的预料，我原以为他不过只是摸摸抱抱我的身子，然后我就可以让事情结束，没想到他的胆子一下子大得惊人，一边摸着一边就开始解我的衣服，我这时转为真正的抗拒，可是晚了，他已像疯了一样，把他平日练刀练枪练打斗的力气全用上来对付我，很快便把我的衣服扯了个精光，我真正惊了，我没想到事情竟会这样发展，想叫又不敢，就拼力不让他把我放到床上，可他的力气实在吓人，很快便把我弄倒在床上。他一手按着我一手去脱他自己的裤子，然后一下子朝我压了过来。我恐惧地闭上了眼睛，在心里叫了一句：真是自作自受呀！不过也奇怪，我并没有受折磨的感觉,我先是觉到了一点疼,可随后就体验到了我长这么大从没体验过的晕眩般的快乐,我的手脚渐渐地都不自主地放松,浑身酥软了。他呼哧呼哧地忙着,此时的我不仅不再生气,相反只想快快活活地喊叫几声,那一刻,我只想到我就这样死了才好。他弄出的动静太大了,几乎要让帖哈的那张床倒地了,帖哈肯定听明白了那动静的性质,急得他敲起了门,尽管那敲门的声音很轻,还是一下子把卢石从癫狂中扯到了清醒的地方,他慌慌地停止了动作,慌慌地穿起了衣服,慌慌地看了我一眼便拉开门向外跑去……

我的衣服还没有穿好帖哈就推门进来了。他反手关上门,走到我面前抱怨地说:事情做过头了。

我脸上禁不住带着笑,低声说:过头就过头吧,明天说不定我就要死了,真做一回女人,也算没有白——

他一下子捂住了我的嘴。片刻后在我耳边轻而严厉地说:来,让我把它掐出来!

把什么掐出来?我惊奇地看着他。

他的东西。

东西?

对,他留在你身子里的东西。

我突然明白了他指的是什么,脸一下子红了。

我们还不能断定王山就一定能弄清我们的来历,因此还必须做长期留在这儿的准备,这样,他留下的东西就必须清除掉!

怎么清除?我瞪住他。

我在你的尾骨那儿掐一下就行。

也是一阵疼痛,不过这疼痛没有任何快感可言,疼痛过去之后,我感觉到有一股液体顺腿下来了,卢石,这大概就是你留下的东西了……

从现在起,你再也不能和卢石单独在一起了。帖哈叮嘱道。如果我们暴露了,那就另说;倘是我们没有暴露,你就再也不要和卢石见面。这个宅子里有许多精明的眼睛,你一定要小心。我们就是逃过了王山这一关,可只要你今天和卢石所做的事有一点风声传到王振耳朵里,我们就必死无疑。而且这消息要传回草原,你和我的家人都不会逃开被处死的命运,也先会放过我们的家人?你想让你的妈妈和哥哥、弟弟都被处死?

我的双腿哆嗦了一下。

他放开手,边帮我整理着衣服边压低了声音说:赶紧把脸擦一擦,把头发盘好,装出一副什么也没发生的样子,回到你的屋子去。如果王山确实弄清了我们不是朔州西关小街人,我们的第一选择是找卢石协助逃走,这由我来办,你只需把你要带的东西悄悄准备好了就行;倘此计不成,我们来不及在卢石的帮助下逃走的话,我俩要死死咬住说是太行山里人,因出来做小生意怕人瞧不起,才谎说是朔州城里人。他要再追问是太行山里什么地方人,你就说出来时你小,记不清了,由我来应付。记住,不论他们怎样折磨你,你都不能说是从草原来的。这是我们准备的另一招。

我点点头。

切记,从现在起,多看一眼卢石都不能,明白?!

我叹了一口气。

现在回去吧,走路、说话、待人,不能再有任何的异样!我今晚就找卢石谈我们的要求和计划,当然不会是把事情说明,我只要求他在明天王山回来时,让他的人把全院暗中控制起来……

我在焦虑中又过了一夜,还好,这天晚上王振在宫中有事没有回来,我可以在床上辗转反侧。

第二天吃过早饭,待马夫人去了花园之后,我把要带走的几件内衣包在一个小包袱里,做好了随时走的准备,之后,便让丫鬟搬了把椅子放在门前,我半仰在椅上,绝望地等着那最后的结果,现在,该做的都已经做了,只剩下等了。老天,会是什么样的结果在等着我和帖哈?

我睁眼望着天空,天上的云很碎,云的碎片在风中像鸟一样地飞。我没有了看云的兴致,慢慢将眼睛闭了。不知什么时候,我的鼻子里又忽然闻到了那股熟悉的脂粉香味,我的精神不由一振,忙睁开眼睛去看天空:来了,那股香味又来了。多么奇妙的事情,我又闻见你了,你是从哪片云上飘下来的?……

我一直在看着天空,直到王山的声音响进了后院。

那一刻,我感觉到我的心都骤然停了跳动。会是一个什么结果?听天由命了,我没有从天空收回目光,我当时想,他可能已从别处带了军士来要抓我,也许住在前院的帖哈此时已经被抓了。忽然之间,我听到了王山在喊:二娘,看我给你带来了啥!声音中并没有凶神恶煞的味,我勉强装了平静看向他说:王山,你回来了。

这是你们家我尹大爷给你和我尹二爷捎的核桃,我告诉他京城里什么都有,用不着捎,他非要我带上不可。我想这是他的一番心意,只好带上了。喏,给你,尝尝老家里的东西。我伸手接过了一个不大的布袋,打开看看果然是核桃。顺便告诉你,你家尹大爷他开的那个茶馆还可以,中间停了些年头,最近又恢复了,我寻去时看见茶客还真不少。我代表你给他放下了二百两银子,先上来把他吓坏了,他可能没见过这么多的银子,后来听说是你让捎的,他才好高兴地收下了。

我徐徐地吁出了一口气,感觉到心脏在慢慢归回原位。

谢谢你,让你这样破费我心里可不安哪。我的口气显出了轻松,看来,帖哈是真把事情办成了,也先派的人赶在了王山的前面。天哪,这场灾难总算过去了。

一家人谢什么?我作为后辈,顺便看看老人是应该的。王山的脸上满是献媚的笑纹。

我知道他做这一切是想讨我的好,他知道王振现在对我的看重,怕我在王振面前说他什么坏话,离间他和王振的关系。可他哪知道,他这一讨好差点就要把我们的命讨走了。

那天王山刚走不久,我就去了帖哈的住屋,他听说了经过后也松了一口气,双腿一软坐在了床上叹道:看来太师办事还是很有办法的。他默然半晌之后说:我看见卢石昨天晚饭后在我的门前来回转悠,显然是还想再见到你。男人们尝到了这种甜头后通常是不会罢手的,我担心他还会去纠缠你。你可要把握好自己,不能再给他一点可乘之机,不能让别人看出一点点不正常。

我脸红了。现在看来,昨天上午的举动真是过了头了。今后是决不能再和他往来了,王振这种人的疑心之重我是知道的。

还有,我要特别告诉你,如果你发现了自己的身子有什么变化,你一定要早给我说!

什么变化?我没听明白。

那天我虽然把卢石留下的东西掐了出来,可我担心掐不干净,万一没弄干净,你是有可能怀上的……

血"刷"地从我脸上退走。我感觉到我的心猛地弹了一下,弹得很高很高,好像弹到了我的嗓子眼里。

好了,我们先不说这些,但愿老天有眼,不会让这一次就生出事来。现在我们说正事吧,既然危险已经过去,咱们就要抓紧办咱们要办的事。太师早在三天前就传来话,说他最近就要兵分几路攻打长城沿线的明朝军队,为下一步的大行动做准备,他要我们密切注视明宫中的动静,了解王振和英宗的心思及他们拟定的对策。你要在王振身上多用些软功夫,要把他的心思和想法摸准,摸准了他的心思和想法,也等于摸准了英宗皇帝的。

我点头表示明白。

同时,太师还要我们尽可能地摸清这京城里的防备情况,主要是各个城门上守兵部署的位置,铁炮的数量,你要利用一切可能出去的机会,尽量地看到眼里,记在心上,回来赶紧告诉我,我好送出去。

好吧。

那之后不久的一天晚上,临上床睡觉时,王振忽然想起了什么似的对外边喊:来人!一个小太监闻声进来问:王公公有事?王振说:你告诉楚七,让他明早四更天喊醒我,要预先把车驾弄好!

那小太监应了一声"是",就出去了。

我一边为他脱着衣服,一边随口问:起身那样早,是有急事?

最近不断有人向皇上送折子,说监军的太监们心不在军,致使军备松弛,好些个卫所军士逃走,人员缺编很多,而且说连守卫京城的京营也是这样。皇上让我速查真相。我不大相信这是真的,打算明天一早就去德胜门看看那里的守军,我不给他们预先打招呼,不给他们准备的时间,我要看看真相。

德胜门从远处看着可威风了,可惜我至今还没有上去过一次哩。我觉得这是一个了解明军城门守备情况的好机会,就想把话题朝有利的地方引。

怎么,想去看看?王振笑看着我。

我怎敢有那样的想法?我撒娇地往他怀里一躺,那是军事重地,我又不是军队里的人,又是女人,谁敢让我去看呀?

只要你想去看,就没有个啥敢不敢的,还不是我一句话?他依旧带了笑说。

真的?我抓了他的手在我的胸脯上摩挲,期望唤起他那一点微小得可怜的欲望。能让我去看?

当然,你一个女人家上到城楼上是有点太过显眼,毕竟那是军事禁地。

看看,我就说不行吧。我假装沮丧地把头埋在他的怀里,没想到我这个举动竟然一下子刺激起了他那点欲望,他忽然伸手揪住我的一只奶子,揪得很高很高,疼得我吸了一口冷气。

他发泄过后,身子软了下来,一边躺下去一边说,明早,我让他们给你找一身太监的衣服,你穿上后就紧跟在我的后边,上了城楼后,一句话也别说,只跟着看就行。

我忍住心上的高兴,说了一句:我听你的,便在他身边躺了下去……

第二天早上四更时分,他起床时,我怕过于迫切要求会令他怀疑,就故作没有睡醒,躺在被窝里等待他想起找衣服的事。他果然还在记着他的允诺,下床去外间不久,便让丫鬟进来喊我起床并给我送来了一套小太监的衣服。我急急忙忙穿好,急急忙忙对镜梳妆。还真行,衣服这么一换,镜子里的我真像是一个小太监了。

我们上车往德胜门走时,天还黑着,隔着车篷的帘缝,我在夜色中发现,坐在车尾担任警卫的,是卢石和另外一个大个子军士。看见卢石那结实的背影,我的心禁不住一跳,那天在帖哈屋里与他在一起的情景倏然间全来到了眼前。我重又感到一股热热的东西在身上漫开了。黑暗中他大概没看清我也坐在车上,可我想他看见我后说不定脸会红了,天呀,他那天是多么疯狂啊!但愿天亮后他看到我时别在脸上露出什么,不然,让王振看出来那可就完了。但愿他能明白这种危险。在马车车轮的滚动声里,我再一次生出了后悔,那天真不该把事情做到那种地步,从而使自己身上的危险又加了一重。

车到德胜门,天刚蒙蒙亮,站哨的一个军士正倚在内城门上打着瞌睡,我们乘坐的马车的响声把他惊醒,他打了个激灵站直身子横持着长矛喝问:干什么的?楚七上前小声叫道:眼瞎了?宫里的王公公来城门上查看,还不快去叫你们当头的?!那军士闻言,慌慌向里跑去。我下车站在王振身后,默望着在曙色里渐渐显出身影的德胜门楼,这当儿,卢石向我看了一眼,还好,他满是惊诧的目光在我身上只是一闪而过,没有引起其他人的注意。我想,他眼中的惊诧可能是因为我的女扮男装,他在来的路上并没看清我是谁。

一个穿了军服的官人一边扣着衣扣一边慌慌地向我们跑来,他向王振请了安之后,王振说:我要看你们一次演习,马上发信号,让你的人全部上自己的战位!那人迟疑了一会儿,显然想说什么,但最终没说,答了一声"是",就转对那个喊他出来的哨兵挥了一下手,那哨兵便立时吹响了呜呜的号角。

这是我第一次看大明朝的军队演习,看他们在晨雾里匆促地冲出自己的睡处,一边披戴着铠甲一边提着刀枪剑矛向城楼上各自的战位跑去。王振没再说别的,只是缓步走向通往城楼的阶梯,向上走去。我紧跟在他的身后,用眼睛飞快地朝四下里看着,用心记下看到的一切。

登上城楼之后,兵士们早已在自己的战位上站好,这时,那军官才又向王振报告:报告王公公,德胜门守军已奉命做好迎敌准备。

王振慢腾腾地问:应到多少人?

一千二百六十二人!

现到多少?

八百一十一人。

剩下的那些人呢?

那军官咽了一口唾沫,低声答:除去一十六人是因事请假离营之外,其余都是空缺。

空缺?王振的眼瞪了起来。

一直就没有补进这些兵来。

为何不补?

一个是愿从军的人不多,不好补;一个是——他迟疑着,显然不想说下去。

说!

各城门和各卫所都是这样,有点空名额领来饷好给大伙改善一下生活。

王振的脸一下子阴了下去。我听了心里却一阵轻松,原来如此,看上去强大的明朝军队,其实只有六到七成兵力。王振没再接着问下去,转而向城楼一边的炮位走去。

城楼两旁,各摆有八门大炮。乌黑的炮身和粗长的炮管看上去很吓人,我在草原上从没见过炮管这样粗的大炮。每门大炮前站着两个军士,脸色肃穆地看着前方。王振走到城楼东侧的炮位前看了一阵,然后问:一门炮真打起仗来需要几个人?那军官吞吐了一下:四个人最好。那为何现在只有两个人?王振瞪着他。也是因为人……少……

王振的脸阴得越发重了。

我默默地记下这些炮的位置,心想,如果将来我们草原上的人马来攻打德胜门,要先想法把这些大炮毁掉!

王振接下来到城墙上看那些站在垛口处的军士们,看他们手上的刀、剑和长矛、弓箭,我紧跟在后边。我发现城墙上隔不远就有一堆石头,不知那是干什么用的,我有意走到那些石堆前,想引起王振对那些石头的注意,以便问出它们的用途。果然,王振也看到了那些石堆,就问陪他视察的军官堆那些石头干什么,那军官答:一旦敌人攻到了城下或顺着云梯向城上爬时,兵士们可抱起这些石头往下砸,一块石头有时可撞伤许多敌兵,而且它们中还有一些是装了炸药的,叫石雷,点燃后砸下去会炸开,也是一种很厉害的武器,尤其是对付敌人的骑兵,一小块炸飞的石子击中战马,战马就有可能趴下失去战力。我听了心里一惊,以后也先带兵来攻城,可要小心这个东西!

那天王振视察完毕已是日上三竿,回返的路上他阴沉着脸告诉楚七:立刻着人把他叫来!楚七应了一声就去吩咐。我不知王振要叫谁来,但我知道,被叫来的那个人肯定是要倒霉了。

回到王振的宅邸没有多久,我刚把身上的太监衣服换下来,正在里间梳妆时,只听楚七在外间门口对王振说:他来了。让他进来。那阵正坐在外间喝茶的王振哼了一声。我急忙侧了耳去听。一阵小心翼翼的脚步声随后响进了外间。

给王公公请安！那人的声音很尖,一听就知道也是一个太监。

王振没有说话,屋里的空气一时有些紧张。

我给王公公带来了一个用南阳独玉雕的玉枕,夏天你好用它——

我问你,我当初把监军的担子交给你时是怎样交代你的? 王振猛地截断了他的话,声音冷得吓人。

王公公要小的随时禀报将军们的动静和真实军情。那人的声音里越发多了小心。小的到职之后,不敢有丝毫懈怠,一直在小心观察——

观察个屁,城防军士大批缺员,十成中竟缺三到四成,你怎么没有报告? 王振拍了一下桌子。

这个……不会吧? 那人显然还不知道王振已亲自去看过,仍想遮掩。

楚七,教教他学会说实话! 王振猛然抬高了声音叫。

来人! 楚七喊了一声。几个人的脚步声紧跟着就响了进来,我悄步走到里间门口偷偷向外看去,只见几个军士不由分说就把那人按到了地上。那人惊慌至极地叫:王公公——

王振没有说话,只眯起两眼坐在那儿。几个军士麻利地扒开那人的裤子,抡起竹片就打了起来,只一会儿工夫,血就从那人的屁股上涌了出来,这时只听他杀猪似的叫:王公公,我说……我说……

王振抬了抬手,那些竹片跟着不响了。

……我是知道缺额的,可军队驻守京城,将军们吃喝玩乐的费用原本就高,加上要应付各个衙门,要看望很多官员,尤其是过年过节,将军们不能不给各个衙门给各路头头脑脑的送礼,他们那点军俸根本不够开销。没法子,就用吃缺的办法来补,这又不是一个人两个人的事,我只好睁一只眼闭一只眼,全当没看见。

你自己哪?王振依旧眯着眼。

我……自己……也跟着沾点儿光……那人吞吐着。

一年能沾多大的光?

也就……

又不想说了?

说,我说。一年我也就用两千来个军士的空缺费来补贴一下用度……

王振坐在那儿无语,只默望着那人,半晌之后才压低了声音喝问:你知道这样做是犯了什么罪吗?

那人急忙边叩头边喊:王公公饶命!

你知道军队是皇上的什么吗?是他龙座椅下的椅子腿呀,你敢拿他的军队当儿戏,你想他会饶了你?

那人的全身都抖了起来:王公公救小的一命。

救你?这内臣们要都像你一样,那还得了?

小的再不敢了,小的从今以后一定会全心全意地为皇上办事!

唉。王振叹了口气。

那人显然从这声叹气里听出了事情的转机,只见他一边磕头一边说:小的回去就把这几年多占的东西退出来,而且勒令那些将军们限时退出其所占——

别胡闹了。王振摇了摇头,声音中的那股冷肃之气已经没了。你这样一做,岂不要弄得满城风雨?弄得怨气满天?

那……请王公公指教。那人殷殷地看着王振。

你们这些不争气的东西哪!只想到了贪。王振又把头摇摇。先皇设立内臣监军的目的,就是为了不使军权落入他人之手;他觉得内臣们会对朝廷忠诚,本朝延续这个做法,也是出于这种考虑。皇上以为你们会全力督促将军们练兵,使战力得以提高,没想到你们竟和将军们一起来骗皇上。这要传出去,我等这些内臣的名声必要受损。朝官们原本就对内臣当提督监军不满,说我们不懂军事不擅军务,让他们知道了真情他们不是又要对皇上参奏?不是给了他们新的把柄?罢了,我饶你一回,你回去要悄悄把营中的缺额补齐,限你在三个月内办完此事,要做到不事声张,不让外人感觉到这新的补兵行动,明白?!

小的明白,小的谢公公不杀之恩,从今以后,王公公你就是我的再生父亲,王公公要是有用得着我的地方,我——

走吧,你!

这玉枕——那提督指了指他带来的那个南阳独玉枕,给王公公留下来。据说夏日枕上它可以润血消火,使人延年益寿——

拿走吧,我不要用空额军费买的东西。

那人只得尴尬地叩了头,不安地提上玉枕出了门。

记住,王振这时转对楚七交代:待他把营中缺额补齐之后,给他换个位置。

明白。楚七点头:贬到净军里去,让他天天在宫中扫地。

不。王振摇着头:要重用,将他调到守卫宫门的卫所里去监军。

为何?楚七惊奇了。连偷看的我也十分意外。

用人就要用这些有过错的人,你救了他,他自会对你感恩戴德;再说,他有把柄在你手里,也随时可以治他!记住,抓紧派人下到各地,把监军的太监们吃缺额军费的事全给我查清,然后一一记到账本上,以备日后哪个不听话了,就拿这个治死他!

王公公高明!楚七躬了身说……

那天后晌,我找个借口去了帖哈的屋里,把我在德胜门上看到的和在王振屋里偷看到的都给帖哈说了。他听后好高兴,说,这些对太师估摸明军的实力会有帮助,太师出兵在即,这对他判断明军战斗力的强弱很有用处;他们即使在几个月里把缺额的兵补上,也没有什么用处,新兵上阵,不会有大的战力;再说,太师会不会给他们几个月的时间也不一定;还有,那些监军的太监会不会都按照王振的话办也很难说。帖哈拍着我的肩膀叮嘱:要继续找类似的机会去了解对咱们有用的情况。之后,帖哈还根据我的回忆,画下了德胜城门上守军的配备位置与十六门大炮的位置图,说一旦开战,需先将其炸毁。

当晚上床时,王振的心情显然已经转好,他笑着问我今天看了德胜门以后有何感想,我在他的怀里扬起脸说:那城楼好威风,站在上边看下边的人,人已经变小了;尤其看见那些将军们都在你面前毕恭毕敬,我就觉得你特别威武,真像一个大指挥官了。我故意不显露出自己对军事问题的兴趣,而只夸奖他,给他灌迷汤。他一听这话,自然高兴起来,用手指刮着我的鼻子说:我当然是一个大指挥官,皇帝以下的任何人我都可以指挥,你说谁敢不听我的指挥?我就把脸藏在他的胸脯间撒娇道:我敢不听。你敢不听?他倒没有着恼,只用手指胳肢着我身上的痒处说:我叫你胆大!我忍不住笑起来,边笑也边拿手去胳肢他的痒处,结果我俩笑成了一团。这个晚上我最大的收获是把过去一直隔在我俩之间的那层严肃的不自然的东西扯去了,使我俩真正有点像夫妻那样亲密了,我在他面前可以比较放肆地说话了。这个晚上他临睡前说,你既是这样高兴出去玩,过几天征南的军队送邓茂七的首级到京时,我也带你去看看。

邓茂七是谁？我一听到首级两个字紧张起来。

是在福建、浙江一带起兵作乱的贼军头领,最近被我征南的军队打死了,皇上着令送他的首级和一班俘获的贼军头目进京。原准备在午门外搞一个献俘仪式,后来皇上又改了主意,说这毕竟不是大胜,没必要大肆张扬,让在南城外搞一个仪式行了。到时候我领你去看个热闹。

我亲了一下他的脸颊笑道:太好了！南城外我还从来没去过哩。

你跟着我,会有许多好景致让你看的。来,把舌头给我。他边说边将我搂紧了。他平日是不太喜欢嘴对嘴亲的,过去我亲他的嘴时,他总要皱下眉头,可自从他不久前听一个御医说年轻女人的唾液对男人有好处之后,他每晚都要吸我的舌头……

几天后的一个早上,我就又换上一身小太监的衣服,随王振坐车向南城外走。我注意到跟在车尾护卫的人中,仍有卢石,他这一回是挎剑骑马,在晨曦里昂首挺胸,显得十分威武。这些天,我严格遵守帖哈的要求,再没有单独和卢石见过一次面。在一些夜晚,尤其是在王振折腾我的那些夜晚,他勾起了我的渴望却又将我扔到一边去睡熟之后,我会特别想念卢石,很愿立刻就去和卢石在一起,但我知道那样做无疑是在拿自己的性命开玩笑。每逢那时,我就把一根手指头塞进嘴里去咬,直咬得疼痛难忍,用这种疼痛去压下想见卢石的念头。我隔着车篷帘子的缝隙去看卢石的身影,只见他警惕地坐在马上,瞪大两眼看着路的两边,并不知道我就坐在离他几尺远的地方。

　　车到崇文门时,天已大亮,守门的将军和在这里监军的太监来向王振问安,并邀请他到城楼上喝碗茶稍事休息。大约时间还早,王振同意了。我很高兴能有这个机会,这会使我对这个城楼上的兵力配备和火器安置也能看个明白。下车时,卢石认出了我,他在扶我走下车梯的当儿暗中狠劲捏了一下我的手腕,我疼得皱了一下眉毛。我知道他这是在对我表示不满,我忍痛没做出任何反应,连看也没看他一眼。

　　我跟在王振身后登上了城楼,那将军和监军太监把我们引领到城楼上的一间大房子里,让军士们送来了茶水和点心。王振边喝水边询问守备情况,那将军便指着墙上的一幅军图说:城门外放了三百兵士以做外围,城楼上放了五百兵士以做第一守队,城楼里留了五百兵士以做预备,城内紧挨城楼的地方放了三百兵士以备不测。火器均配在城楼两侧,每侧安火炮六门,抛石机三个……

　　我聚精会神地听着并把它们一一记在心里。今天的收获不错,崇文门的守备情况也已基本清楚,南城的其他几道城门兵力配备应该相差不大,以后也先太师若来攻打这几道城门,这些情况对他肯定有用……

　　我趁王振他们说话继续闲聊的当儿,走出了那间屋子。我本想出来实地看看这座城楼的结构和屯兵的位置,未料我刚出来,那位监军的刘太监也出来了。

　　这位小老弟长得可真是眉清目秀!他凑近我笑道。我不能开口,一开口怕就会露出自己的女性身份,只好回他一笑。

　　你笑起来更加好看,瞧瞧你那两排糯米牙,白生生的真让人喜欢。他嬉皮笑脸地越发靠近我,身子已然蹭住了我的身子。我正不知该怎么应付他,不防他已猛然伸手在我脸上摸了一把。我吓了一跳,脸涨红着急忙闪开一步。

别怕,小老弟。他又涎着脸靠上前来小声说:我还没见过像你这样漂亮的小弟弟,王公公可真是有眼力,把你选在了身边,你现在是为他做什么?照顾他的饮食起居?愿不愿和我做个朋友?偶尔出来陪我一次,王公公不会知道的。干不干?你要答应的话我立马送你一对翡翠镯子,正宗河南镇平琢家玉坊的出品!

我惊得脸上出了汗。我焦急地看了一眼王振所在的那间房子的房门,希望他此时出来制止这个胆大妄为的家伙。可王振并没有出来,他大概也不会想到有人敢在他的鼻子底下来勾引他的手下。早听帖哈说过太监们中有同伴相恋的,没料到这人竟这样胆大。

说呀,小弟弟,和我交往决不会让你吃亏的。他继续微声嬉笑着说:我会让你知道人间最大的快乐!这些事王公公不会知道的,这又不影响你为他做事……他边说边又在我的腿上拧了一下。我想转身回王振所在的房间,可他不让,嬉笑着挡住了我的去路:你还没有回答我呢!

我急得满身冒火,暗暗后悔不该出屋。正在这当儿,我看见卢石从那间屋里出来,大概是要小解,我急忙朝他招了一下手。他先是一怔,随后可能是从我眼里看出了什么,疾步走过来对我说:还不快进屋去?!这一下解救了我,我慌慌地走开了……

直到下了城楼又上车向城外走时,我的心还在怦怦地乱跳。这些色胆如天的太监!

那天的献俘仪式是在太阳升起不久之后开始的。王振和另外几个官员并排坐在预先搭好的一个台子上,台子四周站满了卫士。台子离前方那条由南而来的官道足有一里地远,这一里地之间临时用沙子铺了一条路,这条路的两边也站满了军士。我们这些随行的人,都站在台子两侧自己的马车上,静静看着南方的官道,等待着献俘队伍的出现。当一行人马裹着烟尘在前方的官道上出现时,台子后侧的什么地方突然响了三声炮。很快,一队军士押着十辆马拉的囚车就来到了台子前。为首的囚车上没有活的俘虏,只有一口箱子;其他的囚车上,每辆车上都囚着六个俘虏。那些俘虏可能因为长途颠簸的缘故,一个个都蓬头垢面筋疲力尽的样子。一个骑马的将军这时滚鞍下马,来到台前高声叫道:末将奉皇上御旨,将叛匪邓茂七的首级及其他五十四名叛匪头目押解来京,现奉上待示!言毕,朝随他来的军士们一挥手,几名军士快步走到第一辆囚车前,打开车门,抬出箱子,由箱子中取出一颗血糊糊的人头。我见后头皮一阵发麻。这当儿,那献俘的将军接过人头,双手捧着由台前的踏梯登上台子,让坐在台上的王振和另外几名官员一一看过。可能因为路途太远走的时间长了,那人头已有了怪味,我注意到王振和那几位官员看时都捂着鼻子,几个官员看完一遍,只听王振说:悬挂一天,而后烧掉肥田!

王振的话音刚落,便有人上前从那位将军手里接过邓茂七的首级,走到台子的右前方一根竹竿旁,把悬挂在竹竿上的一个铁钩扯过来,啪地抓到那颗首级上,而后忽地一扯绳子,那首级就升上了高处,像葫芦架上一个悬吊的葫芦一样,来回摇摆。有一些血水,丝丝缕缕地飘了下来。那人头上的一双眼睛虽在闭着,可在晃荡中又分明给人一种向下看的感觉。这情景让我一阵反胃,差一点要吐出来。

接下来是轮番把那些活着的俘虏押到台子上,由那个献俘的将军报告俘虏在叛军里的官职和所做的恶事及被俘的过程,之后由王振他们几个官员决定怎样发落。第一拨六个活俘被押上台,王振最后只说了三个字:送走吧。六个活俘便立刻被押至台子的东南角,让几个行刑的大汉"嗖嗖"地全砍了头,六颗人头像西瓜一样地滚在了一堆,六具无头尸体横倒在那儿,浓烈的血腥味弥漫开来,呛人的鼻子。我感觉到我的双腿在打哆嗦,天哪,没想到今天会看到这样的场面,早知如此,真不该来的。

剩下的那些活俘见状,腿多已吓软,是硬被军士们拖上台的。还好,此后没有再杀人,只是把他们一拨一拨地又拖了下去。我不想再看,只盼着仪式快点结束。最后一项是犒赏官军。只见王振和那几个官员全站起身,王振笑着朝台后挥了一下手,立刻有人抬了三箱白银、六尊大炮、十捆钢刀、二十大坛黄酒走上了台子。王振拍了拍那个献俘的将军的肩头,说了些慰勉的话,指了指那些奖品。那将军受宠若惊地笑起来了。这时,锣鼓重又响起,仪式方算结束。

回返的路上,王振笑着问我:怎么样,今天开眼了吧?我努力回他一笑,答:开眼了,王公公你坐在台上真是威武,所有的人都在看你,等着你发话!他听了很是得意。趁他傲然看向马车窗外时,我盯着他的身子,在心里暗想,倘若有一天他被我们也先太师捉住,做了我们瓦剌人的俘虏,也先会怎么对付他?……

类似的出游又有过几次,每次我都全心记忆看到的各种军情,回来后把所记的情况一一告诉帖哈,由他再用笔小心地标记到城图上。有一天傍晚,帖哈高兴地告诉我,太师对我们送给他的东西非常满意,已下令嘉奖我们两个,每人奖给三百两白银,已着人悄悄地将银子送到了我们两个的家里。也是在这天傍晚,帖哈说,进攻很快就会开始,但也先太师为了使师出有名,要找两个借口,一个借口是要英宗皇帝循旧例把明朝的公主嫁给太师的儿子,一个是把每年来京朝贡的人数由两千人增加到三千人。明朝人知道太师的儿子是傻子,英宗皇帝肯定不会答应下嫁公主,只要他一拒婚,我们的进攻就有了理由。明朝人也知道我们瓦剌人每年两千人的进京朝贡是假,想多讨封赏是真,所以很早就嫌我们讨赏的人数太多,一直想减少我们朝贡的人数,我们如今一下子提出再增加一千人的讨赏队伍,他们必不会答应,只要他们不答应,我们也就有了进攻的理由。帖哈要我注意从王振嘴里倾听大明宫中对也先太师提出的这两个要求的反应。一听到就立刻告诉他。

我心中暗暗高兴,同大明王朝算账的机会看来是等到了,他们杀我父亲杀阿台的仇很快就要报了,我在王振府中这种提心吊胆的日子也快要结束了。

就在我耐心等待从王振嘴里听出对那两项要求的反应时,一件出乎我意料的事又突然发生了。

那是一个午后,丫鬟在后花园里洗我的衣服,王振去了宫中,我一个人坐在屋里,因为在草原上习惯了不午睡,独坐在屋里又太闷,我就向前院走去,想找帖哈说说话。那阵子整个府邸里十分安静,军士和下人们多已午睡,当值的太监和军士也差不多都在打着瞌睡,我一个人轻步走着,走到中院的一个拐角处时,突然被一个人从背后拦腰抱住。我惊得刚要张嘴大喊,一张大手又猛地捂住了我的嘴和眼睛。我震惊无比,在王振这座府邸里,谁敢如此粗暴地对待我?我当时做的第一个判断是我和帖哈的身份暴露了,这是王振派人抓我来了,很可能帖哈已经被抓走了。我挣扎了几下,可身子好像在一个木夹子里,根本无法挣脱。我的心一阵发冷,立刻想起了王振那天在献俘仪式上说的话:送走吧！也许我会很快被拖到前院的大堂上,也去听王振平静地说出那三个字:送走吧！

我被突袭我的人抱着走,奇怪的是对方的脚步也很轻,而且不是向前院大堂那边走。我刚想弄清对方想把我弄到何处去,忽听到了轻轻的一声门响,随即感到已进了一间屋子。王振这座府邸的房子太多,惊慌和意外已使我辨不清这是哪一间屋子。我的双脚触到了地,我被放下站好。我估计接下来是对我的审问,我急切地想着我的应对之词,不防这时蒙我眼睛的大手一下子拿开了,由于刚才捂得太紧,我的眼睛有一段短暂的失明,待我眨了几下恢复视力之后,我才看清,原来挟持我来到这屋里的竟是卢石。我刚一看清他的脸孔,就怒不可遏了,你竟敢让我受到如此惊吓！我挣出一只手照他脸上就打了一巴掌,与此同时,我张嘴就吐出一句怒骂,可惜我的嘴巴还被他捂着,声音被压灭在了他的手掌里。他似乎估计到我会生气会大声叫骂,所以一直捂着我的嘴。

……夫人,真是抱歉,我实在是因为太想你,才冒死用这个办法见你一面。请不要出声,万一让别人听见,我俩就都完了……他一边在我耳畔低而急切地说着,一边亲着我的脸、头发、脖子和胸脯。我使出全力挣脱着,我平日当然也想他,也盼望有和他单独见面的机会,可绝不是这样见面！我对他竟用这样突然袭击的法子来见我,使我受到如此的惊吓,心里怎么也不能原谅。我的挣脱可能也使他恼了,他把抱我身子的手和捂我嘴巴的手一下子都松开了,同时带了恨意地低声说:你走！你叫吧！让他们来把我抓去杀掉算了！我站在那儿喘息着,也恨恨地看着他。

我知道我不该用这样的办法来对待你。他的声音带了点哽咽的味儿:可你想想,我要不用这个法子,能见你一面吗？

我给了你那么多次想见面的暗示,你不是都不理我吗?!我也实在是太想你了,要是没有当初,要是我不和你接触,我也不会受这思念之苦,你看看,为了压下想见你的念头,我把自己的胳膊都掐成咬成啥样子了?!他边说边撩开他的上衣袖子,我看见他的上臂上满是掐和咬的伤痕。看见那些伤痕,我的心一下子软了。我默默伸手去抚那些伤处,然后把脸向他的胳膊上贴去,他这才又把我揽到怀里重又开始亲我,我们默默地亲着,他显然不愿只满足于亲我,他在地上铺了一块布,他是有备而来。我想拒绝他,在这样的地方在这样的时候做这样的事,真是无异于找死。可一看他眼里那份可怜的哀求的样子,我又不忍心说出拒绝的话,我只是微声提醒他:万一有人来推门怎么办?他低声说,这间房是他们护院军士储备枪、刀、剑和弓箭、火药的库房,指明是由他来管理的,只有他才有钥匙,而王振、王山和其他的军士一般是很少来的。他保证说:决不会出意外的,越是在这样的大白天,越是没人来怀疑来察看。边说边就动起手来,我本想再推拒,可心又不忍,只好随他。在他脱我衣服的时候,帖哈的面影在我眼前闪了一下,可那面影的阻止作用大大小于快乐对我的吸引,侥幸心理使我听任事情的发展,很快,我就什么也不想了,完全沉在那股让人迷醉的快乐里了,当时唯一还明白的,是觉得地上铺的东西太薄,躺在上边太硌人,而他的重量和力气又是那样大,心想要是身下的地面上长着草那该多好……

当我们穿好衣服重又能说话时,他贴着我的耳朵说:我真想天天和你在一起!我默看着他,没有说话,说什么呢?依自己心底的愿望,当然也想天天和他在一起。在经过了这些刻骨铭心的时刻之后,我觉得我对他的依恋之情越加深了。不论从哪方面说,他都是一个好男人。可我知道,我在他的提议面前只能摇头,要不然,我们两个的性命就都完了。他见我摇头,沮丧地闭了眼睛,片刻后,又满怀希望地睁开眼问:那我们隔几天还在这儿见一次面行吗?我沉默良久,最后勉强点了点头,我实在不想看见他失望的眼神。该分手了,他先探头看了看外边,然后示意我走。说真的,我有点不愿离开他,我上前亲了他一下,他显然也舍不得我走,亲了我一遍又一遍……

回到自己屋里,我忽然想起帖哈当初对我的警告,万一怀上了那可怎么办?我不敢大意,急忙又去了帖哈的住处。帖哈一眼就看出了我脸上的慌乱,忙问:出了事?我喃喃着答:你得替我再掐一下。

掐什么?他一下子没弄明白。

这儿。我指了一下他上次掐的地方。

他立刻明白了,吃惊地抓住我的手腕:你又和卢石——

我满脸尴尬地点了下头。

他"啪"地照我胳膊上打了一掌,压低了声音吼:你不想活了?不想报仇了?

我咬紧了嘴唇没有说话。

他满脸怒气地站了一霎,然后伸手朝我的尾骨那儿掐去,他掐得很重,疼得我差一点叫出声来。随后,我就觉出有一股东西顺腿流了下去。

帖哈去他的怀里摸出了一卷布,我一开始不明白他这是要干什么,待他打开后才看清,那原来是他当初在草原上画的我父亲和阿台被杀的惨景。他把那幅画展开在我的面前,微声说:你是不是已经忘了他们?

我羞愧地低下了头,我只顾自己身子快活,把大事忘在了脑后。这种意外的冒险万一被发现,不仅仇不能报,自己也只有死路一条了,王振要弄死我还不像拍死一只苍蝇那样容易?

再也不能和卢石做那事了!

也怨我,是我当初把你们捏到了一起,我真是昏了头了。帖哈捶着自己的额头。

我无比羞愧地咬了牙,慢慢走出了帖哈住的屋子……

这天的半后晌,王振从宫中回来,我过去给他换过衣服刚要扶他进里屋歇息,他忽然说:去告诉楚七,说我想看"人搏"了,让他安排。我不敢迟疑,立马出去给楚七说了。不过一袋烟工夫,楚七就已安排妥当,进来说:请王公公出去观赏。

我扶着王振出了正屋大门,就看见卢石和六个军士像上次那样,笔直地站在那片苜蓿草上,我的目光不敢朝向卢石,只停在最末一位军士的身上。王振刚在廊前的椅子上坐好,楚七就喊了一声:开始!

和上次一样,卢石先和其中的一个军士徒手打斗。听着两个人的拳脚不时落到对方肉体上的闷重响声,我的心揪了起来。这次看人搏和上次看已不一样,上次看只是看新鲜,这次看已是带了感情看了,我的两眼一直看着卢石,担心他被打伤,他身上落的每一拳,我都看得很清。上一次,卢石一连打倒了六个军士才倒下,可今天,他的体力明显不如上次,把第三个军士打倒时,他已经摇摇晃晃了。第四个军士上去,他打得更是艰难,几次都差一点被那军士打倒,还好,他坚持着把那军士打倒了,不过在这同时,他也倒下了。我估计,他今天的体力不支,可能和午后我俩在库房里的那番折腾有关系。

呵呵,卢石,你今天这是怎么了?王振这时站起身子,笑模笑样地拄杖走了过去。你的表现不佳呀,怎么四个人就把你打倒了?他边说边用手杖扒拉着卢石腿间的那坨东西:这可是有点丢人哪!你本该雄赳赳的才对呀。

瘫倒在那儿的卢石满脸羞愧地喃喃道:很抱歉,王公公,我没有力气了。

所以呀,不论哪个男人,都不能觉得自己不得了,都要夹着尾巴做人,都要小心谨慎,都要小心被打倒,这个世界上,没有哪个男人是打不倒的!

我默然望着王振,猜测着他说这些话是什么意思,会不会是他今天在宫中又受了哪个男人的气,所以回来借这个办法来发泄?

好了,结束,把他们抬走吧。王振说完这句话,就向屋里走了。我心疼地看了一眼被抬走的卢石,急忙去扶住了王振……

也是从这天开始,我特别留意那个库房,每次经过那个库房门前时,都留心看看有没有人靠近它。还好,没见任何人走到那间房子的门前。看来,卢石说得有几分道理,关注那个刀枪储藏库房的人基本上没有。大概军士们知道那是一个库房,不经批准不能进去;府里的其他人知道那间房属于侍卫的军士们管,也就不走近它。

大约十来天后的一个上午,我去前院看帖哈时,又与卢石走了个对面,他因"人搏"而受的伤看来已经好了,人又像以往那样精神。他像别的军士们遇见我一样一本正经地向我问安,只是在抬头离开我时极快地向我使了一个眼色,我当然明白他是要我午后去库房里,我急忙假装没看明白扭开头走了。再也不能做傻事了。

一连几天,我都避而不见卢石,每次看见他,我便绕开走。

可卢石却在不断地寻找见我的机会,有些我在的场合,明明不该他出现,他也找理由出现了。我感到这种局面很危险,万一让别人看出什么,那可怎么办?这宅里的人中,我特别害怕的,就是王山的媳妇小蕉,只要我们俩同在一处,她的一双审视的眼睛好像总粘在我的身上。我明白尽管自己一再向她示好,但她怕我将来夺走王振家产的心一直放不下,她一直在寻找我的把柄以便把我从这个家里赶走,她把我看成了她和王山日后承继王振家业的最大威胁。有时我真想直直白白地告诉她,我对王振的家业丝毫不感兴趣,可我也明白,无论我怎么向她解释,她也不会相信。正是因为害怕王山媳妇的这双眼睛,我决定找机会对卢石提出警告,让他以后离我远点。有天上午,我从帖哈屋里出来时被卢石看见,他就迎了过来,这回我没像以往那样绕开走,而是迎上前,先是一本正经地打了招呼,随后就压低了声音警告他:你要不想我们两个都死在王振手上,以后就离我远点!他可怜巴巴地说:其实我也知道危险,可实在是想你,这样吧,你再给我一次机会,行吗?求求你答应,就一回。他那种可怜样子让我心里很难受,我何尝不想见他?也罢,就再见一回,把这件事情做个了断,好去办正事大事。我点点头:行,就依你,再见一回。他听了好高兴,一副眉开眼笑的样子,说:明天王公公要进宫,午饭后我在库房等你!……

第二天午后要动身走时,我又有了犹豫和担心:万一这最后一次见面被别人发现怎么办?不怕一万,就怕万一。我实在输不起。午饭后我在自己的房间里来回踱步,想来想去,一遍遍地在心里问自己:去还是不去?不去?那可就让卢石傻等了,他肯定要生气……最后,对快乐的向往占了上风,有一个劝慰的声音越来越响:去吧,不会有事的,前一次不是就没人发现吗?谁会留意到那个库房呢?不会那样巧,不会有人注意的,不会的!……

临去中院的那个库房前,我特别观察了王山媳妇小蕉的行踪,她午饭后就没有出门,好像已经午睡了。这之后我才假装散步走近了那个库房,在仔细地看了一遍四周后,闪电般地推开虚掩着的门走了进去。当我的心脏因为担心还在惊跳时,卢石已把我麻利地平放到了地上,那一刻,我忽然有些生自己的气,你为何要这样发贱?你就不能忍一忍?就不能控制一下自己?你为何不想想帖哈的警告?想想你要办的大事情?你还报不报仇了?可是这股对自己的气恼转眼间就被那从身体深处涌来的巨大快乐淹没了。卢石这个东西有一双魔掌也有一种本领,转眼间就能把人揉摸得骨头都酥了。王振、帖哈和王山的媳妇那些影像很快都被快乐的巨浪冲没了影子,我的眼睛里只剩下了卢石的面孔,我的耳朵里只有卢石的呼吸和喘息……

　　正当我在极乐之境飘荡时,门外突然响起了急切的脚步声,跟着门轰隆一声被推开。我这才记起,刚才我们两个迫不及待地抱在一起,竟然连门都没插。那一刹,我的心骤然停跳,身子一下子僵在那里,恐惧像冲天大浪一样朝我砸过来,完了,一切都完了!我看见了马夫人那张惊诧的脸,我唯一能做的是去抓自己的衣裳,卢石本能地去抓他的刀,马夫人这时忽然平静地开口:还不快穿衣裳?!这句提醒使卢石也慌忙去穿衣服,也使我心里又陡然生了希望,应该求求她!我穿好衣服后所做的第一个动作,就是"扑通"一声跪在了马夫人面前,卢石的反应也算快,穿好衣裳后也急忙跪下了。

　　你们真是胆大包天——

　　就在这当儿,门外再次响起了脚步声,马夫人立时停了说话朝我俩做了个站起来的手势,我俩刚刚站起,卢石才来得及把那个铺在地上的单子抓起扔到一边,我俩膝盖上的灰还没有掸去,王山媳妇的脸就出现在了门口。

是她,我倒吸了一口冷气,原本就绝望的我这时彻底绝望了。什么都不要想了,你就准备死吧!不仅你要死,你还把帖哈也连累了,帖哈,我没听你的话,终于大火烧身了!但愿也先在草原上能饶过我的母亲、哥哥和弟弟……

哟,是小蕉啊,马夫人这时开了口,我和尹杏闲来没事,就相约着来看看卢旗长他们这放枪刀箭镞的仓库,怎么,你也感兴趣?来,快进来看看!瞧瞧这张弓,可是真长呀!

我有些震惊地看着马夫人,她竟能这样为我们掩饰。一股巨大的感激之意使我的眼泪差点流了出来。卢石不愧是军人,反应也快,这时伸手拿过架子上的一张弓说:这弓是二百斤的拉力,能使箭射出二十丈,射箭者即使双腿跪地也能射出十五丈。边说边就双膝跪了下去,这也就使他膝上没来得及掸去的灰有了说得过去的理由。

尹杏,你跪下去拉拉弓试试。马夫人这时转对我叫了一句,我知道她的好意是为了掩饰我膝上的灰土,便立马跪下去伸手去接弓,我假装拉不动那弓,又把弓还给了卢石。

小蕉,你来试试?!马夫人又转对小蕉叫道。小蕉急忙摆手:不,不,大娘,我不喜欢拉弓。

好了,卢旗长,我们告辞了,你好好保管这些东西,要做到一旦有事,拿出去就能用!马夫人说罢,就拉了我的手向外走。小蕉这时也随我们出来了,我飞快地看了一下小蕉的脸,还好,她的脸上没有怀疑什么的神色。

慢走!卢石在我们的身后施着礼,只有我能听出,他的声音里还有抑制不住的颤抖。

和小蕉在后院门口分手之后,我没有回自己住的屋子,而是跟在马夫人身后径直去了她住的东厢房。一进屋门,待丫鬟们刚一退出去,我便急忙在她面前跪下了,我含着眼泪说:

谢谢大姐这救命之举,尹杏终生不会忘了这救命之恩!

她坐在那儿,重重地叹了口气,伸手扶起了我。

尹杏实在是该死,做下这等不齿的事……我继续认着错,一想起刚才让马夫人看见自己躺在那儿的样子,我就羞得只想去死。

要说这事也能理解。她慢吞吞地开口,你一个年轻轻的女子,是受不了这种寂寞的,只是你们太胆大了,今天要是第二个人看见你们做下这事,你们这会儿恐怕是已经被绑了,相信你们活不过今天夜里。

后怕使得我的身子又哆嗦起来,我知道她这话不是吓我,换了任何别人看见刚才那一幕,这会儿我和卢石肯定已经被绑了。我于是急忙又说:杏儿是该死,杏儿幸亏有你这样一个好姐姐!

我想你也能够明白,那王山的媳妇小蕉无时无刻不在找你的碴子,倘是今天她比我先到一步,那会是啥样的后果?

我把头垂了下去,是呀,今天要让小蕉先看见,说什么也没用了,过去所有的伪装努力也就算白费了。姐姐说得极是,我今天要是犯到她手里,那就什么都完了。姐姐的大恩大德,小杏这辈子不会忘记,小杏一定要报答。

说报答就见外了,只要晚点姐姐老了,你能给姐姐一碗饭吃就行了。

姐姐怎能说这话?我诧异地抬起脸看她。

我想你能看出,我如今对王公公已没有任何影响力了。在这种家庭,女人又生不了孩子,年老珠黄就啥也没有了。我如今跟他说话已不管用,他又没给我什么钱财,万一他有个三长两短,那王山和他媳妇是不会让我继承什么遗产的,到那时,姐姐我只怕是要沿街讨饭了。

145

我立刻明白了她担心的是什么,我说:姐姐,你只管放心,今后只要有我尹杏吃的一碗饭,就一定有你半碗,我会把你当亲姐姐那样敬你养活你。

这我相信,我能看出你有一副好心肠,姐姐现在只问你一件事。

哪件事?

王公公他是不是交给你了一把钥匙?

什么钥匙?我没有明白。

他原来经常绑在裤带上的,这些天我发现没有了,估计是交给你了。

你是说——我豁然间明白她是指王振交给我的那把秘密仓库的钥匙,有一股寒气袭上我的身子。

我知道那是他密库门上的钥匙,他一直瞒着我,他现在相信你,是不是交给你了?

我只有点头,我不能瞒她。在这同时,我也有点儿明白她热心救我的目的了。

有了那把钥匙,咱姐俩今后就不会饿肚子了。

我再次点头:姐姐放心,只要这把钥匙在我手上,王公公就是百年之后,我俩也能过上好日子。

姐姐有一个想法,不知当说不当说?她脸上有了一点扭捏。

姐姐你有什么话只管讲!我赶紧表态。

你能不能把那把钥匙交给我?

我心中一惊:姐姐,交给你当然可以,只是万一哪一天王公公要我立马为他打开密库门,那可怎么办?他可是一再叮嘱我不能对任何人说到这把钥匙的。

我不是要替你保管这把钥匙,我只是想去配一把,原来的那把仍交给你,这样,咱俩一人一把,我心里也好踏实些。

我呆了一霎,知道这样做是很危险的,可不这样做危险更大,短暂的权衡之后,我点点头说:行,只是姐姐配钥匙时一定要做得隐秘,要不露任何马脚。

这个你只管放心,露了马脚,姐姐我也得死。

我掀起衣襟,小心地去裤带上解下那把钥匙交给了她。姐姐要配得快一些,最好今天就能再交给我。

放心吧,妹妹。她拿过钥匙后就笑了,这是我第一次看见她整张脸上全是笑纹,她那笑里带着多少得意呀。

回到自己屋里,我的心又被那把钥匙揪得紧紧的。我有心去帖哈那里把发生的这些事都给他说说,又怕挨他的训斥,想想他即使知道了也无能为力,就没有再去。罢,既然祸是自己闯的,就让自己一个人来对付吧。

还好,半下午时,马夫人就将那把钥匙还给我了。还给我时,她又要求一定用她那把钥匙去开开库门上的锁试一试,我没法,只好领她去了那个秘密库房门前。她试完之后长舒了一口气,我的心却又提了起来,我紧忙对她说:库里的东西反正都是咱俩的,你可千万不能悄悄地进去拿,里边的箱子、柜子他都是做有记号的,一旦他发现丢失了东西,那咱俩就都完了。她笑着拍拍我的脸:你姐姐不会那样傻!

做完这一切回到屋里,我真是精疲力竭了。惊吓、不安和焦虑,耗尽了我的体力,我瘫软地倒在了床上,开始糊里糊涂地大睡,一直睡到了掌灯时分,一直睡到丫鬟来叫醒我,说王公公叫我过去陪他吃晚饭。我一惊,身子打了一个激灵,急忙起身下床,一边飞快地梳洗一边在心里骂自己:你怎能睡得这样死?他回来了你都不知道?你是存心要让他发生怀疑?

我走进王振吃饭的房间时看见他面带愠色,心猛一下就

147

悬了起来:莫不是他发现了什么?我急忙装出笑脸道歉:让你等了,我可能是因为这个月的月红来得特别多,身上总乏得很,就睡过了头。他指了一下身旁的椅子,我急忙坐下。

饭菜端上来,他拿起筷子要吃的时候,忽然把筷子在桌子上很响地一蹾,骂道:狗东西!我惊得手中的筷子险些掉到地上,以为他是在骂我。我小心地抬脸看他,却见他已低头去吃饭了。我的心放回原位,看来事情与我无干。我吃了几口,尽量用轻松的口气说:王公公是不是在为什么事生气?犯不着的,吃饭时生气,最伤身子,什么事也比不上你的身子要紧!

唉。他叹口气道:北边草原上也先那小子,竟然一连提了两个无理要求。

哦?我顿时明白了他气从何来,原来如此。

头一条,要求把大明朝的公主娶去给他的半傻儿子做媳妇,你说这能行吗?皇上和公主们能愿意?第二条,要把贡使团的人数由两千人增加到三千人,他们每年的进贡是假,沿路劫掠和讨赏是真,人数加一千,不知祸害要加多少哩。

那怎么办?我想起了帖哈给我交代的话。

还能怎么办?回绝!我正琢磨着派谁去回绝这两件事哩……

我没有再去听王振的啰嗦,只是轻舒了一口气,看来,也先太师的借口找对了,王振果然没有答应,这么说,瓦剌人进攻大明军队的理由也已经有了。仗就要打起来,大明朝欠我们家的血债就要偿还了!

我是第二天早饭后借去给"父亲"问安的机会,把这消息告诉了帖哈,帖哈听后也轻轻一笑说:我立刻着人回报太师,看来,你我真要做好开打的准备了……

昼 录

瓦剌大军开始进攻的消息是在一个午后传进王振府邸的。

那天午后,王振原本正在忙着另一件重要的事——

那天正午,我陪着王振吃完了饭,他坐在外间喝他每顿饭后都要喝的那杯茶,我进到里间准备脱衣上床午睡,这当儿听见楚七走到外间门口低声说:王公公,他来了。王振应了声:让他进来吧。我以为他要会见什么重要人物,忙侧了耳去听。王振这时说:楚七,你出去后把门关上,没有得到我的允许不得放一个人进来。楚七答了一句"是"就出了门,紧跟着就把门由外边"呼啦"一声拉上了。虽是正午,可把大门一关,屋里顿时就暗了下来。我正猜着来人是谁竟这样保密,忽听王振在外间叫我:杏儿,你来把蜡烛点上。我闻唤急忙边应边起身穿衣,急慌慌地向外间走,过去还从没有过要我亲自点烛接待的客人。到了外间点亮蜡烛后我才看清,来人是一个身穿布衣的中年男人,相貌平常,手里拎一个小木箱,很像是一个看病的郎中。

你过去做过这种再接的事?王振开口没头没脑地问他。

做过两三次。那人不慌不忙地答。因为王振没有示意要我回到里屋,我也就站下在那儿听。

都成功了?

成功了,不过他们都是孩子,三个人中年龄最大的也才十三岁。

他们是怎么受伤的?我是指他们那个地方是怎么?——

一个是被砸伤的,一块砖头从墙上掉下来,正好砸在那男婴的那个地方；一个是被仇家雇人用刀砍断的，只留下很短的一截；还有一个孩子是被邻居家的狗咬掉的。

我默然听着，一时听不懂他们说的是什么。

他们现在咋样？我是说那三个经你再造过的人，他们现在日子过得怎么样？王振又问。

挺好。那个极像郎中的人很肯定地答。

都成家了？

成了。

他们是不是可以？——

都行！

你怎么知道他们都行？王振有点不太高兴的样子。

他们都已经有了孩子。

有孩子就证明他们行了？孩子不会是别的男人的？王振好像在故意挑毛病。话听到这儿，我觉得已听明白了两人谈的是什么了。

我问过他们了，因为我是郎中，又给他们治过伤，所以他们对我说话并不避讳。

他们怎么说？王振紧追着问。

那郎中迟疑了一下，看了我一眼，没有说话。

你只管讲，这里没有可避讳的！王振并未赶我走。

他们能很顺利地和女人做那事，做得都很快活，没有什么异常的感觉。有的一夜还能做几次。

噢。王振的眼睛放光了。你再造时用的东西由哪里来？

那都是找年龄相近的重病人，由做的人家预先付病人家一大笔银子，然后在病人刚一断气时把那个部位取下来。当然，还需要对茬。

什么对茬？

就是再造的人和病人的那个部位在大小、筋脉上能刚好对着,不犯克,不然,接上了也还会再坏掉。

王振点了点头,默坐了一阵方又问:如果再造的话,像我这样的年纪,大约需要多长的时间?

再造的时间不会很长,大概半天时间就足够了;重要的是长好的过程,这个过程可能较长。

要多久才行?

我想不会少于一个月。

你觉得把握有多大?我是说你肯定在我身上能做成吗?

我得先试验几次,更重要的是,要找好那个东西的来源。

来源没有问题。

我做试验时也需要真的东西。

这个我明白。

还需要说明的是,再造时可能很疼,因为我要在你原来的创口上再切一刀,让两个新创面吻合,这才能进行缝合。

这个我明白。王振闭上眼睛沉思了一阵,而后睁开眼说:我们今天就聊到这儿,我俩今天所说的任何一句话,都不许告诉别人;如果走漏一点风声,我想你会后悔的!

这个我明白。郎中急忙站起身来。

他们把你住的地方安排好了?

安排好了,就从后花园东侧的那个小门进去——

好吧,你在吃穿住用上需要什么,尽管找楚七去要;试验上的事情,他也会替你安排好。

那郎中躬身施礼:王公公,温某就告辞了。

我见状上前拉开门,放他出去了。

听明白了我们说的事情?王振两眼直盯着我。

我点了点头,轻步走到他身边,坐到了他的腿上。

你怎么想？他拍了拍我的后背,眼依旧看着我。

我把嘴附在他的耳边低低地答:我好高兴,我盼着这件事能早一点成功,你想,要是成功了,得益最多的还不是我吗？

他呵呵笑了,不过随后又叹口气,淡了声说:我是从旧书上读到唐朝有内臣复植命根的记载的,究竟是真是假还不知道,让楚七找来的这个人,手艺实际怎样也还不清楚,所以最后的结果还不能说定。倘真的能成,那一定是王家的族运在起作用,到那时我一定要让你真正高兴高兴,你不要摇头。你是一个好姑娘,你从来不说什么,可我知道我不能使你真正满足,你内心里其实有缺憾,有委屈,这我明白。这也是我要想办法复植命根的原因之一,我想看到你真正高兴,想让你快活,更想让你为我们王家再生上几个儿子,当然,是要在绝对保密的情况下去生。

我在他的脸上亲了一下说:我保证办到!

他笑了,他的嘴唇张开,分明是还想说什么,可就在这当儿,一阵急切奔跑的脚步声响到了门外,王振住嘴转而去看门口,什么通报也没有,虚掩着的门便被一个浑身汗湿的人"嗵"一声撞开了。我一惊,慌慌地从王振的腿上跳下了地,王振显然也被这鲁莽的举动弄恼了,刚要开口喝骂,一声哭喊就从来人嘴里出来了:不好了王公公,瓦剌大军进攻大同边境了!

王振"呼"一下站起了身子。

我的心却骤然一松:终于开始了! 开始了!

快细细说来! 王振上前两步,伸手扶住那信使的肩头。

瓦剌军在也先的亲自指挥下,于11日开始大举向大同边境进攻,我大同守军被迫应敌,双方在长城外的猫儿庄摆开阵势,我参将吴浩仓出阵迎战,不想竟被对方挑死在马下!

哦?!王振惊得后退了一步。

我默望着那信使和王振,感觉到有一股快意涌上心头:大明朝,该让你们也尝尝亲人死去的味道了!

速传我的命令,要西宁侯宋瑛、武进伯朱冕、参将石亨立即率兵进驻阳和口!

那信使急忙应道:遵令!随即转身就走。

王振这时又对站在门口的楚七叫道:走,立刻进宫!

王振是确实慌了,迈过门槛时右脚被绊了一下,踉跄了几步险些跌倒,幸亏楚七手快急忙将他扶住了。吓慌了吧?该你们着慌了,让你们着慌的时候还在后头哪!

王振进宫之后,我径直去了帖哈的住处,把明军信使来报的情况给帖哈说了。帖哈听罢,也长出一口气道:让他们去忙乱一阵子吧,该我们轻松轻松了。

我们是不是该收拾东西找机会溜走了?

帖哈一听我这样问,眼顿时瞪了起来:怎么尽说傻话?我们怎能此时撤走?这会儿正是需要我们探听消息的当口,太师已派人传令,要我们尽快弄清明朝皇帝的应战之策。今天王振回来后,你要想办法由他嘴里探听到消息,对他的任何一句话都不要放过,要尽可能地都记到脑子里,然后告诉我!

我点头表示明白。唉,什么时候这事情才能了结,我才能回去看看母亲?我想你,额吉!

王振一直到天黑很久都没有回来。王府里的人虽然不知道出了什么事情,但午后信使急闯后院的情景很多人看到了,他们都意识到一定是出了大事情。吃晚饭的时候,一向对公事持淡漠态度的马夫人,破天荒地来到了我的住屋里问:杏妹,是不是出了什么大事?我一边急忙施礼一边答:姐姐,我也是这样感觉,但究竟出了什么事我并不清楚,要不我们一起坐等王公公回来,到时问他就会清楚了。她笑笑说:那我就不等他了,倘是有事需要你我知道,他自会告诉我们的。我含笑送她出门。我实在不敢把知道的情况告诉她,这毕竟是军机大事,万一惹恼了王振,引起他对自己的怀疑岂不糟了?

我坐在床边等到三更鼓响,也没见王振回来,就脱衣上床睡了。因为心情轻松,我入睡很快且睡得很沉,根本没听到下人们的喊门声,直到门被使劲擂响,我才被惊醒过来。我以为是王振由宫中回来了,急忙起身披了衣去开门,门打开后我惊得后退了一步,原来门外站着马夫人和几个使女,且有一个浑身冒着热气手执马鞭的信使站在她们身后。快,有信使要见王公公,快叫他起来,你们睡得可真沉,怎么也喊不醒。马夫人朝我急急地抱怨。

王公公一直没有回来。我忙向她说明:还在宫中。

哦,这可怎么好?她扭脸看着那信使。

我奉命要把信亲自交到王公公手上。那信使边说边转身:我立刻去宫中求见王公公!

我看着那信使又匆匆走出后院大门,心里想,信使带来的,对于王振和大明朝来说,肯定不会是什么好消息!信使越急,那消息可能就越坏。

果然,第二天正午王振回来时,满脸阴郁疲惫,好像一夜没睡的样子。我小心地问他那个信使是不是见到他了,他点点头。我想引出他的话,说:我本来想把他送的信留下来,待你回来时再看,可那信使十分着急,我怕误事,就让他去宫中找你了,事情是不是很急?

他叹口气道:是很急,送的是战报,瓦剌的另一个头领阿剌率军开始进攻赤城、宣府一线。你做得对,应该让他立刻送给我。昨天一夜之间,还有两封战报送到,一封来自辽东前线,一封来自甘州前线。瓦剌的脱脱不花率军开始进攻辽东,另有一支骑兵也开始向甘州进犯。瓦剌在整个北方都挑起了战事,一场战争开始了!

天哪!我假装吃惊地叫道:这可怎么办?

还能怎么办?既然他们想打,那就打吧。大明朝难道还怕一个瓦剌不成?娘的,他们肯定是以卵击石,自找灾难!昨晚,我和皇上一起坐在宫中等待大同前线的捷报,我相信宋瑛、朱冕他们会打一个大胜仗,大同一胜,势必鼓舞整个北方前线将士们的士气,大反击就会开始!

捷报到了吗?我问得有点迫不及待,话出口之后我便有些后悔,要是他对我如此关注军情产生疑心岂不糟了?!还好,他似乎把我的关切看作是对大明朝廷的关心,没有表示出什么怀疑,只是答道:直到刚才我出宫时还没到,毕竟前线离京城很远,我估计快到了。

走,陪我去看看骞先生。

你不歇一歇?

我想先听听他的看法。他打了个哈欠,急急地迈出了门槛,我忙赶上去扶住他。看来,他真的着慌了。

进了骞先生的屋子我才知道,几份由前方送来的战报,都有副本放在骞先生的桌子上。王振进屋还没落座就径直对骞先生说道:说说你的判断!

依我看来,瓦剌人也先这回是真的胆壮心野,想和大明朝一决雌雄。

说下去。

他们的举动不是一时兴兵发泄怒气,而是周密准备后的大规模战争行为。

周密准备?

他们先找到了战争借口:是你大明朝不愿和我联姻和亲;是你大明朝不让我朝贡而恶化了关系。他们是师出有名。

王振颔首。

他们兵分三路,同时出击,这没有预先的调兵和进攻准备显然不可能。

他们眼下的企图?

捣烂京畿外围。

他们的最终目的?

拿下北京,灭掉明朝。

王振冷冷一笑:太不自量力了吧?!

在我们这块土地上长大的男人,差不多每个人内心里都有当皇帝的想法,都想让天下的人只听他一个人指挥。也先也不例外,他如今认为,凭他的力量,他已经可以去实现那个当皇帝的目标了。

皇帝是随便就可以当的?

所有的开国皇帝在没有登基之前,人们都很难承认他能当皇帝。

你这是什么意思? 王振的脸拉了下来。

骞先生苦笑了一下:我只是想提醒王公公,对瓦剌人也先不能掉以轻心。弄不好,他真有可能当上皇帝!元朝末年,谁承认咱太祖能当皇帝?可他最后不是当上了?

倒也是。

我过去说过,一场战争,卷入者不计其数,但最初的推动者,其实就是一个想改变自己命运的人,是一个握了兵权又有野心或雄心的人!

王振眯眼无语。

世上所有大事的发生,你追根溯源,最后都能找到一个人,是这个人做了第一次推动!

我们现在该怎么办?王振睁大了眼。

只有两种选择。其一,求和,派人与也先谈判停战。不过此时求和,也先要价肯定很高,而且他有可能提出让皇上退位,因为他的最后目的是要当皇帝。这就——

与他讲什么和?!王振打断了骞先生的话。

其二,就是迎战!迅速做好准备,抵抗住他们头一波次的进攻。

打!我就不信,这也先还真能成了精了!王振攥紧了拳头。

我相信,只要王公公下了迎战的决心,这仗就真的打起来了。也先要打,你要迎战,这战争就正式开始了。一场战争,说到底还是两个人的战争,是敌对双方有决策权的两个人的战争。

好了,今天就说到这儿!王振说罢,起身就走。

我从王振的话语举止里看出,他已下定了打的决心。不过他对我瓦剌人的实力,还是有些轻估。这倒令我暗暗高兴,我们正需要他的轻敌麻痹。回到后院,他说:我现在去补补觉,一有信使到就立刻叫醒我。我点头之后便扶他进了卧室,服侍他上床躺下。

因为知道王振在补觉,前院、中院和后院的所有可能发声的活动都停止了,整个王府十分安静。我就在这安静中去了帖哈的住屋,把刚才从王振嘴里听到的消息告诉了他。帖哈听了轻蔑地笑笑:让他边睡边等吧,他等来的决不会是捷报!大捷是属于我们瓦剌人的!你快回你的住屋去,注意下一个信使的到来。

我脚步轻快地踏着午后的树荫向后院里走，盘算着什么时候可以回到草原上去，就在这时，一颗小石子忽然落到了我的脚背上，惊得我急忙扭头，这才发现我已走到了卢石经管的那个放置刀枪弓箭的仓库前，卢石正站在库门里隔着门缝向我使着眼色让我过去。自从那天出事后，我就一直没有再见他，所有可能见到他的场合我都不去了。这会儿看见他，我的心不自主地一喜，毕竟，是他让我知道了做女人原来是那样好。在我的心里，他是除了阿台之外我最喜欢和最爱的男人，可是一想起那天所受到的惊吓，我的身子又一阵哆嗦。我们再也不能出事了，再也不能见面了。我向他很快地摇了下头，表示不能进去，接着就又向后院走。没想到他"吱呀"一声把门缝拉大了些，直用哀求的眼神看我，我不能不看他。他那眼神令我心疼，我的脚步不由得又停了，在一阵犹豫之后，还是向他走了过去。王振就睡在后院，这个时候见面实在是太危险了。可他双眼中的那股哀求神色又真让我心软，也罢，进去给他说说战争的事，也好让他心里有个准备。进门前，我慌慌环顾了一下四周，还好，几个当值的都背对我站在他们的老位置上，我一闪身进了库房。

卢石想照往常那样把我放倒在地上，尽管我内心里也非常想那样做，可我还是坚决地推开了他的手。我说：不行，王振就睡在后院，而且随时会叫我。你身为军士，难道就没有一种要出事的感觉？

他怔了一下，说：我已经看见有两个军中信使到府中向王振送了什么急信，肯定是有事，但我估摸不会是需要我这样的低等军人去操心的事。我想你，想见你，想亲你，想把你抱到怀里，我觉得这才是世界上最大的事！那一天马夫人没有再为难你吧？我心里一直记挂着这事，一直想找你问问。

他的话令我心中一热。是的,在我的内心深处,我也把同他见面看作是最快活最高兴最重要的事。说真的,我心中如今经常挂念的人,除母亲、哥哥和弟弟之外,也就是他了。

如果将来出了什么事情,使我们不能再在这个院子里住下去,你愿意和我一起去一个新地方住吗?我替他扣好他已解开的衣服。

我过去已经回答过你了,而且我也曾提出带你离开这里,是你不愿走。他有点生气。

我现在要你再回答一遍。

当然愿意。他把手伸过来,摸住我的脸,只要你说去哪里,咱就去哪里。

如果那个地方没有你熟悉的东西,比如说,没有庄稼地,没有街巷,没有戏院,没有青菜,没有猪,只有羊,你也愿意去?

只有羊?什么羊?他有些意外。

我急忙闸住嘴,我意识到我说得太多了,再说下去他就有可能猜出我的身份。我说的是假如那地方是山区,只能养几只羊你愿不愿去?

当然,只要有你在就行了,我只要你!

我感动地上前亲了亲他,然后说:我得走了!我推开他试图挽留的手,很快地闪身出了门。

幸亏我出来了,因为就在我走进后院刚刚坐下,一个浑身大汗的军中信使就在几个王府守门军人的陪伴下飞跑进了后院高叫:战报!——

我按照王振的吩咐,急忙进屋喊醒了他。他一听说来了战报,一骨碌坐起,一边去穿衣一边说:快拿进来!

信使自然不能进到卧室,我急忙出去将信使手中的战报拿了进来,王振这时停了穿鞋,就坐在床帮上急急拆开战报看了起来。我没有离开他,我假装蹲下来给他穿鞋,注意观察他的神色。如果他笑了,那战报上就肯定是好消息,那我们瓦剌的军队就失利了。我看见他的脸上先是现出一种惊愕之色,随后又有一丝慌意,我的心顿时轻松了,看来不是什么好消息。

让楚七速速备车,我要去宫里!

王振对我挥手。我心里暗暗一笑,出去给他安排。看来,大明朝在战场上依旧是没有占到便宜。

这天晚上王振重由宫中回来,我才算从他的嘴里明白了那封战报的内容和他着慌的原因。原来,他派出应战的宋瑛、朱冕两员大将,全已战死疆场,监军的太监郭敬也险些被捉,大同守军被迫全面后撤,很多城堡落入我们瓦剌人之手。

那可怎么办?我假装着急地问。

已平静下来的王振说:没有什么不得了的,既然如此,我们就集中力量和瓦剌决一死战,我不信他们就能成了气候!皇上今天已让兵部做了应对部署,后天,皇上还要上朝和文武百官专议北方战事,必要时,皇上或许还会率兵亲征!

亲征?啥叫亲征?

就是皇上亲自率兵去攻打敌人。

我暗暗吃了一惊:皇上亲征?!

第二天早上,王振去宫中之后,我就去了帖哈的住处,我觉得应该把听到的情况尽快告诉他。帖哈听了大明皇上可能要亲征的话后,也把眼睛瞪大了,轻声说:这倒是一个重要的动向,应该迅速向太师报告!现在是最关键的时候,古语说养兵千日用兵一时,这会儿是太师最用得着我们的时候,你要整天把耳朵都张起来,不放过王振说过的每一句话,把事关战事的话都记下告诉我,还要使出你的全部机灵,诱使他多说,多透露情况。尤其是后天皇帝和文武百官的议战情景,要想法多打听一些。

这还用交代?

出了帖哈的屋子,我向后花园西侧院骞先生的住处走去。我忽然想起,应该跟他聊聊天,听听他对战事的判断,这一方面可以让自己对这场战事心中有底;另一方面也许可以对他施加些影响,并通过他,再影响王振的看法。

骞先生正在院中一棵小树下坐了吹箫,我不懂他吹的是什么曲子,不过那调子依旧是呜呜咽咽的。他看见我来,略略有些意外,放下箫起身施礼问道:夫人来是——

我来后花院里看花,走到你的门口听到箫声,就顺便拐进来看看你,怎么样,日子过得还行吗?缺不缺什么?

谢谢夫人关心,我这人嘛,只要有口饭吃,只要还让我看书,就啥日子都能过。

骞先生家里都还有些什么人?想不想他们?

我原有两个儿子,先后从军,可惜他们都已在前些年同瓦剌人的战争中阵亡,如今只剩下了我和老伴活着。想儿子也没有用了,这世界上的人只要一死,就再也找不到他了,你再想念他也没有用,想再看他一眼都不行了。

哦,我惊望住他,原来他的家人也和我们瓦剌人打过仗。

有时候我也真想死,想在死后去儿子所在的那个世界看看,看看他现在是什么模样。为什么老天爷不让生死两界相通?要是相通了那该多好,这一界的人想那一界的人了,就过去看看,像逛街一样,从这条街走进那条街。

我有点明白了他用箫吹出的曲子为何都那样沉郁,原来他心里也有伤心事哪。他的话也勾起了我的心思,我也想我的父亲,想阿台,我啥时候还能再见到他们?

老天爷不该把生死两界分得这样清楚。他又叹道。

那你的老伴如今在哪儿?

就在这城里的小把儿胡同中,她一个人过日子。

她知道你住在这儿吗?

我是突然被王公公派人用轿抬走的,抬来后就再也没有回去过。我可以给她写信,但不能回去,也不能写明自己住在什么地方,眼下,她只是知道我还活着,至于住在啥地方她并不明白。

你怎么会对研读兵书感了兴趣?对兵法、战事起了钻研之心?我得向这上边引。

两个缘由,一个是因了我的军人出身,当了半辈子兵,不懂别的,只对这个东西有些兴趣;另一个是我的两个儿子都死于战争,我也在身经的战争中九死一生,我知道战事一开,就要死人,我很想弄明白这个可致人死命的战争为何不能根绝。

弄明白了吗?

没完全明白。

是说你已经明白了一部分?

可以这样说吧。眼下已经弄明白的是,战争的起因不外乎三种:一种是为了争夺有用之物,比如土地、财物、女人或者其他吃的、穿的、用的东西;第二种是为了争夺统管别人的威权,迫使别人听从自己的指挥;第三种是为了报仇雪恨去耻,纯粹是为了找到心理上的平衡。

你觉得瓦剌人这次发起的进攻属于哪种?

是第二种和第三种的综合,一方面也先想把更多的国人置于他的指挥之下;一方面瓦剌人想雪过去明军所欠下的仇恨,明军曾征伐过他们。

我暗中冷冷一笑：你有一点说对了，我们就是要报仇雪恨，明军欠我们的血债必须还上！

你觉得这一回瓦剌人能否如愿？我又问。

按照常理，瓦剌人是胜不了的，因为明军有长城有城墙可依，武器的优势也在明军一边，可因为明军的指挥者轻敌，因为明军的实际战力下降，结果就不好说了，倘是也先将自己机动快的优势彻底发挥出来，仗也先可能打胜，弄好了他有可能真的当上皇帝，但仇恨他未必就能雪了。

为何？我一怔。

因为古往今来，双方一旦结了仇恨，靠武力去雪，常常是越雪越深，很少会使仇恨减轻的。甲方今天杀了乙方十个人，乙方明天就杀甲方十二个人雪恨，后天，甲方或许会再杀乙方十五个人报仇，如此循环下去，仇恨何时雪得清楚？

我心中暗道：仗刚刚开始打，你就害怕了。你害怕我们瓦剌人复仇，你过去是明军的将领，如今又为大明朝的内相做事，你当然会害怕的。你害怕就证明我们做对了！……

接下来我又和他聊了挺长的时间，越聊我越觉得我们瓦剌人这次必胜无疑，回到自己住屋里时，我的心里真是非常轻松。

为了解后天皇帝和百官议战的情景，我想我得主动去接触一下楚七。因为到时候我不可能去细问王振，细问必会引起他的怀疑。若单靠他说话中透露，则不可能详细。最好的办法是问楚七。楚七在太监里的地位虽低，但作为王振的手下和心腹，是可以随他出入宫中的所有重要地方的。有一次我听见他向我的丫鬟炫耀：说他经常跟在王公公身后去参加早朝，不过不是站在正面，而是站在屏风后的角落里，帮助王公公记下早朝时各人说话的内容,以备王公公下朝后用。我想,后天的当廷议战,他也很可能到场,届时问他最好。

楚七平日是王振的影子,王振只要外出,他必随行;王振若在家里,他就住在后院的一间小屋里。他是个很机灵的人,也识一些字,对王振绝对忠诚。要和他接触套近乎,得很小心才行。我记起他得空时常和我的丫鬟小婵聊天的事,心想他可能和王振一样,也还有一点和女人亲近的愿望,这样想着,我就琢磨出了一个主意。

午饭时分,王振由宫中回来,匆匆吃点饭就拿着一本书和一张大地图看了起来。我劝他上床稍歇一会儿,他叹口气说:战争已经爆发,明天当廷议战的时候我也还要说话,我得先做点准备,你去歇吧。我说别打扰你,我出去走走。

我来到丫鬟小婵的住屋,进屋我就说:小婵呀,你是不是昨天没有洗澡?小婵一愣,急忙答:洗了呀。那你今中午照料我和王公公吃饭时,我怎么闻见你身上有一股很大的汗味?小婵又羞又窘地说:那我赶紧再洗一洗。我点头说:对,赶紧再打盆水来洗一洗。小婵把水端进屋时,我走了出来,随手把门虚掩上了。我没有立即走开,我站在那儿,直到听见小婵撩水的声音我才离去。

我离开小婵的门前,假装有事从楚七的门前过,楚七在屋里看见我,忙打着招呼:夫人好。我说:楚七,你快去小婵屋里,叫她立马过来,我有急事!楚七闻言,就三脚并作两步地跑了过去。和我设想的基本上一样,他慌急中没有敲门,径直就推了开来,他推门的同时,小婵就发出了一声尖叫。我闻声自然就跑了过去。我跑过去时,楚七还吓呆在门口,而小婵正手忙脚乱地用衣服捂着自己的胸脯。我疾步进屋把衣服披在小婵身上,这时节,楚七已跑回到他的屋里。我安慰了小婵两句,就来到了楚七屋里,进屋就说:楚七,小婵可能要向王公公告你对她无礼。楚七一听就吓得"扑通"一声跪下来说:夫人救命,我确实没想到她会在这个时候洗澡,忘了敲门,不是存心。我叹口气说:这事真要闹到王公公那儿,肯定不会有你的好,你知道,他最烦家里出这种事。也罢,我知道你是个好人,我就帮帮你的忙,把这事压下去,小婵那边由我去说,你放心就是。楚七听了又急忙连连叩头……

我估计这件事一出,明天我再问他关于朝上议战的事,他不会不帮忙的。

这天的晚饭时分,我刚要坐上饭桌陪王振吃饭,照料帖哈的一个男仆匆匆来到后院门口让守门人传话,说帖哈肚子疼得厉害,要我立刻过去看看。我估计帖哈找我不是因为肚子疼,而是另有急事。就站起来对王振说:请王公公允许我过去看看父亲。王振说去吧,需要找大夫的话,让下人们赶紧去叫。要不是明天早朝议战,我要做些准备,我也该过去看看的。我说,王公公要忙军国大事,可别为这些小事分心……

进了帖哈的住处,只见帖哈满头大汗地趴在床上,我一看他的眼睛,就知道他是假装的,于是我急忙打开他床头的箱子,说:把上次你肚疼时吃的药再吃一丸试试。我装作摸出了一丸药填到他嘴里,让他喝了几口水咽下去,这才挥手让几个下人退去。待下人们退出后,帖哈停了呻吟轻声说:太师接到我们报上的消息,特别是听说大明皇帝有亲征的意思后,十分重视,再三琢磨后飞快派人传信,要我们务必促成大明皇帝亲征这件事。因为只要大明皇帝亲征离开了京城他的老巢,我们就有把握捉住他,就能缩短战争进程,就会大获全胜。我之所以装病急急把你叫来,就是因为明天大明皇帝要和他的文武百官商讨应对北方战事之策,如果王振能在这个场合提出亲征的事,那是最好不过了。这样,给你的时间就只剩下今天这一个晚上了。

给我的时间?我一时没有听懂。

我们现在能促成这件事的人,只有你一个!

你是说让我去说服王振在明天议战时提出皇帝亲征的事?

对。

在这样的大事上,他会听我的?

这就看你的本领了,我想,凭你的聪明和机灵,应该能够办好此事。要想法利用他对你的信任,利用男人的弱点!

我怔怔地看着帖哈,一时实在想不出从哪里动手。

我这会儿也想不出好的办法。帖哈拍着他的额头说,你见机行事就成……

离开帖哈的住屋时,我对他交代的这件事心中没有任何把握。这样大的事,怎样才能让王振认同并下定决心?

回到后院进了王振的屋子,王振从地图上抬起头问:你爹他怎么样了?

吃了一丸他过去吃过的药后,有些见轻了,这会儿已经躺下,估计不会有大的事儿。他过去也肚子疼过,是老毛病,你不必挂心他。

王振"哦"了一声,又要低头去看地图。我明白我必须现在就行动,给我的时间的确不多了。我说:王公公,你该歇歇了,从下午到这会儿,你一直在忙碌,身体要紧。要知道,你是皇帝的左膀右臂,是支撑大明朝的柱子,你现在的身体好坏,可不仅仅是你一个人的事情,而是关系到咱大明朝的江山社稷的大事,关系到咱天下百姓们的性命安危的大事!

我这一番奉承把王振的眼睛从地图上拉了起来,他淡淡一笑说:看来,真正心疼我的,是我的小杏儿;真正知我的,也是我的小杏儿。

看见他心情好起来,我便上前偎到他的身上说:我知道,凭王公公的本领,指挥千军万马打败瓦剌人是一点问题也没有的,皇帝有你这个文武都通的内大臣,是他的幸运!

王振脸上的笑纹更多了:不能这么说,主要靠皇上——

皇上指挥还不是靠你给他出主意?我想,即使皇上亲征,真正的指挥者也是你!没有谁能代替你。

亲征的事还只是一个想法,并没有正式提出,再说,打仗的事都是由兵部来办。王振果然被我引到这个话头上了。

倘若皇上真要亲征,征到哪里,在哪里打,这些大事,还不都得你来拿主意?这朝中真懂军事的,也就是你。我在想,皇上要是亲征的话,那在天下真正扬名的,其实是王公公你!我就缠在这个话头上,不让他离开。

怎能这样说?他瞪住我,却并没有生气。我明白我这话他其实愿意听。

你想,谁都知道是你在辅佐着皇上亲征,那每一个胜利中,都有王公公你的一半功劳!历朝历代,有哪一个内臣能有这份功劳?说不定哪,亲征结束后,老百姓倒会给你树碑立传,把你的事迹千秋万代地传扬下去哩!我急急地说下去,唯恐他再把话题转开。

我可不敢有这种奢望,只要能辅佐着皇上把瓦剌人打败就行了。

我估计我的话已在他的心里激起了波浪,不能再说下去了,再说就可能会弄巧成拙,得适可而止。我转了话头,我说:王公公,我想让你今晚放松放松。

怎么个放松法?他看着我笑。

我也笑看着他低了声说:想站在那幅画旁……

他用手指敲敲我的额头,就起身抱了我向卧室走去。

和过去的那些做法一样:我站在那幅画像旁,慢慢地把他的欲望从很远的地方一点一点地招过来,使他的喘息开始变急,身子激动起来,然后我横躺在他的怀里,听凭他把手指猛地朝我的腿间刺了进去。和过去不同的是,在他短暂的发泄过程中,我没有像过去那样默无声息,而是在呻吟的同时轻声提出了一个要求:王公公,要是你陪皇上亲征以后成了英雄出了大名,能不能让我也跟着沾一点小小的光?

说。他看着我,略略有些意外。

把我说成你身边的女仆。

他笑了:为什么?

因为对外你不能把我说成你的夫人,我就只有退而求其次,当你的仆人,大英雄的仆人的名字也有可能留到史书上的,有人给你写书的时候,说不定也会把我这个仆人的名字写进去。你说,这不是让我跟着沾了光吗?

呵呵,你个小杏儿,真要有那么一天,我一定对外公开你的身份,说你就是我的夫人!

你敢吗?

怎么不敢?

我把头扎到他的怀里说:你知道我今晚有多高兴吗?

他拍拍我的后背轻声说:让皇上亲征的事,原来只是一个想法,并没有真打算实施,叫你这么一说,我的心还真有点动了,也许这是一个好主意,陪皇上亲征,可能真是一个建功立业扬名的好机会!

我没有再多嘴,怕言多必失。我想他会接下去想的,只要他听信了我对他的那些奉承,把自己真看成了一个可以指挥千军万马的主儿,他就真有可能去劝皇帝亲征。

这一夜我俩睡得都不安稳,他不时地翻身,我估计他是被我那些话折腾的;我虽然没有翻身乱动,但也没有沉到睡乡深处,不时地醒过来,天快亮时睡着了,却又在梦中看见他在对皇帝摆手:不能亲征……

第二天早上他起床去早朝时,放轻了手脚怕吵醒我,其实,我早已经醒了,我眯了眼看着他走出卧室。我听见他在外间轻声对楚七说:去,告诉骞先生,我立马去他那儿有事要问!

我一愣,想,他肯定是要问皇帝亲征是否可行的事,这下子糟了,说不定骞先生几句话就能把我给他灌的那些东西冲走。可我这时又不能起床,不能跟着去。我急得在床上来回翻身……

一吃过早饭,我就迫不及待地向骞先生的住处走去,我要弄清骞先生向王振讲了什么。进了骞先生的屋子,我就开门见山地说:眼见得前方不断有战报来,跟在王公公身边又整天听他说到战争,弄得我这个一向足不出户的女人也对战争关心起来,但愿你能帮王公公拿个好的迎敌主意,把瓦剌人打回去,让天下人还过太平日子。

骞先生苦笑了一下,说:拿迎敌主意是王公公的事,他也不会让我去帮忙,天没亮他去宫中之前,来我这儿问我可不可以让皇帝去亲征瓦剌军——

你怎么回答?我截住了他的话头问。

我对他说,皇帝亲征的好处是可以鼓舞全军士气,但以目前的情况,在瓦剌军的锋芒正盛之时这样做,恐有危险。

我的心一沉:王公公怎么说?

他好像有点不太高兴,说了一句:怕危险还能打胜仗?就走了。

169

看来我给他灌的那些东西还在起作用。我想我得吓唬一下这个姓骞的,不能让他再动摇王振刚生出的那点决心。我笑了笑说:我虽然对军队和打仗的事一窍不通,可我和你接触了这几回,觉出你对兵书和战事是真懂,每听你讲一回,我这心里就明白了不少,我对你是真心敬佩的,正因为如此,有句贴心的话我想告诉你。

他有几分意外地说:请讲。

对王公公献言,不论讲什么,都只讲一次,他采纳了,当然好;不采纳,也就作罢。千万不要惹他生气,他一旦生了气,你可能就会惹来麻烦!我有意在"麻烦"两字上用了些劲,以让他感受到压力。

他直直地看着我。

因为有些事情是不能单从战事角度看的,在宫廷里,很多事常常搅和在一起,我不知道我说明白了没有。

他点了点头:我听明白了,夫人。

照说,我一个女人家是不必关心这些事,更不该在这些事上多嘴的,实在是因为我敬重先生,在这乱纷纷的时候,怕先生出意外的事情。

非常感谢夫人的关照。他的脸上显出了感动的神情,有你这些提醒,我知道了自己以后该怎么做了……

从姓骞的屋里告辞出来后,我觉得,在要不要皇帝亲征这个问题上,他是不会再多嘴了。

剩下的就是对当天宫中议战之事的担心了。

一整天我都在心神不定之中:我的那些话究竟能不能促成王振劝皇帝亲征?万一不能,我就要辜负也先太师的希望了!我记着帖哈说的那句话,养兵千日,用兵一时,这会儿是用我这个兵的时候,我不能无用呀。

这一天,我无心去干别的,一直没有出门,就坐在自己的住屋里,手上拿了本方孝孺的书,边看边等王振回来。王振是学官出身,对读书一直重视,家里藏了不少的书。自从我得了他的信任后,他也常劝我读书。这本方孝孺的《逊志斋集》,是我从王振的书案上拿到的,我先是胡乱地翻着,后来见到一篇"吴士",开头几句吸引住了我,便仔细看了下去。看着看着,我就笑了起来。原来方孝孺写的这个吴士,好夸言,喜欢自吹自擂,号称老子天下第一,最爱讲论兵法,以军事大家自居。后来骗取了张士诚信任,被委为将领,镇守钱塘。他招兵买马,议论战法,俨然行家。后来李曹公攻打钱塘时,吴士的部将望风而逃,吴士本人也被活捉,推出辕门斩首,临死仍然大呼:我最精通《孙吴兵法》!我想,王振如今也有点像这个吴士,觉得自己能指挥千军万马打仗,可真要上阵他会怎么样?他过去毕竟只是一个陪皇帝读书的人,他有指挥真刀真枪开打的本领?一旦两军对阵,他会不会也像那个吴士一样?……

王振直到傍黑时分才回到家中,我听见车响,第一个奔到后院门口去迎接,我想先从他脸上看出点什么。遗憾的是,他脸上除了平日常有的那份冷峻之外,看不出有别的东西。丫鬟们给他张罗洗脸水和茶水,我上前接过他的外衣和帽子,一边扶他在椅子上坐了一边问:累了吧?

我原本想用这句话引他说点什么,他只是长出一口气道:是有点累了。便不再说话。见他如此,我不敢再问,就借口去厨房看晚饭的菜烧得怎样出了屋子。我在厨房里转了一下,随即去了楚七的屋子,我佯装是从楚七的门前过,故意让楚七看见自己。楚七打招呼说:夫人好。我应了一声,随口问:王公公今天好像很累,早朝时没出什么事吧?

事倒没有。楚七答。今天早朝一开始,皇帝说了今天专议北方的战事之后,文武百官都把眼睛望向了王公公,显然是想让王公公先说。王公公于是先开口道:这些年,我大明皇恩尽惠瓦剌人,对其可谓仁至义尽,可瓦剌首领也先得寸进尺,竟妄图灭我大明,再立新朝,现已举兵进攻我北方边镇,大同城已岌岌可危,使我生灵涂炭,实在是罪不可恕。为惩罚瓦剌人,净我边境,显我堂堂大明之国威,恳请皇上御驾亲征,使战事迅速得以平息……

一听到"恳请皇上御驾亲征"这句话,我悬着的心一下子放下了。这么说,我昨晚的努力成功了,骞先生的献言并未被采纳,王振按照我的要求去做了。我促成了这件大事。

文武百官们听了王公公的话,先是沉默了一阵,随即就有几个文官和武官附和。有人说:王公公所言极是,皇上御驾亲征,皇威四扬,必能很快使战事平息!有人说:北宋钦宗时御驾亲征到蓟州前线,军民士气大振,那次女真族人就没敢进犯。也有人说,皇帝亲征,也可震慑敌人,从心理上瓦解敌方。皇上听了这些话,脸上现出嘉许之色。没想到就在这当儿,兵部尚书邝野站出来反对,说:当初我等想增兵大同,结果不允,现在吃了亏,就要搞御驾亲征,皇上亲征,造成后方空虚,万一瓦剌偷袭北京,将如何应对?他说罢,户部尚书王佐立即附和,说:眼下秋暑未退,炎热带来的干旱已在北方持续很久,草场青草不丰,水源枯竭,皇上亲征,必是人马浩荡,这饮水问题就难解决。这两位说罢,又有些人附和,朝堂上一时形成两派对峙局面,皇上也为难起来。王公公自是十分生气,他便再次开口:如今大同边境,形势十分危急,非皇上亲征,不能解除危险,若再犹豫,必会丧失制敌良机。诸位的忧虑,猛看上去有些道理,其实若一细究,便可明白是不相信皇上亲征会迅速扭转危局。吾皇自幼饱读兵书,对列阵御敌可说是成竹在胸,他御驾亲征必能无往而不胜!那些反对皇上亲征的人,一听王公公这话,担心再反对被说成是不相信皇上指挥打仗的能力,于是全缄口了。

那皇上亲征的事算是正式定下来了?我心里真是高兴。

楚七点头:差不多吧,剩下的就是尽快指定出征营队,做好出征的各项准备,确定出征日期,搞好出征仪式了。

太好了!我忍不住叫了一句。

夫人也很关心打仗的事哪。楚七笑道。

这话让我暗暗一惊,我是有点忘形了。我急忙掩饰,说:我对打仗的事哪有什么兴趣?只是听你说是王公公主张御驾亲征的,我当然认为王公公的主张对,他的主张被采用了,他脸上有光,我们这些人的脸上就也有光了,你说我能不高兴?

楚七分明没有怀疑什么,笑着说:我和夫人一样,也为王公公的主张被皇上采纳感到欢喜……

吃晚饭的时候,王振当着我的面对楚七交代:赶紧着手做好咱们随驾出征的准备,该带的人,要带的物品都赶紧分派整理。楚七应了一声走后,我才装作不懂地问一句:出什么征?

王振在我手背上轻轻一拍说:皇上已经答应按我的主张办,御驾亲征了。

皇上真是英明,他大概知道你出的都是安邦之计,没有不采纳之理。我平静地应对,不让自己表示出过分高兴。

唉,定下皇上亲征并不容易,今天在朝堂上,一些人公开反对。还有一些人在私下里放风说我坚持御驾亲征是私心作祟。我有什么私心?还不是为了保住大明江山?

王公公不必生气,只要皇帝理解你,按你的主意办就行了,一个人,要想让天下人都说他好是不可能的。

这倒是。他起身离开饭桌。眼下要紧的是做好各项出征准备,我要做的事情太多……

我没再去听他的话,只在心里长长地笑了一声……

那天晚饭后,王振去了前院的议事大厅,大厅里灯火通明,我没敢过去,只远远看着人进人出,估计他是在同有关人员商量随驾出征的事。

我是第二天上午把大明皇帝要御驾亲征大同,与也先决战的消息告诉帖哈的。帖哈听罢连连拍着我的肩膀笑着说:好样的,你办成了一件大事,这件事大到什么程度,你可能还不太了解,我给你说一句你就明白了,大明朝必会因此而垮台!

是吗? 这么说我的家仇可以报了?!

我一定报给也先太师,让他重重地犒赏你,你为咱瓦剌国立下大功了! 帖哈高兴得在屋里来回踱步。

瓦剌国? 我没有听懂。

只要大明皇帝亲征,我们建立瓦剌国的日子必会到来。

我只要把仇报了就行,我不管国不国的。

现在你要抓紧再弄清三个问题:第一,御驾亲征的准确时日;第二,随驾出征的兵力总数;第三,随驾出征的大臣有哪些。

好吧。我紧接着提出了我一直在想的问题:如果王振随大明皇帝出征之后,我们是不是也可以离开这北京城,回到草原上去?

我们走一步说一步,一切得听也先太师的指令,现在先不要想那么多。

可我真是想家了。也罢,就再等等,估计要等的时间不会长了。

这天上午王振又已进宫,从帖哈屋里出来,我边向后院走边用目光寻找着卢石,我想我得告诉他打仗的事,让他心里有点准备,一旦帖哈同意返回草原,我就要带上他走。在我的内心里,我已经想了许多次带他回到草原的情景:母亲怎样高兴地和他见面,哥哥和弟弟怎样快活地和他骑马并肩去放羊,我怎样端着奶茶喂他喝……

卢石正在前院里和几个军士一起收拾着一辆大型马车,往车上绑着布篷。我假装信步走过去问:你们这是在干什么呀?

卢石和几个军士都站直了身子,卢石答:回夫人,我们这是在准备远征的马车。

去哪里远征?我明知故问。

还不清楚。卢石看定我。

那你们忙吧。我在扭头离开时又看了他一眼,想他一定从我眼里看明白了我要找他说话的意思。

那天午后,我趁院中没人走到那间库房门前时,发现房门果然在虚掩着,我闪身推门走了进去。站在屋里静等着我的卢石一把拉过我问:是有急事?

你有没有一种要发生大事的感觉?我盯着他问。

从前几天的急报信使和今天让我们准备远征战车的事上看,要真的打仗了。

不仅仅是要打仗,而且是打大仗。

真的?和谁打?

瓦剌人。

他娘的,瓦剌人为何要来捣蛋?

先不要乱骂！我有些生气,为他对瓦剌人的这种态度。

对不起。他有点不好意思。

如果仗打起来,你打算怎么办?

还能怎么办?大丈夫理当为朝廷尽忠!

也去和瓦剌人打?

当然!

我不认识地看着他,看着这个曾和我肌肤相亲的人,他竟然毫不犹豫地要去和我们瓦剌人打仗。你有没有想过别的?

别的?他搔着头发,你指什么?

你过去可是说过,愿和我一起逃到别处去过日子的。

现在仍然愿意,不过真要立马打仗,我是军人,在这个时候逃走,是要让人戳脊梁骨的。

这么说你是不愿利用这个机会——

仗一打完我就和你走!你知道我是多么愿和你在一起。他边说边抱紧了我,我使劲想推开他,他刚才的那些话让我反感。可他的执拗劲上来了,死死地抱着我亲着,我最终被他弄得没了力气,瘫到了他的怀里。

也许打仗不过是说说而已,并不是真要打,要是那样,我就找个机会真和你逃走。他讨好地看着我说。

我伸手摸着他的脸颊,在心里叹道:可怜你不知内幕,打仗已是不可避免的了。想想自己一直骗着他,心里顿生一股不安出来,就是这种不安让自己的心彻底软了下来,忘了危险,听任他去脱我的衣服,不过在最后时刻我的理智又回来了,没有让他把我放倒在地,这实在是不能出事的时刻呀……

王振由宫中回来是半下午时分。他回来时身后跟了一个身着长衫的老者,那老者面孔清癯,神态安详,手提一个郎中们用的那类小木箱。我从没见过这人,不知他的身份,可我能看出他不是官场中人。我招呼丫鬟们上了茶后,就退回到了里间卧室里。

开始吧。我听见王振对那人说。

王公公,请允许我先上三炷香。是那人的声音。

一股在寺院里可以闻到的线香点燃的味道慢慢飘进了里屋,进了我的鼻孔。我在心里猜着王振带这人来是要干什么。

王公公,我要在面对屋门的地上铺上这块布。

铺吧。

铺一块布干吗?听到这话,惊奇使我悄悄起身走到了里间通外间的门前,隔着帘缝向外看去。只见那人正把一块挺大的画了一圈符号的黄布在地上铺开,而后面南跪在那块黄布的北沿,头触黄布磕了一个头,之后,闭了眼在嘴里含混地念着什么。

我很感新奇,这人的举动让我想起草原上的牧人在转移草场之前做的那些求神的举动。

王振这时忽然开口:既择日也择时。

择什么时日?我心上诧异,这人原来是被请来择时日的?

长衫老者这当儿已站起身,只见他绕着那块黄布走了一圈,而后从怀里掏出一个竹筒,将一个珠子样的东西放进竹筒里,手捂着竹筒用力摇动,那竹筒哗啦哗啦地响,正摇着时,却见他猛地抽手将竹筒朝下,竹筒里的珠子顿时落到地上滚动起来,我还没有看清那珠子落在什么地方,那老者已叫了一声:十六日。

王振点了一下头。

这一天乃玉堂吉辰值日,为黄道吉日,最宜于出征。

王振再次点头:择时吧。

我身子一震：出征？他们莫不是在决定出征的日期？

那老者又捡起珠子装进竹筒里，像刚才那样绕着黄布走了一圈，继而重复刚才的举动，再让珠子在黄布上滚动，之后叫了一声：寅时。

王振站起身来低声地说：先生所占卜的时日乃军事机密，在大军未启行前，不能泄露给任何人，因此，请允许我把你暂时留在我的院中，一待大军出城，自会有人放你出去。

敝人明白。那老者弯腰施礼。这当儿，王振叫了一声楚七，待楚七进来后对他交代：领这位先生去歇息，吃、喝、用要安排周全，不得有任何怠慢！……

十六日寅时。我默默在心中记牢。原以为探听明军的出征时间会是一件难事，没想到得来全不费功夫。

杏儿。王振突然在外间喊我。

来了。我边应边向外屋走。

都听见了吧？他笑看着我。

我心里一惊：他这样问我是什么意思？对我发生了怀疑？听见了。我坦白地答道，这个时候再否认反倒会引起他的疑心。一开始没有听懂，后来听明白他是在占卜出征的时间，我有些担心，这样的大事让他来做行吗？

当然。你可不要小看他，当年出兵云南麓川时，也是请他占卜的，结果不是大获全胜了？皇上还有几件大事也是请他占卜的，结果都很顺，今天叫他来，我也是和皇上商量过的。我如今是不信朝中的卜官而只信他了。

这么说，就按他占卜的办了？

是的。明天我就要奏明圣上，并告知京师三大营。杏儿，今日这军中大事我没有瞒你，是因为你是我最亲的人，要记住，这等大事是不能走漏一点点风声的！

我是傻子？我假装生气噘起了嘴。

好,好,我不该再做交代。他笑了一声。按卜定的日子,只有四天时间就要出征了,事情真是千头万绪呀!

这么短的时间,出征的大军能准备好吗？我有意把谈话向我感兴趣的话题上引。

是呀,五十万大军出征,照规矩是得准备好长时间的,可眼下战场形势不容等啊,加上卜定的时日也不能错过,只有加紧准备了。

五十万大军,这么多人？

这是一场大仗,再说是皇上亲征,我们必须在兵力上先占住优势。王振肃穆地说道。

但愿一切顺利。

如果一切顺利,待获胜之后,我真想顺便回老家看看。他眼中有一股憧憬一闪而过。

回老家？

对呀,大同离我的老家蔚州不远。获胜之后,我很想请英宗皇帝也到我们蔚州看看,他要真去了,那可是给足了我们王家面子。历朝历代,还没有过皇帝去内臣老家做客的先例的。

皇帝要真去了你老家蔚州,说不定以后的史书上也会写上一笔。

那是自然。好了,准备吃晚饭吧,吃了饭我还要见几个随驾出征的大臣。

皇帝带着几十万大军出征,随驾的官员不应该少了。见他说到这个敏感的事情,我高兴地接口,盼着他能说下去。

是呀,英国公张辅、兵部尚书邝野、户部尚书王佐、内阁学士曹鼐和张益等都随征护驾。

我心中暗暗欢喜,几乎没费吹灰之力,就把帖哈要我打探的三件事都弄清了：出征的时间，亲征军队的大概人数，随征护驾的大臣名字……

晚饭后，借着王振会见官员的机会，我去了帖哈的住处。这时因为王府的人都在准备随王振出征的事，前院里显得异常热闹，所有的灯笼都点燃了，人们你来我往，军士们在擦枪、磨刀、试弓，下人们在准备衣物、吃食、鞍鞯、马草、马料，加上被王振召见的那些官人的随员站在那儿说话，真是闹嚷嚷一片了。

我很快地把探听到的情况给帖哈说了，帖哈听后高兴得直搓手掌，说：我即刻派人将这些情况报给太师，这对我们太重要了。还有，你刚才说的一件事让我想起了一个主意。

哦？我望着他，我越来越知道帖哈是一个绝顶聪明的人。

你刚才说王振想在战后回蔚州他的老家看看，想让皇帝也去一趟他的家乡，这眼下还只是他的一个想法，可我觉得，你应该促使他把这个想法变成一个切实的计划。

切实的计划？你什么意思？

就是让他把这作为一项正式的事情来安排。

这与我们？——

如果大明皇帝和王振带着五十万大军出京之后，那我俩的事情也就算做完了，我们再留在这北京城已经没有意义，我们也要走了。

那太好了，我天天想的就是回到草原，回到母亲身边去。

直接回去当然也好，可我想，如果我们能得到王振的允许，先到蔚州王振的老家去，说不定还能探听到亲征大军的事情，继续为也先太师提供有用的消息。

也先当初选你出来做这事可真是没有选错！我笑着低

声说。

明朝的灭亡就在眼前,我们必须多立功,只有这样,在日后新建的瓦剌朝里才有——

才有什么?

好了,以后再说。你要抓紧想办法让他正式安排回老家蔚州的事。

好吧,事情真是一个连一个,没有头了。

就快到头了。帖哈拍拍我的脸颊表示宽慰……

第二天一天,我都在想着帖哈交办的这件事,想着怎样开口才不至于唐突,不让王振觉着意外,不让他怀疑到我的用心。思虑这件事让我心生烦躁,我就在后花园里胡乱地走着,后来便沿着一条小径信步向前,不知不觉间走到了东边院墙上开的一个小角门门口,这个角门和骞先生住的那个小院门相对着。此刻,这角门半开半掩,能看见里边也是一个小院,我忽然想起,上次那个被请来做男人命根再造术的温先生,就是被安排在这个小院里住的。我何不进去看看?我边想边就上前推门,没料到角门后站着一个小宦官,看见我来,一边施礼问安一边伸手拦道:夫人请止步。我问他:温先生在吗?他说:回夫人,这里没有什么温先生。

你敢说没有?我瞪住他。

只有一个郎中。

郎中?我要看的就是一个郎中。

小宦官再次抬手拦住:请夫人宽恕,王公公交代过,未得他的允许任何人不能进去!

怎么了?我面露愠色,连我也敢拦了?

小宦官急忙弯腰低声说:小的不敢,实在是王公公有过交代,不经他的许可,任何人不得入内,夫人要进去,万一王公公追究起来,我可——

追究起来有我哪!我抬手一推他,大步走了进去。

温先生,快请出来一下。那小宦官这时一急,先喊起温先生来。他的话音刚落,我见过的那个温先生就走了出来。哟,是夫人来了。

先生近来好吗?

他的笑中带了点苦味:谢谢夫人惦记,我很好。

最近在做些什么事情?我边说边向他刚才出来的那间屋子走。刚迈过门槛,吓得我急忙又退了出来。那屋里竟站着一个赤身的小宦官。

夫人不必惊慌,你看到的不是真人,而是一个木雕。温先生不紧不慢地说道。

木雕?我重又迈过门槛细看,果然是一个雕得惟妙惟肖的木头小宦官。放这个木雕干什么?

这是我琢磨命根再植法子的一个参考物。刚才夫人问我近来在做什么事情,想你这会儿已经明白,我就是在摸索复原男人命根的办法。你不是外人,所以就给你直说了。

嘀。我定定地看着那个木雕,让心里受到的震动慢慢平复。你现在琢磨得怎么样了?心里是不是已经有数?

我已做过多次试验,一开始是拿羊、拿牛、拿狗做试验,有了经验后,才在几个小宦官的身上真做了。

是吗?我一愣:真做不是需要——?

这京城里经常有年轻男犯被处死,在处死他的那一刻,将他的命根割了,然后——

成功了?

不,失败了,不过前些日子做的一例还行,到眼下还没见出问题,再过两天如果没事,可能就算成了。

真的？领我去看看。

请夫人恕我不能从命,实在是眼下还不能让任何人走进那间屋子,要不然,一旦带进去让他发烧的东西,就前功尽弃了。

我不敢再坚持去看,我知道这是王振眼中的大事,万一坏了他的事那可就糟了。

估计啥时候可以向王公公报喜信？两天后？

现在还说不好,不到最后时刻不敢说有把握。

万一要是再失败了可怎么办？

王公公还让我试验了另一种办法,眼下也正在摸索。

另一种办法？

就是让一个小宦官不停地吃公猴的脑髓。

嗬？！

王公公说,他听人讲,唐朝的一个宦官吃了三十三个公猴脑髓后,又长出了命根。

真能行吗？

还不太清楚,我现在是差不多两天杀一个公猴,将脑髓取出后让那个做试验的小宦官吃。

有没有作用？

现在还没看出,我每天给那小宦官量一次,没有任何变化。能看出的只是那个小宦官见了猴脑就想呕吐。

我默望了一眼屋子正中摆放的那个木台子,注意到上边还有暗红的血迹,心里不免一悸:那些血是猴子的还是那个做试验的小宦官的？

好吧,温先生,你忙,我不打扰了。我扭身刚要向门外走,不想那温先生突然朝我跪下了双膝。

你这是干什么？我一惊。

183

夫人能不能给王公公说说,在我手上的试验告一段落后,允许我回一趟家,见一次我的内人和孩子。我保证回家后不泄露一句这里的事。

你多长时间没回家了?

自打来后就再没有回去过一次。

是这样。

我拿我的性命保证,决不会把这儿的情况泄露出去。

我可以试试,但不一定能行。我明白王振决不敢让他出去,他出去万一说了他奉命干的事,王振就有被砍头的危险。这次王振随驾出征,也许是这个温先生离开此地的唯一机会。

谢谢夫人。他不住地叩着头……

我估计我来这小院的事,会很快地被报告到王振那儿。果然,刚吃过晚饭,王振就笑着问:怎么忽然间想起去那个小院了?

因为有准备,我答时就也带了笑容:我是无意中走进那个小院的,可看了那里的情况后,心里好高兴,你该早让我去看看的,你说,对于这件事,我是不是最该关心的人?!还有谁比我更盼望温先生成功?!

王振叹了口气,眼里的光一时有些暗淡:这件事离成功还早。

也可能明天就会成功!我能看出,温先生是一个用心的人。我想让王振高兴起来。

但愿吧,不过这件事决不能走漏半点风声。

我懂!我今天已经想了,如果这件事成功了,你一定要答应我,让我连生六个儿女!

嗬,他笑了:为什么要生六个?

六六大顺哪!

好,我的小宝贝,倘是真有那么一天,我一定一天也不离开你,让你整天就躺在我的怀里,让你三年生两个。

到那时我就可以带上我的一群儿女去蔚州我的婆婆家,让老王家的人都看看我这个媳妇的能耐!我是突然想起这个话题可以引到我感兴趣的那件事上的,所以这样说。

行,到时候一定让你回一趟蔚州老家。

可我到现在还不知道蔚州老家是个什么样子哩。真要去,只怕门还摸不到哪。

唉,要不是这战争的事,你要想去老家看看还不是一句话?

你们去打仗也不影响我回老家呀,我有一个想法,你看行不行?你随皇帝去亲征时,我带几个下人从另一条路回蔚州老家一趟,你不是说仗打胜之后还想让皇帝到咱老家去看看吗?让皇帝去咱家,不预先把家里收拾收拾怎么能行?不把吃呀、住呀、用呀诸样东西准备好怎么可以?这样,我先到老家替你做好各样准备,你带皇帝到咱老家时不也省心?

嘿,你想的倒是在理!王振猛一拍他的腿,我原来只想到让皇上顺路去咱家里一趟,还没顾得上想派一拨人先去收拾的事,你想得细,还是我的小杏儿脑瓜子聪明,事事替我着想,而且想事情想得仔细,好,就按你说的去做。我派几个下人陪你回去,再派几个军士随车护卫,这年头兵荒马乱的,没人护卫我可是不敢让你出门!记住,回一趟老家不容易,又要做迎接皇上的准备,你要多带些银子。

好吧,不过也不能带多,不能让皇上看着我们办事太奢靡。

王振点头:对,看来日后把这个家交给你管我最放心。

还有一件事要请你答应,我去蔚州时,很想把我爹也带

185

上,一来是我在路上怕孤单,二来有事我也好有个人商量,三来也想让他外出散散心,要不总住在这大院里,他也憋闷。我趁热打铁,把这个要求也提了出来。

行呀,无非是多赶一辆马车的事,这些事你就去安排吧。我随驾出征事情太多,眼下正为大军粮草的事着急,你们回蔚州老家的事我就不多过问了,一切由你来定。记住多带些京城出产的东西,到家作为礼物送给乡亲们,咱们难得回去一趟,要让乡亲们高兴高兴!哦,对了,跟着你们随车护卫的兵,我想让那个大个子卢石带十个人去,那小子个子大力气也足,打斗起来一人可抵几个人,即使路上遇几个坏人,你们也可以放心。你说行吗?

我听你安排。我按捺住心上的高兴,淡了声说。我没想到他会这样安排,这正是我暗中盼望的事情,真是鬼使神差,天神助我呀。

夜 录

次日上午,王振临去宫中之前,把我叫到一边,说:你今天就可以去咱那个库里取一些银子出来,然后上街买些回蔚州老家要用的东西。我知道他说的就是去那个秘密仓库里拿银子,忙点了点头。他走后,我支开丫鬟,一个人端了烛台向那个库门走去。推开库门,点亮蜡烛,我便去掀开了其中一个盛银子的箱子,箱盖打开后我吓得后退了几步,原来满箱的银子只剩下了一少半,我忙又去打开另外几个银箱,天哪,全都只剩下了一半。我照箱子上原来写定的数目粗粗一算,天爷爷呀,被拿走的至少有两万多两!我身上顿时出了一层冷汗,一股冰冷的寒气立刻就从脚底升了上来。不用查,这些银子都是马夫人偷偷拿走的。马夫人,你怎么能够这样?你不是明明答应过我不偷拿的吗?这要让王振发现那还得了?不要立马把我杀了?那我此前所做的一切不都白费了?还怎么报仇?帖哈也必然会受连累!那一刻,我真有些怒不可遏了。

我拿了一些银子出来,将库门锁好后,便匆匆去了马夫人的屋子。我没有让丫鬟通报,也没有敲门,而是径直上前"嗵"的一声推开了门。

哟,是杏妹来了。她倒没计较我的态度,笑着招呼。

我没有说话,只气呼呼地看着她。

怎么了?出了啥事?看把我杏妹妹气的。她脸上的笑纹表明她知道我的来意。

我低而愤怒地问:你怎能偷偷去拿银子?!

嗬,就为这事?她依旧笑着:是呀,我去拿了一点,我这也是不得已而为之,你也明白,这战争立马就要开始了,王公公又要陪皇上去亲征,我不做点准备能行?万一王公公走之前让你在库门上再加一把锁,我不就全完了?!

你当初答应过我的,不偷偷进去拿东西!

现在不是情况变了嘛,要打仗了。

你这样一拿,让王公公发现,那还得了?是想让我把命丢了?

他如今最相信你,他又这样忙,不可能再去关心那个仓库的。

万一哪?万一他要进去看看那可怎么办?你就不怕我告诉他是你拿的?!

你不会的。她很有把握地笑着:以你的聪明,就是他发现了你也不会说是我拿的,因为那样就要把那个卢石小旗长牵出来,一旦王振知道了你和小旗长的事,那你和卢石就真的连命也没有了！你也不会再替他保管密库了！

　　你?！此刻我才发现,她的笑容里不仅有得意,还有一丝很冷的东西。

　　别生气,小妹妹,这件事我们共同来遮掩就行。据我估计,他不会发现的,他如今为打仗的事忙得晕头转向,不可能有心思再来过问仓库里的事,听说,他的秘密仓库也不只这一个。

　　我迫使自己冷静下来想想,如今也只有按她说的,共同把这件事遮掩起来,万一闹出去,吃大亏的还是自己,只要遮掩到自己平安离开这座宅邸就行,我是再也不会回来了。以后再发生任何事情也与我无关了。

　　杏儿妹妹,你现在还年轻,体会不到我这个年纪的女人心里的那份慌张,万一王公公随皇帝出征有个三长两短,我手中要是没有几两银子你说可怎么办？指望王山和他媳妇养活？门也没有。再嫁？年大色衰,哪个男人会要？自己出去挣钱？我会干什么？恐怕只有挨家乞讨了。我希望你能够理解我为何这样做。我想你也不必担心那点亏空,经常有些想当官的人来给他送银子讨他的好,那些人送一回都不会是小数,你可替他收下,悄悄再把那些半空了的箱子装满就行。他这次出去打仗,真要得胜而归,皇帝少不了又要赏赐他银子,这都可以补了那些亏空。

　　我压下气恼,叹口气,说:我眼下只有一个要求,那就是在王公公出征之前,你再也不能进那个库了。

　　这你放心,我又不傻,就是想拿,也要等他走了再说,何况我拿的那些,已差不多够我花了,我这个人容易知足。

　　我无奈地走出她的屋子,这件事眼下只能这样处理了。之后,我才去帖哈那儿告诉了他王振同意去蔚州的事。帖哈听罢,喜得咧了嘴说:没想到这样顺,看来女人的力量真的太厉害,男人办不到的事,女人都能办到,当初太师决定派你来真是英明之举。我问他还有没有事情要办,按照王振占卜的时间,后天寅时就要出征,连今天算上也只有两天时间了。

帖哈压低了声音:我们也只剩一件事了。

是吗?

也先太师担心大明皇帝的这次亲征是对外界玩的一个圈套,历史上,不少皇帝对外界都玩过圈套。

圈套?

就是皇帝对外宣称要出去干什么,其实他根本没有出宫。

太师怀疑大明皇帝不会真的亲征?

对,他担心亲征的只是大明皇帝的仪仗和坐车,皇帝其实并没有真的离开京城。

那太师的意思是——

最好你能亲自去皇宫里探个究竟。

那怎么可能?我惊得后退了一步,我怎会进得去皇宫?

这肯定是一件难事。帖哈也叹了口气,我想我们尽力而为,如果实在进不去,那也就算了。可不可以再巧妙地和王振说说?

怎么巧妙?

比如说,他明晚就要出征,今晚你们可以亲热亲热……

我恨你!我一下子来了气,你觉得同他亲热很好受是吧?动不动就要我去同他亲热亲热,你为何不去同他亲热?

噢,对不起,我理解你的苦衷,我也是想不出别的办法,就——

让我们办的事情不能一件连一件,我们已经办了这么多事,照说太师该满意了。我真的有些烦了。

这一切还不都是为了报仇吗？我们的仇不是还没报吗？看看你爹和阿台被害时的惨状，我们做点事，受点罪还不都是应该？他边说边又从胸口里抽出了那张绘有父亲和阿台惨死场景的画展开在我面前。一看见那画，我的心就一哆嗦。

去吧，想想办法。要是实在想不出，那也就罢了。

我没再说话，默然走了出来。

半上午的时候，按照王振进宫前的交代，我带人去街上采买回蔚州老家带的各样东西。几个下人和军士随我去了前门大街。本来想带卢石去的，可王振已交代他去准备回蔚州的马车了。

去前门大街的路上，到处可见匆忙行进的士兵队伍，心想他们大概就是随皇帝亲征的兵丁了。天热，可那些兵身上却都背了一套胖裤袄。我问坐在我车前的那个军士这是为什么。那军士说：这是打仗的需要，大同那边，半夜里下了雨，天还是很凉的。看来打仗的事，军士们是都已知道了。那军士又接着说：从昨天起，京师三大营的军士，每个人都领到了一两白银，两双鞋，一套胖裤袄，还有三斗炒麦的军粮；每三个人拨给一头毛驴，以负辎重；担任把总和都指挥的官，另有钱钞五百贯……

我默然听着，这世界上除了帖哈和也先之外，没有人知道我一个女人，其实是和这千军万马的行动有着关系的。

在前门大街几家商号里的采购很顺利，我在前边挨个柜台看，看中了什么，手一指，下人们便付钱将货拿走。买的东西很杂：送给女人们的衣料，送给男人们的酒，送给孩子们的点心和吃食，还有其他的京城特产。因为王振交代要多买，我就买了整整一马车。

经过一家专卖女人们用的脂粉的店铺时,我忽然想起我平日看云时偶尔闻到的那股脂粉味,脚就迈了进去,想看看这店里有没有那种味儿的脂粉。店里的伙计很热情地迎过来说:夫人要买脂粉的话,来俺们店里那可是走对了,在这京城经营脂粉的店铺中,俺们是货最全最好的一家!我于是就让他一样一样地拿过来给我闻,味道自然是各种各样,全都很好闻,可惜没有一样是我看云时闻见过的那种味道。为了不拂那店铺伙计的一番好意,我只得买了一些才出店门。看来,那股味儿是人间没有的了……

傍晚王振回来,看见我买的那些东西挺高兴,说:办得好,我们王家的老亲旧眷多,还有邻居们,都要送一份礼物。

那天晚饭时,还是我坐在桌前陪他,他让摆上黄酒,说:来,这是河南巡抚送我的"三杯仙"黄酒,说是喝三杯可以成仙,我俩都喝三杯,也当一回神仙。我自是不敢多喝,怕万一喝晕了出错,每次都是抿一小口。他几杯喝下去,抓住我的手说:杏儿,你这次回蔚州,有一件事我得先给你说明,那就是我还不能给你名分,你不能以夫人的身份出现。

嗬?!我假装惊奇,心里却在暗笑:你以为我真的想当你的夫人?

我毕竟只是一个内臣,已经有马氏了,如果让别人知道我又有了你,恐怕不好。在咱们这个院子里,你是真正的夫人,可出了这个院子,就——

那我是什么身份?

使……女。他有些吞吐。你爹这次随你去,身份嘛,也只能是管家。

我想我应该表示生气,要不然就不太正常了。于是我把嘴噘起,将脸扭向了一边。

好了好了,不要生气,以后我会给你补偿的!

怎么补偿?我猛地想起了帖哈要我进宫探看究竟的事。

你说你想要什么吧?除了名分的事,我都可以满足。

真的?

我说的话还能有假?

我想——我假装支腮想了一霎,而后开口:我想去皇宫里开开眼界,我至今都不知道皇宫里是什么样子。

这个……

看看,还说什么都能满足我,还说没有假。

好吧。你既是想去,我明天就带你去一次,不过,你还是要像上次去德胜门城楼那样,女扮男装,穿上小太监的衣服。

行吧……我抑住欢喜,淡淡地应了一声。我的确没想到这件难办的事就这样办成了。帖哈,这件事我办成了。

吃过晚饭,王振问我困不困,我反问他是不是有事,他说:你要困的话,就先睡;不困的话,就点上灯笼,随我去骞先生那儿一趟。我现在恨不得就粘在王振身上,把所有该打听的消息都打听来,忙答:我不困。跟着就把灯笼点亮了。

进了骞先生屋里坐下,王振说:皇上亲征的事已经定下,很快就要起程,我今晚来,是想问问大军随皇上亲征时要注意的事情。

那骞先生的眼睛一个惊跳,我估计他这一惊是因为皇帝的亲征,我明白他心里是反对皇帝亲征的。大约是我上次见他时暗暗发的警告起了作用,他接下来没有再说反对亲征的话,只沉了声说:皇上亲征,大军随行,须注意的事情很多,请容我从行军说起。

王振颔首。

行军最要紧的是保持戒备,谨防在行进中陷入困境或遭敌突然打击，并准备随时开战。孙子说，军行有险阻、潢井、葭苇、山林、翳荟者，必谨复索之，此伏奸之所处也。他还强调要"用乡导""得地利"。《司马法》上提出了"行慎行列""行惟疏"的要求。《武经总要》更提出行军前对敌之设防情况"必尽知"。此次出征，出居庸关后，大军可分三路纵队前行，皇上的车驾在中路之中，前锋队伍要边搜边行，离皇上所在的中军也宜远些，且要调几员强将走在前锋部队和皇上车驾之间以备不测。后队也要有强将带领，防备瓦剌骑兵突抄后路奇袭，做好后路变前锋的准备。

说得是。王振首肯。

再说立营。按兵书上要求，立营须据险阻，前阻水泽，右背山林，处高阳，便粮道。前有险翳，可以设伏；后有间道，可以出奇兵。据险阻则敌不敢攻；就水草则军用不匮。此次出征兵众将多，可分屯数十营，各择胜地，前后左右互相顾盼，声势联络。一旦有事，可彼此照应。皇上所在的大本营，应位于正中，除贴身禁卫士兵外，应另派步卒和骑卒相守。皇上所用之车驾，无论昼夜，均应马不卸套，以备皇上在遇敌劫营时，迅即出帐登车启行。

说下去。

至于布阵，须根据开战时的情况决定。骞先生边说边拿笔在纸上画起阵图来。诸葛亮说布阵要先料敌之多寡，我之强弱，彼之虚实，象地之宜而宜之。古今阵图多达二百余种，主要有方、圆、曲、直、锐五种形态，其中最基本的是用于攻击的方阵和用于防守的圆阵。此次皇上亲征，是讨伐攻击全在马上的瓦剌兵，使用最多的当是方阵，方阵又细分多种，其中最宜为此次所用的，应是锥行之阵，此阵若剑，刃薄宜杀伤，攻击力最强……

我默然看着骞先生的眼睛,在心里暗道,幸亏此人不在大明军中占据要职,要不然,瓦剌军定要吃大亏了。我估计,他说的这些东西,王振未必都能记住,记住了也不一定会用。可惜了,骞先生!

此次我大明军与瓦剌军对阵,当在旷野。野战之法,无非包围、伏击、奇袭和正面强攻几种,不论用哪一种,都需灵活机动,也就是孙子所说的"十则围之,五则攻之,倍则分之,敌则能战之,少则能逃之,不若则能避之";他所谓"高陵勿向,背丘勿逆,佯北勿从,锐卒勿攻,饵兵勿食,归师勿遏,围师避阙,穷寇勿追",也是这个意思……

王振直听到二更方罢休,看来,他是想临阵磨刀,把这些打仗要用的东西都装到肚子里……

第二天早上,天还没亮,王振就又喊我起了床。我照他所嘱换上了一身太监服,梳洗之后和他一起草草吃了点东西,就上轿向宫中走。我们是从东华门入宫的,我紧挨王振坐在轿里,楚七跟着轿走,在东华门门口,守卫的一看是王振的轿子,没有做任何检查就放行了。在其他的门口,都是楚七跑在前面说了几句什么,守卫的就让进了。一路上因怕别人看出破绽,我很少抬头,进到王振办公事的地方,我才松了一口气。王振说:因为明天皇帝就要出征,今天宫中的事情很多,我待一会儿就要去见皇上,你先在这里喝杯茶,然后由楚七领你在宫中走走看看,别人问起你在哪里做事,你就亮一下司礼监的腰牌。边说边递给我一个小牌子。走路时记住把头放低一些,你的胸脯高,避免露出破绽。我点头后他又对楚七交代:领她在宫中走时,不要去人多的地方;能不让她说话,就尽量别让她开口,我担心她的声音会让人起疑。

王振走后,楚七问我先从哪里看起。我笑了,说:我第一次来这皇宫,怎知道从哪里看起?一切听你的。楚七说:就从咱司礼监看起吧。说罢,领我走出大门,指着旁边的屋子介绍:这是咱司礼监的文书房、内书堂和礼仪房,文书房负责批阅文书,内书堂负责教授宦官读书,礼仪房负责皇子女出生和选婚事务。内府衙门共有十二监、四司、八局。十二监中除了咱司礼监外,还有负责宫廷营作的内官监,负责置办御前所用的御用监,负责安设卤簿、仪仗的司设监,负责管理象房和各草场的御马监,负责管理京师各庙的神宫监,负责造办每日早、午、晚御膳的尚膳监,负责管理御用宝玺、敕符、将军印信的尚宝监,负责掌管古今通集库、铁券的印绶监,负责外廷各殿、楼阁、廊庑洒扫的直殿监,负责制造御用冠冕、袍服、鞋袜的尚衣监,负责在皇帝车驾前警跸清道的都知监。四司是负责供应宫中柴炭的惜薪司,负责在圣驾前演奏乐曲的钟鼓司,负责制作供宫女使用的草纸的宝钞司,负责管理浴堂的混堂司。八局是负责制作金银铎针的银作局,负责收容年老、有罪宫女的浣衣局,负责制造军用器械和宫中零用铁器的兵仗局,负责制作内官所用的冠、靴和驸马冠靴的巾帽局,负责发放内官冬夏衣物的针工局,负责染造御用及宫内应用缎匹绢帛的内织染局,负责制造宫眷和宦官食用的酒、醋、面、糖的酒醋面局,负责管理宫苑种植的司苑局……我被他说得头都大了,我可无心去听这些东西,更无心去看宦官们办公事的地方,就笑道:领我去看看皇帝吃住和上朝的地方吧。

楚七先领我去看奉天门。站在奉天门前,我忽然觉得自己变小了,这阔大的建筑给我一种威压之感,让我突然间觉得,这大明皇帝也许是无法推倒的。我不由想起草原上也先的大帐,那大帐当初在我眼里是何等威风,可和这奉天门一比,简直是一个小玩意了。这就是皇帝上朝听政的地方。楚七轻声给我介绍。皇帝要上朝时从内廷乘辇出来,坐到那个御座上,那个御座被称为金台。我默望着那个金台,揣想着皇帝坐上去的样子。哎,今儿个虽说冒些险,可来看看这大明皇帝的御座倒是也值得。几个小宦官正在打扫大殿,他们轻轻地用拂尘掸去金台上的灰尘。内中有一个认识楚七,高声向楚七问好,楚七应了一声,急忙拉我走了。

恰在这时,一伙人推着一辆罩了黄色锦缎的大型马车来到了奉天门广场上,又有人牵了几匹马来车前套上,马牵着车在广场上走走停停,走时和停时都有人在指指画画。我悄声问楚七这是在干什么,楚七说这是在为皇帝试车,那辆马车就是皇帝这次亲征时的座驾。皇帝明天就要乘它上前线,今天必须先试试,以免出纰漏。我心中暗暗一喜:这不正是我今天要弄明白的事情吗?

皇帝还真要亲征吗?我假装不信。

那还有假?一切都准备好了。楚七低声说,边说边指了一下奉天殿,昨天,就在这奉天殿上,皇上正式宣布,他亲征在外期间,由郕王朱祁玉监国,留守京师代行皇帝职责。

是吗?也许出征时皇帝并不真坐在车里,他仍在宫中住着,而只让一个面目像他的人去应付一下。

这可不许胡说,君口无戏言,皇帝倘这样做,还如何能服人?那出征的大军不先就散了?

这倒也是。我的话音未落,只见从远处的一扇门里走出一行人来,内中有一乘无盖的轿子,轿中坐着一个很年轻的男子。我正待细看,却见楚七已"扑通"一声跪下了双膝。我觉着惊异,刚要问他这是干什么,已听他急急地低声叫:快跪下,没见皇帝来了?!

我先是一愣后是一喜:我今天真的见了大明皇帝了!我

也学楚七的样子跪下了双膝,头却并没有低下去,我想我得趁机看看这个手握重权,不断欺负我们瓦剌人的皇帝。

那一行人把皇帝抬到那辆马车前时,只见皇帝下了轿子,围着那马车看了一圈。因为离他不远,我看得很清,他好像年纪不大,和我哥哥的年岁差不多的样子,也就二十三四岁。我想不出他何以有让人都惧怕他的本领。单从他是一个男人这点来看,他还有点看头,属于白净小伙一类,不丑,不给人一种难受的感觉。他不像是有很大力气的人,很难想象他会舞枪弄棒挥剑耍刀,我估计,真要上阵打仗,他不会是也先太师的对手。这人长得还行。我低声说了一句。楚七听见这话,吓得脸都白了,连忙轻声阻止我:不许胡说!我们怎敢评价皇上长得怎样?要让人听见,我们就没命了!

皇帝这时上了马车,进到了车篷里。我想,他可能是要坐下试试。果然,他在车篷里有一阵没有出来。待他再出现在车前时,我听见他说了一句:很好,正合朕意。他的声音不大,可听上去很圆润,是一个小伙子的声音。接下来,他就又上轿顺着原路走了。直到皇帝走远,楚七还在跪着,我提醒他一句:早走了,起来吧。他才抬起头来。

看见了吧,皇帝亲自来检查车驾,对他的亲征难道还要怀疑吗?

我点头表示同意他的说法,心中不免一阵高兴。事情弄清楚了,我要办的最后一件事也算办成了。这位皇帝大概想不到瓦剌人也先正盼着他去亲征,在战场上等待他的,不会是好结局。

看完奉天殿、华盖殿和谨身殿之后,楚七领我到了乾清门。楚七指着大门说,这就是内廷的大门,里面住的是皇帝和皇宫成员,被称为后宫,是禁地。我们若不是内臣,是不能站到这里的,平日,只有三品以上的文官和二品以上的武官及皇帝身边的侍卫,才能出现在这儿。我默然听着,在心里想象着后宫的生活情景,大明皇帝吃什么样的饭?睡什么样的床?穿什么样的鞋?怎样和他的孩子们玩乐?

看见了吧,那两座门?楚七对我指了一下乾清门东西两侧的大门:东边大门里是东六宫,西边大门里是西六宫,里边住的都是嫔妃们。每座宫院门前,一到晚上就点亮一盏红纱灯,皇帝对于每晚睡在哪所宫院,并无预先的安排,而是临时决定。过去,皇帝定下光临哪座妃子的宫院,就把那座宫院前的红纱灯先卸下来;如今,这规矩有些变——

能不能够进去看看?我打断了他的介绍。

楚七摇摇头小声道:妃子娘娘们的脾气都不是太好,万一碰见哪一位娘娘,她一定要问你在哪里做事那可就麻烦了。

我没有再坚持,毕竟这是内宫,我可不想惹出事端来,不能因小失大。我正要转身和楚七一起回他们的司礼监,忽听内右门那儿传来一声娇滴滴的声音:那不是楚七吗?我和楚七闻声扭头,只见内右门口站着两位女子,其中一位是宫女打扮,另一位穿着翠色衣服,比那宫女年纪稍大一些。楚七这时急忙上前朝那着翠色衣服的女子施礼:娘娘可有吩咐?

我敢吩咐你?那娘娘小嘴一撇,你如今是司礼监的大人物,跟着王公公做事,威风八面的,你眼里还有我们?

哎呀,奴才对娘娘照顾不周,让娘娘生气,娘娘有什么让小的办的事,只管说,奴才就是累死累活,也心甘情愿!

我知道你的一张小嘴灵巧会说。好吧,我问你,上次让你为我办的那件事,为何迟迟没有消息?

那件事呀,我给王公公说过,他说心急吃不了热豆腐,得等皇上把气慢慢消了再说。我一直记在心上,总想等有准信了再给娘娘你回话。

要是这样的话,我就再安心等,你一定要给我上着心,不时地在王公公面前提个醒。

奴才明白。

你身边这位我可是头一回见,叫什么名字?那娘娘忽然把目光向我看过来。

他叫……闻安。楚七急切中临时给我安了个名字。同时拉了我一下,示意我赶忙施礼问安。

我没敢开口说话,怕声音会露出马脚,只是照楚七的样子给那位娘娘施了一礼。

小闻安长得倒是喜人,愿不愿到我这儿来做事呀?她直瞪住我问。

我吃了一惊,正不知该怎么办,楚七已替我说了:他刚来,对宫中的规矩还一窍不通,得先让他在别处历练历练,真要历练好了,会给娘娘送来的。楚七说完,拉我匆忙给那娘娘施礼告退。

我嘘了一口气。

回到司礼监,王振还在别处忙。我问楚七刚才那位娘娘是谁。楚七道:是董妃,我真怕她刚才看出你是一个女的。她这人比较多事,话也最多,是那种见树不说也要踹三脚的人。她要看出你是一个女的,那可就麻烦了,她会很快让全宫廷的人都知道的。

她要让你办什么事?

唉,楚七叹一口气:给你说你可千万别对外人露一句。

我点头道:我到王家这么长时间了,你看我是一个搬弄是非的女人吗?

那倒不是。这位董妃呀,长得媚人,皇上也喜欢她,可她就是脾气不太好，你大概也看明白了，她嘴不饶人。有天晚上皇上在她那儿住时，她给皇上提了她家里的一件什么事让皇上关照，皇上当时没有应许，她就使性子，待皇上要喂喂她的奶子时，她就故意不让。这一下惹恼了皇上，皇上一怒之下，半夜离开了她的住处，并发誓再也不去她那儿了。她这才慌了，托我让咱们王公公向皇上传话认错，企望和皇上重归于好。她害怕被皇上废掉。

废掉？

是呀，皇上对他不满意的妃子，有时会废掉，让她重去当宫女。废去的妃子有时连宫女也不如。个别的还会赐死。

赐死？

就是给她几尺绫子，让她悬梁自尽。

哦？我想起刚才那个年轻的皇帝，他怎么会有这样大的权力？谁给他的？好在他就要亲征了，他恐怕很难再回到这座宫殿了。

喝点水吧，待王公公一办完公事，我们就回去，你在这儿，我这心里总不踏实。毕竟这是宫苑禁地，万一让别人看破，事情就会闹大。能看出楚七是真在担着心。说实话，此时我也想早点回家，既然已经弄清大明皇帝真的要亲征，我就没必要再在宫中久留。

可王振迟迟没有回来。

我边喝着茶水边默望着窗外，这真是一座巨大的宫殿，从这儿向对面的那排房子看，那房前的人都变得很矮了。当初刚进王振府里时，觉着那府邸已很威风，可要和这皇宫一比，那简直不算什么了。当年建造这座宫殿的人，倒是真有眼光和气派。从这儿看出去，宫院里人来人往，人们都走得匆匆忙忙，会不会是因了明天的亲征？抑或平日就是这样？

一个宦官这时进来对楚七耳语了一阵,楚七转对我说:我去隔壁一下,很快就回来,你先喝茶。我点头后,看着他出了门。

屋里只剩下了我一个人,我走到王振办公事的长条桌前,看了一眼桌上的东西。那上边有几张写满了字的纸,我俯身细看才知是关于亲征大军军需物资征集情况的报告,上边说京城的仓储远不够大军的需要,户部已急令山西布政使司和顺天府的保定等七个府,立即向民间紧急征集夏麦、秋粮,对太原府的百姓还加征军马吃的青草。看来。大明皇帝的这次亲征是过于匆忙了。

征吧,你们征来的东西再多也没用,这一仗你们是输定了。

楚七,王公公在吗?一个中年宦官没有敲门就突然闯了进来。

我一惊,急忙摇头,意在告诉他王公公不在。

嘿,不是楚七?你是——

我指了指隔壁,意思是告诉他去隔壁找楚七,没想到那人朝我走近了一步,狐疑地说:我怎么从没有见过你?你叫什么名字?

我有些着慌了。开口说话,会露破绽;不开口说话,会更加引起他的怀疑。我只有朝他笑笑,在心里盼着楚七赶紧回来。

你笑起来是很好看,有点像女人。那人这时几步走到了我身边。

我吓得后退了一步。

瞧瞧这张小脸,粉嫩粉嫩的,比那些宫女们都耐看,来,让我摸摸。他将手伸了过来。我急忙向后闪身。

我敢保证,他们当初给你净身时净得十分彻底,致使你真变成了一个女人。看看这胸脯,都挺起来了。他冷不防朝我胸上摸了一把,我没有防住他这一手。我原以为他沾了光后会罢手的,不想他的脸突然惊愕了一下,随即就见他阴冷地说:妈的,没想到你还真是个女人,奶子都碰住我的手了,赶紧交代,你是从哪里来的?叫什么名字?为何扮作宦官?

我惊出了一身冷汗,一时吓呆在那儿。

好一个胆大包天的女人,竟敢乔装改扮混进皇宫,混进这司礼监重地,你知道你这是犯的什么罪?要满门抄斩的!说,你受谁的指使?混进皇宫的目的是要干什么?!

我……我刚说了一个字又紧忙噤口,我能解释什么?

好,你不说,你给我装哑巴,我立马去叫卫士们来,他们会让你开口的!

我绝望地看着他转身,我知道,这件事真要闹开,王振也不好处理,说不定真有可能被关起来。那一刻,我忽然有些后悔:今天不该来的,不该来这皇宫的,即使帖哈逼着我也可以不来的。眼看大功就要告成,就要回草原去见母亲、哥哥和弟弟,没想到在这儿出了差错。还好,就在那人要出门时,楚七回来了。楚七一看见那人就紧忙招呼:哦,是范公公,有事?快请坐。

我来本只是为一点小事,没想到在这里倒发现了一件大事!那人慢腾腾地说。

楚七顿时明白了什么,立刻朝我看了一眼。是不是这位小老弟惹了你?他刚来,还不懂这儿的规矩——

小老弟?你说得倒是轻巧!你以为我的眼睛好糊弄?他直盯住楚七的脸,她是一个地地道道的女人!你以为我看不出来?

怎么可能？楚七笑了一下，他是咱司礼监刚挑来的，跟你我一样是净过身的罢了，要是女人倒好了。

这么说，是你把她弄进来的？那人不依不饶。

是我呀，咱这儿缺一个做杂务的，王公公让去挑一个，我看他长得挺耐看，就挑来了。

你还在想骗我？她十成十是一个女人改扮的，你要知道，把这样的人领进皇宫可是要杀头的！

我看见楚七的脸上冒出了汗，他还在努力笑着：怎么会呢？我怎么敢带一个女人进来？

好吧，你既然坚持这样说，那咱们就当场来个检查，你让她把胸脯亮出来，好在现在天也不冷，她胸前要没有两个女人的奶子，我向你低头认错，向你下跪也可以！

这——楚七慌慌地看了我一眼。

我恐惧地抱紧了胸脯。

害怕了吧？

有时候，咱们这些净过身的人，奶子也会变大的，范公公你也不是不知道，咱宫里不是也有宦官俩奶子都挺出来了？变得和女人差不了多少？楚七还想辩解，可那人这时已转身准备向门口走，同时说道：我不跟你费口舌，你到皇上面前去狡辩吧！

别，别。楚七慌忙去拦住他。

怎么？还不准我走了是不是？那人凶凶地瞪住楚七。

谁呀，在这里大声小气地说话？恰在这时，王振出现在了门口。

楚七像遇见救星似的急忙叫道：王公公，这位范公公坚持说咱挑来的是个女人，要去报告皇上。

是吗？王振的眼眯了起来，转身看着那人。

那人急忙向王振施礼:王公公,这人的确是个女人,我相信你不知道这事,全是楚七在糊弄你。

你怎么断定他是女人?王振盯住他。

我刚才碰了一下她的胸脯,她的奶子很大!

你怎么想起要去碰人家的胸脯?王振的声音冷得吓人。

这……

你敢在我这儿撒野,你的胆子可真不小!

王公公,我——

是不是看我要出征了,不再管宫中的事了,你要趁机——

不,不是——

是不是看见有的大臣在反对我,你也想添一把火?

不,不,不是——

来人!王振这时猛地转身朝外喊。

几个人应声跑到了门前。

给我把这个东西拿了!王振指了一下那个范公公:他竟敢在此说皇帝亲征必败,扰乱军心!

我绝没有说——那人刚想辩解,几个人已冲了上去将他扑倒在地,他在反抗中刚想喊出什么,楚七已麻利地上前用一块抹布塞住了他的嘴。

楚七,你和他们一起把这个东西押到东厂,写清案由后,先把他舌头割了,而后迅即处死。在大军开拔之前,我们决不允许任何人散布失败言论!同时将此事报告兵部,让他们通告全军,申明任何动摇军心的言论都将受到严惩!

明白!楚七应了一声。那个被绑的宦官挣扎着想说什么,楚七一挥手,他便被提了出去。

我又惊又呆。

王振这时走到我身边,拍拍我的肩说:咱们回家吧。我还没有从刚才的惊吓中恢复过来,一时没有应声。王振笑笑:看把你吓的,怕什么,在我办公事的屋子里还用怕别人?那人是自己活得不耐烦了,找死!

给你添麻烦了。我缓过气后轻声说。

这算什么麻烦?还不是几句话的事?我正想找一个人出出气哩!娘的,眼看明天就要出征,吏部尚书王直和一批官员还在紫禁城外跪请皇帝留京,说亲征危险,这不是明摆着要跟我作对吗?我就是要杀一儆百!当然,是有点冤枉这个内臣了,可谁叫他多管闲事哩,管到我的身上来了,他是自找!

到家以后,我的心情方渐渐平复下来。我给王振换了鞋倒了茶水,服侍他坐下歇息,他这时忽然叹口气说:这一仗我必须打胜,倘是打个平手或战败归来,那些人可是要翻天的。

皇上亲征,又有你亲自保驾和担任指挥,焉能不胜?!我想我得给他打打气。我们正在说着,忽见楚七满脸喜色地进来,说:王公公,温先生让来给你报喜。

报喜?报哪门子喜?王振很意外。

他说他做成功了。

啥子做成功了?

就是——那个……楚七说着看我一眼,脸有些红了。我猛然想起那天在温先生那儿看到和听到的东西,顿时明白他说的是什么了,忙对王振说:你快去看看,八成是那事有结果了。

我这一说,王振才有些明白,才"哦"了一声笑道:是吗?就要出征了,还有这等好事?走,走,咱们一起去看看,说不定是一个好兆头。

我也去?我笑望着王振。

去呀,这事还能对你保密?他朝我招手,我忙上前搀扶住了他。

进到温先生所在的那个小院,温先生早在门口迎接了。王振让楚七在门口守着,由温先生引着我俩进了我上次来没有进过的一间屋子。

说吧,喜从何来?王振看着温先生。

是这样,前些天,我们又得到了一个年轻犯人的那个东西,我吸取过去几回失败的教训,在一个小公公身上又试做了一次,前天夫人来时,我还不敢说成功,不过今天可以说了,已经十四天过去,没有任何危险了。那个东西已在那位小公公身上长成了,他已经可以用意识对它加以指挥了。

嗬?我看看。王振眼里放出光来,今天一直阴着的脸晴开了。

温先生"哗"一下拉开了他身后一道布幔,一张床现在了我们的眼前,一个小宦官正躺在那个床上,他的下身上盖着一条白纱单子。看见王振,那小宦官微微欠了欠身叫了一声:王公公。

王振朝他点了点头,示意他躺好。这当儿,温先生已揭开了那小宦官下身上盖着的白纱单子,那个部位露了出来,我满怀好奇地去看,那个地方果然被接得和正常男人没有什么两样,只是它有些发红,能看见缝上去的疤痕。

疼吗?王振俯下身边仔细地看着边问。

现在已经不疼了,就是刀口处还有些痒,可能是还在长肉的缘故。那小宦官答。

用你自己的意识,让它动一动。温先生对那小宦官说。

小宦官皱起了眉头,分明是在调动自己的神经,很快,那个东西动了动。

王振立时叫了一声:好!跟着又问:你内心里现在有没有要和女人亲近的愿望?

小宦官摇了摇头。温先生急忙说:这需要一个过程,需要他在生理和心理上逐渐恢复过去已经丢失的一些东西。

有道理。王振眉开眼笑地点头:好,好,这是一个了不起的成功,的确是一桩大喜事!他转对温先生,拍着他的肩膀说:我要重重奖你!你哪,也不要松劲,要继续努力,把剩下要做的事情一一做好,要让他完全变成一个正常的男人,要使他能做一切该做的事,明白?!

明白。温先生点着头。

要把你做的这些每一点都清清楚楚记下来,以便以后给我做时不出任何意外,明白?!

明白!

好,杏儿,回去后记着从库里拿出五百两银子,让楚七给温先生送来。王振转对我说。

我忙应道:记住了。

谢王公公。

这只是第一笔赏银,待我出征回来,我还会赏的。我希望在不久的将来,你就能在我的身上做了。王振高兴地又拍了一下温先生的肩。

我相信不会再要多长时间了,王公公刚才说你要出征,不知你出征大概多长时间能回来?

准确的日子说不定,不过估计不会要多长时间,一月余吧。

我看了一眼王振,心中暗道:你想得倒好,月余就回来,你只要随驾出征离开了这京城,回来的事恐怕就由不得你了。

也许待公公凯旋,我已经把该准备的都准备好了。那温先生笑道。

那最好,正好用凯旋的歇息时间给我做,不过,可一定要保证万无一失哟!

这个公公只管放心,没有十二分的把握,我怎敢在您身上动刀?

好,那我们告辞了。楚七一会儿就把赏银给你送来……

回到王振的屋子,王振捏住我的脸蛋笑问:你看了刚才的那番情景心里怎么想?

还能怎么想?心里一个劲儿地乐呗!只要能在那人身上做成功,也一定能在你身上做成功,我恨不得温先生这会儿就在你身上做,我好早一点……我用手搂住了他的脖子,用双唇夹住了他的鼻子。

你倒是比我还急,他笑着捏了捏我的耳朵,明早就出征了,现在就是能做也不敢做了。但愿他能在我出征期间把一切准备都做好,我一回来就……

看着他高兴的样子,我在心里冷笑:王振,你就做梦吧!

走,我们去库里把那五百两赏银给他拿出来,我要说话算话,立马兑现,以促使他更加用心地去把事情往好处办!王振说着就来拉我的手。我的心忽悠一下吊了上去,脊梁上顿生一股寒意。天哪,他要是下到库里发现那么多银子丢了,那还得了?!

怎么了?怕我办不好?怕我把赏银拿少了?我媚笑着瞪他一眼,这点小事还能劳你亲自去动手?你现在只需养精蓄锐,好在出征后去指挥大军为明朝夺得胜利,以名垂青史,这点小事你就交给我办吧。

五百两哪,你又不能找人去帮忙,我是怕你累着。王振笑道。

能看出他确实不是因为怀疑什么,只是因了高兴。我多跑几趟不就得了?边说我就边进了通密库的那间屋子。他倒没有坚持着跟进来,下到那间密库里,我才长嘘了一口气,打开一口箱子把银子数好,分装在两个袋子里,然后聚一口气,分两次抱着出了密库的门。回到王振屋里,让他看过,才交给楚七扛走了。

这桩意外的事情和这场意外的惊吓,至此才算过去。

这就快到了晚饭时分。

王振此时对我说:我明晨要出征,你明天要带人回咱们蔚州老家,你去给下人们交代,饭做好让他们去把王山、小蕉和他们的儿子还有马夫人都叫过来,今晚咱们全家人在一起吃顿饭,算是一顿告别饭,我有话要给他们说。

我随即就出去交代安排,之后,我抓紧时间去了一趟帖哈的屋子,把我今天在皇宫里看到的情况给他说了一遍。他听后轻声说:好,只要大明皇帝准定出征,咱们在京城的任务就算全部完成了。你现在也可以轻松轻松了……

晚饭就要做好的时候,王振忽然想起什么似的对我说:嘿,咱俩还得出去一趟。

去哪?我的心一提:这个时候可别再有什么变化!不然,可是很难再有机会知会也先太师了。

去家庙。

我顿时明白他是要去礼佛,祈求保佑,心就一松,忙对外喊了一句:楚七,备轿!

上了轿王振才握了我的手说:只顾忙着出征的各样具体事务,倒把来家庙的大事忘到了脑后,唉,佛祖该怪罪了。

佛祖万事万物都能看透,还能看不明白你的虔敬之心?

209

他老人家知道你是在为朝廷大事为黎民苍生忙碌,说不定正在暗暗夸奖你哩!

王振笑了:还是杏儿说得好呀。

王宅离家庙不远,楚七刚才已派人先跑来告知了王振要来祭佛的事,所以我们的轿子到了庙门前,庙里的住持和僧众早已迎到了大门外。这家庙我过去陪王振来过几次,知道是王振在正统八年修的,初时就称家庙,后来敕赐名"报恩智化寺",不过王家的人还习惯称其为家庙。

我们一行在住持的陪同下进山门的时候,鼓楼上正好响起了暮鼓声。闷重的鼓声在庙院里回响,立时给人一种肃穆的感觉。王振这时有些不安地说:我们来得是不是有些晚了?那住持朗声道:佛祖什么时候都在看着我们。

进了大殿,王振去佛前焚香跪拜时,那位住持的手一摆,众僧们就都敲响了法器。那庄严的法器声令我的双腿不由得站直了,我抬眼看了一下佛祖,忽然觉得他在瞪眼望着我,但愿他没能看透我的身份。佛祖,你即使看透了也不要怪罪我,我潜来京城潜来王家有我的理由!

王振在佛祖前跪了许久,口中一直念念有词。我学他的样子,也在旁边跪下了……

祭拜完毕出庙门时,王振忽然一只脚绊住了地上的石头缝,身子踉跄了几下,要不是楚七眼疾手快上前扶住,王振必倒无疑,众人吓得都惊呼了一声,我看见王振的脸也有些发青。上得轿后,只听王振叹口气自语:这莫不是佛祖给我的警示?拦我别去亲征?

我一惊,真怕他再改了决心,忙轻轻一笑:怎么会呢?俺们朔州有一句俗话说,脚下绊一绊,福气添一添,你这一绊哪,八成是佛祖在告诉你,大福大贵还在前边等着你哩。

是吧？他嘘一口气,脸色渐渐变好,自语似的说:前边还能有啥大福大贵?

你想呀,这次你陪皇上亲征,带着五十万大军,获胜那可是一定的,只要获了胜,便是为朝廷立了大功劳,不仅要载入史书,皇上肯定还要对你大加封赏!再有哪,温先生那再植的手艺也算行了,你回来后把那件事一做,我就要为你生儿育女了,你想想,有一群儿女在你面前跑来跑去,那还不叫大福大贵?

好,好,听你这一说,我这心里宽敞多了。王振拍着我的手笑道。你知道我刚才在佛祖前求了哪三样?

我哪能猜得到?

头一条,求佛祖保佑我陪皇上的亲征能凯旋;二一条,求佛祖保佑温先生能帮我做好那件事;三一条,求佛祖保佑你能生下几个儿子。

看看,这不正和我说的那些一样?

还是我的小杏儿能猜住我的心哪……

吃晚饭时天已经完全黑定了。

由于我预先做了交代,这天的晚饭做得非常丰盛。

全家人都到了,仍是过去的那种坐法。王振坐在桌子的上首,马夫人和我分坐桌子的两边,王山和他的妻子坐桌子的下首。他们的儿子坐在王振身旁。菜上齐之后,王振开了口:明天,我就要随圣上去大同远征了;杏儿哪,要带人带物回咱们蔚州老家一趟,在那里做好迎接圣上驾到的准备,因此,今晚咱们一家人在一块儿聚聚,说说话。他的话音未落,楚七忽然进来禀报道:王公公,刚刚有人来告知,宫里那个姓范的东西,已被正法了。

姓范的？王振显然已经忘了下午的事。

就是那个散布谣言的东西。楚七说着朝我挤了一下眼，我自然明白他是说谁，禁不住身子一抖。王振这时也明白了，"哦"了一声。

我的心一下子坠得非常难受，脑子里不断闪过那个被杀的宦官的面孔。如果我今天不去皇宫，大概他就不会死吧？他固然是一个多事的心术不正的人，不杀他我就会暴露，可他因指出我是一个女人就被杀会不会让老天怪罪？我的这种不安一直持续着，直到看见王山和他媳妇那两双审视的眼睛后，我才压下那种不安抖起精神来应对这场晚宴。

他爹，你这次出外是去打仗，不比往日外出，身边要多带几个人，吃的东西也要多带点。马夫人先开了口。

王振颔首笑道：我时刻和皇上在一起，他的侍卫也就等于是我的侍卫，这一点你们放心，吃的嘛，也不会亏了我。

小杏回蔚州，一路上也要多加小心，因为带有物品，最好也跟几个军士保护。

我急忙起身施礼：谢谢姐姐提醒，随车护卫的事，王公公已做了安排。

爹爹出征，防范瓦剌人的进攻当然是大事，可也要小心内部的暗算，尤其是要防范随军出征的一些文武官员的暗箭。王山声音低沉地说道。

这个我明白。王振点着头：我这次出征，除了要和瓦剌人打仗之外，还要和那些反对我的朝臣打仗。

还有一个想法请爹爹考虑，既然要让皇上去咱老家一趟，那在老家的准备就很重要，万一准备不周，怠慢了皇上就不好了。鉴于此，是不是让我和二娘一起回去，以便仔细地做好各样准备。

我的心一紧：要让王山一起走,那可就麻烦了！我急忙去看王振的表情。

王振这时对王山摇头道：你不能离开京城！我一走,就靠你在京城里支撑并探听各种消息,我们要防备有人在我走后闹事。有些人当面对我奉承,其实心存忌恨,我们得当心他们。特别是对监国的郕王朱祁钰,他那边的举动更要随时打探。一有什么不好的情况,立刻派快马报告给我。

儿子遵命。那各屋的钥匙？——王山笑了笑。

我知道他在关心什么。他一定也风闻了王振另有保存财物的密库,所以提出钥匙的事,以为这是一个寻找那密库的机会。

我和小杏又不是不回来了,钥匙就还是各带各的。这宅子里的大小事情,都由你和你大娘来一起处理,需要小蕉帮忙的事情,小蕉也要主动相帮。护卫这所房子的军士,也还要留一些,必要时,你可从你的属下再调些人来。

看来王振心里也在防着他的这个干儿子。

好的。王山答,你们只管放心走,家里有我和大娘在,不会出任何事的。

杏儿你们一行人,一定要记住晓行夜宿,只走大路。我已经告诉护卫的军士们带足枪刀箭镞,你们每过一县,记住都要先和当地的官府联系。王振又对我交代。

记住了。我语气郑重地答。

好,接下来咱们喝酒,我是第一回随皇帝出征,咱们全家人也是第一次在征前聚会,来,都喝一杯！王振举起了杯子,先在小孙子的嘴边碰了一下,而后仰头喝了下去。

宝儿,你敬爷爷一杯酒！王山这时起身,把自己的杯子塞到儿子的手里,示意他递到王振手上。那孩子可能是预先已

213

被教过,很机灵地转身把酒杯举到了王振的嘴边叫着:爷爷喝!祝爷爷得到想要的东西。

行,行,爷爷喝。王振喝下了那杯酒后,摸着孙子的头说:这人活一生,有两个东西是都希望得到的,一个是好下场,一个是老来香。所谓好下场,就是最后是正常老死或是正常病死的,而不是突遇灾祸遭人谋害暴死的;所谓老来香,就是人老了之后,人们还不嫌弃你,觉着你还有价值,还愿意和你亲近。爷爷就想得到这两个东西,只是不知能不能得到。

爹当然能得到。王山说了一句,众人急忙附和。我在心里说:王振,你这一生的下场恐怕不会好了……

家宴散罢王山他们走后,王振让下人们去把他出征时的坐车和要我带的车队在前院准备好,他要亲自做最后一遍检查。当王振和我一起来到前院时我吃了一惊,原来要我带回蔚州的马车竟有三十辆之多。我原以为三辆就够了。怎么这样多?我惊问楚七。楚七笑笑:都是按王公公吩咐办的。王振这时开口在我耳边低声说:回去一趟不容易,能多带就多带一些东西,我让他们准备的,除了一些吃的穿的用的东西,剩下的都是银子和贵重物品,我们要趁这个机会转移一些财产到老家去,以应付不测。车上凡上锁的箱子,待到蔚州老家后,你都让下人们将其抬入老宅后院正屋放着,我回家后再决定怎么安放。那些吃的穿的用的东西,你记住多送给乡亲们一些。我们这也是衣锦还乡,要让乡亲们也跟着高兴高兴,不能搞得太寒酸。要让当年看不起我们老王家的人把眼瞪大点。

把三十辆车检查了一遍后,又去看他的坐车,他的坐车里除了衣服被子和食物之外,还专门放了一口密封的水缸,里面盛满了水。我问他带水缸干啥,他叹口气说:在这盛夏出征,不准备好喝的水怎么行？我暗暗佩服他想得仔细。

做完这一切回到卧室后，王振拿出一枚宋朝做的铜钱，让我把方桌上的东西收拾干净，说他要给自己再卜一次吉凶。我笑了：你也会卜？他说，这是他小时候跟他娘学的一种占卜法子，做法是用手指将铜钱在桌子上拨得快速旋转起来，然后突然把一只手的手掌朝铜钱捂去，被捂住的铜钱如果有字的一面朝上，就是出门大吉；若无字的一面朝上，就是出门不利。

这个卜法恐怕不准。我想打消他这占卜的念头，我怕占卜的结果会导致意外的事情。

试试吧，试试心里好有数。他坚持着。

我看出他心里总不安定。可也不能再阻止，怕他再疑心什么，只好把桌上收拾干净，让他占卜。

他用两手的手指把铜钱拨得快速旋转之后，两眼紧张地看着那铜钱，我的心也忽然悬了起来，但愿卜的不是凶信，别把他吓住。前面等着他的，不会是好结局，可我这会儿不希望他明白。

他把铜钱捂住又拿开手掌之后，我俩一齐低头去看，糟糕，是无字的一面朝上。

他的脸有点变白。

信这个干什么？我急忙宽慰他。这东西旋转时用力不一样，结果就肯定不一样，哪有人家卦师们占得准？！

当然，当然。他泄气地坐了下去。

洗洗歇息吧。我在他耳边说。

好，好。他起身向放浴桶的屋子走，两腿有些摇晃。难道他真被这个占卜结果吓住了？

他过去洗澡一向不准我到他面前，他大概是不愿让我清楚看见他私处的样子。可今晚，他坐进澡桶之后却忽然喊我：

杏儿,你过来!

我闻唤急忙走了过去。

来用皂角给我身上擦擦。他从浴桶里站了起来。

我急忙拿起皂角给他擦着,不过我是站在他的背后给他擦的,我怕他不愿让我站在他的面前。

别总站在背后了,那样别扭,反正咱俩睡一起也这么长时间了,摸也摸过了,看看又何妨。他倒先这样说了。

我于是转而走到他的面前,擦着,搓着,我的眼睛不能不看他那个地方。尽管我在平日和他的身体接触中已经感觉到了那个地方的形状,但当它真的出现在我的眼前时,我还是吃了一惊。

很难看是吧?这就是代价,干什么都有代价,我用它换来了今天的这份日子,应该是值得的吧?要不是付出这个代价,我今天不会有你这个妙人儿给我搓澡,是不是?我可能就在蔚州老家种地,活动范围也就方圆几十里地,直到老死也不会来这京城一回。

我没有回答,只是继续给他搓着。

我现在担心的是,为了今天这份日子,上天还会要我付出代价。

我估计他还是在为刚才的占卜结果担忧,忙说:怎么会呢?!公公福大命大,好日子还在后边呢。

我担心哪,担心上天有时会把账算错,以为我得到的已经太多,因此就让我继续付出代价。其实呀,我失去的东西还少吗?没有儿子,没有女儿,对不起妻妾——

温先生很快会改变这一切的。我想起了安慰他的办法。

喔,对了,现在的希望全在他身上了……

把他身子擦干,扶他上床躺下时,他忽又握住我的手腕说:杏儿,我总担心这是咱俩在一起的最后一夜。

怎么会呢?我等着在蔚州老家迎接你哩,我还等着温先生的办法成功,要给你生一群儿女哪!说这不吉利的话干啥?

但愿不会出事,刚才的这次占卜突然让我心里没底了,应该听你的话,占什么卜啊,那天选择出征日期时,不是说明天是吉日吗?!

对呀。我不让你卜,你偏要卜。

好,为了不想那些不吉利的事情,你去画像旁站站吧。

我只好换上那身固定要穿的衣服,重把蜡烛点好,站到了那张画像前。和过去一样,他眯了眼看我,只是他今晚看我的时间比往日长了许多。待他示意我上床时,我已累得腿都酸了。

一切和过去一样,只是当他的手指进入我的身体时,我能感觉到他的整个手都在发抖。

杏儿,我高兴死了……他在我的耳边喃喃地说……

他发泄过后,慢慢睡着了。我却没有睡意,一直默望着黑暗的屋顶。王振此一去会有什么样的下场?被太师也先抓住?把他暴打一顿?留他在草原上放羊?他说他担心再付出代价,是的,代价是必须付的,为了你的大明朝廷对我们瓦剌人的欺负,你不应该逃脱惩罚!……

我不知不觉沉入了酣睡。我后来是被一阵大叫惊醒的,我先以为是到了起床的时间下人们来喊起床的,后来才听清是王振在喊,我明白他是梦魇了,急忙推醒了他。

他醒后怔了一霎才气喘着说:我做了一个梦,梦见一个人提了个带血的东西向我走来……

可能是因为要上战场了,你才做这些乱七八糟的梦,十梦九空,没有啥值得忧心的。我拍了拍他的胳膊轻声宽慰他,我这才发现他的身上已全是汗了,睡吧,再睡一阵——我的话未说完,他忽然翻转身子一下子把头藏到了我的怀里,呻吟似的说道:杏儿,我怕……

我一怔,这个白天看上去那么可怕的人,竟也有怕的时候。我任由他把脸藏在我的胸口,我像哄小孩子那样用手拍着他的后背。

那一霎,我心里忽然对他生了点怜悯,也对自己的行为生了点怀疑,他这样信任和依赖我,我对他做的是不是过了?可我很快又想起了阿台和父亲的惨死,不,你的心不能软,你现在是在为阿台和父亲报仇,他是你和瓦剌人的仇人!……

昼 录

这是一个阴沉的黎明。

王振穿好衣服正洗脸时,忽然停手叫我一声:杏儿。

我急忙应了一声走到他身边问:有事?

他擦干手从脖子上解下了一个用红线系着的心形小玉坠说:这是俺娘在我很小的时候就系在我的脖子上的东西,娘说,我戴上这个,就等于和她在一起了。她死后这些年,我也一直戴着它,每每看见它,我就想起了娘的面影。我现在把它交给你,是想请你替我保管些日子,若是我平安由大同前线返回到咱蔚州老家,你把它还给我就行;若是万一战事出现了意外,我死在了乱军之中不能回家,你把它悄悄埋在王家祖坟里俺娘的墓旁,也算是我又回到了她的身边,不会做野鬼游魂了。

我接过那玉坠,一边往脖子上戴一边说:公公放心,我会把它保管好的,只是你不该再说不吉利的话,娘给你的这件东西,我一定会把它再系到你的脖子上。

但愿但愿。他笑笑,拍拍我的脸,就去吃出征前的最后一顿饭了。

全家人早早地站在大门口,为王振送行。王山和他媳妇小蕉站在门的一边,马夫人和我站在另一边,帖哈也来了,就站在我的身旁。仆人丫鬟们排成两行,显得很是肃穆。王振坐车走到大门口时,王山的媳妇小蕉上前把一个装有几样水果的竹篮递到了车上,竹篮上还挂着一张写了"凯旋"的红纸。王振此时与昨晚已判若两人,精神抖擞满腹自信,他朝大伙儿挥挥手,说了一句:等我的好消息吧。就出门了。我和帖哈相视一笑,帖哈那笑容里分明带着一丝嘲弄。王振,你可不要只想着凯旋而不想点别的!

王振的马车在大门外响远之后,我和帖哈也带着随行的人上了去蔚州的车。车队临出门时王山跑到我所坐的车前叫道:二娘,盼你顺利归来!

我朝他含笑挥手,心中却在说:再见了,王山,我是不会回来了!

王振走前告诉过我,大军今晨由德胜门出城。我带车队经过德胜门时,特意让车夫停下车,我想看看这出征的队伍。

我坐在马车上,隔着车篷的缝隙远远看着由德胜门源源不断向外开出的军队。上千名排成方队的骑兵过后,是一片擎锦旗的队伍,之后是几辆装饰漂亮的马车,我在其中看见了皇帝的坐车,他的车前车后和车左车右,都簇拥着骑马的文武官员,一副威威武武的样子。再后边,是王振的坐车。我隐约看见楚七坐在马车的前帮上。望着那长长的看不到首尾的队伍,我说不出心里是什么滋味。高兴?不安?担心?忧虑?好像都是又都不是。

夫人,我们该趁天快亮时抓紧时间赶路!担任护卫的卢石这时在我的坐车前提醒。

我把目光由远处的队伍上收回来,看了一眼车前的卢石。他和他带的那十八个护车的军士,骑着清一色的枣红大马,整齐地站在那儿,看上去也显得很是威风。让卢石带十八个军士同行护车,是王振亲自决定的。王振说:车队在路上走时,卢石在头车旁跟随,车队前有三个军士开道,车队后有三名军士断后,车队两边各有六名军士护卫;车队停下时,卢石和十八个军士轮流值班看护。

好,我们走吧。我对卢石点头。

卢石朝车队挥了一下手,三十辆车便相继向前移动了。我坐的车是首车,车上除了车夫之外,还坐有我的两个丫鬟。帖哈坐在第六辆车上,和他在一起的,除了车夫之外,还有两个男仆。其他的车上,都坐有一个押车的男仆。按王振的打算,这些随车去的人,将负责做迎接皇帝的诸样事务。只有我和帖哈明白,大明皇帝能不能到达蔚州,得由我们瓦剌人的头领也先决定。

天越来越亮了。被大军出征惊得早醒了的京城市民,这会儿已开始在街上走动。有人停下步子看着我们这支车队,用手指指点点。我知道他们猜不出这支车队的主人和目的地。临行前,王振已下令把三十辆车上所有可能泄露身份的标志都去掉了。现在,这只是一支普通的商家车队。

望着正在苏醒的京城街道,看着那些高低错落接连不断的房屋,瞅着那雄伟的城楼和绵延的城墙,我忽然对这京城生了一点留恋之意。我是在这京城里,才知道了许多在草原上根本不知道的东西,知道了人原来可以开杂货铺子,谁缺东西了都可以到杂货铺子里买;知道了人原来可以开戏院,谁想热闹了都可以去戏院里看表演;知道了人原来可以开饭店,把麦子做出那么多的吃食,谁饿了都可以去买来吃;知道了女人的衣服竟可以做出那么多的种类;知道了人住的房子可以盖成各种样式;知道了人喝的茶分许多种……

我是在这里才变得更聪明了。

不管我在这里受了多少屈辱,我对这座京城是心怀感激的。

车队在很快地向城边走,街边有一群半大的孩子,嬉闹着追赶着我们的车队,我掀开车帘向外看去,心中生出了一种复杂的滋味,唉,这些欢笑着的孩子们一点也不知道,一场大战很快就要开始了……

车队在我的沉思默想中走到了城边。

太阳升起来了,仍如往常那样喜气洋洋地看着京城,它肯定也不会知道,今天有一件大事已经发生,一支五十万人的大军开拔出征,瓦剌人就要实现自己的报仇计划了。

出征的军队走的是居庸关、怀来和宣府这条路,我们走的则是另一条直去蔚州的路。这条路上行人不多,车马也少,车夫跳上马车的前帮,将鞭子甩出一串脆响,车轮便沙沙地在辙印很少的路上转开了。夫人,反正已经出城了,我们把车帘都打开吧。一个丫鬟说道。我点头应允。

随着正前方和左右两侧车帘的打开,一股清新的田野空气拥进车里,我接连着吸了几口,舒畅之感漫上心头。不由得仰脸向天看去,哦,又有许多天没有看云了。那一刻,太阳正在缓慢地升高,一堆一堆的云正像雪一样地融化着分解着,变成一小堆一小块。云的颜色也在慢慢变化,变得越来越白。有几小块云在慢慢下降,但很快又转了方向朝远处飘去。

看样子,今天是一个响晴天了。

马车的轮子在飞快地转动,吱吱嘎嘎的车轮声在耳旁响着。我看了一眼骑马走在车旁的卢石,心里又顿生一种甜蜜。我和他从没有这样公开地没有任何担忧地走在一起。

终于解放了。一想到自己是这支车队的主人,而卢石又担任着这支车队的护卫,我心里就高兴不已。我们到底可以名正言顺地走在一起了。

卢石可能感觉到了我在看他,也把目光转了过来。我们的目光相遇时我也发现了他眼中的欢喜。是的,有了这个在一起的机会应该高兴。他肯定也早在盼着这样一个机会。

夫人,闷头走路难受,我给你们唱支小曲吧。赶我们这辆车的车夫这时自告奋勇。

好呀。看着大路两边的青绿农田,望着卢石含情的眼睛,我顿时把进京城之后遇到的所有屈辱和不快全抛开了,欢喜地应允道:你想唱就使劲唱吧。

没想到这个雇来的车夫的嗓子还真是不赖——

野鹊子落地跳两跳,
小妹妹开心睡不着觉。
放青的马马不叫拴,
开心的妹妹不叫管。
新开的园子粪土厚,
新娶的老婆亲不够。
你吃鸡蛋我喝汤,
烧山药也是老婆的香……

两个丫鬟听得大笑起来,后边车上的车夫大笑着叫:老陶,你个小子光唱酸曲儿?!

酸酸的好听哪!被喊作老陶的车夫回口道。

我笑望了卢石一眼,他也正在向我看。我们的目光霎时像合拢的桥一样粘在了一起。我立时通过这桥,把心里的蜜意和柔情向他送了过去。

我也来一曲!第三辆车上的车夫喊。

几个护卫的军士喊:好!

这人的嗓子有点哑——

> 三九天黄风四九天雪,
> 因偷看妹妹我冻了脚。
> 白生生胳臂绵溜溜手,
> 哥哥我没你没活头。
> 你穿上红鞋满村村转,
> 把哥哥我的心儿全扰乱。
> 房背后等妹妹半夜多,
> 满天的星星都数过⋯⋯

车夫和护卫们听得都笑了。我看见卢石笑得最欢,是不是这曲儿也唱出了他的心思?他没我是不是就没活头?没想到这些车夫们还都会唱几腔,他们的歌声让我想起了草原上的那些情歌,唱歌的欲望顿时涌了上来,我说,我也给你们唱支歌。

车夫和军士们都说好。许久没唱歌的我正在寻思唱哪支歌好,负责护卫帖哈坐车的军士忽然拍马来到我的车前说:夫人,老人家让我问你这条道走得对不对?

我在一霎的愣怔之后,明白了帖哈这是在提醒我不要唱歌。我转念一想,可不,我要开口唱,很可能唱的就是草原上的歌,随行的人要是问我怎会唱草原上的歌,我该怎样回答?那不就容易让他们对我的身份起疑了?尽管胜利已在眼前,

223

可我仍然不能大意。我立刻假装问车夫这路走得对不对，把唱歌的事压了下去，车夫回答说当然对，我打发那军士去回了帖哈，事情才算结束。

　　车队在田间的大路上走得挺快，七月的京郊田野，秋庄稼长得正旺，由于有帖哈当初的指点，我能认出哪块地里种的是苞谷哪块地里种的是小米。路边的田地里，不时晃过种田人的身影，他们听到车轮声，大都惊异地起身望着我们这支车队。四周绿色的田野，让我想起了碧草连天的草原，田野的起伏和草原的空阔虽然是两种情致，但都让人心里有一种想喊想叫的畅快。

　　夫人，要不要喝点水？走在车旁的卢石这时举了举他手上那只装水的葫芦。

　　我看了他一眼，把头摇摇。他大胆地盯住我，眼中有一种肆无忌惮的东西。他一定也有一种了无束缚的感觉，是的，这里没了王振，我们不怕了！不怕了！

　　今晚的月亮该圆了。他在马上看了看天。

　　那当然，十六的月亮能不圆？车夫接口道。

　　我暗暗一笑，只有我知道卢石这句话的含义是什么。我也抬头看了看天，但愿太阳能早点走完它该走的路，让天赶紧黑下来。卢石，今夜该属于我们了……

　　车队抵达泊山埔的村边时，太阳完全隐去了身子。卢石让车队停在村边，带着几个仆人进村去号房子。这个不大的村子就成了我们的第一个宿营地。

　　村里的空房太少，尽管卢石费了许多口舌，也只找到了十来间房子，而且分散在几户人家里。我一看卢石分给我住的那间房子，就在心里笑了：好一个聪明的东西，这间房子孤零零地立在村头,离两个丫鬟住的房子足有几百步,这还不是为了他夜里进屋方便?!

让夫人独自住在这里恐怕不妥当,这儿离咱们其他人的住处太远。一个胖军士提出了自己的担心。

你懂什么?卢石凶凶地瞪住他:这样才便于警戒,越是孤立的房子越容易保护,连这个都不懂得?还当了这么多年的兵?

那军士不再说话,默默向远处退去。带来的仆人们开始借一家人的厨房做晚饭,我稍稍洗了一下,在两个丫鬟的陪伴下巡视这个村子。村里人对我们这伙不速之客的到来显然充满好奇,纷纷拥到马车前看着,见我和丫鬟们走近,又急急闪开。有几个半大的姑娘站在一个墙角处向我们指指点点,我走过去向她们问好,她们其中有一个胆大些的开口问:你们是哪儿的人?

京城,知道北京城吗?我笑了问她。

不就是皇帝住的地方嘛!

你去过?她的口气令我惊异。

没去过,听爷爷说过,爷爷说皇帝屁股下坐的是金椅子,说好多人都想着那把金椅子哩,都想上去坐一坐。你们这是要去哪里?

走亲戚。

骗人,走亲戚用得着这么多人,拉这么多东西?

那你说我们是干什么的?

打仗。

打仗?我吃了一惊,这个女孩怎么能猜出我们这支车队和打仗有关系?你怎么这样猜?

现在到处都在传着要和瓦剌人打仗的事,我哥哥就被征

225

去打仗了,前几天刚走。

哦?这么说,这场战争已波及了这个小小的村落。你哥哥他愿去打吗?

当然不愿,可瓦剌人既然要来打,那就只有去打了。我不明白瓦剌人为何一定要来打仗,俺们家过去还招待过瓦剌人哩。他们去京城里办事,路过俺们这个村,在俺家吃过一顿饭。

我默望着这个小姑娘,忽然觉得心里对她生了一点点愧意,是的,这次的仗是瓦剌人决意要打的……

吃晚饭时,卢石说了军士们轮流值更放哨的事,我注意到他把自己排在第二班。我当然知道他的用意,到第二班时,所有的随行人员都已睡死,值第一班的人也已打熬不住,躺下就会睡过去,他会在这时来见我。我饭后擦洗完身子,早早打发丫鬟们去歇息了,把门虚掩上,躺在临时给我找来的一张旧式大床上,默然望着窗外的月光。

这个小村子的夜可真是静得彻底,四周听不到一点点声息,不像草原上的夏夜,还有狼和狐的叫声。我先是在那儿想着王振他们的队伍走到了什么地方,不知不觉地竟睡了过去,直到听到了一声门响,我才又惊醒过来。果然是他,我在黑暗中看着他像猫一样向床边走来,我没有动,假装睡着了,当他把手伸到我的胸口时,我才猛一下抱住了他的脖子。

这是什么?正在脱我身上衣服的卢石,忽然摸住了我挂在脖子上的那个玉坠。

是王振早上交给我保管的,说是他娘当初给他的东西。

王振的?我感觉到卢石身上的汗毛骤然间竖了起来,原来滚热的身子一下子凉了,原本雄起的那个物件也倏然间软了。

我急忙把那玉坠取下塞进了衣兜说:别怕,它又不是王振,瞧把你吓的。

卢石苦笑了一声倒在了我的身旁。

我费了很大的劲才又让卢石高兴起来,才让他忘了那个玉坠忘了王振,让他没有了顾虑和恐惧。可能是因为相隔的时间太久,积蓄在他体内的力量太大,他在激动之后很快就疯狂了起来,弄出的声响大得惊人。尽管那张旧床很结实,他还是把它折腾得几乎散架。高度兴奋中的我和他,耳朵是早已失去了捕捉其他声响的能力,我们除了听到自己的轰然喘息和床的吱嘎响声之外,根本没听到有一个人正蹑脚向门口走来。直到那人轻轻推开了我们的门,卢石还无知无觉地忙活,眼神迷离的我尽管看到了淌进室内的月光忽然变亮了,也没有去想别的。

嘀嘀。那是一声令人毛骨悚然的冷笑。

这声冷笑响起的同时,卢石和我的身子几乎同时僵住,屋里所有的声响也一下子戛然而止。我那颗沸腾的心刷一下掉到了冰窟里。天哪!怎么又出这样的事?我的第一个判断,是王振在护卫的军士中安插有监视我的人。

卢石,你好大的胆子!一个熟悉的声音响了。

我这才明白,来人原来是帖哈。这个东西,竟敢如此让我难堪?!我慌忙拉过床单盖住了我和卢石的身子。

看来王公公的担心没错,我原以为他派我来是他的多虑,没想到还真有这等事。卢石,你这既是污辱王公公也是污辱我!帖哈装得一本正经。

爹!我恨极地叫了一声。以我心中的那股恨意,我是真想吼:帖哈,你给我滚出去!可我眼下还不能在卢石面前暴露我俩的真实身份。

伯伯,我是真的喜欢你的女儿!卢石边穿着衣服边说,声音倒也镇静了下来。

别给我说这些,我不能容许这种伤风败俗的事情发生!姓卢的,现在,你只有两条路可走!

帖哈,过后我再找你算账!你明明知道我喜欢卢石,还偏来捣乱。我在心里发着狠。

说吧,伯伯。卢石显然没有别的办法。

一条,我喊来其他的护卫军士,让他们把你绑起来押回京城,我相信他们会把你关进东厂监狱的。你犯的可是死罪,王公公心胸再宽,也不会容忍这样的事!估计你也听说了东厂的那些刑具,你恐怕要受些罪了!

我看见了卢石眼中的惊惧。

我这会儿只需高喊几声,惊得护卫的军士和仆人们都跑来看,你就全完了,你就得照这条路走下去。

伯伯,看在我和你女儿真正相好的分上,饶了我这一回,别让我走这条路。我能听出卢石在压着气哀求。

另一条路,就是你在一张纸上写明你对我女儿做的事,并说明,从今天起,决不再纠缠我的女儿,而且把这支车队的指挥权完全交给我,我说什么,你就去执行什么,不多一句嘴!

你能指挥?卢石有些吃惊。

你不愿意也可以,我们就走第一条路。帖哈说得很决绝。

好吧,我愿意。

帖哈点亮了灯,并随后掏出了纸和笔。

当卢石在灯下按帖哈的要求去写那会儿,我恨不得扑到帖哈面前打他几个耳光。他显然是预先就设计好的,连纸和笔都准备全了,你可真是个会玩心计的人。帖哈,你算准了我俩今晚要见面的,所以就守在我的门外,你连一点点快活都不给我吗？

这一个原本美好的夜晚，就这样被帖哈搅了。当卢石满面羞红地走出屋门后，我三几下穿好衣服，几步扑到帖哈面前，伸手就照他的脸颊抓去。他倒是精，急忙用胳臂挡住我的手，随后又抓紧我的手腕压低了声音说：你不想报仇了？我们去蔚州的目的是干什么？边说边就从怀里掏出了那张画有我父亲和阿台惨死情景的画，刷一下展开到了我的眼前。一看见那血淋淋的画面，我才住了手。

我们碍着你了？我咬了牙看定他。

难道我们去蔚州就为了让你和卢石在一起睡觉？现在两军正在接近，大战眼看就要开始，事情瞬息万变，我们没有行动自主权怎么能行？现在用这个法子，我们才能获得对这个小车队的指挥权，才能想干什么就干什么，明不明白？还有，只有用这个办法，才能迫使他把自己的欲望压一压，要不然，他天天晚上和你睡在一起，能有不透风的墙？万一让其他军士和仆人们撞见，他说话还有谁会听？咱们接下来的大事还怎么办？

我气咻咻地站在那儿。我承认他说得有几分道理。

等这一仗打完了，我会让你和卢石天天睡在一起，哪怕你们干得天昏地暗我也不管！反正身子是你们自己的。

我跺了一下脚，恨他把话说得如此难听……

第二天早上出发前，我看见帖哈把卢石叫到一边说着什么，随后卢石便让两个护卫的军士提前飞马走了。我后来在路上找个机会问卢石，为何让那两个军士提前走了，卢石小声说：你爹让他们提前到大同前线探听两军交战的消息，然后在蔚州王公公的老家等我们，他担心皇上来早了我们准备不及。

我没有再说什么，应该承认帖哈是一个精明的人，他在用大明王朝的军士为他服务。可怜卢石还不知道这其中的奥秘。

接下来的行进变得枯燥乏味,每天就是坐在车上走呀走的。天时阴时晴,风时大时小,云时浓时淡,有时还有阵雨。每次阵雨来临之前,总是闷热异常,让人喘不过气来。卢石情绪不好,连带整个车队的情绪都不好。晚上宿营后,卢石再不敢走进我的房子,至多是站在远处看一阵。白天行路时,他也只能用眼睛和我说说话,表达一点关心。

我讨厌这种闷人的行进,盼着能早点到达蔚州。

但愿这战争能早日结束,让我和卢石回草原平平安安地过日子。

那是一个阴沉的下午,我们抵达了一个村子,村里人告诉我们,这里离蔚州王振的老家只剩下了十五里路。这里的人都知道王振的名字,他们也晓得他在朝中做了大官,家里很富。

快到目的地的消息让大家的心情有些转好,车夫们扬起鞭子催马快走,大家开始说笑起来,就在这时,帖哈先前让卢石派出打探消息的那两个军士,飞马迎面跑来。

两个军士中的一个高声向卢石报告探得的情况:……圣上的亲征大军已抵达大同。昨天,先头部队与瓦剌军交战,我方损失较大,加上天热雨多,我军准备的粮食不够,许多兵士已开始挨饿,为避敌锋芒,保存实力,我大军已决定回撤,正向蔚州开来……

我听了暗暗一惊:这么说大明皇帝和王振要逃?真的让他们逃走,我们瓦剌人岂不要前功尽弃了?

我借口看看父亲的身体,上了帖哈的那辆马车。

听见了吗？我轻声问帖哈。

帖哈点头:这正是我担心的,当初派那两个军士出去打探,也是为了早点知道前方的情况。如果让明军跑了就是我们的失败。也先太师玩的是诱敌深入之计,原本想把明军诱到大同以北再动手狠打,没想到大明皇帝和王振先心虚了,竟然不战而逃。不过他们既是向蔚州来了,我们就要想办法在这儿拦住他们,而后让也先太师挥兵赶来,在蔚州王振的家乡将他们灭掉。

能行？

现在就要看我们能不能在蔚州把他们拦下。一旦大明皇帝和王振来到蔚州,你要施展全部本领把王振留在家乡,只要他不愿走,他就会说服皇上也留下。我同时派人去报告也先,让他迅速带兵赶来。我们这次来蔚州,原本只是为了探听探听消息,为太师再帮点小忙,未料到又担了大任。

你派谁？还是那两个军士？我问。

他摇了摇头:这次要派我们自己的人。

这里哪有我们的人？我很惊奇。

别问了,你只管把你该做的事做好就行……

车队重新启行时,我看见帖哈把卢石叫到了他的车前说着什么,之后,便见卢石让一个军士坐上马车,把那军士的战马交给一个仆人骑上走了。原来帖哈在男仆中还安插有人。我心中确实惊叹帖哈的本领。卢石走到我的车前时我问他派那仆人去干什么,卢石说是让他先去看看蔚州街市上卖青菜和肉类的多不多,必要时先买一些,大军一到,这些东西势必都成紧缺之物。我心中暗笑卢石,你哪里知道派出去的那个人是要干什么？

我们是天黑不久到达王振家的。夜色中虽看不清王振家房子的全貌,但从那些重重叠叠的黑色的房屋剪影能够感觉出,王家的房子盖得很有气势。我猜想,这些房子肯定是王振发迹之后盖的,要不然,不会盖出这样的气魄。

王振的父母早已去世,如今只有一个堂弟住在这所宅院里为他看守房子。堂弟一家住在东跨院里,正房的三进院子都在闲着。我和卢石、帖哈在王振的堂弟的带领下,把正房看了一遍。这座宅邸的格局和北京城里的王宅几乎一样,不同的只是这儿的院子和房子都小了一号。看完之后,帖哈说,中院和前院预备迎接皇上来住,中院作为皇上的下榻处,前院作为皇上会见百官的地方;后院让王公公和杏儿来住,也起一个护卫皇上的作用;我和护卫的军士及仆人们眼下先分住在前院两侧的偏房,待皇上来后再腾出来给皇上的侍卫们住。说完问卢石是否可以,有短处捏在帖哈手里的卢石急忙点头说行。

两个丫鬟刚把我的行李在后院安顿好,我正要梳洗时,一个男仆匆匆在门外喊:夫人,蔚州的县令来求见。我一怔,这个县令来得可是真快。我想起当初王振说过回蔚州后我不能公开夫人身份的事,隔窗对那仆人交代:领他去见卢石。卢石和那县令见面时,我到前院隔窗看了一阵,那县令对卢石点头哈腰的样子,让我再一次意识到王振权力的巨大,王振手下的一个小旗长都能让一位县官毕恭毕敬。那县令说了番客套话后表示,凡需要他帮助办的事情,可随时传他。卢石给他说了皇上可能要在王公公的陪同下来此小住的事后,那县令激动异常,当即说:能接待皇上和王公公,是敝县的无上荣耀,卑职定将竭尽全力做好各项该做的事情……

晚饭是王振的堂弟媳妇为我们准备的。这里和山西交界,两省通婚的人家很多,这堂弟媳妇就是山西河曲人,她为我们做的是河曲酸捞饭。这种饭我还是第一次吃,进嘴的糜米酸香扑鼻,进口的酸汤爽口解渴,奔波了一天的我们吃时都说好。那媳妇见我们夸她,羞红了脸说:这本是俺们河曲穷人吃的饭食,你们这些由京城里来的贵人能说好吃,太让俺高兴了。正说着,早先派出去打探街市上青菜和肉类供应情况的那个仆人回来了,说已定下了几个摊贩,从明天开始向咱们这送各样青菜和牛肉、猪肉、羊肉。我从那仆人的眼神里看出了另外的内容,估计他带来了军情。

果然,吃过饭不久,帖哈就来到我的屋里,悄声说:王振正引着大明皇帝和回撤的明朝大军向蔚州走来,大队人马的行军速度不可能很快,估计后天可以到达这里;也先太师已派信使转告我们,要我们想办法在这里留住大明皇帝,他正指挥兵马向这里追赶包抄过来。明天,我们要真的做好迎接大明皇帝的准备了。

我点点头,心里一时有些乱起来。原来计划到这儿来,不过是为了探听战场消息,同时打算由此经大同返回草原,没想到真要在这儿做迎接大明皇帝的准备,而且这儿就要成为真的战场。

当夜,我躺到床上许久睡不着,睡着后却又做开了噩梦,我梦见自己跳进了一个大湖洗澡,把水撩起来时发现水是鲜红鲜红的,诧异中四下一看,原来一圈湖岸上全躺着人,每个躺着的人胸口上都插着一把刀,血正由他们的胸口流到湖里,湖水原来就是血汇成的。我吓得"妈呀"一声叫起来,喘息着坐起了身子……

第二天一起床,我先让丫鬟陪着绕王振家的宅院走了一圈,又到村里村外看了看,之后就让卢石把他带来的那些军士和随车来的仆人们全叫来,给大伙分派事情。让几个人开始打扫屋子、院子和去往村边的大路；让另外几个人把带来的东西卸下，并给前院和中院正屋里的桌子铺上锦缎台布、给椅子放上坐垫、给床围上帐帷；让几个人在厨房刷洗锅碗瓢盆和择菜发面淘米，让一个军士去告诉县令，请他派人来整修好进村的道路……我则带上丫鬟和卢石，去邻居们家里拜会，每到一家，就送上些礼物，说一些王公公让问候全家的客气话。我想，既然要在这儿迎接王振，这些事儿就该做了。卢石在跟我做这事时，总显得有些心神不定，我把丫鬟支开后问他是不是有什么心事，他愁眉不展地说：我担心见了王振，你爹他会在不经意间把我对你做的事露出去，那样我可就死定了。我听后笑了，说：你只管把你的一颗兔子心放到肚里去，你只要照他说的办，他不会害你的，他要是敢露出去，我不也死定了？他不要他的女儿了？

他这才叹口气道：好，我信你的。

整整忙了一个上午。正午时分，天下起了雨，但室内的各项准备照常进行。天将黑的时候，我把各处检查了一遍，觉得还不错，估计王振见了也会满意。王振，你就快来吧，咱们赶快把这出戏演完就作罢了。我嘘了一口气，刚准备由前院去后院歇息，忽听一阵急骤的马蹄声响到了大门前，正疑惑着是谁来了，只见两个跟随王振亲征的军士浑身泥水、汗水地跑进院里，看见我就急忙躬身大喊：夫人，有急事禀报！

我忙把他们引到前院正屋问有何事，其中一人就急急地说：王公公让我们来告知夫人，皇上和回撤的大军不再来咱老家了。

我不由得惊问：为什么？

王公公说，眼下天下着雨，如果让几十万大军往咱老家来，势必要践踏坏无数的庄稼地，踏坏咱王家的地咱心疼，踏坏乡邻们的地就会落骂名,所以王公公想来想去,还是决定改道走,直返宣府。

是这样?我心里打起了鼓:会不会是因为王振看出了什么?

我让下人们安排两个军士去换衣洗涮吃饭,然后急急来到帖哈的屋里。帖哈听说这变故也吃惊不小,半晌无语,之后才低了声说:如果他们直去宣府,撤退速度必会加快,那也先太师怕就很难追上了。

会不会是王振看出了我们的目的,才又有此一变?

帖哈思虑一阵之后摇着头:不大可能,我们还什么也没做,没有给他任何怀疑的把柄。王振是农民出身,他对土地有感情是正常的,他怕几十万大军踩坏庄稼地是一种合乎情理的考虑,他担心因此而落骂名是可能的,这里边应该没有其他用心。他倘是真发现了什么,必会迅即派人来抓我们,而不会先派人来告诉我们大军已经改道而行。

帖哈说得有些道理。那我们怎么办?可不可以先回草原?我望着帖哈,希望他能给我一个肯定的回答。由这儿回草原较近,到我家也不是太远,我太想妈妈、哥哥和弟弟了,我也太想把卢石带回去让他们看看。

大事未成,我们怎能先回草原?在这个节骨眼上回去,也先太师能高兴?帖哈瞪着我。

那我们能做什么?帖哈的不客气使我心里也来了气。王振和大明皇上已决定不来这儿,我们难道就坐在这儿闲着?

我们现在能做的的确不多了,只剩下了两条,第一是派人迅速去向也先太师报告明朝大军直撤宣府的事,告诉他们别再来蔚州了,直去宣府方向追就是,这个由我来办;第二是让刚才来的两个军士返回去向王振报告,说我们担心蔚州老家被瓦剌军占领,已决定带上三十辆马车去追他们,请他们务必边走边等我们,用此法来迟滞他们的行动,为也先太师率军追上他们创造一点条件,这个由你去做。

事情一天几变让我无了主意,只好点头,然后问他:我们是不是今晚就要起身?

不用,我们急什么?明晨动身就行,我们要始终和他们拉开距离,永远不追上他们,我们就是要让王振边撤边等,迟滞他也迟滞明军的行动。

他会等我们吗?我不太相信。

按照军情,他是不该等的;可照他的心理估计,大概会等,先不说他一向都把财产看得很重——这些车上装有许多银子和他很珍视的东西,只说他心里对你的那份依赖,应该能使他边走边等,他可能很不愿让你也落入瓦剌人手中,只要使他不像受惊的兔子一样只顾向前跑就行……

吃过晚饭送走那两个去向王振报告的军士之后,我的心情开始变得很坏,这一则是因为事情的反复变化让我觉得无法把握,二则是从明天起我又将离草原越来越远。天又落起了雨,雨点打在院中的树上让人越加心烦。我洗漱后无精打采地预备上床,卢石就在这时来门口报告,说上路的准备已全部做好,并问明晨几时启行。

按正常时间吃早饭,饭后起程。我交代罢,他转身就要走,我有些着恼:怎么连看都不看我一眼?你给我进来!我朝他叫了一句。他小心地看了一下左右和身后,这才迈步进屋。

看你那个胆小的样子,谁会吃了你?

我是怕你爹。他苦笑了一下,我有把柄在他手里。

不是还有我哩？

你？他真要让王公公知道了，我们俩都得死！

你想他会舍得吗？我死了他还能在王家住得下去？再说，王振就能一直活下去？

你怎么能这样说话？卢石吃惊了。单就是这句话让王公公知道，你就完了！

看把你吓的？！谁敢保证他在战场上就一直安全？

几十万大军护卫着他，他怎么能出事？快别瞎说了。你歇着吧，我走了。

这样着急？我的坏心情使我今晚特别不想让他走，不想这个了？我挺了一下胸部，我知道他对这个部位的迷醉。

我——他咽了一口唾沫。眼睛里露出了浓浓的馋意，双脚不由得动了一下。

不想了你就走。

我……他向我走了两步，又猛地转身去关了门……

我不停地给他鼓励，让他使出全身的力气，我希望用这个办法忘掉眼下的一切，忘掉王振，忘掉也先，忘掉帖哈，忘掉大明皇帝，忘掉家，也忘掉我自己。

当事情最终停下来之后，我听见有人在门外踱步。卢石闻声吓得急忙抓住我的胳膊低叫：完了！

我估计是帖哈。如果是别人，他不会弄出这么大的响动。我拍拍卢石的手：你起来穿衣吧，我去见他。

果然是他。我没有点灯，我拉开门时他停了踱步。我们两个在黑暗中对视，我知道他的眼中储满怒气，我佯作不知，故意轻描淡写地说：你来了为什么不敲门？

他快步走了过来，他刚一迈进门槛我就低声说：不怨他，是我叫他来的！

啪。他一个耳光打过来,我的身子晃了晃。我没想到他会动手,在心中怒气上升的同时,我暗中推了一把卢石,让他赶快走了。

我不得不给你们站哨把门,万一来了人怎么办?帖哈的声音压得很低,但每句话中都带着火苗子。

看见卢石已经走远,我的声音提高了:打呀,再打一掌!

帖哈吓得急忙返身关上了门,现在是他害怕了。我的祖奶奶,你们就不能忍一忍?你就那样想男人?

我就是想男人了,怎么着?当初,不是你让我去找卢石的,我可找出了感情,你又不停地阻拦,你把我看成什么了?

这个卢石是一个祸根,我早晚要把他除掉!他自语道。

你只要敢动他一下,我就让你的计划全都泡汤!

好,好,我不动他。可你来这里的目的是干什么?是报仇还是找男人?我们明天要重新向王振靠近,这个时候更要小心!

报仇的事情我不是每时每刻都在做?要不是报仇,我现在会在这儿?我早在我家的毡帐里了,早在我母亲、哥哥和弟弟的身边了。

好了,你赶紧歇息,我们明天还不知会遇见什么事哩。下不为例,在太师没有对大明皇帝和王振动手且得手之前,你不能再和这个姓卢的相会,我们必须防止意外的发生……

我没再说话,直看着他走出去。

第二天的行进倒是从容。我们在王振的村里带了一个向导,沿着去宣府的大路不急不慢地走着。卢石按帖哈的安排,不时派军士和仆人们骑马外出打探情况。有了昨晚那一场事,卢石现在对帖哈更是言听计从,帖哈已完全成了这支车队的指挥。我知道那些骑马外出的人,去向并不相同,有的是与大明皇上的亲征大军联系,有的则是与也先太师所率的队伍联系。

天彻底晴开了,太阳仍如往常那样鲜亮。我让丫鬟把车篷暂时掀开,好让眼睛自在地看出去。有几只黑羽毛的鸽子,正在湛蓝的天上寻找着什么,它们不时停止翅膀的扇动,像风筝一样地在空中飘着。路上的泥水正在快速变干,马车的车轮碾上去无声且软和。路两边的庄稼因刚被雨水洗过,碧绿碧绿的。沟畔上偶然可见一个放羊的孩子,在直着嗓子唱着什么。这番平和的景致,很难使人相信两支大军正在接近,一场恶战很快就要发生。我不愿再去想别的,只让自己的眼睛跟着那几只鸟儿,看它们自在飞翔的模样。当初由北京起程时的那种兴奋,如今已无影无踪。我只是按帖哈的安排,坐在车上走呀走的。有时看累了车外的景致,我会让丫鬟拉好车篷,闭目养神或干脆睡上一阵。外出联络的军士们回来说,王公公要我们抓紧追赶,他会让大军边走边等我们。

这正合帖哈的心意,帖哈听了满眼欢喜。看来他的判断没错,王振在挂心着他的财产和我。帖哈借口马匹太累,并没有让加快速度。这就为也先的率军追赶争取了一点时间。

如此一连走了几天。我们与王振和亲征大军的距离,始终没有拉近。

有一天正午,车队刚在一个村边歇下吃饭,派出去的两个仆人回来说,率军亲征的皇帝的座驾,已经过了宣府。卢石听了很高兴,说宣府的兵和粮都充足,皇上过了宣府,一旦有事,宣府的军队就会出来断后,保证皇帝的安全。我估摸那两个仆人带回的还有另外的消息,果然,吃过饭,帖哈借口问我一件家事来到了我的车子旁边,趁别人不在时匆匆告诉我:也先太师的大军也已赶过了宣府,两军的前哨已开始打了起来,大事可能发生在土木堡!

土木堡?

他急忙示意我噤声。

我没有亲历过战争,不知道两军前哨打起来会是什么样子。我心里只有一个愿望,那就是报仇的事赶紧结束,我好带卢石回到草原去,和母亲、哥哥、弟弟生活在一起。就在这天晚上我睡着之后,以前做过的那个梦又再次出现了:我高高兴兴地走进一个湖中洗澡,撩起水时才发现水像血一样红,我惊慌地环顾四周,发现湖岸上躺满了胸口中刀的人,那些人胸口流出的血正带着汩汩的响声汇入湖中……

我又一次被那血红的湖水惊醒。惊醒后我躺在那儿,心里猜着这梦会是一个什么征兆。早晨起床后我有点心神不定,总不会是要遇见倒霉的事吧?

那个重要的消息是天黑时分到的。当时,车队还在缓慢地行进,再次出去联络的那两个仆人飞马跑来,他们不再像往常那样装模作样地先向卢石汇报,而是径直去到了帖哈的车边。我听到帖哈发出了一声响亮的笑,他平时可是笑得很少,而且即使笑也没有出过声,常常是让笑纹在眼里一闪而已。他这反常的笑声让护卫的军士和随车走的仆人们都很意外,大家一齐扭头看着他。我知道是好消息来了,可我还不知道是什么样的好消息。

进村歇息!帖哈指着路边的一个小村高叫了一声。

卢石有些意外,说:不是讲好在前边的那个村子住——

就在这儿了!帖哈的声音里有一种不容置疑的味道。这一点也让我吃惊,他对这个车队的指挥总是通过卢石来进行的,尽管他对卢石非常反感,可当着别人的面,他一直是尊重卢石的,他的指令也一向是通过卢石来发布的,这会儿怎么变了?

我很快明白了原委。车队刚在那个小村里停下,我才下车,帖哈就迫不及待地把我叫到了一边,抑制不住兴奋地告诉我:已经办过了!

办过什么了?我没听明白。

大明皇帝已在土木堡被我瓦剌军捉住,他的五十万亲征大军已经全军覆没!

哦?!我感觉到有一股轻松从内心深处升起来,这么说,我和帖哈这么长时间的辛苦总算没有白费,我们到底成功了!父亲,还有阿台,你们的仇终于得报了。

王振呢?

正在战场上查找。

我俩怎么办?该回草原了吧?

也先太师要我们速去土木堡见他,他派的一队骑兵马上就来解救我们。

解救我们?

这里,属于我们的人只有刚刚联络回来的那两个"仆人"。在我们的真实身份没有暴露时,其他的军士和仆人当然可以保护我们,若一旦暴露,他们就会变成敌人,因此,我们要想平安离开,必须待我们的人来后把他们收拾了!

收拾了?什么意思?

当然是杀掉!帖哈咬起了牙说。

我吃了一惊:你胡说什么?这些人这些天一直跟我们在一起,保护我们,侍候我们吃喝,对你我没有任何触犯,你竟忍心杀死他们?你还有没有良心?

真是女人之见,我们和大明朝的人不共戴天,我们今天不杀死他们,他们日后就会杀死我们,你是不是因为卢石而变得心软了?告诉你,卢石也必须——

必须什么?我的声音提高了。

你冷静一些!帖哈有些着慌,因为卢石他们在向这边看。

我不可能冷静,你必须说明——

你要再这样就会暴露我们的身份。帖哈压低了嗓子说,解救我们的人离这儿还有一段距离,我俩现在一旦暴露就会有危险!

我从帖哈的眼睛中看出,如果我此时不做什么,一待解救的人来到,我就很难保证卢石的安全。决心就是在那一瞬间下的,我几乎立刻转身跑到卢石身边急切地说:刚刚得到消息,王公公有危险,他让你立即带上你的十八个人,火速赶到宣府去!我心里估计,土木堡在宣府东边,宣府那里应该没有危险,我现在只有用这个办法救卢石了。

卢石吃了一惊:那你们怎么办?

这里还有仆人们保护,我们就在这儿住下,你只管放心走!快!

卢石只得对他的十八个军士挥手:上马!帖哈这时脸色铁青地走过来,我知道他想要阻拦,他刚喊了一声:卢石,不必——我就朝着卢石的坐骑的臀部猛拍了一掌,那受过训练的战马立时鬃毛一抖,撒开了四蹄……

夜 录

我嘘了一口气。

帖哈恶狠狠地瞪住我。我知道他满怀怒气,可我没有理他,只是转身对丫鬟说:我们找房子进去歇息。

你真是昏了头了！我听见帖哈在我背后说。

我没再理他。这是一个让人又舒心又揪心的时刻,舒心的是瓦剌军终于打败了明朝的军队,我为父亲为阿台把仇报了;揪心的是不知卢石和他的人能不能逃出去。

我和丫鬟、仆人刚刚在村里找到房子,还没来得及进屋,一阵急骤的马蹄声就在小村子的四周响了起来,随即便有人喊马嘶狗叫传过来。我知道这是也先派的人来了,便不慌不忙地站在那儿。从此以后,我就再不用隐姓埋名扮作他人了,我就要结束这种随时都有性命危险的日子了,我再也不和王振去做游戏了,我就要回到草原了。

母亲、哥哥、弟弟,我就要和你们团聚了！我想死你们了！我唯一遗憾的是没把卢石带回去给你们看看。

一群身着瓦剌军服的人拥了过来,帖哈走在他们的前面。帖哈指了一下我身边的丫鬟和一个男仆叫道:将他们带走！

丫鬟和仆人吃惊地看着帖哈。

不要伤害他们！我在那些军士的背后喊了一句。

待我的身边只剩下帖哈和一个瓦剌军的头目后,帖哈说:太师要我们速去土木堡,他在那里等着见我们,我们必须马上走！

那这些马车怎么办？里边装的都是贵重东西。

由我的手下押上直接回我们草原上的大本营,这也是我们瓦剌人获得的战利品。那头目说。

好吧。我看着那个头目点头表示同意。那人抬手拍了一下,一个瓦剌军士从屋后拉过来了两匹马。我朝马走去,我已经许久没有骑马了,我的上马动作已有些生疏,给我的那匹马也有些认生,竟接连抛了几个蹶子。不过坐上马背之后,当我拉了一下马缰并用双腿狠夹了一下马的肚子,它便立刻知道

243

我不是新手,顿时变得老实了。

我根本没想到会在村口看到那个场面:我的两个丫鬟和那几个男仆竟都被砍死在那里。我打了个寒战,扭头瞪住帖哈咬了牙问:是你叫他们干的?

不杀了他们我们日后就有可能暴露!帖哈叹一口气:现在是战争时期,不能只用女人的眼光去看事情。

你应该先给我说一声!

来不及了。

我默望着那些尸体,没有再说什么,说什么也没有用了。也许这真是战争需要,也许帖哈是对的?幸亏我让卢石走了,要不然,他大概也是这种下场。卢石,你现在到了哪里?快跑吧,跑得越远越好。

走吧。帖哈用马鞭抽了一下我的坐骑,马飞奔起来,呼呼的夜风在耳边飞过,一种想飞离地面的欲望陡从心里升起:飞吧,直飞到天上去,再不要看到这些尸体……

离土木堡还有很远的时候,我就从迎面而来的夜风中闻到了一股血腥味。起初我以为那是我在村口闻到的那股血腥味的继续,是那些仆人和丫鬟们所流的血的味儿,可随着马蹄的前移和土木堡的不断临近,那股血腥味也越来越浓,到最后,浓到我几乎难以呼吸,好像吸进鼻孔的已全是血了。

我不由得打了个哆嗦,高声问那个来接应我们的头目:哪来的这样浓的血腥味?

一到土木堡你就会明白!他在马上回头应了一句,随后指了一下前方:看见了吧,前边那片隐隐的白色就是也先太师的大帐!我在渐淡的月光中看见有一片帐篷立在前方的山坡上。帖哈"哦"了一声,扬鞭催了一下马。显然是有人预先交代,几道岗哨都对我们挥手放行,我们是在大帐前下马的。我的双脚刚一落地,就听到一个响亮的声音:是我的两个功臣回来了吧?!我要亲自来迎!二位好吗?!

是他,是太师也先。有两支火把跟在他的身后,火把映出了他志得意满露着笑容的脸孔。

帖哈弯腰施礼,我站在他的身后,把身子简单地躬了躬。我被那股血腥味弄得头都有些昏了。

我们不必拘礼,你们辛苦了!快,快进帐里。他大笑着拍了拍帖哈的肩膀,眼里的欢喜多得像要滴下地。

帐子里没有别人却灯火通明,也先坐在迎着帐门的正位上,帖哈和我被安排坐在下首的两边,每人面前都摆着一张酒桌,桌上早已摆好了酒菜。

我今天要在这里好好谢谢你们!是你们两个,促成了这次土木堡大捷,没有你们,可以说就没有这次胜利!来,我敬你们一杯!也先举起了他面前的杯子。

酒是我熟悉的马奶子酒,而且是温的。帖哈和我相继举起了杯。可我觉得空气中的那股血腥味已经渗进了酒里,我喝了一点点就再也喝不下去。

这一仗对于我们瓦剌人来说太重要了,这是我们重振瓦剌人雄风的奠基之战,是多少年来对大明朝的第一次大胜仗。我们活捉了他们的大明皇帝,打死了他们的多名重臣,消灭了他们的五十万大军,打到北京,打垮大明朝已是指日可待的事情!

这都是因为有太师的高明指挥。帖哈站起身说。

但没有你们二位深入虎穴探到消息,我就无法下定各种决心,你们是第一功臣!来,喝!

我礼节性地喝了一点点。

我这么急切地召你们回来,是因为两件事,第一,是要让你们分享大捷的欢喜,待一会儿就让你们去看我们活捉的大明皇帝。这个不可一世的东西终于被我们抓到了,他过去在北京城作威作福,现在成了我们的俘虏,过去谁要想见他一眼,那可不容易,要过多少关卡,要行多少大礼,可现在,他成了我们的俘虏了,我们谁都可以看他,谁都可以走到他身边,甚至可以摸摸他;第二,是要你们去战场上找一找大太监王振的尸体,咱们这儿没有认识他的人,无法辨认哪一具尸体是他的,我担心让他漏网跑掉,此人乃大明朝的实权人物,他如果没死我们就还会有麻烦,我只有见了他的尸体才会心安。

辨认王振尸体的事请太师放心,我和杏儿对他都很熟悉,尤其是杏儿,可以说已熟到了他的骨头,辨认他是没有任何难处的。

那好,你们现在就先去看看大明皇帝,之后再去战场上寻找王振!也先边说边抬起两手拍了一下,先前去接我们的那个头儿应声走了进来。

领他们去看看那个什么英宗!也先对那个头儿说。

被捉的大明朝的英宗皇帝,就关在离也先的大帐几百步之外的一个帐子里。夜正在向黎明时分走,四周很静,除了秋虫的几声鸣叫之外,再无别的声音。我们走近那个帐子时发现,四周站了一圈全副武装的瓦剌军士。我们走近帐子的一侧,一个军士替我们掀开一个窗帘,帖哈和我凑近看去,只见帐内点着很亮的蜡烛,一个穿着黄色裤褂的年轻人坐在帐内一动不动。我定睛细看,果然是他,是那个我在大明宫殿里看见过的年轻皇帝,只是他的服装变了,而且这会儿没有了那天的威风和气度。就是这样一个平常的人,人们竟把他奉为神明,平常连他的身边都不敢走近。他呆呆地坐在那儿,没有打瞌睡,明亮的烛光下可见他的脸上还残余着一点受了惊吓的表情,下巴上有一道不太明显的血痕,身子一动不动,目光内敛,有一点沉思默想的样儿。他在想什么?想自己失败的原因?想自己被拘后的前途?他会不会对自己决定亲征生出后悔?可无论他怎么想,大概也不会想到他最信任的司礼大太监王振家里潜进了瓦剌的人……

大明皇帝,你失算了,你失败了,你算计不如我们也先太师精明!你用人不如我们也先太师高明!你打仗不是他的对手!

不知是哪个兵丁的刀剑相互碰了一下,那声响使得大明皇帝抬了一下头,向这边瞥了一眼,我的目光和他的目光轻微碰了一下,他很快又把头低了下去。我注意到他的眼中满是绝望,他那副孤苦无依的样儿突然让我的心一动。想当初在大明宫中,他是何等威风呀!他从来也没想到自己还会有今天吧?……

帖哈拉我离开了窗户。

天正在变亮,最后一丝夜色正在晨雾的裹挟下向远处撤退。那个头头开始领我和帖哈向战场走去。翻过前面的这个小山脊就是战场了!那个头头向我们指点。我们现在去找找王振。

一直折磨我的那股血腥味这时不仅变得更浓而且加了一股隐隐的臭味,血腥味是从战场刮来的,这臭味呢?我咬牙忍住,我要看看真正的战场,长这么大我还从没有见过真正的战场是什么样子。翻过山脊了,天也已大亮,土木堡大战的战场一下子展现在了我的眼前。我在眼睛瞪大的同时感觉到全身的血陡然间停止了流动,我不知该怎么描述那一刻的感受,惊恐?惊骇?惊疑?这就是战场?这还是人间吗?遍地都是尸体,遍地都是残破的肢体和头颅,遍地都是扔掉的枪刀剑弓。从我脚下的山坡一直到几里外的坡底的小河边,从我站立的地方向左向右几里的山坡,看到的全是重重叠叠的尸体,尸体呈各种各样的姿势:趴着的,仰着的,跪着的,侧躺的,蹲着的,相互扭在一起的;尸体呈各种各样残缺的形状:无头的,断臂的,开胸的,破腹的,缺腿的,身子一劈两半的;死者脸上露出各种各样的表情:吃惊的,震惊的,疑问的,绝望的,讶异的,不甘的……这和我想象中的战场完全不一样。在我的想象中,战场上应该有许许多多的活人,一些人被另一些人绑住,绑住的人会跪地求饶,当然会有死尸,可死尸只有不多的几具并被放在一边盖上白布,我从来没想到战场上会是这个恐怖情景。我无数次地想过自己冤仇得报的场面,可一次也没想到是这种可怕的模样。我大概只看了几眼,就觉得肚里一翻,蹲到地上"哇"地吐了起来。

我合上了眼睛不敢再看,这分明是屠场,是地狱呀……

我的天,死这么多人!? 我模糊地听见这是帖哈在说话。

你想,明军五十多万人哪,跑走的不会超过十万人,剩下的都死在这儿了,再加上我们这边死的弟兄,当然就多了……这是那个头头的声音。

这可怎么办? 是帖哈在问,又像是在自言自语。

你是说这些死尸? 今天头晌派人再从中找一找我们人的尸体,之后咱的人就全部撤离。天热,估计下午就要臭了,扔在这儿,肥了这片草地吧。她到底是女人,瞧她吐的那个样儿! 头头这时转向了我说。

我已把肚里的东西吐了个干净,双膝发软地跪在了那里。望着无边无际不可计数的尸体,我感到了一种巨大的威压,好像那些尸体的眼睛都在瞪着我,而且分明有一个声音直朝我的耳朵里钻：是你诱惑王振把我们引到了这里，是你指引瓦剌军对我们动的手，我们的命全是被你夺走的，你才是真正的杀人凶手，是你杀了我们，你是罪魁祸首……我的身子不由得发起抖来，同时有一个声音在心中响起：我是想要为父亲和阿台报仇，想要让明军流血，可我从来没说这样报，没想这样报。按我内心里的想法，明军应该死两个或四个人，是把王振捉住，这就是我的报仇目标，死这样多的人，老天，这绝不是我要做的！不是的，不是的，神应该能看清楚的……

走吧，我们去找找王振。那头头这时在一边催。

不，我不去。我急忙摇头。一想到要走进这片死尸堆里，我的心猛一揪就像要跳出喉咙。

还真得你去。帖哈这时转对我说，你对王振的印象比我深，他的穿着我已记不清楚。

不，我不想去！

太师交办的事，不去不好吧？！那个头头声音里露出了不高兴。

我恶心去办这件事！我对那个头头喊，他的态度令我十分反感。

好了，杏儿，别使性子，太师刚才不是夸我们了嘛。当初那么大那么难的事我们都已经做了，这点小事我们应该去做好，何况还是太师亲自让做的。来，我搀上你。帖哈过来搀起了我。我不得不走，我一时想不出坚决拒绝的理由，而且我的内心深处，这时也真想弄清王振的下落，王振，你真的也死在了这里？还是逃回了京城？

我于是随着帖哈和那个头头走进了那由死人身体堆叠的战场。我的双腿不时碰到死人的肢干，碰到死尸们那僵硬的头颅，碰到仍攥在死尸手里的那些枪刀剑戟，碰到死去的战马们那伸直了的蹄。我小心地找着空隙把脚踩下去,可一踩下去脚底立刻就有一种黏腻的感觉,像踩在淌了稀饭的地上一样,我知道那是因为血已把土浸透了,把地上的草浸蔫了,空气中的血腥味像无数条虫子,争相向我的鼻子里爬,我觉得我的鼻子和胸口都已被那些虫子塞得满满的了。

我们得先走到活捉英宗皇帝的地方,那头头边走边说:按照常理,王振应该跟在英宗身边,即使离开,也不会离得很远,除非他已经逃走了。

我和帖哈走在他的身后,双脚凭本能躲避着一个又一个一叠又一叠一堆又一堆的尸体。这里有一只伤马,马头还在一动一动的;那边有一辆倾倒的战车,车上的篷布在晨风里飘动;前边有一面残破的旗子,旗杆还攥在一个死者的手里;脚前有几面大鼓,鼓面被砍了一刀,上边粘了一只眼睛;这边滚着一颗人头,人头上的那张嘴张得很大;那边肠子拖了一地,肠子上站满了苍蝇;这里有一只胳臂,胳臂上的那只手的五指伸得很开;那里有一只脚,脚上穿着一双黑布鞋……我的眼睛实在不敢再看了,我对帖哈说:我走不动了。

到了,快到了,看,那就是英宗皇帝坐的马车!那头头兴高采烈地说。

看见了,那辆黄色帐帷的马车我看见不止一次了,在皇宫里边,在德胜门外,可那时它是多么威风漂亮豪华干净,现在的它歪倒在那里,帐帷残破,车帮断裂,车轮滚走,辕马跪地死去,车身沾满血污。

激战那会儿,我们是在离这辆皇帝座驾四五百步的地方抓到英宗皇帝的!那头头指着一处地方骄傲地说。

我顺着他手指的方向看了一眼,那是一个爬卧着许多尸体的小小的土包。出征前的英宗皇帝,大概根本不会想到他的命运转机是在此处。

当时围在大明皇帝身边的明军士兵殊死与我们拼杀,直到全部战死,最后只见英宗皇帝一个人坐在地上,低头闭眼,未拿一样武器。我们的人围上去,大家都认不出他是谁,其中我们有一个兵看他衣着华丽,便想把他身上的衣服脱下来,可他却慢悠悠地开口:去叫你们的太师也先来!听他这口气,再看他的相貌气度,和别人是有一点不一样,那个兵就估摸他有来头,就没有再坚持脱他的衣服,而是把他押到也先太师的弟弟、我们瓦剌赛坎王的大帐里,赛坎王叫来早先去过明朝的使臣一看,这才把他认了出来……

我和帖哈被那头头带到了英宗皇帝被捉的地方站着。帖哈说:王振的位置应该在离皇帝几百步的圆圈之内,我们先在这个范围里找找,找不到之后再扩大搜寻范围。

我的目光只想向上去看天空,实在不愿去看地上的这幅惨景。

照说你现在应该高兴,这么多的敌人被杀,你的杀父之仇可算已彻底报过了,但你怎么是这个样子?帖哈在我耳边说。我没有开口回答,我是想报仇,可我从没想过这样报仇,这和我计划中的报仇不是一回事!不是一回事。

杏儿,这个是不是?帖哈指着一具尸体问。我不得不把目光放下地,那是一个有身份的宦官的尸体,但不是王振的。我摇了摇头。

我和帖哈在那个头头的引领下,在尸体堆里一点一点地向外扩大着搜查的范围。因为要时时防止被尸体绊倒,我的目光不可能不看着脚下,不得不去看那一张张苍白变形的死者的脸,看那一双双蓄满惊恐没有合上的眼,看那一具具保持着痉挛姿势的躯体。我不得不受着恐骇的煎熬。仅仅在两天以前,他们还都是些活蹦乱跳的人,是儿子挂念的父亲,是父母想念的儿子,是妻子挂念的丈夫,是弟弟挂念的哥哥,是哥哥思念的弟弟,是女婿尊敬的岳父,是儿媳敬重的公爹,是孙子想念的爷爷,是爷爷挂念的孙子,可现在,他们只是一些一动也不会动的死者,是一些没有任何感觉的尸体。

这个很像。帖哈在一具尸体前站住。

我看了看,这具面孔向下的尸体身上的衣服是有点像,可当那头头搬过死者的脸时,我又急忙摇头。也先又给我了一件多好的事情来做哟,这要找到什么时候?我绝望地把眼移开,就在这当儿,我的身子打了个激灵,我看见了他,王振,他在那儿!那个离我只有十几步的地方。

我一步一步向他走去。

是他,就是他!的确是他!他穿的就是这样的衣服、这样的鞋子,他的手指上戴的是这样的银箍子,他的脚腕上是有一块月牙形的伤疤,他的脖子上是有一颗这样的痣,可他的头是怎么了,伤得这样厉害?几乎全被砸烂了,脸已经变了形状。是让什么样的兵器砸的?他的伤处简直让人一眼都不敢看。天哪!

是他?那头头问。

我把头点点。

不会认错?他不放心。

我没有理他。我抬头看着远天上的一片云絮。王振,王公公,不知你的魂灵现在哪里,是不是就在我头顶的天上?你看见我了吗?你要是看见我你一定会非常非常恨我,你的生命就这样没有了。你那曲曲折折轰轰烈烈有痛苦有喜悦有屈辱有荣耀,权势无边的一生就这样结束了?!你的心里一定充满遗憾,只有我知道,你还有多少事情想去做,无奈都做不成了。对于我的真实身份,你死前可能根本没想到,促使你死在这里的人中,有我这个你最信任的人。你大概从来也没有去想我会是你的敌人,你已经认定我是你自己的人,你没有料到,人为了报仇,是什么事情都能做的。还有一个真相你可能一直不知道,那就是这个世界上有许多人都希望你死,我只是其中的一个。用这个办法让你死在这里,你可能觉得不公平,可你办的公平的事儿有多少?!……

好吧,既然确定是他就行了,我们可以回去复命了。狗东西,让我们找得好苦。那头头用脚踢了一下王振那干硬的腿。

干什么?!我兀地瞪了一眼他。他可能没料到我会这样瞪他朝他叫,一时有些发愣:嘀,还心疼他姓王的?

我没有再说话,我不屑于再说,我也没有说话的兴致。照说,看到王振的尸体我应该高兴,过去,我是那样盼着他死,是那样盼着摆脱他,可为何这会儿心里却没有高兴?是因为陪他死的人太多?是因为他死的样子太惨?是因为我看见过他内心最深处的东西?

把他埋了。我对帖哈说,没有看那个头头。

用得着吗?那头头耸了耸肩。

埋了吧。帖哈看了我一眼,转对他说。

好吧好吧,再优待他一次。当初我们去大明朝的地界卖马,就是他不断压我们的价,不断地向我们索要东西,这会儿还要让他特殊。来人,把这个死家伙拖到那边挖个坑埋掉!头头对他的手下下着命令……

我站在那个小小的墓坑旁边,看着他们把他放进去,轻一点!我说。为了防止沙土直接落到他的脸上,我脱下了我穿在身上的一件薄褂子盖住了他的头部。就在我要走出墓坑时,我忽然想起了王振出征前的那个早上交给我的那个心形

253

玉坠,我急忙从衣兜里掏出了那个玉坠,弯腰把它戴在了王振的脖子上。王振,我能做的就是这些了,有这个玉坠和你在一起,就等于你和你娘在一起了,你不会再做野鬼游魂。走好吧。但愿你能理解我对你所做的那些事情,为了报仇,我不得不去骗取你的信任,去做我要做的事情,你不要全怪我,也怪你没把我识别出来……

当兵士们开始填土时,我扭过了身子,帖哈走过来说:走吧,我们回去。

我最后回头看了一眼王振,他的身子已被土埋住,一个小小的土堆正在出现。永别了,王振……

我和帖哈在那个头头的陪伴下默默向也先的大帐走去。太阳升高了,充满血腥味的空气中,臭味也在增加着。走到山脊上时,我看见在山脊的这一边,摆着一长溜瓦剌军人的尸体,足有几千人,每个尸体前都有兵士们在用白布替死者缠着尸身。我和帖哈不由得停下脚步。跟随我们的那个头头说:这是刚由尸体堆里找回来的我们瓦剌人的阵亡者,太师让一律缠上白布用马驮回老营安葬。我和帖哈上前,默然看着那些正在被缠上白布的尸体。这些死者的家里很快就要响起哭声了。我的目光在那些死者身上缓缓移动,突然,有具尸体引起了我的注意,他围的那条腰带怎么和我哥哥的一模一样?哥哥的腰带是我亲手用染色的羊毛线织的,所以我的印象十分深刻。我不由得上前走了几步,诧异中的我正想确定是不是自己看错了,恰好缠白布的兵士这时把那死者的脸扭了过来。在我的目光触到那死者脸的同时,一个霹雳猛然炸响,我惊骇无比地叫了一声:哥哥?——

我没命地向哥哥跑去。你怎么会在这里?!你怎么能在这里啊！我见到也先以后之所以一直没有问起哥哥,我之所以在内心里一直没有为哥哥担忧,是因为我记得也先说他一定关照我的哥哥,是因为我记得帖哈说过要让我哥哥担任老营的一个管事,他打仗时只负责看好老营,我内心里总觉得那是一个离前线离战场很远的位置,不可能出危险的,可你怎么会到了这里?！我摇着已经僵硬了的哥哥嘶声大喊。

帖哈显然也很吃惊。

当我们把明军围住之后,太师令老营火速送箭镞和吃食到前方来,你哥哥他们就是因此赶来前线的,未料到一股突围之敌与他们相遇,双方厮杀中你哥哥中刀落马……有一个人在我身后絮絮说着。我没有回头去看他是谁,我只是摇着哥哥那早无知觉的身子。哥哥是被尖刀戳死的,伤口就在胸脯的正中,随着我的摇晃,我看见有一丝黑血又渗了出来。怎么能够这样？我的父亲已经死了,为什么还让我的哥哥死？也先,你答应保护照应我哥哥的,又为什么要让他上战场?！

帖哈上前想把我拉开,边拉边劝道:人既是已经死了,就该想开,打仗总要死人的。

为什么不死你们家的人？我朝他吼道。

他脸涨得通红。

我抱起哥哥的尸体向也先的大帐走去,我要让他看看,他答应过照应我的哥哥,就是这样照应的？给我一具尸体？

大帐前的卫士们惊异地看着我走近,是帖哈追上我死死扯住了我的胳膊。帖哈说:杏儿,听我的话,不要胡来。再向前走就会惹来麻烦。

我转而看着他,目光里肯定充满愤恨,帖哈吓得后退了一步。一个卫士头头这时带着几个卫士围过来说:太师正在帐中有事,不得过去干扰他！

我意识到我是进不了大帐的,我转向帖哈说:那我要把哥哥亲自送回家去!

好吧,这个我答应。帖哈挥了一下手,有两个兵牵了两匹马走过来。帖哈帮我把裹了白布的哥哥绑在了一匹马上,又扶我上了另一匹马。我谁也没看,就举鞭催马走了。我要带哥哥离开这个可怕的地方,我要送哥哥回家。我在大明朝的京城担惊受怕受尽屈辱,得到的回报原来是这个!是这个?!……

母亲,天天想你的女儿回来了,可你知道不孝的女儿我给你带来了什么?你怎么也不会想到,我给你带来的会是痛苦……

昼 录

离很远就看见了家里的那个毡帐,看见了母亲在毡帐前忙着什么,自打和帖哈在一起为也先做事,我已有多少日子没回家了?!那毡帐的帐顶都有些旧了。多少次在梦里看见母亲,多少次在梦中喊着母亲,可现在我却不敢向前走了。我今天不但没给母亲带回她喜欢的礼物,反而给她带回了噩耗,带回了哥哥的遗体。可怜的母亲,她已经见了父亲和阿台的死,她还能再经受住这个新的打击?我也许不该把哥哥带回来,应该把他埋在异地?或者就埋在这附近,不让她知道哥哥的死讯?

就在我在那儿徘徊的时候,我看见母亲赶着一群羊向这边走来。风不时掀起她的头巾,使她的花白头发一飘一飘。我得立刻做出决定,我不能再犹豫了。我掉转了马头,我决定不让母亲看见哥哥的遗体,就把他埋在附近,让他的坟包成为一个秘密,让母亲以为她的大儿子还在也先的军队里!不想就在这当儿,两声我熟悉的狗叫传了过来,跟着,我们家里养的那只名叫银狐的牧羊狗箭一样朝我奔过来,它凭着它那特异的嗅觉知道了我和哥哥的归来。

母亲知道她的狗不会无缘无故地那样奔跑和欢叫,她把手搭在额前向这儿望过来。母亲不可能看清楚我,但她一定是感觉到了什么,开始慌慌地向这边跑。母亲蹒跚奔跑的姿势一下子揪住了我的心,使我不顾一切地打马向她奔过去。

母亲看清是我时惊喜地停住脚步站在那儿,我翻身下马向她的怀里扑去。我的脚下绊着了草蔓,我踉跄着跪倒在了母亲面前。我的孩子,我的小高娃,我的小宝贝,你可回来了!母亲一边连声地叫着一边紧紧地搂住我。你一去这么久,为何不给我捎个信?你在外边好吗?吃苦了没有?叫我看看,有点显瘦了,吃不饱吗?还是睡不好?是月红不正常?……

我的眼泪不自主地流了出来。只有母亲才会这样问我,我把脸紧贴在母亲的胸前,我又闻到了我熟悉的母亲身上特有的那股味道。从小到大,我一闻到这股味道就感到心里有了依靠,就觉得心里安稳,就能睡好觉。

让我仔细看看你,我的孩子。母亲捧起了我的脸端详着。嘴角这儿起了个红点,嘴唇上起了皮,是有点上火了,我的小高娃,你在外边忘了吃点去火的东西?我刚要开口回答,却见母亲的目光忽然从我的耳边滑过去:孩子,那是什么?我于是知道她看见了跟在我坐骑身后的那匹马。

那匹马的背上驮的是什么?

我的身子一悸。

是一个人?母亲震惊地自语了一句,手从我的两颊上滑了下去。

额吉,你听我说——

母亲走了过去,她可能是预感到了什么,不再问我,不再等待我的说明。我也没有再拦她,我知道事已至此,终究要让她看明白。我不敢转身,我怕看见母亲和哥哥相认的场面。

那是一声凄厉的喊。我没听清她喊的什么,只感到那喊声像尖刀一样向我飞来,刺得我的身子猝然一弹,待我艰难地转过身时,只见母亲已抱着她的长子倒在了地上……

母亲醒过来时天已经黑了。我此时已从邻居阿台母亲的嘴里知道,弟弟前不久也已奉命从军,而且从军后就没有回来。我给母亲喂了一点奶茶,让阿台的母亲来照看她。然后自己出了门,手拿一把铁锹,去到了那匹一直驮着哥哥遗体的马身旁,那匹马很听话,一直站在我让它站的地方。我抱下哥哥的遗体,去了父亲和阿台的坟旁边。弟弟不在家,埋葬哥哥的事只有我一个人来做了。

我在附近的一处高地上点燃了一堆火,向我战死的哥哥致哀。

我一边流着眼泪一边挖着墓坑。哥哥,妹妹没有保护好你,也先原本答应过我的,他说过他要给你保护……

天上无月,星星显得大而且密。我坐在三座坟的中间,默望着父亲和阿台坟上已长出的草,那些草叶在夜风中左右摇摆,发出细微的响声。父亲、阿台,你们已经知道了吧,我为你们已报过了仇,雪过了恨。当然,这仇报得有点过头,让大明朝的军队死的人太多了。你们如今可以安心长眠了……再过几个月,哥哥的坟上也会长出草。父亲、阿台,哥哥要去和你们做伴了。天哪,我们家的男人,我爱的男人,为何都是被打死的?为什么全是这样一种死法?为什么?……

母亲整整一夜都没有再合眼,就那样睁了眼直瞪着包顶,天亮时才抓住我的手嘶哑了声音问:孩子,你说,是不是额吉我做了什么大逆不道的事,上天要惩罚我,才让我先失去女婿,再失去丈夫,又失去大儿子?

不是,额吉,你不要乱想,你怎么会做大逆不道的事?

你想没想过是因为什么?母亲握紧了我的手。

我身子一颤:额吉,我没有——

孩子,世上出的事都不是没有缘由的。咱们家的男人接连死去,不会没有缘由……

我默望着母亲,心中一震,是什么缘由让我接连失去了阿台、父亲和哥哥?是因为什么?谁能告诉我?……

我又回到了过去的生活里,背水、做饭、放羊、喂马、拾柴、捡牛粪、喂狗、清理羊圈、骑马或驾着勒勒车去找熟人换盐和其他生活用品。我要照顾母亲和阿台的母亲两个老人,累是有点累,可这种熟悉的生活让我觉得是那样遂心。我心里想,从此以后,我哪里也不去了,就这样陪着两位老人过日子。我托熟悉的邻人又买了一匹马和一些羊,把两家住的毡帐又修了修,我要让我的母亲和阿台的母亲尽量过得舒心。只是到了夜晚,在母亲睡着之后,我会重又想起在京城里的那段生活,想起王振,想起楚七,想起卢石,想起王振的那座宅邸,想起紫禁城里的皇宫,想起也先,想起帖哈,想起土木堡……

当然,想得最多的还是卢石。除了死去的阿台,我在这个世界上愿意把心和身子都给的男人就是卢石了!卢石,你现在在哪里?你那天是不是平安地回到了宣府?你去没去土木堡大战的战场?你路上碰没碰见我们瓦剌兵?发生过战斗了没?你应该逃回北京的,凭你的聪明,你应该不会在路上傻找王振的。但愿你已平安回到北京,回到远离战场的安全之地。

这次蔚州之行,按我原来的打算,是想在办完也先交办的事情之后,把你直接带回草原的,带回到我的家里,我们好从此就在草原上过日子。没想到事情出了意外,没想到帖哈会对你也起了杀心,我只好放你逃走。不知日后我们还有无见面的机会。我真后悔我们在一起时没有告诉你我的真实身份,没有告诉你我的真实住处,我那时的顾虑太多,怕你吃惊,怕你生气,怕你不理解,我总以为我们还有许多说清楚事情的时间和机会,没想到我们突然间就分开了,我真后悔……

我如今又有了看云的时间,白天,把羊赶到草场上后,我常常呆坐在那儿,默默地仰脸去看天上的云彩。那些日子,天总阴着脸,天上的云常是聚成一团一团,像球一样地滚来滚去,有几次,那云团分明就要滚下地,滚到我的身上来。一个后响,我正仰躺在草场上向天看时,那股久违了的类似脂粉的香味突然钻进了鼻孔,啊,你终于又让我闻见了你!我急忙挺起上身向那些云团仔细看去,你藏在哪团云上?你为何要让我闻到你?……

到了夜晚,我也总是在七思八想中进入梦乡的,而一走进梦中,我会更加忙碌,我总是会飞快地重返土木堡大战的战场,会重新看到那血腥的场面,看到那重重叠叠无边无际不计其数的尸体,看到那些被砍掉的头颅和砍下的肢体,看到那被鲜血染红的草叶和土粒,就会闻见那叫人窒息的血腥味。在这些梦中,有几个可怕的情景总是轮番出现:一个是那些无头缺臂少腿开胸破肚的死者,会慢慢地站起身子,一点一点地向我围拢过来,一边围近一边叫,甭让她跑了……另一个是总有大群的老人和孩子手举纸钱朝我扔着,他们边扔边叫:埋住她,埋住她!……再一个就是王振,他总是拿着一串佛珠,一边用手指捻着那些珠子一边看着我冷笑……我常常是带着一身冷汗从梦中醒来,醒来后还吓得捂着胸口喘息许久,那些死者为何不让我跑了?那些老人孩子为何要用纸钱埋住我?……是因为我诱使王振说服大明皇上亲征了?是因为我传递的那些消息,是因为我随后又做的那些事情?……

母亲渐渐发现了我总是惊叫着从梦中醒来,问我是不是做噩梦了,我点点头,但没有告诉她梦的内容,我怕吓着母亲。有天早饭后,母亲叹口气说,咱们家的男人接连凶死,你又这样总做着噩梦,该去把萨满请来,让他给我们驱驱魔,请他代我们向神祇祷告祷告。说罢就走了出去。我没有去拦母亲,兴许母亲说得对,应该请萨满来了。我心里装满了不安和恐惧,我也想向神灵们祷告祷告。

萨满是在太阳当顶的时辰来的。萨满到来之前母亲和我用石头堆了一个小小的祭坛,母亲还在祭坛上放了松籽、柏叶、熏香。萨满在祭坛上摆了一张桌子,在桌上放了画在白布上的神像,悬挂了避邪的五色彩幡。萨满先点燃了那些松籽、柏叶和熏香,之后开始诵唱我过去曾经听过多次的祭辞:

啊哈咳,高桌摆中央,
呵,祖先,神灯明晃晃。
啊哈咳,弟子齐祷告,
呵,祖先,敬请神来降。

啊哈咳,摆起虎皮椅,
呵,祖先,烧上一炷香。
啊哈咳,弟子齐膜拜,
呵,祖先,铃鼓轻轻响……

我知道这是萨满在设坛,坛设好之后才能跳请神舞。但愿萨满能顺利把神请来,让神来看看我们这个家,看看母亲,看看我,看看我们家的男人为何死得这样惨?看看我们的家为何祸事连连。萨满这时起步边跳边唱:

> 起步,起步啊,舞步轻,
> 步步靠近了,我神明。
> 踏步,踏步啊,舞步缓,
> 步步靠近了啊,神祇前……

当萨满向祖神洒祭酒浆癫狂地边舞边唱时,我明白神祇就要来了,急忙和母亲一齐跪了下去。我没敢抬头,只用耳朵听着萨满的歌声:

> 身穿法衣起舞步,
> 伊勃格呼,呼嘿呀,
> 尊崇古礼向神呼,
> 伊勃格呼,呼嘿呀。
>
> 身穿花裙回旋舞,
> 伊勃格呼,呼嘿呀,
> 轻神降临随旧俗,
> 伊勃格呼,呼嘿呀。
>
> 自我祖先,信萨满,
> 皮甲神祇啊,敬请降临。
> 自我祖先,尊奉萨满,
> 宝神祇啊,敬请降临。
>
> 向四方的神祇祷告,

请一级一级降临，
上方的万千神祇，
请降临附身。

太空的鹰，
神圣的白鹰，
把灾难祸害，
清除干净……

请了萨满之后，我夜晚做噩梦的次数真的有些减少了，我的心情也稍稍有些好转。恰好，家里的羊群里有十几只母羊这时到了产羔的时辰，我和母亲开始为这事忙碌，给母羊们喂吃的，照料它们分娩，照看小羊羔。眼见得那些毛茸茸的小羊羔摇摇晃晃地学走路，我和母亲脸上都露出了一点点笑容。

心里的痛苦在慢慢抚平，日子也在渐渐变得平静。

我企望日子就这样平静地过下去，慢慢把自己当初离开草原后所经见的那一切都忘掉，我也暗中盼着弟弟能早日从军中回来，使我们家的生活能重新恢复正常。我根本没料到帖哈还会来找我，没料到他会在一个夜晚又突然带着一群军士来了。

那是一个无月无星的黑夜，我把羊圈关好，照料母亲在毡帐里躺下，然后去看阿台家的羊圈关好了没有，待我检查一遍返回自家的毡帐正要睡下，负责看门看羊的银狐突然叫了起来。是不是来了狼要叼羊？我忙又穿衣起身拿了刀箭准备出门去看，帖哈的声音就在这时在毡帐门外响起：杏儿你没睡吧？

我一怔，隔门叫道：你怎么来了？

我怎么就不能来看看你？我可以进来吗？

我示意母亲起身穿好衣服。帖哈掀门进来时我才注意到,他穿了我们瓦剌族的官服,而且带了不少全副武装的军士。

嘀,当官了?我盯住帖哈问。

还不是也先太师赏的!他笑着,脸上分明露着满意。

找我还有什么事?我可是把你们让我办的事都办完了。我看定他说。

没有事就不能来看看你吗?我们毕竟共生死了一段日子,你不想我,我还想你哩!帖哈笑得很甜。可我还是从他的眼睛里看出了他找我有事。

说吧,有什么事?你这么晚带着人来找我,不会只是为了来看看我。

也先太师要见你。他的神色肃穆起来。他要给你奖励!

给我奖励?谢谢,我不要!我也不会去见他。我又记起了哥哥的死,记起了他说的要照顾我家的话。他是怎么照顾的?!

不去恐怕不好。帖哈话音里分明带了压力。

有什么不好?不要奖励还不行吗?我不是已经跟你出去了那样长的时间?我不是把身子都卖给了别人?我做的还少吗?

杏儿,你已经为咱瓦剌人做了很多,就是因此,太师要赏你,你是一个瓦剌人,你是太师的属民,你应该听他的话!

孩子,去吧。母亲这时开口说。咱们瓦剌人的规矩,头人的旨意是不能违抗的。再说,你不在家时,有人送来过三百两银子,说让我好好过日子,我一直保存在那儿。

我看了母亲一眼,既然母亲这样说了,我只好点头应道:好吧,我去……

走进也先的大帐已是第二天的正午时分了。也先正坐在帐内读着什么,看见帖哈和我进来,起身对我说:高娃,我很抱歉,没有照顾好你的哥哥,使他不幸阵亡,不过打一场战争,死人总是难免的,希望你能谅解。尤其是这样一场大战,灭敌五十万,我方死伤才不过几万,这实在是很小的代价。

可我没有哥哥了。

你可以把咱们许多瓦剌人看作哥哥。

我没再说话。我知道我此时开口,那话肯定不会好听。

高娃已经想明白,高娃对太师的高明指挥非常佩服。帖哈这时替我说道。

今天不说我的指挥,只说你们二位在内里起的作用,这一仗,你们起的作用是非常非常大的,真可以说能顶二十万大军!来人!他朝侧帐喊了一声。他的喊声刚落,立刻有四男四女捧着托盘走了进来。

我今天要对你俩正式进行奖赏!因为你们所办的事不能为更多的人所知,所以今天的奖赏也不举行有许多人参加的仪式。我宣布,奖帖哈白银两千两,待我瓦剌新王朝建立,将仿大明官制,升帖哈为六部大臣之一,官居正二品;奖娜仁高娃白银两千两,日后瓦剌新王朝建立,将仿大明官制,给娜仁高娃升宫中尚仪局女官,官居正五品,可随时出入我瓦剌王朝新宫殿。

那四男四女把写有奖励内容并有也先签名的纸片和盛有银子的几个大托盘,放在了我和帖哈面前的桌子上。

我一怔,也先还真舍得。不过转念一想,也先奖的这些银子,说不定就是从我和帖哈押解的那许多车王振的私银中拿出的。帖哈这时已跪了下去高呼:谢太师隆恩!见他这样,我也只好跪了下去。

二位请起,我还有话要给你们说!也先挥手让那四男四女退了出去,然后压低了声音:土木堡大捷之后,我原准备借俘获的英宗,逼迫大明朝投降,不战而克京城。未料拖至今天,他们仍无投降之意,相反还不断做着抵抗我进攻的准备。鉴于此,我决定仍用武力解决他们,不久就率军乘胜去攻北京,只要拿下了北京,我们瓦剌新朝就可以顺利宣布建立。

太师定能所向披靡。帖哈插嘴。

为了保证能顺利攻下京城,我想让二位再辛苦一趟,重新潜入京城。

什么?我大吃一惊。帖哈也眼露惊意。

自你们二人返回草原后,我们对京城里的情况就了解很少了,大军去攻北京,没有对京城内部情况的了解怎么能行?你们二位对汉人的文字话语习俗均已熟悉,对京城对大明朝也有了解,又认识了那里的一些人物,我想来想去,只有你们去最好,最能发挥作用!

可王振已经——我急忙开口,但话未说完,也先就打断了我。

王振虽死,你们总还可以找到他的其他旧部联系起来,比如说他的儿子王山,据我所知,你们的身份到最后也未暴露。

这个……他们会不会已对我们起疑?帖哈也在担心。

你们可以说你们巧妙绕过了土木堡,遇到散兵时把所带的车马和东西都扔掉了。要说,你们回来不久,前次潜入京城时又冒了很大的风险,吃了不少苦,我不应该再让你们去。可因为要攻京城,我太需要了解现在京城中的各种情况,从他们的城防部署到指挥官员的名字到粮秣储备,等等。

既然太师让去,我们就遵命吧。帖哈表了态。

我恐怕不行,我母亲年老体弱,现在又为我哥哥的去世整日伤心,我弟弟也已从军,我走了,她怎么办?请太师另选一个人吧。

照顾你母亲的事倒不用你操心,我会安排人去照顾好的。来人哪!

一对老年夫妇在一个军士的带领下应声走进了帐里。你们夫妇今后要办的事情,就是替这位姑娘照顾好她的母亲!也先看定那对老年夫妇交代。

那对老年夫妇急忙跪下答道:明白。

待一会儿你回去时就可以把他们带回你家去做个安排。也先这时转向我说。至于你弟弟吗——

他拍了一下手,一个身穿侍卫服装的男子应声从侧帐走出,我定睛细看,不由惊叫道:弟弟?!

姐姐!弟弟笑着走到我的身边。我现在在太师的身边当侍卫。

你还担心你弟弟吗?他在我的身边还能不安全?

姐姐不用担心我。

也先笑得很好看:照说你们刚从虎穴里出来,我应该让你们在家好好歇息的,可另选人进去又很难令我放心。尤其是你高娃,让别的女子代替你去真的很难胜任,因为懂汉话汉俗的女子很少,训练一个出来并不那么容易。何况你已有了经验,在京城也有了可利用的熟人关系,别人真的很难替代。

我刚想再寻找理由推辞,不料帖哈已开口道:太师放心,就还是我和高娃去吧。

那好,那你们就回去快做准备,争取尽早出发!也先说罢,已起身要送客了。

我之所以没有再开口推辞而默允了帖哈的表态,除了也先刚才的那些安排让我有些放心之外,还因为我心底里一直存有一个隐秘的愿望,那就是重回北京再找到卢石。如今,我心底牵挂的只有母亲、弟弟和卢石三个人了,母亲和弟弟眼下都好,只有卢石还下落不明,这太让人心焦,也只有再回到北京城,才有可能找到卢石。

卢石,我前一次去京城是为父亲和阿台报仇,这次去京城,就全是为你了!……

帖哈决定第三天走。我点头答应。

也先准了弟弟的假,让他和我一起带着那对老年夫妇回了家。我用也先奖励的那些银子,给母亲和阿台的老母买了各样过日子必需的东西,从布匹到盐巴,从毡子到棉花,从帆布到铁火搓架,从羊绳到木柴和牛粪。

我让阿台的老母住到我家的毡帐里,和母亲做伴。让那对老年夫妇住到阿台家的毡帐里,我告诉了他们每天该做些什么,怎样照应两位老人。做完这些安排之后,我给母亲说,我再出去一次,回来后就再也不离开你了。

因为我和弟弟同时回家而欣喜无比的母亲听罢一怔,问:你又要去哪儿?

一个不很远的地方。我答。是也先太师让去的。

一点也不知道我要去干啥的母亲叹口气说,那就去吧,既然人家太师看得起你,就去帮帮人家的忙吧,我在家会照顾自己的。我把也先奖励的那些银子交给母亲,母亲说,我先给你藏起来,待你回来成家时,就用它们来买嫁妆吧。

我和弟弟与母亲告别是在一个午后,我换上了我回来时穿的那身汉人衣服,弟弟换上他的军服,母亲亲自替我俩抻着衣襟,叮嘱我们出门要小心。我们姐弟俩和母亲相拥而别,临走时我告诉母亲:要不了多久就会回来的。

按和帖哈的约定,我是黄昏时分来到他家的。他家的帐篷离也先的大帐有十几里地远。我这是第一次来到他家,到底是当官的,仅从帐篷上看,他家的日子就过得不错,篷布和支架都是簇新的,帐内摆着不少好东西,仅羊就有三圈上千只,马有六匹。他有一个儿子一个女儿,儿子穿着军衣,看来也是从了军的。我去时他的儿子正在整理马鞍,帖哈指着他的儿子向我介绍:他是达布,我们家未来的主人,你可以叫他哥哥,他已接到集合的命令,看来大军马上就要有攻城演练行动了。我向达布点头致意,达布笑着说:你们今天走,我们明天也集中。帖哈的女儿比我小几岁,她看见我来,急忙端上奶茶让我喝,我喝奶茶的当儿,她笑着把额头伸到我的面前说:姐姐,你看我的这个额饰好不好看?我喜欢这姑娘的开朗脾性,就看了一眼她的金质额饰同她开玩笑说:真漂亮!小心被小伙子们看见连额饰和你一齐抢走。抢走了才好哪!她脆声笑道,紧跟着又说:听我父亲说你要和他去大明朝的京城,你能不能给我父亲讲讲让我和你们一起外出去看看景致?我还没有来得及开口,她的母亲——一个大脸盘的女人,就带了亲昵的笑容过来把她拉开了:小孩子家,能去哪里看景致?你们都走了,这么多羊让谁来放?咱草原上的景致还不好看?帖哈看来很爱他的女儿,临上马时拍拍她的脸颊说:孩子,总有一天,我们一家都会迁住到大明朝的京城里去,到那时,会带你把京城看个够!

人家大明朝让我们迁去吗?他的女儿忽闪着眼睛问。

不是他们让不让的事情,而是我们必须去,告诉你我的孩子,要不了多久,我,就是那座京城里的大官了!

真的?

269

我也有些吃惊地看住帖哈:说得这样肯定?

那还有假？帖哈胸有成竹地边上马边大笑起来……

当我和帖哈在暮色里向南纵马飞奔时,我问他:你为何说要不了多久,你就是京城里的大官了?那样肯定?

因为大明朝的军队在土木堡大败以后,已经无力再抵抗我瓦剌大军的进攻了,接下来的北京之战,必以大明朝的失败而告终,我瓦剌大军只要开始攻城,这城就必会落入我手。也先太师已经说过,破城之后,他立马登基称帝,重开新朝,重起新帝号,而且答应对我和你这些立过功的,论功封官。上次他奖励我俩时不是已经说过,封我为正二品官,封你为正五品官?昨日他召见我时又特别说明,若此次我俩能再在京城为攻城立功,他还要再为我们加封!

再加封你不就是一品官了?

但愿吧。他边说边猛抽坐骑一鞭。

我没再说话,在那一霎我心里豁然明白:当初,我冒着风险去北京城是为了给父亲和阿台报仇,而帖哈冒着风险则是为了日后封官。

我俩的目的并不相同……

天亮时分,我们远远看到几座瓦剌人的毡帐,帖哈说:走,咱们去那几家毡帐里要点吃的喝的,让马歇歇吃点草料,咱俩也该眯眼小睡上一阵再走。跑了一夜,我早已乏了,急忙点头表示同意,拨马向那几顶毡帐走去。

离那些毡帐还有几百米时,不防突然从草丛里站起几个用布带子捂嘴的瓦剌军士拦住了我们的去路,说:请即止步!

帖哈以为他们是要盘查我俩的身份,忙从怀里掏出也先交给他的畅行信物。不想那几个军士摇头说道:我们倒不是怀疑你们的身份,是因为前边几顶毡帐里的人患了能相互传染的瘟疫病,全已死光,再往前走就难保不被染上。

哦?帖哈和我闻言大吃一惊。帖哈急问:他们得的什么疫病?

说不清楚,如今知道的只是他们中有一个人曾去土木堡战场上捡拾过东西,大概是从那些死尸上染上了什么怪病。

噢,这里病死有多少人?我惊问。我过去听母亲说过,战场上的死尸不埋到地下有时是会让其他人得瘟病的,土木堡战场我可是亲眼看过,那么多的死人都没有埋下去,天哪,那时怎么没想到这一层?!

这儿住的五家人全死了,大人和孩子加一起一共是二十七口人。那些军士中的一个说道。最可怕的还不是这个,而是这里有人生了疫病之后,还有咱瓦剌人的一个商队在这儿停住了一晚,如今,商队里的人都已四散在了草原深处,就怕那些人把疫病带往更广的草原上传播。

是啊,那可怎么办?我突然想起了母亲和阿台的老母还有那对老年夫妇,万一这疫病传到了那儿可怎么得了?

也先太师为这事也很焦急,一方面传令让我们封住这块地方;另一方面正派人四下里查找那些散去的商队里的人,找到一个抓起一个。

要是在找到之前他们就发病了,而且已把病传给了别人怎么办?帖哈的话里也充满了担心。

但愿不会吧。据说太师已下过令,只要找到一个人,就把他所在牧点的所有住户全封在毡帐里不许外出。

那这里的死尸你们是怎么处理的?帖哈再问。

那答话的军士怔了一下:还能怎么处理?大伙谁也不敢近前,只能任其烂掉风干,日后再把那些毡帐全部烧毁吧。眼

271

下我们根据风向,不断变换看守的位置,总在上风头看着就行了。

帖哈和我都一阵默然,是的,眼下让这些军士去接近那些死尸的确有危险。

你们赶紧离开这儿吧。那答话的军士催道。而且我劝你们也用一块黑布把嘴捂住,这样也许更保险一点。

帖哈没再说话,而是撩起衣襟,"哧"一声撕下一块布来,勒到了嘴上。我见状,也忙从衣兜里找出一块平日用作擦汗的布巾,将嘴罩上了。

我们远远地绕开那些毡帐,继续向长城的方向走去……

夜 录

两天后的半夜时分,我和帖哈就又站在了北京城西的山坡上了。望着远处蹲在朦胧月色下的京城那暗黑的身影,我的心里不由一紧:如今的京城里会是什么样子?王振的府中都发生了什么变化?这次进去还能不能顺利出来?卢石,你现在在哪里?我这次来可就是为了找你,但愿你能让我顺利找到。

为了防止别人从我们的坐骑身上发现什么,我们把两匹马都放走了。我和帖哈在天亮前做了必要的改装,天亮后进到一家菜园里买了两背篓青菜,而后装成一对进城卖菜的父女,混进了上午进城的人流之中。

我们是从阜成门进的城。我和帖哈当初在城里时都来过这儿,对这里的地形还算熟悉。离阜成门还有很远,我们就看到了用于作战的壕沟和全副武装的军士,路上不时奔跑过成队的骑兵,到处都是战争的气氛。看来,明军已做了迎战的准备。

城门外的墙上用墨笔写了箩筐大的一行字:谨防瓦剌奸细!我和帖哈对视了一眼。我心里一沉:总不会是他们发现了什么?!或者是已逮到过别的奸细?从城上的堞口处可以看见,持刀枪的兵士们在那里走来走去,一副高度警惕的样子。

城门口的检查异常严格,凡在城内居住的人才允许进去,每个进去的人都要出示一张出城时开的出城证。我见状不免有些紧张:糟糕,我们哪有出城证?我看了一眼帖哈,帖哈也在发愣,他见我在看他,示意我先把装青菜的背篓放下歇息,然后他去和两个刚从城里挑垃圾出来的男人搭话,一阵工夫后,帖哈过来,悄悄递给了我一张出城证。我惊奇地压低了声音问:那人给的?

用银子买的,他们反正是挑垃圾的,不会不让他们进的。帖哈笑笑。我暗暗佩服帖哈的精明,忙背上背篓和他一起向城门走。

守卫城门的军士仔细地看着我们的出城证,之后开始盘问我们住在城内的哪条街哪个胡同哪栋房子。所幸我和帖哈都记得当初进王振家之前卖咸菜时住的那套房子,能够对答如流。那些军士其实也并不能记清所有的街道和胡同,只看你答得是不是顺溜。

我们算是顺利进了城。

城内倒仍是一派和平气氛,商铺都照旧开着,小贩们的货摊仍摆得一街两行,叫卖声不绝于耳,街市上依旧人群熙攘,和我们当初走时没有两样。

我们先去王振的家里看看。帖哈低声对我说。我点头表示同意,应该先到那儿,在那儿也许会找到我们需要的人,比如王山,最好是卢石,只要见了卢石,一切事情就都好办了。

我们是午后时分走近那座熟悉的宅邸的。当然不能贸然进去,我俩先围着那座宅邸走了一圈。发现正门和侧门的门卫都已经换了,面孔十分陌生。我们也不敢直接上前打听。只有蹲在王宅大门对面的街上佯作卖菜,仔细地观察着进出的人。我心想,只要王山和卢石还住在这儿,他们就有进出的时候,我就能看见他们。我在心里已编好了逃难的经过,并和帖哈说过一遍,好在见了王山后用上。

可一直等到黄昏,那大门里也没走出一个熟人。帖哈和我焦急地互相看了一眼,今天就这样过去了?我见紧挨我们菜摊的是一个卖干果和零碎杂货的小摊,在确信那摊主老汉没见过自己之后,我同他聊了起来,企望从他嘴里打听点东西——

大伯,这对面大宅里的房子盖得可真是气派,是大户人家的吧?!

算你猜得对,那是过去宫里头的大红人王振王公公的私宅。

哦,那王公公现在——

听说出事了。

出啥事了?

不知道,只知道他的家被抄了。

家被抄了?我大吃一惊,我看见帖哈也满眼惊色,这倒是出乎我们的意外。王振在土木堡也算战死的吧,怎么家被抄了?

抄了,说是抄出了许多东西,光金银就装有好多个箱子哩,玉盘就有上百个,六七尺高的珊瑚树有二十多株。

我想起了王振当初给我钥匙的那个秘密仓库,那把钥匙还在我的裤带上绑着。这么说,抄家是真的了?可作为皇帝的内大臣,出征死后怎又会遭了抄家之灾?

他家的人如今——?

听说是满门抄斩了。

满门抄斩?我猛地打了个寒战。我猛然想起了王山的那个儿子宝儿,那么小的生命,就也斩了?这么说,土木堡大战之后,京城里也发生了一场巨变?!

平日在他家帮忙的那些人也杀了吗?

帮忙?你是说那些丫鬟、仆人?不知道杀了没有。你这姑娘问得倒是挺细哩。

这孩子,多管闲事。帖哈这时朝我瞪了一眼。走吧,天要黑了。帖哈示意我起身赶紧走,可我边走边忍不住回望着那个熟悉的门口,卢石,你现在何处?你不是王家人,总不会出什么事吧?天哪,满门抄斩,竟有这样的事?!

从现在起,我们再不要来这附近,我们既要隐瞒自己瓦剌人的身份,也要隐瞒和王振一家的关系。这两条有一条暴露,我们都会没命。我们当初在王振家时,和不少人打过交道,要特别小心这些人认出我们。帖哈满怀不安地给我说。看来,我们得另寻打探消息的路子。

当晚,我们把没有卖出的青菜扔到了垃圾堆上,找了一家旅馆住下。当初去王振家之前卖咸菜时住的那两间房子,也不敢再去了。因为连日的奔波劳累,这天晚上我入睡很快,但刚一睡着,卢石就来到了我的梦里。梦中的卢石仍像过去每次见我一样,紧紧地把我抱到怀里,狠命地揉着我,直到我几乎喘不上来气。这个梦让我越加坚信卢石还活着,梦醒之后还激动不已的我毅然决定,天亮之后把带来的预备出意外时用的那套中年女装穿上,以卢石姐姐的身份,直接到王振家的大门前冒险一问,那些守门的军士们总不至于对一个同伙的姐姐动手吧?

我说干就干,天刚一亮就打扮停当,当我以一个中年乡下女人的样子站到帖哈面前时,他大吃一惊,忙问:你这是干什么?

我说了我的打算后他连着摇头:太冒险。

当初你让我去讨王振的欢心也很冒险,不冒险就能打探到太师要的消息了?倘是不找到卢石,我们就只能打探点外围消息,如果找到了他,就等于又深入到了明军内部。我已想好了应对的话。这样,你只需远远跟在我的身后,不要出面,不出事作罢,一出事你赶紧溜走就行。

帖哈见我态度坚决,低头想了一阵,大概确实没有想出更好的主意,只好点头同意。只是他要我把去王振家大门前的时辰改在上午,说上午王家大门前那条街上人多轿多马车多,万一出事,逃跑时也好有个掩护。

我点头答应。

我是在半上午街上人最多的时候,开始向王家大门前走的。我心里当然很紧张,也是因此,我想了许多应付意外的办法。可就是没料到当我快走到王家大门前时,身旁会突然响起一声轻喊:夫人。我当时惊得一下子停住脚步,周身顿时变得冰凉,心想完了,已经被人认出了,就要把我也拉出去斩了。我有些绝望地扭过头来,这才看清,在离我几步远的地方,站着当初在王振家专给王振讲兵书兵事的那个骞老先生。

夫人,你是不是刚回来?他压低了声音:不能再往前走了,你们家里出大事了。

看他的样子不像是心存害人之意,我忙走到他的身边,拉他到了街边一个无人处,假装什么都不知道的样子说:当初王公公随皇上亲征走时,让我带了几十辆车去他老家蔚州等他。我今天是刚刚由蔚州回来,王公公一直没有回蔚州,我估计是出了事,但不知究竟出了什么事。我们回来的路上不断碰到瓦剌的散兵,只好扔了马车扔了用物弄成了这身打扮。

我后来听人说你去了蔚州,幸亏你走了,要不然,那可就麻烦了。

究竟出了啥事?

王公公在随皇上亲征时出了大事,至今没有回来。据传是他指挥不当,导致全军覆没,连皇上也被瓦剌人抓走了。如今已对他家行满门抄斩之律,他家已被杀得不剩一个人了,你可千万别让他们认出来。

哦?!我假装第一次听说这事,把眼瞪圆了。

抄斩的那天,把我们这些在府中帮忙的人和仆人丫鬟连同保卫府上的军士们,全都叫到了一处,告诉我们谁都不能乱动,否则就要视同王家人进行处置。

后来怎么样?

把王家的人全逮走把王家贵重的东西全抄走之后,宣布把我们这些人都放了,各回各家。

那些军士们也都各回各家了?我最关心这个。

军士们倒没有各回各家,但他们不再负责王宅的保卫了,听说是回了他们原来所在的腾骧卫。

卢石也回去了?我悬着的心有点放下来了。

哪个卢石?他显然没留意到卢石。

就是当初送我去蔚州的那伙军士的头儿,个头最大,方脸,一看就知道有力气——

噢,我知道了,出事那天他和我们关在一处。他说他是出事的前两天才带了十几个人从宣府回来,说路上还和瓦剌人打了一小仗,说没想到进家就又被自己人关了起来。他们那伙军士都没被追究什么责任,全让回了腾骧卫。

我的心一松,卢石,到底有了你的消息。谢谢你,骞老先生,幸亏在这儿遇上了你,要不,说不定会出什么事哩。我急忙向他致谢。

我今儿到这里是想找那些看门的军士,求他们允许我拿走我的那些兵书,刚好碰上了你,也算是巧。我刚才乍一见你这份穿戴,差一点不敢认了。

我们一直不见王公公回蔚州,又听说打了仗,估计出了事,心慌得厉害,怕路上再出事,就穿了这一身衣服。多亏你认出了我。我边说边从身上掏出了帖哈给我的几两银子递给他,想表示谢意。不想他连连摇头道:这就是对我的低看了。尽管王公公当初对我有许多不礼貌之处,尽管我对他的所作所为有许多看法,但他对我的看重是真的,就凭这一点,我就不能在他家人遭难之际,再做不仁不义之事,而理当有所帮助。这儿不是久留之地,依我看,夫人应尽快找一个隐秘地方避避风头。以后如有事找我相帮,可径到府后小街小把儿胡同口我家去。

我再次致谢,之后就回身走了。一直躲在附近暗处的帖哈,这时追上我急问遇见了何人,我说罢之后他也有些高兴。说:既然卢石在,那你就直接去腾骧卫找他,我仍在后边跟着;好在我俩在他面前都没有暴露真实身份,当初跟我们去的那些仆人丫鬟也都没有回来,你只说是历尽曲折方回到京城,大约他就不会起疑。

你当初不是决意要杀他?我狠狠瞪他一眼。

他讪讪一笑:当初并没想到还要再进城来呀,此一时彼一时嘛。

我没再理会帖哈,只在心里暗暗高兴,卢石,到底又可以见到你了!你不知道我是多么欢喜,我这次就是为找你才来的呀!

打听到腾骧卫卢石的住处,天已经黑了。我让帖哈待在街角一家小酒馆里,自己又换上一身姑娘的衣服,一人向军营门口走去。当值的军士见我走近,横了刀说:站住,这个时辰来营中做甚?我就装了胆怯求他:大哥,麻烦告知一下卢石,就说他在老家的妹妹来京城找他有急事。

你是卢石的妹妹?那当值的踱过来认真看我一阵:不像,你们根本不像兄妹,老实告诉我,你是不是他的相好?

我暗中一惊:这小子的眼睛还真毒!嘴上却没饶他:你这位大哥好没道理,怎么能把亲妹妹和相好的混到一起?

那人见我恼了,这才笑道:好了,好了,跟你说句玩笑话。随即转身对另一个军士说:去喊五小旗的头头卢石,就说他妹妹来找。

我紧张地站在那里,看着被几盏灯笼照着的兵营院子,灯笼的光线照不了太远,营院里只显出树木、房子和操场的暗黑轮廓。卢石,你不会想到是我来找你吧?你来时最好不要过于意外,你应该想到我会来找你,你平安回到京城后想没想过去找我?一次也没想过吗?……

我记得卢石小旗长家在开封,你一个小女子,从开封来一趟京城可不容易。那当值的军士此时又开口道。

实在是家里有急事不得不来,要不我哪愿担惊受怕地跑这样远?我正说着,耳朵就听见卢石的脚步声了。卢石走路时的那种响声早已存在我的记忆里,无论它在什么时候什么地方响起,我都能很快地辨析出来。随后,他的身影跟在那个军士之后拐过屋角,出现在我的眼里,因为院中灯笼的光线太弱了,我看不清他的脸孔,但我能从他的步态中看出他对远在开封的妹妹这个时候来找他充满惊异。

他走到了门口,大约因为我的衣装变化太大加上大门口的光线很暗,他没能立即认出我来。

哥哥!我先开口喊。

你?!他不仅瞪大了眼睛,连嘴巴也张得很大,这证明他认出我了。他惊在那儿没动,他可能根本没想到找他的会是我。

哥哥,娘出事了。我急忙走到他身边拉住了他的手,我不能让那两个当值的军士看出什么来。娘这会儿在一家小客栈里,走,你快去看看!

娘出什么事了?他的眼珠活泛起来,开始配合我。他扭头对那两位当值的军士说:谢谢二位仁兄通报我,我随小妹去客栈里看看老娘。若有人问起我去哪里了,请代为说明。说罢,拉上我就向街上走了。直到走过几条大街,他才闪进一处街角暗影里,紧张地问我:你是怎么回来的?

你们那天走后,我和爹带着那些仆人丫鬟继续坐着马车往宣府走,不想半路上碰见了一股瓦剌兵。我和爹为逃活命,就跳下马车钻进了路边的庄稼地里,马车和那些丫鬟仆人都被掳走。我和爹东躲西藏,夜行晓宿,后来听说咱明军在土木堡打了败仗,路上到处都有瓦剌的兵,我们更不敢轻易走动,就找了一个小山村躲了起来。这几天见风声小了,才又担惊受怕地上路,小小心心直到今儿个才摸回京城里。未料去到咱王府门口一问,方知道这城里边也出了大事。万般无奈之中,我只有打听你的下落,来找你了。你可能从来没想到去找找我吧?

我怎么能不想？天天都在想，可有什么法子？我们在奔宣府的路上，就同瓦剌的一小股骑兵打了一场遭遇战，我胳膊上还受了轻伤。眼看他们的人越来越多，我们不敢恋战，只好边打边退。原指望跑到宣府能进城避避，不料这时因为土木堡的战事，咱们宣府守城的兵怕出意外，坚决不开城门，我们只好又接着向京城跑。路上开始碰到从土木堡战场逃出来的兵，知道我们明军在那里已打了大败仗，我们更加慌张，马不停蹄地往京城里跑。跑到京城里的第二天，就传来英宗皇帝被瓦剌捉走的消息，京城里惊慌一片。第三天，代理朝政的郕王就传下令来，要对王振家行灭门之律，满门抄斩。令到那刻，不知为何的我惊骇无比，半晌说不出话来。原以为我们这些护卫他家的人也会受连累，还算好，让我们立即返回原来的腾骧卫。像这样一连串天翻地覆的变化我是第一次经见，我的心一直乱如麻团。再说，你们究竟去了哪里，我是一点消息也没有，你说我怎么去找你？去哪里找你？！

好吧，过去的事咱先不说。见他一脸真诚的样子，我心里挺好受。眼下我和我爹是哪里也不能去了，想请你把我们两个安顿个地方住下来。

你们千万不能在街上乱走，万一让人认出你们是王振家的人，那可就完了，必会被抓去斩首。让我想想送你们去什么地方住好——他摸着脑袋想了一阵，说：我在腾骧卫有一个朋友，家住在宣武门内一条小巷子里。他前年得急病去世，家里只留下一个老父亲。我这些年常在银钱上接济那个老人，他家还有两间空房子，虽然房子不好，但都还能住，你们先委屈一下去那里住行吧？

当然行了。我很高兴，有这样一个存身的地方，我就可以和卢石常见面了。

你爹现在在哪?

我指了指街角的那个小酒馆:坐在那儿等哩。

这样,你去把你爹叫过来,就站在这儿等,我回营里请一夜假,然后我带你们去。卢石说罢,抬手拍拍我的脸,转身匆匆走了。

街上的行人少了许多,我向小酒馆走时,感觉到欢喜已涌满了胸间。我总算顺利找到了卢石,我又有了和他在一起的机会,我的目的达到了。卢石,这一回咱俩再也不能分离了。待把也先太师交办的事办完,我要把你带回草原。我俩和母亲、弟弟在一起平平安安地过日子,我们一起放羊,一起遛马,一起挤羊奶,一起做马奶子酒,一起吃手抓羊肉。你要是在草原上过不惯,我就带上母亲去你们开封,在你们开封过日子。弟弟愿随我们到开封可以,不愿了让他仍住在草原上。我对你们汉人的生活可是已经熟悉和适应了……

帖哈听我说了与卢石见面的经过后,沉吟了一霎说:我倒不担心他会看出我们的瓦剌人身份,我们在他面前一直没有露出什么;我担心的是他把我们当成王振的家人,为了立功,把我俩先稳在那儿,而后让人来把我们抓走。

你以为卢石也像你一样,对人没有真心,动不动就起杀意?我瞪着他。

这样的年头,我们对人不能不防,毕竟王振家被抄,变化太大。

你不愿去就算,我可是要去的。我一气之下转身就出了小酒馆的门。

帖哈随后也跟了出来,说:好吧,就按你的主意办,去他安排的地方住。不过今晚你一定要和他睡在一处!

什么意思?我直盯住他,霎时想起他过去一再阻拦我和卢石相会的事,这会儿你倒大方了。

要用这个办法抓住他,让他像王振那样为我们提供保护。

呸!我朝地上吐了一口,我恨他拿王振来和卢石比。

我说得有点太露骨了?

我没再理会他,只是静等着卢石的到来。卢石来后,朝帖哈点了下头,说了一句"辛苦了",就匆匆领着我们走了。因为卢石穿着军衣且拿着腰牌,我们一路上未遇盘查。到了宣武门内他那个朋友家,也还顺利。那老人开了门见是卢石,亲热得不得了,忙不迭地为我们收拾房子张罗铺盖。那老人显然把我看成了卢石的媳妇,自己决定让帖哈住靠门口的一间空房,让我和卢石住对面的一间。卢石听后有些脸红,帖哈抓紧这时机压低了声音对卢石说:你和杏儿的事,我过去管得多了,当时主要是怕王振,怕别人发现传开了给你们带来危险。如今好了,我再也不会管了……

当帖哈和那老人都去睡下之后,暗黑的小院里只剩下了我们两人。卢石悄无声息地伸手将我抱起向屋里走,边走边在我的耳边说:我现在已得了你爹的正式应许,我再也不会害怕让人看见了。话音未落地,他的胳膊碰响了门,吓得他浑身一个哆嗦,急忙把我放下了地。我在暗中呵呵笑了一声:刚说不害怕哩,转眼就——

他也不好意思地笑了,轻声说:这实在是习惯在起作用,过去每回在你身上忙时,都像兔子一样支棱着耳朵,只怕有一点点动静,只怕被王公公发现……

这是我们第一次在一个没有任何危险的屋子里相聚,可能是因为解除了精神压力,也可能是因为他憋得太久,他像一只刚从笼子里放出的狼一样凶,咬住我的奶头就不丢了,疼得我直吸冷气。他还执意要把蜡烛点亮,他在烛光里瞪住我的身子说:杏儿,今晚我要过足了瘾,要把我认识你之后心里想干的所有事都干一遍,你别拦我,让我随了意去做行吗?我顺从地笑笑,就闭了眼随他去做这做那,让他把我翻上翻下,折起伸开,掉过来掉过去。天哪,我简直就像进了天堂,浑身都没了骨头,只是快活无比像一只鸟样地在天堂里飞,最后直飞得翅膀都张不开了,连翻身的力气也没有了……

睡醒一觉后天已快亮了。他附了我的耳朵问:王振从来没有让你这样美过吧?我掐了一下他的肩膀。说到王振,我假装一切都不知道地问:他究竟死了没有?

死是肯定死了,不过对他的死有几种说法。一种是说他在混战中被瓦剌人杀死;一种是说他在慌乱中落马,被敌我双方的战马生生踏死;还有一种是说他见自己指挥的五十万大军顷刻间瓦解,惊吓得坐在马背上哭了起来。这时候人们都已经不再怕他,其中有一个御前侍卫将军叫樊忠的,看他这副熊样,便破口大骂起来:你这个丧心的逆贼,你也有哭的时候吗?当初那么多人劝你不要鼓动皇帝亲征,你竟一意孤行,现在怎么哭起来了?说罢,抡起巴掌就打了过去。这巴掌太重,一家伙把王振打到了马下。这时候的王振已经满嘴是血满脸是伤了,可他还想撑住架子,从地上爬起来叫:大胆樊忠,你不去杀敌,敢侮打内府大臣,我战后必定惩治你——他话音未落,樊忠已拔下腰里的一柄铁锤,朝着王振的脑袋就狠狠砸了过去,王振当即便脑浆崩裂死掉了。

我顿时想起了在战场上看见的王振的尸体,有点像,那尸体的头部是有点像被铁锤砸的模样,看来这后一种说法像是真的。

你给我说说王振全家被抄斩的真正缘由。我渴望知道这个。

我在军中的官太小,对朝中的事知道得确实不多。据我事后打听,他家被抄斩主要是三个缘由:头一个是他这次不顾众大臣的反对,坚决怂恿英宗皇帝匆忙亲征,结果把大明朝的五十万主力兵马全毁了,使皇帝也被俘了,这实在是让满朝文武大臣都气急的事;第二个,是他平日在朝中太霸道,动不动就处置别的官员,免官、入监、杀头的,惹怒了许多人,这些人平日敢怒不敢言,现在遇到了时机,就不会放过他的家人了;这第三个缘由,就是他平日太贪,受贿的银两和珍宝太多了,这也招人记恨。其实他是根本用不了那些银子的。抄家那天,光抄家的军士们从他卧房旁边的一个秘密仓库里,就抬出了二十一箱的金银,你说他怎能用得完?他每月都有月俸,皇上还不断给他赏银,他到哪里吃喝包括穿用也都不需要掏钱,你说他要这些钱有何用处?你当初和他睡在一起时,大概不会知道有很多金银其实就放在你的身边不远处吧?

我默然无言。我想起了那个秘密仓库,想起了王振当初交给我钥匙的情景,想起了马夫人偷偷拿走库内银子的事。当初,我们三个人都不知道会是这样一个结局。世事真是难料啊。

对了,还有一件事要告诉你,那王山在京城里也还另有两处房子,从那两处房子里也抄出了几十箱的金银。

我叹口气道:王振他怎么也不会想到自己竟是这样一个结局。

怎么,替他叫屈了?

我是说,他在自己最兴盛时,该做点万一出意外的准备。

人都是只想兴盛的事,兴盛了还想更兴盛,能居安思危的人有几个?你知不知道,那天抄家时,从后院里还找出一个姓温的大夫来。那温大夫说,王振要让他想出一个男人命根复原的法子,说王振嘴里露出过,一旦他真的能恢复了男人身,他也有可能去当皇帝。

我想起了那个姓温的男人的模样,也想起了王振当初给我说的那些话,同时还想起了也先太师要登基做皇帝的事。为什么男人们都想当皇帝?世上的许多事,是不是因为男人们想当皇帝才发生了?

怎么不说话了?是心里还在想着王振?一日夫妻百日恩嘛,这一点我能理解。卢石的声音里带了点酸意。

我瞪他一眼:我要和王振生了真情,当初还会看上你一个小旗长吗?

他不好意思地笑笑:有一件事我特别想知道,就是他和你亲热时他能做什么?

滚开!我真的恼了,朝他吼了一句。我永远不想再忆起那些事情,那会让我感到屈辱和恶心。

罢了,罢了,我们不说这些。卢石见我真生了气,急忙转移话题。要我说呀,王振一家落此下场,全怨他自己,不懂兵,偏要强掌兵权;原不该让皇帝亲征的,他偏来鼓动。现在满京城里都是对他的恨声。不是他,哪会有土木堡的大败仗?哪会有现在的大危机?朝廷的事都让他搞乱了,你说王振他还不该死?要我说,应该把他身边当时所有主张让皇帝亲征的人都杀掉!

这话让我的身子禁不住一颤。

你怎么了?

抱抱我。我急忙掩饰。

他把我搂紧在怀里,又接着说:我估计,他鼓动皇上亲征,肯定还有人鼓动他,他一向是信他身边人的。

你是说楚七——

可能不止他一个。平日围在王振身边的人可不少,手握大权的人,哪一个人身边不是围了一圈又一圈的人?楚七只属于第二圈的人。

第二圈?

王振的干儿子王山和锦衣卫里那伙头头,是第一圈里的人;楚七和你属于第二圈。

是吗?我笑了。我这会儿才发现,卢石不仅身高力大武艺好,而且善动脑子会琢磨事情,以后跟他说话可要更加小心。

我听那些由土木堡战场逃回来的人说,战场上惨极了,死尸重重叠叠,血把地都浸湿了。这是瓦剌人欠我大明朝的一笔大血债,他们不要太得意,他们早晚得还上!

我的心倏然一沉,没想到卢石对瓦剌人也怀着如此深切的仇恨。我还是第一次看见他咬牙切齿的样子。

我和帖哈总算有了一个落脚之地。最重要的是,我找到了卢石,找到了我最喜欢的男人,而且和他在一起。我这次来北京城的目的已经实现,别的事情只要帖哈不找我,我是不会主动去管的。

我现在就还剩一个心愿要去实现,那就是和卢石行一个婚礼,把我俩的婚事正式确定下来。过去那样偷偷摸摸是没有办法,现在补一个婚礼,我在心里就会把自己看成卢石堂堂正正的妻子。

在给卢石说这件事之前,我先给帖哈说了我的想法。未料帖哈听了冷淡地说:这种时刻怎会想起这种事来?你是怕邻居们和周围的人还没注意到我们?我们来京城是干啥的?再说,你们都已经睡到一起了,还举行什么婚礼?你要实在想举行的话,就放在我们瓦剌军攻破京城之后。那时我奏请太师同意,给你办一个气气派派的婚礼。

你不是说破城之后,也先要登基做皇帝吗,你也要被封大官上任了,你们那时还有心思想到我的婚礼?再说,那时我和卢石也早离开京城了,我已经下定决心,一待城破之后,我就要带着卢石走!

我不管你怎么打算,反正这会儿是不能办什么婚礼的。

我没管帖哈的反对,在第二天的晚上给卢石说了这件事。卢石听罢沉吟一霎,笑笑说:这也是我想办的,我也想让你名正言顺做我的妻子。只是我已对陈老伯和营中知心的弟兄们说过你是我的媳妇,这个时候再公开办一个婚礼,反倒会引起他们的猜疑;何况现在京城里的人都在准备打仗,这个时候做这种事确实不太合时宜。不过这并不是说咱就不能补办婚礼了,咱可以悄悄地补办,就咱俩知道,咱在明晚月亮升起的时候,悄悄拜一回天地不就行了?办婚礼最重要的不就是拜天地?

好吧。我点头同意。到时候怎么拜?

这个你不要操心,到时候你只需把你最好看的衣服穿上就行。

第二天晚上,待陈老伯和帖哈睡下之后,我穿上了我最好看的衣服;卢石则把一张小桌子摆在了当院,在桌上放了香炉和几样吃食供品。月光很好,夜风轻得近乎没有,卢石拉住我的手走到小桌前,先仰脸向天作了个揖,叩了头;又向地作了个揖,叩了头。然后跪在那儿轻声说:天地神灵,我和杏儿虽早成了夫妻,但因了种种缘由,今儿个才向你们施礼,祈求宽恕。从今往后,我俩会相亲相爱过日子,不管日子怎样艰难,我俩都不会背弃、欺骗对方……

听到"欺骗"这两个字,我的心不由一缩,身子发起抖来。我至今还对卢石瞒着自己的真实身份,这不是欺骗?可现在要对他说明,能行?

卢石没容我再想下去,转而把我抱起向屋里走,边走边问:我说得对吗?你的身子怎么在抖?是因为这夜风?——

冷……我抱紧他的脖子,把脸向他的怀里贴去。与此同时我在心里喊:天地神灵们做证,我不是存心要骗卢石的。我实在是害怕他承受不了那真相,你们看着吧,我这一生都不会背弃我的丈夫……

一连几天,都是在卢石去了腾骧卫营中之后,帖哈就挂个拐杖装成一个颤巍巍的老人出去了,我估计他是出去打探消息并恢复当初那个传递消息的渠道。我相信他手下曾有一个由京城向外传递消息的秘密渠道。他给我交代的事情是:尽可能多地由卢石嘴里探听明军的动静,并通过他和更多军界的人接触,争取把眼下京城明军的布防情况弄清楚。

我含含糊糊地答应着。我实在不想再去做别的事情,我只想就和卢石这样安静地生活些日子。那几天,一待卢石、帖哈和陈老伯出去之后,我就搬个椅子坐在小院里,一边缝补着卢石的旧衣服,一边默想着和卢石在一起时的那些快活情景,偶尔,我也会仰头去静静地看着天上我最喜欢看的云彩。已是秋天了,天显得高了许多,云彩也离地很远,而且总散在天边,一缕一缕的,一副聚不拢的样子。不过它们那副散散漫漫自在飘荡的样子倒也好看,就像草原上的干牛粪烧到将尽时的烟,飘飘摇摇的,让人看了心里舒坦。

陈老伯是一个健谈的老人,有时,我会边和他拉着家常,边收拾院子和屋子。尽管我知道这不是我的久居之地,可我还是想把它收拾得像一个真正的家一样。扫、刷、洗,我常常忙个不停。有一天陈老伯见我这样忙着,就笑道:一看就知道你是个勤快女子,卢石有你这样一个媳妇,那可真是他的福气;男人活着图啥?我看就图有一个可心可意的媳妇,有一份平平安安的日子,有几个结结实实的孩子;至于当官呀发财呀,都不能太强求,那不一定就是好事,当朝的那个大太监王振,官当得可不小,是内府总管,人称"内相"了;财可是不少,听说金子银子都装了好多库房,可是落了个啥下场?

听他说这话,我急忙停下手问他:老伯,你认识王振?

嘿,我哪能认识他?只是听说过他的名字,不过前不久朝廷斩他族人时我倒是去刑场看过。

你去过刑场?

是呀,那一天刑场上真是人山人海,谁都想看看这个煊赫一时的家族是个啥样子,我也是想去看个热闹,咳,没想到看过以后这心里那个难受哟……

怎么了?我迫不及待地问。

王振家族的人并不多,一个夫人,听说那夫人过去也是一个穷人家的女子,是王振当初无大权时喜欢上的女人,后来两人就住到了一起,其实并没有行过结婚大礼;再就是他的干儿子王山和他的媳妇;加上王山的小儿子,那孩子也就几岁吧,还没有断奶哩。这几个人是用三辆刑车拉到刑场的,他夫人、王山一人一辆,王山的媳妇和孩子一辆。三辆车到刑场时,所有来看行刑的人全都没有了声音,人们可能都没想到,今天杀的竟主要是女人。行刑官先读了王振祸国殃民的罪状和皇上诛杀王振族人的口谕,之后就开始让刽子手动手,先杀的是王振的夫人,可怜那位夫人,原本站在那儿已是吓得哆哆嗦嗦,又要挨这一刀,那真是让人看不下去。刽子手刀起时,王山的媳妇急忙捂上了自己孩子的眼睛。接下来杀的是王山的媳妇和她的那个孩子,那个几岁的孩子根本不知道等待他的是啥子,扯着手臂上绑着的细绳子要让他妈妈给解开,那肝肠寸断的女人哄了几句孩子,那孩子就又在他妈妈的腿间钻来钻去地玩了,刽子手刚走到他妈妈身边,那孩子竟又提出要吃奶,那女人噙着眼泪向刽子手提出,给孩子再喂一回奶。刽子手可能心也软了,点点头应允了,那女人就弯下腰抱起孩子,解开怀,把奶头塞进了孩子的嘴里。那一刻,刑场上鸦雀无声,连孩子咕咚咕咚咽奶汁的声音都能听清。那女人边给孩子喂奶边满脸是泪地仰看着天空,我猜她是在向老天爷祈求着什么。她喂完奶刚把孩子放下地,刽子手就向她动手了,血溅了那孩子一身,那孩子吓得刚要哭叫,刀也已经到了他的脖子上。那小小的脑袋掉到地上时,好多人都流了眼泪。最后杀的是王山,对他行的不是砍头,是凌迟。刽子手一片一片割他的肉,他惨叫不止。这人可能平日作恶不少,很多人恨恨地看着他,不过能坚持看到最后的人实在不多。那种叫声真是撕心裂肺,我只看了一小会儿就赶忙逃了……看罢这回行刑,我当天中午和晚上都没吃饭,心里堵得厉害。我在想,我的儿子要是还活着,我一定劝他就心甘情愿地当咱的百姓,过咱平平常常的日子,可不能去争大富大贵,谁知道大富大贵之后会是什么?你说王振他当初在享大富大贵时能想到自己的家人会是这个下场?……

  我默然坐在那儿,没有再去听老人又说了什么,那一刻我忽然想,导致王振全族被诛固然是因为王振的所作所为,可我是不是也担有一份干系?神灵们会不会把这笔账也分一些到我的头上?还有土木堡战场上的那些尸体,那么多人的死,神灵们肯定都在看着,那笔账神灵们又会怎样记,不会不记一些到我的头上吧?

一股冷意弥漫了全身,我的心情顿时又坏了起来。

那天上午接下来的时间,我一直想着过去在王振家的事情,想着马夫人的聪明,想着她悄悄由那个密库里拿走的银子;想着王山的机警和对我的讨好,想着他对自己未来仕途的设计;想着王山媳妇对我的敌意和戒备,想着她怎样宠她的儿子;想着那个长得虎头虎脑的孩子,我甚至还能记起那孩子脆脆的笑声。可如今,这一切都没有了,都化为了虚无。事情变得如此之快,真是谁也没有想到的。人的命运怎会变得这样不可捉摸?王振临出征前担心上天还要让他付出代价,看来他的担心是对的。

下午帖哈由外边回来时,买了白面、鸡蛋、活鱼、酒,还有青菜、牛肉、羊肉,一副过日子的样子,并交代我要好好做一顿晚饭,亮亮手艺,真正像一个媳妇的样子。我知道他是要我用这个法子,把卢石更紧地抓在手里。其实不用他提醒,我也要把一个媳妇该做的事情都做好。过去,在多少个夜晚所做的梦中,我不是都把自己当成了卢石的媳妇?何况我俩现在已正式拜了天地。

从半后晌开始,我就忙了起来。洗、切、拼、拌、炒、蒸、炸,这一套本领当初帖哈都教过我。待卢石从营中回来时,我已经做好了一桌子菜。他一进屋,我就拉他坐到了小饭桌前,又把房东陈老伯也叫了过来。卢石一见这么多菜,高兴地说:没想到你还有这手艺!帖哈这时也已把酒倒好,举起杯说:咱一家人这年头聚在一起不容易,来,咱们喝一杯庆贺庆贺。这句暗示认可我和卢石做夫妻的话,卢石听了分明很感动,只见他仰头一口把酒喝下,对帖哈当即叫了一声:爹,从今往后,我只要有一口气,就决不会让你和杏儿缺吃少穿。我虽然挣不来大钱,可也决不会让你们吃苦,更不会让别人来欺负你们!这番话让我心里也热起来,那一刻我想,要是帖哈真是我的父亲那该多好,我们就这样在京城过日子,再也不去理会也先他们,我只要抽机会回草原把母亲和弟弟接过来就行了。房东陈老伯一点也不知道我们这三个人的过去,看见我们这样说话,以为我们真是一家人重逢,高兴得直说:你们这对夫妻真说得上是天造地设,一个高大英武,一个漂亮贤惠,赶紧生几个孩子吧。我反正也没有儿女,你们就把这个小院当自己的家,在这儿过日子吧……

晚饭吃完我扶喝多了酒的卢石去睡房时,帖哈朝我使了个眼色,我明白他是要我抓紧由卢石嘴里探问有用的消息。那会儿我心里顿生一股别扭,我是真不想在这时再去由卢石嘴里套话了,我是真把他当作自己的丈夫了。可不干又怎么办?也先在等着,瓦剌军在等着,弄不准消息,一旦开打,我们瓦剌军就要多死人。唉。

小杏儿,你知道我白天在练兵场上想啥子?

想啥子?我一边弯腰铺床一边问。把箭射准?

射箭的事当然也想,可最想的还是你的一对奶子!他把手伸了过来。

你们现在都练些啥本领?我任他捏着摸着揉着,问。

啥本领?给你说细了你也不懂,一句话,就是守城的本领。

收城?收什么城?我装作不懂。

不是收城是守城,告诉你,瓦剌人来攻京城是早晚的事,危险可以说是迫在眉睫,现在京城里全部兵马每天要做的就是一件事:练习守城的本领,坚决把京城守住,这是大明朝的根本。

你怎么知道瓦剌人一定要来攻北京？我推开他抱我上床的手,我不想立刻上床。我知道他一上床就不愿再和我说话而只想干他特愿干的事情。

如今每天都有敌情传报到各军营,我虽是小官,也能听到一些。土木堡大战之后,瓦剌军进行了短暂休整,眼下这种休整已经结束,各路队伍正在集中。他们把队伍集中起来干什么？明摆着是要来攻打京城,他们灭了咱们五十万大军,又抓了咱们的皇帝,他们想乘胜把我们大明朝彻底灭掉。

哦？他们能行？

土木堡大战之前,尽管咱们明军指挥上有毛病,军纪也有些松弛,可他们想要这样做基本上属于妄想；土木堡大战之后,明军五十万精锐之师全部覆没,一些老臣战死,一下子改变了力量对比,加上皇帝被俘,使军心动摇民心不稳,一些队伍士气低落对瓦剌人生了恐惧之心；一些人已觉北京很难保住主张迁都,这就使情况一下子严重起来。

你的意思是说北京已很难保住？

我怎么会有这意思？他停下脱我衣服的手,我说的只是情况严重,严重不等于就是守不住了。告诉你,自九月六日郕王朱祁钰登基当了新皇帝,已任命于谦主持军事防务,眼下于大人已是兵部尚书,明军全归他指挥。这于谦可是个能干的人,受命主持军务后,很快就奏请新登基的景帝同意,把南京、河南、山东、江北和浙江等地的备操军、备倭军、运粮军等地方武装调到北京守卫,填补了京城的兵力空虚,还把大批粮食也调运入京,使京城里无了缺粮之忧。他还在辽东、宣府和大同前线调整了兵力部署,使整个防御态势有了很大好转。

嗬,依你说于谦这人还真能干？

当然了！他现在着手重新编制各卫军力,从步兵、骑兵、火器兵中各挑了十万人,新编成了五个营,每个营为两万人。每一新营设坐营都督一人,其下设都指挥三人,都指挥下边设把总五名,把总下设指挥两名,指挥下设管队五名,管队下设领队两名,领队则亲率士兵上阵。这种新编制能充分发挥各兵种效力,一旦和瓦剌人打上,必能使其知道厉害。

你的官职有无变化?

怎么?想让我当个大官?卢石刮着我的鼻子。

当然了,你当了大官,我就是大官夫人了。

我没有当大官的那份才气,只是做了个领队,手下的人比过去稍多了一些。

除这之外,那于谦还做了些什么?

你怎么对这些事如此感兴趣?卢石忽然狐疑地问。

我心上一惊,意识到自己问得有些太迫切而且未加掩饰,于是急忙笑道:我怎么就不能感兴趣了?眼看瓦剌人就要来攻北京,我身为大明朝的一个百姓,又住在北京,这事不也和我息息相关?再说,你在军中,打仗时必是参与者,我能不操心你的安全?边说边解开他已为我解了一半的胸衣,敞怀朝他扑了过去。这一招果然有效,他立刻将那份怀疑忘掉,把我放倒在了床上,疯了似的亲吻起来,并很快把我也送到了一处仙境。那里没有军队没有火器没有战争没有于谦没有帖哈没有也先,只有他和我以及无边无际无法计数的快乐。

那快乐如彩云一样托着我俩向远处飘去……

我把从卢石那儿听到的情况向帖哈说了一遍,帖哈说:这些情况对我们都很有用,我会很快向太师报告;你还要继续从他嘴里掏东西,并尽可能多地和他在一起,通过他认识更多的军中官员,以便知道更多对我们有用的消息。见他这样说,我也明确提出了我的要求:待这一仗打完,我们瓦剌人占了北京城后,你帖哈再也不要找我,让我和卢石找个安宁地方好好过我们的日子。帖哈说:也先太师不是说过要给你封官吗?难道连官也不想做了?我答道:再大的官也不干,我只想和卢石去过自己的日子。帖哈笑着点头:行,行,不当官最好办,只要你做好了我们该做的大事,你和卢石离京去别处过日子的事我答应。

为着能早一点和卢石去过安宁的日子,我便主动照帖哈要求的去做。我对卢石说,我一个人老待在家里太闷,能不能带我去认识几个你的朋友,也好让我散散心。卢石起初有些犹豫,担心我被人认出是王振家的人,我告诉他自己当初在王家的活动范围一般就在王振宅里,对外的交往很少,不会有人认识我的。他这才打消了顾虑,说:刚好,明天我的上司秦把总的儿子要过百日,他是我的同乡,还沾了点亲戚关系。我平日叫他表哥,过去也给过我关照,我想去送份贺礼表示祝贺,说好了明儿个晚上去他家吃酒。你要愿去的话,就和我一起去,他也知道我和你住在一起。我当然高兴,忙点头答应了:行。

第二天傍晚时分,卢石提了些礼物回来,喊我和他一起向那位秦把总家走去。那位把总家住在挺远的一处小巷子里,是一个小四合院,我和卢石七绕八绕走到时,天已黑定。我们刚一进到院内,那位年纪比卢石大不了多少的把总就迎出来说:快请进屋,感谢你们光临寒舍。

到屋里和把总的夫人见过面,送上贺礼,又看了他们的宝贝儿子达岸后,就坐到了饭桌前。没有别的客人,坐在饭桌前的人除了把总的父母和妻儿之外,就是我和卢石了。那位小个子把总说:眼下是非常时期,军民都在备战,瓦剌军随时都可能来犯,所以就没为孩子办正式的百日宴,也没请别的客人,我们就用这个简单的家宴来表示个意思吧。

三杯酒过去,我照帖哈当初教过我的汉人规矩,起身端起酒杯说:祝愿达岸这孩子日后能文能武,或为相或为将,英名远播,光宗耀祖;也愿他领上十几个弟弟妹妹来到家里,使秦家子孙满堂人丁兴旺!说完,仰头喝了杯中的酒。把总和他夫人听了这话都乐了,那把总笑着站起举杯说:为了你这吉言,我连喝三杯!把总的妻子这时就对卢石说:你这个媳妇可是招人喜欢。哎,你们两个也赶紧学学我们,早种早生吧。人活世上才几十年时间,不留下些儿女来,你说还有啥意思?人们常说,普通人的名字也就能传四代,孙子至多能记住祖爷爷的名字,要是没有儿女,人死名字也就死了,所以呀,一定要多生儿女!卢石,你说我讲得对不对?卢石脸红红地看我一眼,点头嗫嚅着:对……对。那一刻我的心也发起颤来,我好像已经看到有几个胖胖的娃娃站到面前叫我娘了……

喝罢酒吃过饭上茶时,秦把总对卢石说:有一件事要告诉你,就在今天后晌,兵部来令说于谦大人要和新任的京营总兵石亨、副总兵范广于近日来我们腾骧卫点阅训练情况,于大人对训练一向抓得很严,前天在新编三营还当场撤了一个训练不力的指挥。你这个领队官不大,可也要小心,别出纰漏让他发现。于大人选拔军中官员的标准是勇谋兼备,他一再说,有勇,可挫敌方锋芒;有谋,可破敌方诡诈,勇谋结合,才有可能胜算。望你能按这个标准努力,日后好获得晋升机会,以指挥更多的兵马为皇上效力。卢石笑笑:我这人本领不大,当个领队已很满足。我会把我该做的事做好,不论是平日训练还是日后打仗,我都决不会给大哥你脸上抹黑。

真的要打仗了吗,秦大哥?我决定抓紧这个机会问点有用的情况。

战争已在眼前了。秦把总叹口气说。瓦剌人的头领也先野心太大。今天傍晚我由营中临回来前看了刚到的一则消息,说也先已确定了他在北京登基做皇帝的日子。这还怎能避免战争?他定会按他的计划进攻京城,我们只有拼死一战了。不过也先也不要把梦做得太美,我们的于谦大人可不是好惹的。据说于大人已向皇上上疏明言:设若也先近逼京师,我朝与也先唯有一战,唯战方可纾危殆,唯战方可定社稷,唯战方可安黎庶,唯战方可图久安,而且战则必能胜之。

是吗?我心中暗暗一惊:这于谦竟有如此把握?

听说于大人已准备了破敌妙计,其中有一条是专对瓦剌骑兵的,专治他们的马。瓦剌兵之所以厉害,就在于他们全骑在马上,来去如风,来得快,去得急,只要把他们的马治了,他们的威风就减了大半。秦把总说得眉飞色舞。

怎样治他们的马?我禁不住问。

这是机密,怎么好问?!卢石在一旁瞪我一眼,拦住了我。

我意识到我又操之过急了,忙笑着掩饰:我是好奇,我见过马的,那么大力气的东西,怎么能制住它?

你们女人家不必关心这事,只操心着把家务做好就行了。那把总呵呵笑道。他的妻子跟着说:咱只操心着多生几个孩子就行了。这话引起一片笑声,才算把我的失态遮掩了过去。

我们告辞要走时,那把总喊住卢石说:石弟,我有一件东西送你。言罢,拿过一卷纸来,边展边道:我趁练字时抄了一首宋人稼轩的"破阵子"词,愿你能挂在墙上,时时记住前人的壮志和悲叹,以激励警醒自己。我仔细看那纸上,写的是:醉里挑灯看剑,梦回吹角连营。八百里分麾下炙,五十弦翻塞外声。沙场秋点兵。马作的卢飞快,弓如霹雳弦惊。了却君王天下事,赢得生前身后名。可怜白发生。

谢谢大哥。卢石默读一遍后,向秦把总鞠了一躬……

回家的路上,我对卢石说:看来你这位把总表哥对书法还有些懂。

秦大哥自小爱读书习字,不像我,只会玩弄兵器。我与他相比,差得太远。

听秦大哥的口气,他对那位于谦大人也是佩服得五体投地,这位于大人究竟有何背景有什么本领?

于大人的背景嘛,倒没有什么了不起的,并不是皇亲国戚,只是浙江钱塘一个普通人家的后代。听说他从小就立下大志向,刻苦求学,经常挑灯夜读,十七岁时就写下过《石灰吟》一诗,诗是四句:千锤万凿出深山,烈火焚烧若等闲。粉身碎骨浑不怕,要留清白在人间。眼下这首诗在军中流传颇广,诗中有一股视死如归的大丈夫气概,这一点特让人喜欢。据说他还特别崇敬南宋末年殉国忘身、舍生取义的文天祥,曾特意写下赞词作为自己的座右铭,军中相传那座右铭中有八个字:宁正而毙,不苟而全。他是永乐十九年考中进士的,宣德元年二十八岁时就被任命为御史,三十二岁时英宗皇帝亲下手谕把于大人擢为侍郎。他是一个靠自己的本领和政绩上来的人,不是靠拉拉扯扯吹吹拍拍,更不是靠用金钱买官走上高位的。眼下新上来的皇帝对他倚重,也是因为他面对乱局,不慌不忙,有主见有办法,人们佩服他的就是这个。明白了吗?

有一点明白了。我从他的话音中听出了一点对我总关心这些事情的不以为然,于是又急忙说:只是还有一件事情想问问你。

说吧。

你对秦把总的妻子要我们多生几个孩子的事,有何想法?

这个么……卢石笑了,话有些吞吞吐吐。

你给我说实话,你打算要几个孩子?

两个?三个?只是你愿意生吗?

不愿。

不愿?他明显急了。哪有不愿生孩子的女人?那我们老了怎么办?谁来养活我们?

我不愿生三个,而愿意生六个、八个!

好你个小杏儿,吓了我一跳。他笑着朝我晃了晃拳头,一下子把我抱了起来,在我耳边小声说:你以为我不知道,每回我俩亲热之后,我都看见你狠掐住自己的尾骨那儿,把我下的种子又扔掉了。

我叹了口气说:那倒是真的,过去怀孩子的时机确实没到。你说王振活着那会儿,我要怀上了,咱俩那还得了?这一次见面后,我之所以仍那样做,是因为你从来没给我说过想要孩子的话,我怕你是嫌要孩子累赘,所以就……

那好,那我现在就正式给你讲明,我想要一群儿女!

既是如此,容我择一个日子开始吧。我心里想,瓦剌军一占京城我是就要带上卢石走的,我得保证到时候我的身子不至于重得不能走路,我得把这个时间计算好……

第二天早上,待卢石去了军营之后,我想把昨晚听到的情况向帖哈说说,就去了帖哈住的屋子。进屋却正看见帖哈在哭,他嘴里咬着一块布,身子因抽噎而一耸一耸,显然是怕哭声传出屋去。我大吃一惊,自打我认识帖哈到现在,我还从来没见帖哈哭过。出了什么事情?我急忙趋前低声询问。

他一个劲儿地流泪,不说话。我有些慌:一定是出了大事,不然,以帖哈平日展示给我的那副脾性,是不会流眼泪的,尤其不会当着我的面流眼泪。我也从未见过他流泪。

他慢慢从怀里掏出一个金质额饰,递给我。有一霎,我没明白他递给我这个额饰是什么意思。这是我女儿的……

经他这一提示,我猛地记起,我那次见他女儿时,那姑娘是戴着这个额饰的。怎么了?我的心一紧:她——

……昨天晚上……他们告诉我……帖哈终于强抑住哭泣,断续地说:咱们来前见到的那种死人的瘟疫……不幸传到了我家那片草原上……

啊?就是有人由土木堡战场上带过去的那种瘟疫?我一下子想起了临来时看到的那几户死去的瓦剌人的帐篷,想起了那些看守的瓦剌军人。一股冷气顿时袭上了身。

……可怜我的女儿和她额吉……全遭难了……帖哈伤心得说不下去了。

老天哪。我的心沉了下去:会出这样的事?

他们把毡帐连人全烧了,只剩下了这个……

一股寒气罩住了我的身子。我默默地用方巾替帖哈擦着眼泪,我想起了帖哈的妻子,那个大脸盘的贤惠女人,想起了帖哈的女儿,那个爱说爱笑性格开朗希望来京城看看的姑娘。她们如今竟然都已不在这个世界上了?!帖哈再也见不到她们了?天哪,那种由土木堡传去的瘟疫竟然这样厉害?该不是那些死去的明军军士们的魂灵在报复我们瓦剌人吧?

……一切都怨那个浑蛋……那个傻瓜……你怎么敢去土木堡的死人堆里捡东西?……帖哈握拳咬着牙骂。

事情已经这样了,你要想开点。我只能用这类话去安慰他了。

……所幸我的儿子去了队伍上……要不……全家就……

301

让人转告他,别让他再回家。我提醒帖哈。

也先太师没让他再回家……我如今只剩儿子一个亲人了……

我陡然想起了我的母亲和弟弟,还有阿台的母亲,但愿他们能躲过这场瘟疫,草原上的所有神灵们,保佑他们吧……

直到中午,帖哈才算平静下来。饭后,他在床上稍稍躺了一阵,就又匆匆来问我:从卢石那儿打听到什么消息没?

我于是向他说了昨天听到的那些事情。

帖哈听罢沉吟了一霎,压低了声音交代:要想办法弄清他们专门对付我瓦剌战马的办法,好让我军在开战前就做好防备,以免吃亏。另外,要在近两天弄清于谦的行踪,也先太师昨天已经传来口谕,要把他——他把声音几乎变成了耳语。

把他怎样?

他做了个干掉的手势。

我一惊。

这人如今是大明新皇帝和京城大明军民的主心骨,把他干掉就等于弄掉了他们的头儿,一支无头之军还能应战?

可就凭你我能行?先不说他的卫士有多少,单就他个人的武功——你我不必动手,太师另派人来收拾他。我们只需弄清于谦的行踪,为我们的人选择一个动手地点。

天哪,这不等于我们也参与了杀人——我们早就参与杀人了,土木堡那几十万明军的消灭,没有你我的参与,能行?要建立一个新朝,不杀人能成?

一股冰冷的东西钻进心里,是的,其实自己早就参与杀人了。最早杀的就是当初跟自己一起去蔚州的那些丫鬟和男仆,你能说他们的被杀自己没有责任?

你刚才不是说于谦这两天要去秦把总的营中点校吗?要

尽快从卢石或秦把总那里弄清于谦去的准确日子和时辰,我们就可以在他往返兵营的路上动手!

我们能不能不干这个?不是说攻城即可必胜吗?两军未打先杀人家的将帅是不是有点太——?

真是女人之见,两军对打,还能疼惜对方?不管采用什么手段,只要能打胜就行。打仗从来就没有规定只准用什么手段,什么样的卑鄙手段在战争中都允许使用。人间所有的道德规矩,在战争期间都不再适用。你只要把一场战争打胜了,你所使用的所有卑鄙手段,都会作为英明指挥的证据而被人们传颂。战争时期对人的评价标准与平日并不一样,有时完全相反。

看着帖哈那冷厉的眼神,我心中不由一悚:如果战争需要把我杀了,他大概也会毫不犹豫地杀了我吧?

记住了吗?要抓紧!这件事只有靠你去做了,我们的大军马上就要向北京开拔,倘在这之前把姓于的干掉,就会让我们瓦剌兵少死许多个,也许北京城会不战而开。

记住了。我感觉到我的声音有些发颤……

一想到要参与杀死卢石那样敬重的于谦大人,我真有点坐卧不安了。这就等于直接和卢石作对。我至今所做的一切,是在和大明朝作对,和卢石虽然也有关系,但毕竟非常间接,对卢石都没有直接的伤害,所以我去做时并没有不安,可杀于谦的事就不一样了,如果做成,一定会令卢石非常伤心。这就真的对不起卢石了。

那么不干?恐怕不行,首先帖哈就不会允许,他要把自己不干的消息传给也先,也先会不会伤害我的母亲和弟弟?

我心乱如麻,在屋里院里不停地低头踱步。房东老人看见我的样子,以为我丢了什么东西着急,走过来问我要不要他帮忙找,我这才意识到自己又有些失态,忙笑着说:丢了一根缝衣服的针,没啥,我这就去街上再买几根。

来到大街上信步走了一阵,我的心方慢慢安定下来。街上到处是往来巡逻的军人,我低头看了一下自己的衣服鞋子,确信了没有不合京城规矩的地方,就漫无目地继续走着,我想靠这种不停的走动,把心中的那坨东西暂时忘掉。我估计不会有人再认出我来,我不仅衣装变了,连头发梳的样式也变了。当我终于在一个街口停下步时,我注意到我已走到了府后小街,这个街名给我一种熟悉的感觉,总觉得它和自己好像有点关系。我正站在那里默然回想时,一股沉郁的箫声忽然传了过来,那调子是那样熟悉,我一下子记起,当初给王振讲兵法的那个骞老先生,曾告诉过我,说他就住在这条街的小把儿胡同口上。对,何不趁这机会去看看他,同他说说话,我太需要有人岔开我的思绪了。于是我就循着那箫声,慢慢找了过去。

这条小街不长,那箫声也一直没停,不大的工夫我就来到了小把儿胡同口找到了他的小院。我站在那儿又听了一阵,待断定就是骞先生在吹之后我敲了院门,箫声戛然而止,出来应门的刚好是他,看见是我站在他家的门口时他很吃了一惊:是你?!

没想到吧？我笑了笑,这京城里我没别的熟人,就来找你聊天了。

稀客稀客,快请进来。他忙不迭地让着。我就随他进院进屋径自在他面前坐了。

我以为你早就出京城了。

我还想再住些日子,怎么,夫人不在？

去女儿家了,要不,你可以认识认识她。我由王振府中回来后,还向她说过你哩。

你如今每天都干些什么,还在研读兵书?

随便看看吧,我又不会干别的,不过像我这等样的人,就是把兵书研究得再透又有何用?不会再有人来问我该如何用兵打仗了。

我今天就有问题想请教你。

是吗?请讲吧,我乐意回答你的任何问题。当初我在王振家时就发现,你对军事事务有一种真正的兴趣,这在女人中可是少有。他来了精神。

眼下,城里的明军正做抗御瓦剌兵的准备,你说,一旦瓦剌兵来犯京城,我大明军队能否抗住?

想你已经听说了土木堡之战的情况,明军的五十万大军损失净尽,如今,拿明军的实力和瓦剌军的实力相比,劣势已更加明显,此时瓦剌军若来进攻京城,京城的确是很危险的。不过,每当危难来时,人也常能迸发出惊人之力以相抵。如今,这京城里,想让这城破想让大明朝倒台想做瓦剌人之奴的人不能说没有,但数量可以说很少很少。既然大多数人都不愿瓦剌人攻进城来,那就会形成一种合力,此时,若再有精明将领对军力民力妥加组织,奇迹就有可能出现。

依你之见,这军力民力该怎么组织?

若依我安排,我将在京城组成五道防线:第一道,在京城远郊放少部骑兵和步卒,依托民居和沟壕,对来犯的瓦剌兵进行消耗和迟滞性抵抗;抵抗不住时,立时换上民服消失在百姓们之中。第二道,在城墙之外三里处,放精兵利用街道和民房设伏,待瓦剌兵进入伏击圈内,伏兵突然冲出,杀他个措手不及,灭敌一部是一部。第三道,依托城墙进行抗击,把半数主力放在城墙外,待敌来时将城门关闭,自断我军退路,迫使官兵们与敌作殊死之斗。第四道,将剩余半数主力放在城头,准备与敌人作城头之搏。第五道,用老弱之兵和青壮街民,在皇家禁城外围设街垒,以作最后拼斗。

你想得可真是周全。我望定他,又一次庆幸他没有真的掌握军权,否则,我们瓦剌人可要吃大苦头了。

我不过是空想想而已。他叹了口气。

若瓦剌军真的来攻打京城,你自己会做什么?

我老矣,又无领兵之权,就像陆游当年写的:"胡未灭,鬓先秋,泪空流。此生谁料,心在天山,身老沧州。"但骞某决不会袖手旁观,必会尽一份自己的力。而且,我决不逃难,决不离京,我要与这京城共存亡。当年杜甫逃难中的诗句:"感时花溅泪,恨别鸟惊心",我记得很清。我会照李清照写的那样去做:欲将血泪寄山河,去洒东山一抔。

我默望了他一霎,忽然有一种不认识他的感觉。

我让你吃惊了?

不,没有。我急忙摇头。听了先生这话,我的守城决心也增了几分。

还有要问的吗?他笑了一下。

两军开战之前,是否允许谋害对方的人?

你是指什么人?他的眼瞪大了:不会是指平民吧?

与即将开始的战争有关联的人。

按照战争自身的逻辑,这是允许的,尽管这很残酷。历史上已经有过许多这样的事情,一支军队还未走上战场,它的将帅已先被敌方用巧计谋害,致使这支军队也随之失败。你何以忽然问起这个问题?

我瞎琢磨呗,我过去听你讲了那么多回兵书,最近没事,就经常坐在那儿瞎想。我还想到,如果当时王公公随皇帝亲征前,先派人去瓦剌人那儿把他们的头头也先杀了,不是就没有土木堡之败了吗?! 我想起了这个遮掩的法子。

噢,你还在想过去的事哩。刺杀也先,谈何容易!哪一个大军将帅不是里三层外三层地被卫兵保护着?有些事你只能想想而已,并不能去做。我劝你不要再想过去的事,好好思虑自己今后怎么过日子,你还年轻。

感谢骞老先生的关心,今天就不再打扰了,以后我可能还会再来向你请教……

那天回到家里,帖哈把我叫过去说:动手的人已经准备好,就等我的确切消息。我刚开口问了一句:几个人?帖哈就摇头止住我说:不要问那么细。

也罢,于谦大人,我就照要求去做了,谁叫你是大明朝的兵部尚书呢。我是瓦剌人,我应该站在我们瓦剌人一方看事情。

那天的晚饭我做得很丰盛,炒了五六个菜,还温了一壶酒。卢石回来看见说:嗬,像过节呀。我笑着说:是要过节。他眨着眼想想:今儿个是什么节?我用手指点点他的额头:吃完了再给你说!

吃过饭进到睡屋,卢石捉住我的手说:告诉我今天是什么节,我怎么一点也想不起了?

今天嘛,是开怀节!我答得一本正经。

开怀节?啥叫开怀节?他的眉毛好看地弯起来了。我就爱看他这个模样,像一个大孩子。

就是说我从今天开始定下去怀孩子,再不像过去那样只怕怀上了,你说这不是我们的节日?

你择好了日子?他高兴地抱起我。

307

只是从今天起,除了我来红之外,你必须每天夜里都要忙一回,不许中断一夜,为的是我好早怀上。

那我当然答应,我还巴不得呢,只是明天夜里我恐怕不行。

为什么?不说清原因我就定下不开怀。

因为后天早上于谦大人要去我们营中点校,我明天夜里按要求需睡在营中,不然很难保证按时赶到。

我心中一阵轻松:看来这个计谋还行,很容易就把日子和大概的时辰弄清了。

你是故意寻找借口,你是不是觉着太累,找个理由不回家了?

嘿,笑话,我这身子做这事还能觉着累?我盼着一夜做几回哩,不信?咱今夜里就试试,看我怎么样?边说边就把我扔到了床上。

我急忙把身子扭到床的一边,故意嘟起嘴说:就是于大人去你们营中点校,也不可能那么早,你住在家里,早点起床往那里赶还不行了?

我骗你干啥?今天后晌兵部已正式知会我们,后天早晨卯时点校,寅时兵营四周就净街了,我那时再往营中赶,怕是连门也进不去了。

净街?啥叫净街?我装作不懂,心里却明白:准确的时辰也有了。

就是不再允许其他人走动。于谦大人本不愿摆谱惊扰市民,无奈眼下是战云笼罩的非常时期,他作为明军统帅,是不能出任何意外的,故采用了这净街之法。

好吧,既是你明夜真有正经事需要住在营中,就放你一夜的假,不过嘛,过后你要给我补上。我媚笑着说。我脸上虽在笑着,心里却有些难受:他这样爱我信任我,我却如此处心积虑地从他嘴里骗出东西,是不是太过分了?老天爷他是不是在看着我?我日后会不会遭报应?

我今夜就给你补上!他老虎一样地扑了过来……

第二天吃早饭时,帖哈刚一坐在饭桌前就迫不及待地用目光向我发出询问,我忽然有些生气:连卢石对我的爱也被你利用了!就故意装作看不懂他的目光,对他不加理会。就让你急一急吧!他果然早饭吃得心不在焉。

一直到卢石走后,我也没有主动去帖哈屋里回说打探来的消息。他后来脸阴沉着来到我的屋里说:既是没有从卢石那里探听到消息,就赶紧再想别的办法。

谁说没探听到?我瞪他一眼:明早寅时净街,卯时点校。

是吗?他高兴起来,我看你那样子,以为没希望了,你该早给我一个信号,弄得我早饭都没心思吃。好了,我这就立马出去安排。为了保险起见,你后晌可以再找人核对一下,看事情会不会又有变化,姓于的眼下可是日理万机,万一他因其他的事而更改了点校的日子和时辰——

找谁核对?

你不是通过卢石认识了他的一个表哥秦把总?想办法去他那里再核对一次。

我跟人家只见过一次面。

看起来你有点不大高兴。帖哈听出了我声音中的抵触意味,这可是关乎着我们瓦剌人战胜明军夺下京城的大事,你一点都不能马虎!

我没再说话,算是应允。

这天的午后,我买了点婴儿用品,拿上径直去了那位秦把总的家里。和我的估计一样,那位把总不在,家里只有他的妻子和丫鬟。我说我是买东西路过这儿,顺便给孩子带点小礼物。最初的寒暄过后,我和那位脾性温顺的夫人就坐在那儿聊天,为了掩饰自己的真正目的,我一开始把话题扯得很远,从年景、天气、河南开封的出产到京城女人坐月子的风俗,然后又说到怀孩子、生孩子的事情。话到这儿,那女人笑了,说:妹子,我对你今儿个来找我的真正用心有个猜测。她这话令我的心猛地提了上去:莫非这女人看出了名堂?我正想着自己是不是在啥地方说漏了破绽,那女人已开口道:你今天来,名义上是看我的孩子,实际上是想打听事情。这话越发令我着慌,我心中暗想,这女人原来不是寻常人物,一双眼睛好生厉害。

你来找我是想问怎样才能更快地怀上孕吧?她看穿一切地笑着。

一听这话,我悬着的心顿时放下了,在舒一口长气的同时,假装害羞地低下了头说:姐姐的眼力真是了得,一下子就看到了妹妹的心里。既然姐姐看透了,妹妹我也就给你直说了吧。我和卢石在一起要说也有些日子了,可至今我也没有怀上,不知道是什么缘由,今天特来向姐姐请教。

这事姐姐能帮你,只是我得问你些话,你要给我直说,不要脸羞,又不是什么见不得人的事。哪一对男女夜里在一起都不像他们白天那样正经,要都一本正经,天下这些孩子还能生出来?

我抿嘴一笑:姐姐说得是,你就问吧。

我问你,你们夜里在一起做那事前,他吃不吃东西?

吃东西?没有,我急忙摇头。

要让他吃三个核桃。

三个核桃？我很惊奇:做那事前竟还要吃核桃？

核桃催精,三个核桃里的东西就能把男人精袋里最壮的精虫都催动,不让它们再在里边打瞌睡,而是爬出来出力。壮精虫种到女人身子里,怀孩子的可能性就大了。这就像种庄稼,种子好了,就会出苗。

是吗？我第一次听人这样说。有时刚吃过饭还让他吃吗？

你们常常刚吃过饭就办那事吗？

这一问让我脸红了。

说吧,你说了我才能给你忠告。

他有时是刚吃了饭就要……而且猴急,一想起来,立马就要动手。

这个习惯要改改。你给他说,人刚吃了饭,肚里满满的,做那事时女人身子就不太舒服;这一不舒服,就影响心绪;心绪一受影响,那地就不暄和;地不暄和,种子就不能在土里扎根,就会被晒死;男人下的种子再多,也白搭,长不出苗哩!

是这样？我可真是茅塞顿开。

以后记着让他改改时间。

我点了头,今儿个可真是没有白来。你刚才说让他做事前吃三个核桃,他要是不愿吃呢？

逼着他吃,吃核桃不是为了让他饱肚子,是为了让他顺利下种的。再说,核桃也不难吃,你要变着法儿让他吃,比如说,你把核桃仁嚼到嘴里,他去亲你时,你用舌头送到他嘴里,他准会高高兴兴地咽下去。

哟,姐姐,羞死了。

这有啥羞的？两口子在一起,啥不能做？

好好,我听姐姐的。

我再问你,你们做那事时,你是头高还是屁股高?

什么?我没听明白。

如果你是仰躺着,一定要把屁股垫得比头高。

我的脸一下子红了。

这样才能使种子顺利种进去。

原来如此,我的天噢。

你们做完那事后,你用啥样的姿势睡觉?

侧身吧。

侧身不行,你要先仰着身子睡一阵,仰躺着才能不让那些种子再滚出来。

还有这么多讲究?

我这也是听俺嫂子说的,这是多少代女人才弄明白的道理。只要你照我说的去做,保你很快就能怀上孩子。

谢谢姐姐了。我异常高兴地说,幸亏我今天来了,要不,我在这事上还会糊里糊涂。这样吧,今天晚上,我和卢石请你和秦大哥去我家吃饭,让我们表示一点感谢之意。我又把话题转到了我关心的事情上。

今晚上恐怕不行,卢石没给你说?明早于谦于大人要来点校他们,他和他秦哥都不能回家来,要住到营里。

不是又变了吗?我记得卢石讲明早又不点校了。

怎么可能变?军中无戏言的,午饭后你秦哥还派一个兵来拿了一床夹被去,告诉我他今晚不回来了,让我记住把门插好。

是吗?那好,那就改天再请你们,反正我们得表示一点感谢之意。我心里的一块石头落了地:于谦点校的日子没有变。唉,我从这个真心对我好的女人这里打听消息预备杀人,神灵们怕是也要怪罪我的吧?

待你怀上之后再请吧。她笑了。我也勉力笑了,姐姐,我对不起你,同时,我又对你满怀谢意,你让我今天明白了不少做一个女人该明白的东西。卢石,按照我今天学到的法子,我们很快就会有孩子的……

这天晚上,房东陈老伯睡着之后,帖哈悄悄溜了出去。他临走前对我叮嘱:你明晨要早早起床,起床后即把院门轻轻打开,好让我不声不响地进来,千万不要惊动房东老人。

我有些紧张地抓住他的手压低了声音问:你有把握?

没问题,你只管在家里等待好消息。我们两个出来这么久,你说哪一次我失手了?何况我们有最好的箭手。

箭手?

我们的箭手就埋伏在兵营大门对面的一个阁楼上,那个阁楼是我用化名租下来的。那个阁楼朝向兵营大门刚好有一个窗口,站在那个窗口,可以居高临下地看清对面兵营大门内外的一切,只要姓于的在大门外或大门内一下车、一下轿,"嗖"的一下,就结束了!

你也去那阁楼上?我仍然有些担心。

我站在另外一个地方只负责发信号。

我没再说什么,隔了门缝看着他的身影很快地消失在夜色里。把他送走之后,我上床躺下,却怎么也无法睡着,我的眼前不停地出现各种场面:一会儿是一个箭手站在窗前拉满弓弦,将一支箭"嗖"地射了出去;一会儿是那人拉的弓弦突然崩断,弦上的箭"噗"地掉在脚前;一会儿是一个人尖叫一声,中箭倒地,人们惊呼:快救于大人;一会儿是秦把总高叫:欢迎于大人来点校;一会儿是卢石正站在一个官人面前说话,一支箭突然向他飞去……

这种种想象把我折磨得头疼欲裂。窗外的一只叫春的猫也开始与我作对,把呼唤情人的叫声变成了哀号,不停地刺激着我的神经。我不得不用被子把头全蒙上,不知过了多久,我才算沉入了梦乡。可很快,噩梦又来折磨我,一个看不清面目的男人端着一只铜盆来到我面前,执意要我在盆里洗一洗手,我刚要伸出手,发现那盆里盛着的竟全是鲜红鲜红的血,而且血里浸泡着一颗人头,仔细一看,那头竟是王振的,他眨着眼看我,慢腾腾地说:杏儿,你竟然骗我?!吓得我"妈呀"一声惊醒过来。此后我就再也没有睡着,只是睁了眼躺在那儿看着暗黑的屋顶。

当朦朦的夜月斜过窗户之后,我估摸离天亮已经不远,就悄悄起床穿衣来到院中,拉开了院门上的木闩。隔了门缝向外倾听,外边的街巷里还是一片宁静。我在心中暗猜,于谦这会儿已该起床了吧?是不是已在漱口洗脸?他今天是坐轿还是坐车?倘是坐轿,大约需要多久才能到达卢石他们的营房门口?……我就靠在院门后的墙上,一点一点地看着曙色增加。突然之间,我听到了一种声音,那声音由远处传来,虽然微弱,却能辨出是人群发出的声音。我的身子一震,莫非已经动手了?这声音会不会是人群惊慌四散时的奔跑声?但愿他们已经成功……

不知过了多久,也许只是吃一碗饭的时间,我听见有一种蹑脚奔跑的声音响了过来,那声响不大,只有特意去倾听的人才能听到,我立刻明白,这是帖哈回来了。我急忙把院门轻轻拉开,探头去看,几乎在我探出头的同时,帖哈已到了我的面前,他左手捂着右胳膊,身上带有一股血腥味。我吓得本能地张开嘴,却又急忙在喉咙里收住了声音。这当儿,帖哈已无声地闪进院门,我也急忙将院门闩上。

进到帖哈的住屋里,我还没有来得及开口问,他就低而急切地说:失败了,我也伤着了。

哦?我惊愕在那儿。

快,把窗帘拉上,将蜡烛点上,赶紧给我包包伤口,免得一会儿让房东老人看见我受伤起了疑。

我忙照他说的做了,蜡烛点亮之后我才看清,他捂着右臂的手上沾满了血。我慌慌地剪开他胳臂上的衣服,还好,他伤得很轻,只是一点皮肉。看那伤口的样子,是箭伤。帖哈早做了准备,从身上摸出一种药粉让我撒到伤口上,然后让我包好。我替他包伤口的时候,他轻声道:没想到这次失手了,在一起办这事的是三个人,我和另外一个人在另外两处地方藏着,负责观察和协助,藏在阁楼上的那个人负责动手。和我们预先估计的差不多,喜欢早起的于谦是提前动身的,我们都做好了准备,因为有军人们在兵营大门外迎候,于谦是在兵营大门外下的车,这更宜于我们动手。一切都是按照预先的估计来的,天虽然还黑着,可大门外灯火通明。于谦头一个下的车,我以为箭出必中,未料就在这关键时刻,一个军官突然上前去扶于谦,他的身子短暂地将于谦的身子遮了一瞬,杀手的箭就是在这一瞬飞过来的,刚好扎在了那军官身上。那军官惨叫的同时,于谦的卫士们就扑上前把于谦飞快地架进了营门,待第二支箭到时,只是又射死了一个卫兵而已。行动就这样宣告失败。那些军士们反应极快,很快就包围了附近所有的房子,我和另一个人勉强跑了出来,那个在阁楼上动手的人未能撤出。

啊?!

估计他已被捉住。

那怎么办?

我相信他会噤口的,这是干这个行当的规矩,他应该懂。

万一他要是受不住刑呢?

那他的妻子儿女也就完了,太师不会饶他的。还有,他不知我住在何处,更不知道你的任何事情。

我满怀忧虑地叹口气。

眼下最要紧的是要想法遮掩我胳膊上的伤口。我想这样,你马上回到你的屋子里去,过一会儿我大叫一声:哎哟。你便紧忙跑过来,这样,我们就可以说我下床时不慎绊倒在地,摔伤了胳膊,让房东老人信以为真,帮我们对卢石做个证明。

我点点头,也只有这样了。还算好,那位好心肠的陈老伯对我们的计谋没生任何怀疑,他信以为真,很是替帖哈着急。

整个白天是在我和帖哈的焦急等待中过去的,我俩都盼着天黑,盼着卢石天黑后回来,我们好从他嘴里打听一下消息。这一天,我们是再也不能出门了。

卢石这天回来得很晚。他回来时一脸疲惫而且眼中含着怒气。我假装没有看出他眼中的怒气,只问他点校进行得顺不顺利。他气哼哼地答:点校进行得倒顺利,于大人也很满意,就是出了意外。

意外?我只让眉梢稍稍扬起。

他奶奶的竟敢有人要谋害于大人!

是吗?我装着十分惊奇:于大人去你们军营点校,到处都有拿刀拿枪的人,还有人敢去谋害于大人,那不是找死吗?

他们在营门口动的手。

噢?!于大人他——?

只差一点点就没命了,秦把总和一个卫士替于大人中了刺客的箭。

天哪,秦把总怎么样了?我这时是真心着急起来。

伤得很重,大夫说他们的箭上还涂有毒物。

哦?赶紧救治呀。我确实很焦急。那个秦把总给我的印象挺好,还有他那贤惠的夫人也让我喜欢,再说他的儿子刚刚满了百日。他们一家与我与我们瓦剌人又无怨无仇,他又不是明军的大头头,为什么要害人家?

眼下大夫正在给秦把总疗伤,只是能不能救过来还不知道。

但愿他能转危为安,天哪,怎会是这样一个结果?

秦哥确是一条汉子,他倒下时还说了一句:幸亏我替于大人挨了这一箭,要不然,京畿危矣。

那于谦怎么说?

于大人到底是大将军的风度,出了这事,仍带了笑意说:看来想要我头颅的人不少,待我打完这一仗,就给他们,小秦,只是苦了你……我们的头头怕不安全,准备取消今天的点校,可于大人仍坚持按原来的时间点校。他走上校阅台时,一点也没有受惊吓的样子,镇静自若,面不改色。

刺客抓到了?这是我最关心的问题。

只抓了一个,但他肯定有同伙,眼下正在给那小子排毒。

排毒?

奶奶的,那家伙一看跑不了了,就急忙把预先准备的毒药往嘴里塞,大夫们正想法把他吃进肚里的毒药排出来。这狗东西非常精,前天专门用假名把正对着兵营的那一家的阁楼租了下来。而且他的箭法很准,两支箭全部射中目标,是一个真正的杀手。

估计能把他救活吧?

我刚才临回来前又去问了一下,应该能救活他。

我的心猛地提到了喉咙口。

这个杂种,只要把他救活,就会想法让他开口交代同伙。我们这些小官们在一起猜测,这个时候能起心谋害于大人的,不是瓦剌的奸细就是主逃派的人。

主逃派?我故意向这方面引。

就是朝中那些主张迁都南逃的人,他们都认为瓦剌军来攻城必胜无疑,因此主张再迁都南京,好保性命。于大人认为此时迁都,动了国本,愈发使人心涣散斗志不存,更会造成兵溃千里的大败局,因此坚决反对此种主张。那些人便把于谦大人视作了眼中钉,认为是他把亡家亡命的危险给了大家。好了,不说了,我们准备睡吧,我今天实在是累了。哦,一天没回来,我得去看一下父亲和陈老伯。

我的心顿时又紧张起来,他会不会对帖哈胳膊受伤起疑?还算好,他没有多想,他去看了陈老伯和帖哈又回到我们的睡屋后只说了一句:爹到底是老了,下床也会倒地碰伤。我舒一口气,应了一句:碰破了一点皮,不碍事的。接下来我急忙给他端水洗脚,服侍他上床躺下。一天的紧张和恐惧,也使我极度疲劳,当我在他身边躺下时忍不住想,他对谋杀事件的反应是如此激烈,他要是知道了我的真实身份,知道我在此件事中扮演了什么角色,该会是怎样一个反应?会不会对我翻脸?也对我动手?我打了一个寒噤。我过去总在想等战争过后告诉他自己的真实身份,然后领他去草原过日子,现在我越来越不敢这样想了。那就永远不对他说明自己的身份?在战后先同他回他家开封过日子,然后再找机会去看我母亲和弟弟?

半夜里,终于沉入酣睡的我又被卢石弄醒,他搂住我说:杏儿,我从今天于谦大人点校时说的话中,感觉到战争是真的很快就要开始了。一旦开战,我身为一个小官,必当领兵冲在前边,那就有战死的可能,如果——

我急忙伸手捂住了他的嘴,嗔怪道:怎么净说这些不吉利的话?不许胡说!

我估计,这场仗一旦开打,就不会是小规模,所以很想把有些话给你说说——

我不想听!我拦住他,我的心也开始发抖。我知道仗一打起来,什么事情都可能发生,我同样害怕他出意外。我忽然想到应该趁这机会劝劝他不参与战争,于是就试探着开口道:卢石,有句话我不知当说不当说?

说呀,跟我你还有啥不当说的?

我在想,一旦战争爆发,有一个保你安全不出事的法子。

是吗?啥法子?

你悄悄回到家里,我把你藏起来,待仗打完后,我雇一辆马车,把你乔装打扮拉出城去。咱们哪里也不去,就回你们开封,咱从此安安稳稳地在那里过日子——

你把我看成啥了?

他听后猛地身子一挺,坐了起来看住我,虽然没有点灯,可我能感觉到他很生气:把我看成一个会临阵脱逃的孬种?把我看成一个没有脊梁骨的狗?在朝廷危难之时,在敌人攻城之际,我一个大男人,一个朝廷的军官,那样不忠不义,以后谁还会把我当人看?我在世上活着还有啥意思?……

我没有再听他下边的话,只是觉得心在往下沉,看来,要阻止他不上战场是不可能了,那就只有靠神的保佑了。我假装一笑说:看把你急的,我只是随便说说,哪是真让你去当逃兵?你当了逃兵,我就脸上有光了?为了转移话题,我又带了笑说:你知道我在秦把总的夫人那儿学到了什么宝贵东西?

他见我如此说,方又躺下身子问:学到了啥?

319

尽快怀上孩子的办法。

是吗？他也笑了。还有这种办法？

我于是附耳向他说了一遍秦把总夫人的话,他听了直笑。我随后贴了他的耳朵激他:我很愿试试,你敢吗?他的劲头一下子来了,立刻揽过我的身子说:试,咱现在就试,但愿今晚你就能怀上!

这是我们第一次按着别人的指导去做这事,两个人都变得有些小心翼翼起来,早先那种无师自通随意随心的乐趣也因此失去了不少,边做我边在心里祷告:愿神灵让我们早早随心,把孩子给我们吧……

让我早点去做母亲吧……

我和卢石重又走进秦把总家是在第二天的下午。那天午后,刚吃过饭的我正在厨房刷锅,卢石匆匆推开院门进来,他平日根本不在这时回来,所以我很意外,挓挲着两只湿手奔出来诧异地看他。一看见他的脸色,我就知道出事了。果然,他低哑地说:把手擦干跟我走吧。去哪里?我问。秦大哥死了。他的眼中涌出了泪。我的心一咯噔,立刻想起了那个朗声说话待人真诚的秦把总的面孔,想起了他那个慈眉善目的夫人,想起了那个刚过百日的孩子,耳畔顿时响起了那个孩子发出的咯咯的笑声。天呀,为何要让他死?为何偏偏是他死?杏儿,你看你做了什么?你做了什么啊?!

我不敢再说一句话。我知道我只要一开口说的就必是假话,我这个时候要再说假话那真真是该遭天谴了。我默默跟在卢石的身后向秦把总家走。天气很好,街上的行人挺多,各种叫卖声此起彼伏,尽管人们都已从军队紧急备战的气氛里感受到了战争正在临近,但生活还在继续。我由这热闹的街景联想到秦把总的家庭,战争还未开始,这个家庭就有人流了血,他们正常的生活就已被打断。

还没有走到秦把总家门口,就已听到了他妻子那嘤嘤的哭声。我的双腿不由一软,我真是不敢再向前走了,我害怕看见那位贤良温顺的夫人的眼睛,害怕看见那个刚过百日不久的孩子,要知道,我是凶手之一啊!今后她孤儿寡母可如何过日子?见我不再向前走,卢石转身看我一眼,我又拼力挪动了步子,不能让卢石看出什么来。进到屋里,只见那位夫人正伏在棺材上哭得身子一抖一抖,那个刚过百日的孩子由一个丫鬟抱着,也手扒着棺沿。可怜那不懂事的孩子,根本不明白眼前的事情对他意味着什么,只是不停地用手去触摸棺板,我的鼻子一酸,泪就流了下来。那一刻,我明显地觉到,我心中对帖哈生了真正的反感:杀、杀、杀,看看你都杀了些什么人?!与此同时,那种巨大的歉疚感也把我的心越坠越疼。我一边上前搀起那位夫人一边在心里叫:姐姐,我欺骗了你,利用了你,害了你们娘俩……

葬礼开始前,抱着孩子的丫鬟有事要忙,就把孩子递到了我的手上。那孩子对我倒不认生,不哭不闹,先是用一只小手摸摸我的耳朵和鼻子,随后就瞪着一双清澈的眼睛直愣愣地看着我。我被孩子的眼睛看得心虚起来,双腿一时软得都走不动了,我仿佛听见孩子在心中说:我已经看明白了,就是你害得我没了父亲……

棺材刚抬出门,忽见一个把总带了两个军士骑了马由远处的街道上奔来,那把总在送葬的队伍前滚鞍下马,高声道:于谦大人因紧急军务不能亲来给秦把总送行,特派我等三人送来了一副挽联以表哀悼之意。他的话刚落地,就见那两个军士在马上刷地把写在黑布上的挽联展开了,我看见那上联写的是:秦先生代吾受箭以血警人先离去;下联写的是:于某人为国战死拼身尽忠后去聚。那两个军士手举挽联走在送葬队伍的最前边……

在整个葬礼上,卢石自始至终没说一句话,只是在回家的路上,他才咬牙说了一句:奶奶的,只要抓住的那个刺客开了口,交代了他的同伙在哪里,我一定要亲手去抓住并宰了他们!

我的两腿哆嗦得几乎不能挪步。

以后,你每天去秦大嫂家一趟,看她那里有没有事需要帮助做,有的话,你就多帮帮忙吧。

我急忙答道:这个我明白。

到了家我让卢石去床上歇着,自己来到了外间的一尊佛像前。这尊佛像是陈老伯敬奉的,我和卢石来住下之后,陈老伯没有把佛像搬走,只是每隔十天来这佛像前烧一回香,跪下磕一个头,低声说几句请佛保佑的话。此刻,我也学陈老伯的样子,把几根香点着,插到香炉里,而后悄然跪下磕了一个头,无声地在心里说:佛祖,你可能不认识我,我过去也从未敬奉过你,可我现在也想请求你的保佑。你可能已经看明白了,我是一个犯了罪的人,我刚刚协助别人害了秦把总,像我这样的人你还会宽恕和保佑吗?……

我是带着特别难受的心情去厨房做晚饭的。灶膛里的火刚点着,帖哈来了,他假装坐在灶前替我烧火,然后探身对我声音很低地说:开始了!

啥开始了?正沉在自己思绪里的我没听明白。

我们的队伍今夜已开始向北京开来!

哦?

进攻北京的战争开始了!

尽管这是我早就知道早在意料之中的事，可当它真的来临时，我还是觉到了吃惊。我一时惊在那儿，手中举着锅铲子定定地站在锅台边。

太师担心刺杀于谦失败的事会引起其他变故，遂决定立即发兵。估计两天后前哨部队可抵紫荆关，另一路会达古北口。

我仍呆呆地站在那儿。

太师要我们仍在城里，除了随时探听城内动静和大明新皇帝应对我攻城的办法之外，再做两件事！

我什么也不做了。我很干脆地说。

你怎么了？他惊奇地看着我。

你知道吧，对卢石很好的那个秦把总被我们杀死了。

就为了这个？他瞪住我。

他对我们没有任何恶意，他夫人也是好人，他们还有一个刚过百日的孩子。

当初在土木堡死去的那些大明朝的军人中，有很多也是好人，他们也有很好的妻子，也有值得怜惜的孩子，可因为他们是大明朝的军人，他们会保护大明朝，会和我们瓦剌人作对，因此他们就必须死！战争中，一方的人对另一方的人来说，只是敌人，不管他的人品如何好，只要他站在敌对营垒里，就必须被消灭。这个秦把总也是一样，他是大明朝的军官，一旦我瓦剌军攻城，他必会领兵与我瓦剌军士作战，届时，他杀我们的人也决不会手软，也正是因此，现在杀了他，对我们的攻城部队其实正是好事，我们的攻城军士到时候就会少一个对手！这是值得庆贺的事情，你为何反而不高兴？

我默然望着他，想告诉他我在秦把总葬礼上看到的情景，可我又知道那些同样说服不了他。如果站在瓦剌人一边看事情,帖哈说得好像也有道理?!

我们要办的事情不多了,结局马上就要来到了。

让我歇歇,我不想再办什么事情了。我再次说道。我觉得我的身心都已累极了。

就两件小事,办完就让你歇着。

干什么?我叹口气:帖哈,你真是个催命鬼。

头一件,你明天变变衣装,最好扮成一个中年女人,找一个机会去到街上和女人们说说闲话。

我没有心思去和别的女人说闲话。

听我把话讲完,不是说一般的闲话,说你弟弟由军中回来告诉你,于谦已被瓦剌人杀死了,朝中的大臣们都相继开始在夜晚出城往南京方向逃命哩。

这不是在说假话?我很吃惊。

对,可人们很难分清真假,只要传开,就会乱了这京城里人们的心,减弱他们的抵抗力!第二件,你当初上过德胜门城楼,知道那上边的情况,我们很快要派人在夜晚乔装上去把那上边安的大炮炸毁,那些大炮对我们的攻城军士是一个很大的威胁,你要给上去炸炮的人讲清那些炮的准确位置。这两件事都不是难事,挺容易办的。

好吧,我办,不过我要再次给你说清,瓦剌军一进了城,我就要带上卢石走!

傻瓜,瓦剌军进了城正是我们获得回报的时候,怎么能走?

回报?

你想,太师攻破城后,他会做什么?无非是两件事:一是他登基成为皇帝;另一个就是对有功之臣论功封赏。我俩为他立下了汗马功劳,他也该兑现诺言再给我们加封一下了!

你说你这个时候走了不是傻瓜?

我告诉过你我不想做官。

到时候再说吧。

我没再说话,开始动手做饭。心里却在想,得再想法劝劝卢石,要让他知道继续留在这京城的危险,倘能说动卢石和自己一起逃出这座危在旦夕的都城,那是最好。到那时我就不管帖哈了,让他留下等着封官吧,我只要卢石,只想怀上自己的孩子,只愿过上一份平平常常安安宁宁的日子……

夜里上床之后,我偎在卢石的怀里,开始了我设想好的劝说。我说:卢石,今夜我要跟你再进行一场正正经经的谈话。

是吗?卢石笑了,吻了我的嘴唇一下说:这样一本正经,谈什么?

你说,你对我是真喜欢还是像那些逛青楼的男人,只想玩一玩?

你这是什么话?他斜起上身,在黑暗中注意地看着我。我啥时候对你来假的啦?我不是一直真心对你吗?你说我们要举行个婚礼,我不是照你说的和你一起拜过天地了?!

既是真的,那你说,当我怀上了孩子,你应不应该给我找一个安稳之处,让我平平安安地把孩子生下来?

你已经怀上了?

你我又都没有什么病,在我们那样做了之后,还能怀不上?

你愿意我送你去啥地方把孩子生下来?

你的老家开封。我没敢说草原。

行,待这场仗打完,我就送你回去。

不,我要你这两天就亲自送我走!

那怎么可以?眼下大战在即,我身为大明军的一个领队,

325

在朝廷正值用人之际离军回家,定会被认为是临阵脱逃。我过去不是给你说过,我要临阵脱逃就会落一世骂名,永远被人瞧不起。

既是知道大战在即,你还忍心让我待在这城里?万一到时候这城被攻破,你就不担心我和咱们孩子的性命?

这一点你放心,有于大人的提调指挥,有二十来万军士的防卫,城决不会被敌人攻破,你只管放心地住在这个屋里!

我叹一口气,不再说话,看来要想和卢石一起出城避开这场大战是不可能了,只有留在这里,等待最后的结果了。帖哈不许我走,卢石不愿走,我只有待在这里了,这可能就是天意?……

第二天上午,待卢石去了军营之后,按照帖哈的安排,他去到房东陈老伯屋里同那老人说话,我迅速扮成一个中年女人的样子出了门,来到了街上。我尽量向远处的街巷走,直走到我估摸不会有一个人见过我认识我的地方,才在一家小杂货铺子前停下步。我先买了点油盐咸菜,而后站在柜台前有意同那卖货的老板娘搭上话。我开始是夸她的铺子收拾得干净,称盐灌油给的斤两足,待她高兴起来有了和我说话的兴致,才慢慢把话扯到了街上不断走过的那些军士身上,说他们可是真忙。她就接口道:总见这些军士忙来忙去的,莫不是真要打仗?我就赶紧说:打仗的事看来是真的了,我的弟弟就在军中。他前天回来告诉我,说瓦剌人很快就要来攻北京城了,而且就在前天早上,瓦剌人还派奸细杀死了咱朝中管打仗的大官于谦于大人。这一下,连朝中的大官们都慌了,好多大官都悄悄地出城向南京逃了。那老板娘就惊得瞪大了眼睛叫:真的?我点点头悄声叮嘱了一句:这话可不要向别人说哟!

就紧忙走了。我还没走出多远,就听那女人在叫:大嫂子,你快过来,我有话要告诉你……

帖哈交代的第一件事我就算给他办了。我当时根本不信帖哈让办这事能有什么效果,一个女人传几句假话就能让这京城里的人心乱了?没料到的是,第二天早饭后我去街角倒垃圾时碰见了几个邻居女人站在那里说话,就听其中一个女人说:你们知道了吗?瓦剌人要打过来了,朝中有好多大官都带了家眷向南京逃了,连于谦大人都被人家派来的奸细杀了,咱们也得赶紧想个法子呀……

我吃惊地向回走着,第一次知道,在战争爆发前的这段反常时间里,话原来可以如此快速地传开。我回屋后把这事给帖哈说了,帖哈笑道:非常时期,在人口密集的大城里,话的传播速度比人走得都快。

第二件事是在接下来一天的午后办的。那天午后,帖哈说他上火,让我陪他去街上的药房里买几服汤药回来。在一家药铺的一间蒙了黑布的药库里,我和帖哈都用布盖了头,然后看见一个男人走了进来,那人也用布盖着自己的头。帖哈这时对我示意开口,我于是小声对那人说了一遍德胜门城楼上的情况,并把凭记忆画的一张城楼示意图给了那人,图上按帖哈的要求标明了那些大型火炮的位置。那人接过图开了后门出去,我和帖哈扯掉头上的盖布,仍从前门出来混进了人流里。帖哈边走边告诉我,我瓦剌人一旦攻城,德胜门将是重点攻击部位……

那家药铺临近西直门城楼,就在我们边说边往回走时,忽见两匹大汗淋漓的报马飞奔进城门,直向街里驰去。帖哈当时就说,兴许,他们已探得了我军南来的消息。

帖哈的判断没错,我们还没有回到家,就见一支支的队伍

327

跑上了街道,城中已不许人们随便走动,我们紧赶慢赶回到家,附近就也净街了。

终于打来了！帖哈显得异乎寻常的高兴,在我和卢石的睡屋里来回踱着步。我无语,只默然地看着他,他笑得太过分,使脸上新起了大批的皱纹。那些纹络堆积在一起,使他一时间显得老了许多。

卢石是在天傍黑时骑马回来的,马蹄声把我、帖哈和陈老伯都引到了院里。卢石已穿上了铠甲,披挂上了弓箭和大刀,全副武装的他看上去更加威武,他下马就高声叫道:杏儿、爹、陈老伯,马上就要打仗了,我最后一次回来看看你们！马上还要走。

我立时瞪他一眼:说这种不吉利的话？最后一次来看我们？以后不回来了？不要我们了？

噢,对对,不该这样说,应该是战前我最后一次回来看你们,待打胜之后,我当然还要回来！我们今晚就要集中,我马上就要回到营中。

你可要小心那些瓦剌兵,听说他们的箭射得很准。房东陈老伯开口叮嘱。

放心吧,大伯,咱的箭更准！卢石拍了一下他的箭兜和长弓。

他们的骑兵可是快如疾风。帖哈的话里听不出是提醒还是夸耀。

咱的马跑起来也如闪电。卢石边说边把眼睛看向了我,说:我还得拿点东西。我当然明白他的意思,急忙跟他进了卧室,刚一进门,我们就抱在了一起。天哪,这是他抱我抱得最紧的一次,他胸前坚硬的铠甲压得我的两只奶子都要破了,可我咬了牙没有吭声,任凭他紧抱着亲我。我的小杏儿,我知道你不愿听,可我还是想告诉你,我上战场后,啥事情都可能发生,要是——

我急忙用舌头堵住了他的嘴。

要是我真死在了战场上,你可要把我的孩子生下来!他终于还是说出了不吉利的话。

我捏住他的双唇低声叫道:你不能不说这些让人难受的话?

好,好,不说这些,喏,这是队伍上刚发的一点银子,战争期间街上的物价肯定要涨,你计算着买东西,好维持你们三个人的生活。

我默然接过那点银子。

你要多保重,有重活了等我回来干。还有,刚洗完头不要立刻出屋门,以免伤了风头疼。夜里小解,不要再去院中茅厕,把我给你买的那个瓦罐拎进屋子……

我的鼻子一酸,眼泪流了出来。长这么大,除了母亲,还没谁对我说过这种话,就是阿台,也没说过。卢石是这个世上最爱我的人。卢石,我对不起你,我对你隐瞒了许多许多东西!以后,待我俩在一起过日子时,我再慢慢给你解释并请求你的宽恕……

还有,今后响营里通报我们,城里已有各种有利于敌人的谣言在传,说是于谦大人已经被刺身亡,说好多朝中大官已偷偷出城南逃,上边据此认定,城中已经混进了瓦剌的奸细,你们可要多当心!

我的心和身都一哆嗦,为了掩饰,忙开口说:我在家里会自己照顾好自己,你只管放心,最要紧的是你,你上了战场,脑子可要灵醒点,要对前后左右都小心。告诉我,上边派你去守哪个城门?仗一打完我就好去找你!

我们的那支队伍都去德胜门。

德胜门？我的心一咯噔,帖哈说过,德胜门是我们瓦剌兵这次进攻的重点部位。

就是正北——

不能换个地方？

换地方？卢石笑了:军人哪能擅自要求更换打仗地方的？再说,守哪个城门不是守？

我不敢再说多的,只能苦笑了一下:我只是觉得德胜门在正北,不吉利,不如守南边的崇文门和宣武门好。

嘿,我的小傻瓜,只要有本领,什么地方都能打胜仗,什么地方都吉利。这次京城的九大城门都有重兵把守,都派名将指挥,都会固若金汤。

是吗？德胜门是谁在指挥？我禁不住问。

总兵石亨、副总兵范广和武兴。哪,这是刚刚发给我们领队的各大城门指挥官的名字,为的是让我们放心。他边说边掏出一张纸递了过来。

我打眼一看,上边果然写着:

安定门:都督陶谨;

东直门:广宁伯六安;

朝阳门:武进伯朱瑛;

西直门:都督刘聚;

阜成门:副总兵顾兴祖;

正阳门:都指挥刘端;

崇文门:都督刘德新;

宣武门:都指挥杨节。

但愿这些人都能正确指挥,使城能守住。我喃喃着说。如今,我的心真是处于两难之中。一方面,我希望瓦剌军胜利,使自己这么长时间的辛苦不白费;另一方面,我又希望这城不被攻破,好让卢石获胜平安归来。天爷爷,我真是不知如何是好了。

这你尽管放心,我们会打胜的。好了,我得走了。哪,这是我刚才回来时在街边小摊上给你买的一包樱桃,说是京西山里的出产。那卖樱桃的老人说,怀了孩子的女人吃了樱桃,日后生出的孩子肤色特别好。他边说边把一包樱桃由衣袋里掏出递到了我的手上。还要记住,一旦打起来,千万不要上街,瓦剌人的箭镞是不长眼的!说罢,他转身就要向外走。

我不舍地拉住他,明知不可能可仍然说道:你能不能不去? 就先藏在家里?!

小傻瓜,我不是给你说过多次,我不能当逃兵!再说,这个时候不去,是要受军法处置的!

他决然地推开我走了出去,待我擦了擦眼泪奔出院门时,他已经上马走了,我只能看着他和他那匹战马的身影,很快地消失在越来越浓的夜色里……

我久久地站在院门口,我忽然感觉到,今晚的京城里,显得异乎寻常的安静,到处都没有响动。不知是净街的缘故还是人们已无心情,附近的戏园、茶楼、酒肆都无声无息,就是不远处的那家每夜都热闹的妓馆,今晚好像也歇业了,我侧耳听去,竟无半点动静。

大明朝和瓦剌军,究竟谁会胜?

帖哈和卢石,究竟谁会赢?

我抬头默望着暗黑的天空……

昼 录

　　下一个白天并没有因为紧张的战争气氛而推迟来临,天还是像过去一样地按时亮了。过了一个不安之夜的我拉开院门后发现,这个白天和以往的白天并不一样。街上除了站哨的兵丁之外,就是匆匆走过的成队的军士,很少有行人。临街的大商铺大都关着门,只有一些卖油盐的小铺还在开着业。偶尔有人从街上走过,也都是迈着匆忙的步子,受了惊一样。

　　吃过早饭,帖哈要我给他找个盛醋的坛子,他要上街去买醋。我知道他这是佯装买醋,其实是要出去办事。我找了个空坛给他,小声叮嘱了一句:多加小心。陈老伯见帖哈这时要出去买醋,就劝他:没有醋就先不吃,别出去惹了什么麻烦。

　　没想到那老人的担忧还真有道理,午饭时分,帖哈果然被两个兵丁押着回到了门口,我见状大惊,急忙跑上前去。两个兵丁黑了脸问:他是你什么人?我忙答:是我爹,家里没醋了,就让他上街去买点醋。两个兵丁的脸这才换了颜色,说:领他进屋吧,立马就要打仗,一般不要再到外边跑,小心被当了奸细抓走。

　　我连连点头。

　　兵丁们走后,帖哈说:没想到这个于谦如此厉害,把一个就要遭攻击的京城弄得井井有条,没有任何慌乱和失措的样子。

　　事情怎么样? 我渴望知道他了解到的东西。

　　我们瓦剌军一部,已攻陷了白羊口,将当地明军守将谢泽打死,眼下队伍已进了长城,正向京城杀来。也先太师率另一路兵马,在已投降我瓦剌的原明英宗贴身太监喜宁的带领下,已巧攻下了紫荆关,把明军都御史孙祥和都指挥韩清都打死了,眼下,也正向京城奔杀而来,估计明天咱们的人就可能攻城。

能攻下来?

当然,就凭于谦临时搜罗起来的这些散兵游勇,能抵挡了我们瓦剌人的金戈铁马强弓利镞?你等着看,不是明天就是后天,这京城就是我们瓦剌人的了!

我一时无言。如果真像帖哈说的,那自己这么长时间的辛苦就算没有白费,自己应该感到高兴,可我为何就高兴不起来呢?

这天后晌,因为不能再去街上,帖哈和陈老伯都待在自己的屋里,我先在卧房里坐了一阵,因心神不定,又来到了院里侧耳去听四周的声音。除了偶尔响起的脚步声,四下里都很安静,人们好像都在等。我习惯地仰脸向天上看云,天上的云好像也受了惊吓,大都藏了起来,只有一两朵在那儿绕动。我盯着它们,看着它们慢慢地飘摇下沉,有一朵渐渐飘落到了我们这个小院的上空,忽然之间,我鼻子里钻进了那股熟悉的脂粉香味。哦,我身子一振:又闻到你了,你原来就藏在这朵云里……

嘭嘭。

忽听有人在敲院门,谁会在这个时候来?我闻声急忙收回目光向院门走去,门拉开才见是几个军士。

抱歉打扰你,我们是奉兵部之令来找自愿救护伤员的人的,凡健康有力气的本城住民,不分男女,只要本人自愿报名,都可以去。我们特来问问你们家有没有愿去的,我们已知道你们是军人眷属,去与不去你们完全自愿。其中的一个头目开口道。

我迟疑着,一时不知这件事应不应该去做,不想帖哈这时已走出来在我背后先表态说:写上我们父女两个的名字,我们都去,朝廷有难,我们做平民的,理当奋勇上前。

好,这位大伯说得对。来,写下你们的名字。那人朝我递过来一张纸。我看了帖哈一眼,在上边写了我和帖哈的名字。

来,发给你们两个黄布条,你们把它绑在胳膊上,凭这个黄布条,你们晚饭前到德胜门内清香茶楼前集合,会有人给你们交代事情。

帖哈急忙伸手接过,我看见那布条上写有救护两字且盖了一个大大的印章。

送走了那几个军士之后,帖哈低声对我说:今夜我们的人按计划要毁掉德胜门城楼上的那些大炮,夜里我想到那城楼附近听听动静,可街上戒严,我正愁着怎么才能出去哩,他们忽然给咱派了这样的差事,这真是打瞌睡遇到了枕头,太好了。

我们的人怎能上到城楼上?我很惊异。

这个不用你操心。

我不再说什么,只在心里想,既是让到德胜门内清香茶楼前集中,就可能见到也在德胜门防卫的卢石,这倒也是给自己提供了一个机会。

估摸该到出门的时辰了,我和帖哈就在胳膊上绑了写有救护两字且盖了印的黄布条,给陈老伯交代了一声,便出门上街了。那黄布条还真管用,街上当值的军士一见我们臂上的黄布条,问也不问,就立刻放行。我们按要求在晚饭前到了德胜门内的清香茶楼前。这里已聚了几百人,多是中年男人,年轻女子也有,但只有十几个的样子。我和帖哈被编为207组,分到了一副担架。这些身穿各色衣服的普通百姓,大概都知道眼下的事态,全神色肃穆地无声立在那儿。站在这里,能隐约看见德胜门城楼上有人影晃动,能看见城门内有成队的军士在搬运着什么。

不久,一个身穿都指挥官服的中年男人在几位文武官员的陪同下,来到人群前站定,只听那都指挥开口说道:诸位勇士,瓦剌军正向京城杀来,京城保卫战很快就要开始。在朝廷遇此危难之时,你们能自愿出来担当救护伤员的责任,这份为朝廷分忧为国家社稷着想之精神,令卑职十分感动。朝廷也会记下你们的功劳和事迹,战后定会给予重赏!仗打起后,你们救护伤员的方法,就是每两人一组,把伤员或架或背或抬,搬到临时看护所里。临时看护所就设在这清香茶楼内。你们在大战打响前,就坐在这茶楼外的街边安静等待,一旦打响有了伤员,自会有人来叫你们……

我一边听着,一边望着远处的德胜门城楼。卢石,你这会儿在哪里?瓦剌军已经杀过来了,你可要小心!……

夫人,你也来了?一个声音突然在我身后响起,我吃了一惊,在这儿谁会认识我?回头一看,方舒一口气,原来喊我的是那个喜读兵书懂兵事的骞老先生。哦,是你?

我也来助一臂之力吧。他无声地一笑:我没力气去抬伤员,我就来给你们和伤员送点热水喝。我这才见他的腿旁放着一把挺大的水壶。

先生的精神真是令人感动。帖哈这时在一旁插嘴,只有我能听出,他的声音中含了点讥讽。

这位是——

我爹,和我一起来当救护员的。我此时方记起他俩还从未见过面。

噢,是令尊。那骞老先生朝帖哈笑笑,我们都是不愿城破啊,城一破,家何在?当年李清照写过:木兰横戈好女子,老矣不复志千里。我们三人这是在照她写的做哪。

老人家,我们去那边了。帖哈假装有事,急急把我拉走了……

天将黑时,正坐在那儿等待的我们,忽见几队明军军士从附近几条街巷里向我们面前的大街上集中,不一会儿,那些军士就站成了整齐的几排。军士们都是全副武装,面孔肃穆。这时,有人抬来了几大坛子酒和几筐酒碗,给每个军士都端去了一碗酒。看着那些手端酒碗一动不动的军士,我心上煞是诧异:这是要干什么?这当儿,只见一个军官站到队前高叫:拼死队的弟兄们,为朝廷尽忠立功的时刻就要到了,请大家对天举碗,喝下这碗壮行酒,而后奔赴自己的战位,不夺胜利,就是头断血流也决不后退半步!喝!

喝!军士们齐吼了一声,震得地皮一动,惊得正要归宿的鸟儿呀呀叫着又飞回到了空中。我惊望着那些举碗喝酒的军士,一股冷意"嗖"地钻上了心头。那些军士喝完了酒,又几乎同时啪一声朝地上摔碎了酒碗,跟着就排队提刀向德胜门那边跑去了。

我默看了帖哈一眼,他的眼中也露了惊意。天哪,明军竟有如此的斗志。

天黑之后,因久久没有动静,我们这些救护员每人领了一件军袍,被允许进入附近的几家客栈睡觉,并被告知,一旦敌人开始攻城,会立时敲锣,大家听到锣声,紧忙出来就行。人们正准备进客栈,忽听德胜门城楼上轰轰响了两声,分明是爆炸的响动,紧接着,就听见有人的喊声、叫声、哭声和跑动声。救护员们顿时都惊在那儿,一齐向黑暗中的城楼上看。帖哈在暗中拉了一下我的衣袖,借着客栈里透出的灯光,我看见他的一双眼里聚满了高兴。这么说,那些大炮被炸毁了?!

我的心莫名地慌张起来,这桩事我其实也是参与者。

一组、二组、三组、四组,快跟我来!这时响起了一个声音。紧跟着,就有八个救护员随了那人向德胜门城楼跑去。不大时辰,便见在两支火把的引领下,那四副担架各抬了一个浑身是血的人向这边跑来。众人纷纷让开,看着他们把伤员抬进救护的屋子。

我的心怦怦跳了起来,又开始流血了……

咋回事?当那些救护员出来时,人们拥上去问。

说是有人在城楼上的大炮炮膛里塞了东西,忽然之间,就爆炸了……

这个时候大炮被炸,娘的,一定是瓦剌人的奸细所为,要想法抓住他们……

我没有上前,更没有去问,也没有去听那些回答,只是一个劲儿地向暗影里躲,我怕人们发现我的异样,我怕四周所有人的眼睛。

当人们终于平静下来后,我听到一个声音在喊:大家快进去歇息,以准备应付大战开始!

我急忙向客栈里走,帖哈这时靠近我,先是回望了一眼远处的城墙,然后对我微声说:咱们的人应该到了呀!为何这样慢?我没有理他,我不懂他为何这样迫切,早打晚打不是一个样?你想看什么?难道你没有见过战场?

我躺在客栈里那张散发着陌生人汗味的床上,怎么也睡不着,眼前一会儿出现也先的面孔,一会儿出现卢石的面孔,耳朵里也奇怪地总听见一个人的哭声。因为是和衣而睡不分男女,帖哈就睡在我的旁边,我问他听没听见有人在哭,他说

337

没有。我侧耳去听,那哭声分明在耳。又问身旁另一位女子,她却也说没有听到,令我更是奇怪。不知过了多久,我的上下眼皮才算被疲惫合拢……

　　锣是骤然响起来的。深夜里的锣声是那样令人心惊,加上最初的锣声过后,远近街道上的锣也接连敲响,传达出的那份紧张就格外揪人的心。

　　我们这些自愿救护员纷纷跑到街上。管事的一个官员高声叫道:大伙先在街边等着,一旦需要再到前边去!

　　帖哈碰了碰我的胳膊,借着街上灯笼发出的微光,我看见他脸上浮满了笑容。他望着远处仍笼在夜色里的德胜门城楼,长长地舒了一口气。

　　我侧耳倾听着城楼上的动静,那里好像一如我们睡前的模样,没有什么异样,并无刀枪相碰的响动。但渐渐地,我听见了一种声音,那声音好像来自城外,类似风掠过树枝的声音。后来我才辨清,那是人群的呐喊声,那呐喊声因为来自城外远处,变得有些模糊不清。天就在这种模模糊糊的喊声中亮了起来。这是一个没有一丝云彩的晴天,太阳一点也不知道京城里的变故,仍像往日一样,大摇大摆地走上了东天。借着阳光可以看清,远处的德胜门城楼上,旗幡飘动,军士肃立,一点也没有乱的迹象。不大时辰,只见从门楼里奔出一骑,直向这边飞来,到了眼前,才认出是昨晚在这儿照应大家的一个军官,只见那人勒马停住,高声叫道:告知诸位一个好消息,我驻守城外的副总兵高礼、毛福寿率兵主动出击,突袭瓦剌军前锋一部,杀敌数百人,余敌溃走,我无死伤!

　　救护员们立时鼓掌叫起好来。

　　我回望了一眼帖哈,只见他虽也在鼓掌,但面色铁青。料他心里不会好受。两军对阵，什么事情都可能发生啊。

　　这个早上平安过去，大家吃了专人送来的烧饼和稀饭之后，仍旧坐在街边歇息，一边悄声议论猜测着战事的发展，一边等待调用。将近中午时分，忽听德胜门城楼上"咆"的一声炮响，随即就听见城墙外响起了山呼海啸样的呐喊声，跟着，鼓声、炮声、人吼、马嘶、铁器撞击声和火铳发射的响声连成了一片，真有一种天摇地动的感觉。救护员们全都站起身来向城外看去，无奈有城楼和城墙的遮挡，根本看不到什么，看到的只是城外的天空和空中飘荡的几缕青烟。帖哈这时扯了一下我的衣角，满脸兴奋地低声说：我们大规模的进攻开始了！德胜门的明军布防情况，我们早就报了过去，太师也先他们应该是了如指掌。看吧，这个德胜门城门马上就会被攻开！

　　我双眼直瞪着城门，在我的瞪视中，那城门仿佛已真的被打开，也先正领着成队的骑兵向城里潮水样地涌来。你们辛苦了！也先勒马站在我和帖哈的身边。我摇了摇头，眼前的幻觉顿时消失，一切还是原样，那城门仍牢牢地关着，甚至连站在城门后守卫的军士们都一动不动。

　　约莫有两个时辰，城外的呐喊声渐渐低了下去，又过了一阵，各种响声渐趋没有，而在西直门城楼方向，又响起了喊声和鼓声。我和帖哈正在诧异，却见一个管事的由德胜门城楼那边骑马飞驰过来高声叫道：我大明军在德胜门外刚打了一个漂亮的伏击战，我军将瓦剌军的一支先锋部队引进空街，预先埋伏在街两边空屋里的伏兵突然出击，火炮、神铳、利箭齐发，打得瓦剌人鬼哭狼嚎；尤其是我明军预先打制了许多锯木头的宽锯条，将其在空街上拴了一道又一道，使得他们骑兵的马腿接连被伤被绊，让他们全然失去了骑兵的威力……

　　我看了一眼帖哈，发现他的脸上全是惊诧。

339

我当然感到了意外,可另一半心却有些放下了:既是明军胜了,卢石就不会有危险了吧?

现在,请大家迅速跟我来,我们要趁瓦剌军去转攻西直门城楼的当儿,快速出德胜门城门,把刚才在伏击战中我方受伤的伤员和阵亡者的遗体抬回到城里来!

众人闻言,急忙随那人走了,我和帖哈也紧紧地跟在后边。我看出,帖哈迈步很急,他大概特别想亲自去看看情况。

德胜门城门刚一打开,我还没有迈过门槛,一股我在土木堡战场闻过的浓重的血腥味就涌进了鼻孔。打眼向城门前的街上一看,我的心就猛地缩紧了,天哪,那条街上横七竖八躺的全是死去的和受伤的军人。从衣服上能够看清,那其中的大多数是瓦剌军人。死了的已经不能再动,最惨的是那些受了重伤的人,他们正一声连一声地惨叫着,那叫声像竹签一样地扎着人的心,让我身上骤然起了鸡皮疙瘩,身子也打起了哆嗦。明军的士兵正在清理战场,因为明军评定战功的办法是以人头计算,杀敌多少,空口说不行,须把敌方的人头割下来,论功时交上去。所以我看见不少明军士兵手里都拎着三四个人头,并且继续在尸体堆里寻找尚未割头的战死的瓦剌军士。望着那些血淋淋的人头,我只觉得双腿发软恶心欲呕。

我跟在帖哈的后边,在死尸堆里寻找着明军的伤员和尸体。看!走在我身前的帖哈突然低叫道。

我闻声顺他的目光看去,身子不由得又是一抖,原来站在旁边的一个明军士兵手里拎着两颗人头,那其中的一颗竟是太师也先的弟弟博罗的。这人我和帖哈在也先的大帐里见过,当时也先曾向我们介绍过他,那时,他是多么威风和神气活现,可现在他的人头竟然被人提在手里摇来晃去。

天哪,他竟然也——我刚喃喃了半句,帖哈就瞪我一眼止住了我。

我觉得浑身发冷了,冷得牙齿咯咯响着。可我还是坚持着向前走,我想一直走到街的尽头,我现在只想证实一件事,那就是卢石不在这些躺着的人中间。

没有,果然没有,我几乎把每个被抬起的明军官兵的尸体和伤员都看了一遍,没有,果然没有卢石。这就好,卢石,你这会儿在哪里?

帖哈看见了一个明军士兵的尸体,示意我上前和他一起把那具尸体抬走。我明白这是我眼下应该做的,于是和他一起向那具尸体走去,走近时我才看清,这具明军士兵的尸体被一具瓦剌兵的尸体压着,帖哈不得不伸手去拉开那伏在上边的瓦剌人的尸体,他探身刚拉了一下,就突然发出一声惊叫:呀——

我原本就绷得很紧的心,差点被他这声惊叫弄断。我定睛细看,身上的血不由得骤然全向脚跟落去:原来那伏身向下的瓦剌兵,竟是帖哈的宝贝儿子达布!

达布,你怎么在这?!

我一瞬间吓呆在那儿。我记起我和帖哈临从草原来京城的那个黄昏,达布弯腰在他家毡帐前刷马的情景,记起了他含笑和我说话的模样。

不,不,不!帖哈边往后退边低叫着,我伸手扶住他的胳膊,这才发现他的身子像大风中的树叶一样在抖动。

嘿,这边还有一颗头没割!就在这当儿,我陡然听见一声喊,接着看见一个明军士兵提着刀向我们身边奔来,我和帖哈还没有明白他要干什么,他已把死去的达布的头刷的一刀砍下提在了手上。

别……我微弱地喊了一声。帖哈则已软软地倒在了我的

341

怀里。

看把你们吓的。你们到底没上过战场,在战场上不是我砍瓦剌人的头,就是瓦剌人砍我的头!那提着达布人头的明军士兵大概以为我俩是害怕,就朝我们笑着说:这是我的战利品,有这个人头,我又可以记一功了!

我不敢再看达布的头,达布的两只眼睛分明在睁着,在可怜地看着我。我绝望地闭上了眼睛。我感觉到帖哈的身子绷紧了,手也握成了拳,我害怕他丧失理智朝那明军士兵扑过去,便紧紧地抱住了他。

你们怎么了?还不赶紧抬!领我们出城的那个官人这时跑了过来。

帖哈仿佛是被这声吆喝惊得清醒了,他挣开我的胳膊对那人说:我刚才有些头晕,这会儿已经过去,我们马上抬。待那个官人走远,帖哈突然蹲下身,猛地揪住我们要抬的那个死去的明军士兵的两只耳朵,使劲地拿死者的头向地上碰,直碰得砰砰响。

我被吓呆在那儿。

那死者的头在帖哈的连续磕碰下慢慢变了形,先是变扁随后变碎了。

我急忙上前抓住了帖哈的手,压低了声音朝他叫:你这是干什么?

他抬起了头,他那刻的模样吓了我一跳,他的两眼变得血红血红,眼球骇人地突出来,脸也扭曲得变了形,使得我简直不敢认他了。

我恨哪……声音从他的牙缝里蹦了出来。

要是让明军的人看见,你还想不想活了?!

可能是我这话提醒了他,他慢慢放开那个已被他弄碎了的头颅,站起了身。

我急忙把那个死者放上担架,从近处一具瓦剌人的尸体上扯下一块衣襟,盖住那死者的头,示意帖哈赶紧和我抬了走。

我跌跌撞撞地走着,再不敢看那些死者一眼。我们是怎样把那个明军士兵的尸体抬进城门的,我全都忘了,我现在能记起的是,在把那具尸体抬进德胜门后,我坐在地上半天站不起身子,两腿软得没一点力气。

来,来,你们辛苦了,快喝点水。骞老先生这时提着水壶走到了我和帖哈的跟前,递过来两碗水。

我接过碗,一口气喝了下去。帖哈没动,只是冷冷地摇了下头。我替帖哈掩饰道:我爹他没想到会死这么多人,心里受了点刺激。

战争是只疯狗,只要把它放出笼,它就会乱咬人的。骞老先生叹了口气,跟着又说:顺便告诉你们,这于谦的打法竟然和我的主张不谋而合,他也是设了五道防线。说罢,又提了水壶向别的救护员走去。

那阵子太阳已溜到了京西的山顶,风冷了许多。西直门城楼那边的喊杀声已越来越低。被冷风吹着的我不停地打着哆嗦。我看见守城门的明军士兵们,正把我们抬回来的明军士兵的尸体在城楼后的空场上摆整齐,一共有三百多具,摆成了六排。在这六排尸体脚前,摆着他们割回来的作为战功凭证的瓦剌人头,大约有一千颗,每颗人头都竖在地上,好像是在为那些战死的明军士兵做着祭奠。之后我看见有几个士兵开始吹牛角,他们吹出的声音低沉呜咽……

我的目光在那些人头中寻找半天,才看到达布。达布的一双眼睛仍在睁着,他的头就好像是从地里长出来似的。我

343

不敢看下去,扭过脸望向别处,身子一个劲儿地发抖。

死去的弟兄们,你们看见了没?一个声音在我们的身后喊。我不由得扭过脸,看见一个明军军官正站在那些尸体和人头前抹着眼泪:你们没有白死,你们换来了大捷,换来了敌人的一千五百七十六颗人头!你们死得值呀!他们不让我们活,他们也活不了……

帖哈一直没有转身,没有去看那场面,他一直面朝一堵墙站着,把手指紧紧抠进了墙缝里……

明军军士们给我们这些救护队员分的晚饭,帖哈一口没吃,他就一动不动地靠在床头墙上,把眼睛紧紧地闭着。因为德胜门这儿暂时没有战事,我们这些救护员都撤回到昨晚歇息的客栈屋里。

我走到帖哈身边,轻了声说:我去给他们说你身子不舒服,你先回去?

帖哈无语。我以为他已同意,扭身刚要走,不防他一把抓住我的胳膊,咬着牙说了两个字:不回!他的眼同时睁了一下,我看见他的眼中有火苗在蹿。

我一定要看看结局!帖哈的声音低而嘶哑。
你说也先还会再攻德胜门?我微声问。
他不会就此罢休!他也不能就此罢休!
我不再说话,只默然坐在一边的床上。再打下去会是什么样子?也先能把城楼攻破?第一仗没有攻破,第二仗就行了?我重又想起卢石。卢石,你这会儿在哪里?我怎么一直没有看见你?但愿你平安哪……

我在逐渐浓下来的黑暗中打起了盹,不知过了多久,我的手突然被帖哈扯了一下:听!

我懵里懵懂地侧了耳朵,果然,一种持续的喊杀声和着炮声又在德胜门那儿响了起来。

这么说,帖哈的判断是对的,又一场进攻开始了。

帖哈拉着我向客栈门口跑去,其他的救护队员们也纷纷向门外走。我们站在门口的台阶上向德胜门城楼看去,城楼上的灯笼早已熄掉,一团一团的火光不断在城楼上炸开,能听见人们的吼叫和跑步声,却看不清人影。城外的呐喊声似乎更大更急,一支明军的部队由我们面前的大街向德胜门跑去,跑步声十分急切,这显然是增援的,这么说,这一次的进攻我们瓦剌人占了上风?

使用了预备队,情况紧急!站在我们前边的一个人忽然开口道。

声音挺熟悉,我定睛一看,原来还是骞老先生。我伸手扯了一下他的衣襟,他扭头看见是我,"哦"了一声:是夫人。

这城会不会被攻破?我轻了声问。

可能不会。战时看一座城能否被攻破,要看这城里的人还有没有抵抗意志,要看军与民是否都已乱了阵脚。眼下城里的军与民还没有丧失抵抗意志,更没有混乱的迹象。

要是瓦剌人持续不断地进攻呢?

没有一支军队可以持续不断地进攻,进攻一般是分三个波次,如果连续三波都没成功,进攻一方的气就泄了,需要重整旗鼓。

现在是第几波?

应该是第三波——

大伙待在这里不要动,前边的战事正急,还不能去救伤员!有人举着一个灯笼在前边高叫,把骞老先生的话打断了。

会成功的,会的!帖哈在我耳边说。凑着远处灯笼照过

345

来的微光,我瞥见帖哈的眼瞪得很大,牙紧咬着,颊上的肌肉在很厉害地哆嗦。我无语,只定定望着隐在夜色里的德胜门城门,我一方面希望那城门洞开,让大批的瓦剌军士拥进来,好安慰帖哈,好让自己和帖哈的辛苦得到结果;一方面又希望那城门牢牢关着,好让卢石不受伤害,因为我知道,以卢石的那份脾性,这会儿不管他在哪儿,只要瓦剌军破城进来,他是必会冲上去拼斗的。

我说不清战事怎么发展才合自己的心意。

约莫过了一顿饭工夫,城外的呐喊声先是变低变稀,慢慢就完全沉寂了下去。我刚想扭头去问帖哈是怎么回事,却听身后"扑通"一声,回身看时,只见帖哈已跌坐在了地上。我惊叫了一声:你?!

他长长地叹了口气。

也就在这时,有人高声叫道:瓦剌军又被我打退,请大伙随我去救伤员!

人们都向德胜门城楼跑去,客栈门前只剩下了我和帖哈。帖哈慢慢将眼睛闭了:为什么……他只说出这几个字就又停了。我知道他是想说什么,可我没有接口,我能答清他的问话?看来这德胜门也先他们是攻不开了。

你们两个怎么回事?为何不去抬伤员?有人提着灯笼站在街上问。我忙答道:我爹他突然晕倒了……

明军的伤员们相继被抬进了城门,因为太多,就放在大街的两边,郎中们跑上去为他们包扎,伤员们的呻吟声此起彼伏。照说我听见这呻吟声应该轻松,这毕竟是被我瓦剌军打伤的,他们失去战斗力于瓦剌军而后的进攻会有好处,可我的心里却轻松不起来,那些呻吟声像针一样地刺着我的耳朵,使得我很想把耳朵塞住。我担心着卢石也在这些伤员里边,正想起身过去看看,忽听城门那儿响起一阵喊声:快看俘虏!

我一惊:他们抓住了瓦剌人?帖哈显然也听见了那喊声,几乎和我一同站起了身。我们向城门那儿没走多远,就看见有两行被反绑双手的瓦剌军士被押了过来。我怔怔地看着那些越走越近的俘虏,街边的灯笼光照在他们脸上,他们的脸上一律露着绝望和惊慌。天哪,怎么会是这样?怎会有这么多人被抓住?也先你是怎么指挥攻城的?我扭脸看了一眼帖哈,他的嘴唇也在紧紧抿着。

我只能默看着俘虏们从我面前走过,我能做的只是去数数总共有多少人被俘,可数到九十一的时候,我的眼睛突然惊骇地瞪大:弟弟?弟弟!弟弟?!我不顾一切地向前挤去,与此同时猛地张开了嘴要喊,就在我的喊声要出口的一瞬间,帖哈伸手捂住了我的嘴。

走吧,孩子。帖哈边说边抱着我的身子向街边拖,我挣扎着想要张开嘴去喊弟弟。可是帖哈捂得很紧,捂得我几乎窒息。杏儿,你冷静点,你要那样做你就不仅仅是害了你自己!

他的力气和警告让我停止了挣扎。是的,如果我喊出了声,我就暴露了我和帖哈的身份,而那样做并不能改变弟弟眼下的处境。可我怎么也想不到,弟弟竟会做了俘虏!也先,你答应照顾我弟弟的,你怎么能让他做了俘虏?!我就这一个弟弟呀!你为何要让他做俘虏?!

杏儿,想开点,战场上什么事情都可能发生……帖哈在我的耳边说。

我要去看看他。我的声音已经冷静下来。

可万一你弟弟看见你了怎么办?他不可能控制住自己,他要喊你一声"姐姐"不就糟了?

我不会让他看见我的,我只需远远地再看他几眼。我坚持着。

帖哈没再说什么,扶我站起了身子。我和你一起去。他拉住我的手说。

那群俘虏那时已坐在了前边的十字街口,正听着一个明军官员用瓦剌语对他们说着什么。有一队明军士兵提着灯笼站在他们四周。我和帖哈走到一个可以看见我弟弟而他并不能看见我们的地方站下,定睛向他看去。他双手依然被反绑着,两只眼里蓄满了惊慌,一会儿抬头看着四周那些提刀的明军士兵,一会儿又低头去看脚前的地面;可能是绑他的绳子勒得太紧,他的两只胳臂在不停地挪动。我觉到了一阵彻心的疼痛,我身为姐姐,离他这样近却不能给他保护,只能眼睁睁地看着他受罪。

我没能听见那明军官员说了些什么,我只是直直地看着弟弟,想着他小时候我带他一起去草地上玩的情景;想着我上次和他分别时说的那些话;想着我怎样才能救他。我想象着自己变成了一只大鸟,展翅飞到他的身前抱起他就向空中飞去……忽然之间,围观的人都开始朝后退,我从想象中挣出身子,还没有弄明白是怎么回事,就见一群明军的伤兵忽然提刀从对面的街口冲了过来,他们不由分说上前举刀朝着那些被绑的俘虏就砍,四周围观的人发出了一声惊呼,我本能地向弟弟身边扑去,可帖哈紧紧地抓着我,人们的惊呼还没落地,那些俘虏便在哭喊声中全被砍倒在了地上。我再看弟弟时,他早已倒在了血泊里,我只来得及"啊"了一声,就眼前一黑倒在了帖哈怀里……

我醒来时天已开始亮了,我发现我就躺在救护员们歇息的客栈里。我挣扎着想下床,帖哈按住我轻声说:他们已经被埋掉了……

我的身子抽搐了一下,用双臂抱紧了自己的身子,这么说,弟弟也没了!阿台没了,父亲没了,哥哥没了,弟弟也没了,母亲,你知道吗?……

我就呆呆地坐在那儿,一动不动地看着窗外的天空。天空正在变青,有一些云团正在向天边退走,天上的神灵们,没有了云的遮挡,你们应该能够看清下界的情景,你们看清了没?看清我一家死了多少人吗?看清了吗?……

夜　录

天大亮之后,一个官员进来告诉我们,攻城失败的瓦剌军已暂时撤走,我们这些救护员可以各回各家,如果再听到锣声,仍来这里集合。

我挣扎着起身和帖哈开始往家走。我两脚发飘,走得摇摇晃晃。帖哈走在我的前边,他是扶着街边那些房屋的墙壁走的,和我一样,他身上的力气好像也都已耗光,每迈一步都异常艰难,只从背后看,他已是一个真正的老人了。我想上前扶他,可我腿软得没有了赶上前的力气。

走到城区里边的街道上,我发现街两边坐满了昨夜在城外参战的明军官兵,他们大概已换防到城里歇息。我那空落落的心里忽然想起了卢石,卢石,你这会儿在哪儿?我怎么一直没有看见你?我可不能再失去你呀!

我打起精神,边走边在那些满脸疲惫的军士们中寻找卢石的身影。你们看见卢石了吗?我上前探问。

卢石?谁是卢石?一个兵士反问我。

我猛然意识到自己的荒唐,卢石只是一个小官,在这么多万官兵中,认识他的能有几人?可我还是忍不住要问下去。

快走吧。帖哈突然扭头朝我恶狠狠地喊了一声。

我意外地看了他一眼,他这种反常的不带任何同情的声音令我一怔。

他要是死了你怎么问也没用,他要是没死自己总会回来。他铁青着脸说。

你怎么能说他死了?我瞪着他。你怎敢这样说?

他为何就不能死?瓦剌人死那么多,我儿子和你弟弟都死了,卢石为什么就不能死?!他的话语里充满恨意。

你要咒他死?我死的亲人还少吗?我真有些恼了,拼力朝他吼了一句。有你这样说混账话的吗?

他没再开口。

我本想再吼几句,把我心里的那股难受全吼叫出来,可一想到他儿子达布惨死的情状,我又在心里原谅了他。他心中毕竟也不好受。

令我感到意外的是,卢石竟先于我们回到了家。我和帖哈走到院门口时看见了一匹战马拴在院门外,我当时还有些诧异:谁来家里了?及至看见卢石从陈老伯的房里出来,我才吃惊地高叫一声:卢石——向他跑过去。

我一下子抱住了他。那一刻,我真想哭喊一声:我可是只剩你和母亲两个亲人了!

不防他倒先痛楚地叫了一声:呀——

我惊骇地松开手后才发现,他的右胳膊上缠着白布带子,上边还有血在渗出。你受伤了?!我急忙去察看。

一刀,只挨了一刀,而且没有伤着骨头,我没容他来第二下,就把他干掉了!只是我的马中箭了,哪,门口那匹是我新换的。

天哪!

350

听陈老伯说你们去当了救护员，我很高兴，咱们是全家都为守城出了力！你们在哪个方向救护？

德胜门。我去那里就是想看见你，可到最后也没看见你一眼。

我们那支队伍，仗还没打就从德胜门悄悄出去了。我们就埋伏在德胜门外大街两旁的空房屋里，待瓦剌军一到，突然发起了攻击，打得瓦剌军措手不及，死伤惨重。那瓦剌军头领也先一看在德胜门外占不了便宜，便紧急调整兵力，改为主攻西直门。当时西直门外的都督孙镗手下的兵力并不多，于谦大人就急令我们这支队伍驰援西直门。我们到时，孙镗部正处于危险之时，好在我们这些人都是乘胜而来，人人都勇气百倍，直把瓦剌军逼得退了下去。那也先亲自杀了几个后退的兵士，才又稳住阵脚。但我们的人不断由德胜门和阜成门来增援，士气越来越高，越杀越勇，西直门外瓦剌军的尸体越堆越多，总共有四五千具。也先大约感到再这样打下去太危险，方下令退兵。当晚，我们又偷袭了一下他的老营，又让他留下了几千具尸体……

我心里一搐：又是几千具尸体？！

瓦剌兵退走之后，于谦大人下令让在城外作战的部队进城内休整，让原来在城内做预备队的部队出城防卫。我因为受了伤，上边允许回家养息，加上我也怕你们挂念，一进城就回来了。

好，先说到这里，你坐下歇息，我去给你做饭，让你好好补补身子。我推他向屋里走。

他注意地看看我，忽然说：你好像哭过？

我真想给他说说弟弟被俘和被砍死的经过，可我知道那不行，我只能叹口气说：死伤的人太多，太叫人伤心了……

351

战争就是这样。卢石的声音也低了下来,我手下的兵,死得只剩了三个,一想起出征前那些死者生龙活虎的样子,我这心里就难受得——

不说了吧。我拦住他,我俩虽在为不同的人难受,可那难受的程度是一样的。我踮脚在卢石脸上亲了一下,让他进了屋。现在,对于我来说,只要卢石回来,战争也就算结束了,结束了。

一直站在我身后的帖哈,自始至终没说一句话。

吃过饭,我扶卢石上床歇息,衣服还没替他解完,他就鼾声如雷了,连续的战斗加上受伤出血,他已经累极了。

我抱着卢石的脏衣服来到院中,想先泡在水盆里,却见帖哈已换了一身衣服,做好了外出的准备,不由得轻声问他:还出去?

他没有说话,只点了点头。

陈老伯养的那只小狗大概是闻到了卢石衣服上的血腥味,慢慢踱到了我的身边,围着我的腿转着圈。走吧,你。我这句赶狗的话还未说完,忽见帖哈猛地弯腰一下子扭住了小狗的头,那小狗还没来得及叫一声,脖子已被帖哈"咔嚓"一声扭断了。

我吃惊地看着帖哈,骇然地问:你怎么这样?

他不答,只是从腰里抽出短刀,刷刷几刀,就把那小狗的头从身子上割下来了。

我惊怵地瞪着他。

他不动声色地又把那小狗的四条腿和尾巴全割了下来。

你?!我叫了一声。

帖哈低而冷淡地说道:我现在就是只想杀这城里的活物!

我的心一颤。

我出去一下。他说完这句话,捧着那只被他分解了的狗的尸体就闪出了院门。

我明白他现在出去是要见那些听他指挥的人,心不由得又悬了起来:难道这战事还不算完?双方都死了这么多人,既是打不下京城,那就回吧,回到草原不是同样能过日子?

帖哈天黑前回来了一趟,晚饭后又悄悄出去了。因为太累,这一夜我睡得很死,根本不知道帖哈是什么时候回来的。早晨起来做早饭时,他进厨房里帮我烧火,我看出他眼圈发黑,一夜没睡的样子,刚想跟他说句什么,不想他已先开口低声告诉我:那边已经传过来话,今天和明天,太师他们分批佯装撤退,让一部分人带着那个被我们在土木堡捉住的皇帝先向北撤,给大明军造成一个我们瓦剌认输的错觉,其实我们的精锐部队,则全隐藏在天寿山一带。待守城的明军以为大敌已撤走,松弛下来,我军即在后天晚上半夜突然攻城,我已安排好了里应外合的事,骄兵必败,争取一攻而破!

明军就一定会放松警惕?万一他们仍然全力守城,怎么办?

太师说了,后天天黑之后,我隐藏下来的部队实行静肃行军来到城外,但并不立刻攻城,等待我俩发出攻城信号,我俩如发现明军守备确实松懈,而且我们内应的人也已到位,就点燃一个东西!

什么东西?

他示意我随他进到他的屋里,从他的被子下摸出一个又粗又长的被黑布裹得很紧的东西。

这是什么?

里边装满了火药,点燃药引后,它能"嗵"的一响飞上一百多丈的高空炸开一团白亮的光。也先太师他们看见这个东西飞上天,就立刻开始攻城!

你敢保证它一点就能飞上天?

为了防止意外,送给我的是三个。他边说边又从被子里摸出了两个相同的东西。太师他们已经反复试过。

要是大明朝的军队根本不放松,依旧严守京城怎么办?

那我俩就点燃一堆大火,最好是一座房子,让他们在城外看到。太师他们看到大火后就悄悄撤走,一直撤回到草原,因为这么多的部队要想长时间的隐藏是不可能的,这就是说,我们承认了这次出兵失败。

是这样。

可我不想第二种情况发生,我希望的是第一种,是我们瓦剌人攻开京城!我们耗费了如此大的力气,再无功而返实在让人心里不甘。因此,今明两天,我们要尽可能多地在城里散布瓦剌军已败走的消息,好彻底麻痹他们!

我默望着帖哈那咬紧牙关的样子,没有再说什么。可我的心又乱了,这么说,还要打下去?!

这依旧是一个天空湛蓝的白天。上天好像特意要把所有的云彩都赶走,好让他不受遮挡地看清地面上发生的事情。当初那种震动人心的鼓声炮声和呐喊声都已消失,整个京城一下子显得十分安静。净街的事已经结束,昨天还笼罩在街道上的那种紧张气氛,此时也已匿迹,人们开始三三两两地出现在街头。一些商铺也开了门卖起了东西。我午后扶卢石去一家药铺给他胳臂上的伤换药时,街上的气氛已和战前几乎没有两样了,有些茶馆里还飘出了说大鼓书的声音。吃过早饭帖哈就借口出去买东西出了门,不知街上的这种松弛气氛与他有没有关系。

给卢石换药时大夫说,卢石的伤口其实很深,骨头上可能也震有裂纹,要小心化脓,要小心别再晃动胳膊。卢石倒不当作一回事,换完药刚一出来,他就要去死去的秦把总家里看看,说京师保卫战打胜了,应该去秦大哥灵前说一声,这也是他当初最操心的事;另外再给秦大嫂和孩子带一点吃的东西去。我让他回家歇息,我代他走一趟,他不愿,执意要和我一起去。

　　我在街上的铺子里买了些吃的东西,就搀了卢石走。那秦大嫂正抱着孩子在家门口站着,看见我们俩,慌忙迎了过来。她见卢石胳膊在吊着,知道是受了伤,自然是一番问候。我们问她何以站在门口,她叹口气说:我想去催问一下对那个刺客的处置情况,你秦大哥不能就这样白白地死去,我得让他们把那个刺客杀了,为他报仇!

　　听到这话,我的心不禁又是一沉,意识到这件事也还没有结束。唉,帖哈,当初你要不坚持做这件事该有多好!但愿别再出什么意外。卢石咬了牙对秦大嫂说:这件事你放心,上头不会饶了那个刺客的,你安心在家照料孩子,我负责打听有关这件事的消息。

　　卢石在秦把总的灵前焚香时,我也在一旁默然站立,望着秦把总的灵牌,我心里忽然生出一份惊悸:他的魂灵不会看出我对他的死也负有责任吧?

　　临走时,我和卢石一齐走到那个过了百日不久的孩子床前,孩子仰躺在那儿,瞪着乌亮的大眼睛和我们对视。我伸手摸摸他那柔嫩的脸蛋,心中再一次感到有一股歉疚生起:孩子,你原本不该失去父亲的。在这同时,我想起了德胜门外那些战死者的尸体,想起了帖哈儿子的那颗头颅,想起了弟弟那倒在血泊中的身子。这场大战结束后,又会有多少孩子失去父亲？有多少父母失去儿子？倘是卢石一直在明朝的军队里干下去，不断地和瓦剌打仗，我日后生出儿子，那他就也有可能像这个孩子像自己当年一样失去父亲……

我不敢再让自己想下去。

回到家，可能因为不停走动的关系，卢石说他胳膊上的伤口疼得厉害了。我忙安顿他在床上躺下，为了分散他对疼痛的注意力，我就和他说话。我说：卢石，仗也打过了，你也受伤了，你对日后有些什么打算？

他默想了一阵，沉声说：还没有来得及想。你说呢？你说我今后该怎么办？我先听听你的。

你过去答应过我，仗打完咱们回你老家开封。我们不能总在这儿借人家房子住，你胳膊上的伤好后，因为骨头上也有裂纹，继续从军必有难处，所以我们得想想回家的事情了。

是呀，我也在想这件事情。

我的心里一喜，忙说：到了开封后，要么咱买几亩地，种庄稼；要么咱在城里买两间临街的房子，开个小饭店或小茶馆，平平安安地过日子。

好吧，就依你。我也知道，这京城是有钱的大户人家住的地方，我们这些小人物，还是到小地方去好过日子。不过我们开封，在宋朝做都城的时候，也是热闹过的，你日后去了就会知道，那里直到今天还有许多好看的地方，比如相国寺，那可是有名的佛家圣地；还有潘湖、杨湖，一个湖里水清一个湖里水浊——

这么说你答应了？我紧紧抓住他没受伤的那只手。

他点点头：打完这一仗，我对朝廷已无所愧疚，算是尽了忠，下一步就回家对老父老母尽尽孝，也让你好好过段安稳快活日子，让我们的孩子平安降生，让你看看我对你的那份真心……

我把他的手紧紧贴在自己脸上,我感觉到自己的眼角涌出了泪水……

这是这么多天来我心里最轻松的时候,经过这么多艰难,未来的日子总算有了个可心的安排。从此以后,我再不用担惊受怕,再不用操心办这事办那事,再不用忧虑着应付这个应付那个,我只操心应付我和卢石还有我们的孩子的生活就行了。以我内心的愿望,我真希望卢石立刻就和我上路回开封,可我知道,卢石的胳臂还需要治疗,现在就上路途中伤口化脓怎么办?何况他也没有应付走长路的体力;再者,帖哈也不会在这时放我走。

只有再耐心等了。

我迫使自己不再去想帖哈说的那些事情,我只让自己去想未来的生活,去设计未来的平安日子:在开封安下身后,先置一份家业;待战事彻底平息了,我就回草原把母亲接到开封,她先上来可能不适应开封的生活,可我会教她,会让她逐渐习惯;要是她实在不愿在开封住,我会再把她送回草原,给她留下足够过日子的钱,花钱请人照料她……

种种的想象让我完全不再去理会帖哈的所作所为,也把他说的话忘了个一干二净,只是在吃饭时才意识到他的存在。第二天吃过晚饭,帖哈把我拉到一边,压低了声音说:已经查明,明朝军队果然以为我瓦剌主力已撤走,正在得意和麻痹之中,守卫九大城门的队伍都有不同程度的放松,今天晚上是我们动手偷袭的好时机!我已把潜进城内做内应的人放到了西直门内的一个地方,也已给太师送出消息,让他二更天准时看我们发的信号,一旦不出意外信号发出,他们就在西直门那儿发起猛攻!

我怔怔地看着他,直到此刻,我才又想起他让我看的那三个装了火药的东西,想起了今晚发信号告诉也先开始攻城的事,心才一下子又紧张起来。

紧张中的我还不知道,另一件大祸事也在这时开了头。

我一边刷锅一边在紧张地想帖哈给我说的话,就在这当儿,响起了敲院门的声音。

我没有多想,就挓挲着双手去开院门,门开后我看见,是两个军士站在门前。你们是找——?

卢石领队。

噢,他胳膊受伤了,很重,吃过饭已经躺下,他已经不能拿刀拿枪了。我以为他们是想叫卢石归队。

有点急事,上头特意让我们抬了轿来接他去一趟,估计时间不会长。其中的一个军士说。

我刚想再阻拦,不料卢石已听见动静起了床走出来问:什么事?

那两个军士就忙又说了一遍来意。

好吧,既是让我去,我就去。卢石没有再说别的,立时就出门上了轿。我有心想拦,可看卢石的态度那样坚决,又只好作罢。我站在院门外,看着轿子消失在夜晚的人流里。今晚街上的人更多了,在灯笼的光照下可以看清,人们的脸上都带了轻松的笑意,看来帖哈的话有点道理,人们真的以为瓦剌兵已经彻底撤走了。

卢石被抬走之后,我只是担心他胳膊上的伤口被轿颠疼,一点也没想别的,根本没想到这就是那场大祸的开端。

帖哈也没想别的,他大概以为卢石被叫走是因为营中的军务。他照旧坐在他的睡屋里,只是不时出门看一眼天上的星星,我知道他是在估摸时间。看来,他今夜是决意要发攻城的信号了。

又要打一场了!

卢石回来得异乎寻常的快,没有多久,就又听到了门前的落轿声。我闻声奔出门想去搀他,不想他已快步走进院里,没有理会我的招呼,径直去了陈老伯的睡屋里。我有些诧异:那老人已早早睡下,卢石这时去找他为何?

我跟到老人门口,只听卢石站在那老人床前说:老伯,因为有点意外的事,麻烦你临时换个睡觉的地方,轿已经来了,请起来吧。那老人平日对卢石十分喜爱,诸事都听他的,这时自然没有怨言,就边答应着边坐起身穿衣服,片刻工夫之后,就由卢石扶着出来向院门外的轿子走去。卢石显然预先已对轿夫们交代过去处,那轿夫们见老人上了轿,抬起就走。

出了什么事?我站在院门里边问。

卢石没有回答我的询问,而是返身很快地关上院门上了门闩。

他的反常举动令我越加惊疑。究竟出了什么事?

他仍旧没有回答,径直去了我们的睡屋,跟着就用左手提了一把他打仗时佩的大刀出来,站在门口对我叫:去,把你爹叫来!

我瞪住他,他过去对帖哈一向是叫爹的,今天怎会显得这样无礼?而且音调也不对,分明是带了气。

有事?帖哈这当儿走出了他的住屋,他可能早听见了卢石的话。

你们进来!卢石冷冷地说了一句,就返身进了我俩的睡屋。我和帖哈对视了一眼,我看见他的眼中也有疑惑。我们向屋门走去,我在前,他在后。我俩刚一进屋,卢石就又把屋门关上了。

我看见帖哈的眸子一个惊跳。

想知道刚才来人把我叫去是为了啥吗？卢石左手拄刀面色铁青地直瞪住我俩问。我第一次看见他两道眉毛全竖起的凶样子。

快说清楚吧，别这么神神鬼鬼的！我不高兴地叫。

他招了！

谁招了？我不明白。

那个刺客！

刺客？哪个刺客？我依旧没听懂。不过我瞥见帖哈的眸子惊骇地一踔。

就是想刺杀于大人可误杀了秦把总的那个刺客！卢石的眼一眨不眨地盯住我。那刺客先还对也先打进京城抱着希望，想当也先的功臣，所以一直坚持不招，如今见也先攻城失败，瓦剌军全部撤走，他才绝望了，才老老实实招供了。

一股冷意迅速地爬上了我的两腿，并跟着踔上了脊背。

他说他是瓦剌人，是奉也先之命来杀于谦大人的！

一团血轰然一声冲上了头顶，可我还能保持镇静，我听见自己的声音在响：他既然招了，就赶紧去抓他的同伙呀。

想知道他招的同伙是谁吗？

说吧。是帖哈的声音。那声音还算镇静。

他说他的同伙是三个，两男一女，可他只见过其中的一个男的，另外那一男一女他一直没见过，不过他听说那一男一女早先在王振府上待过。

我觉得自己的心脏又一下子向下落去，仿佛要直落到脚底，我有点喘不过来气了。

所以你就开始怀疑我和杏儿。帖哈冷笑着说，看了一眼插紧了的门。

我知道你想辩解,在王振家做事的男人和女人多了,他家有那么多的男仆和丫鬟。

就是!你不能因此就怀疑我和杏儿。

帖哈给了我辩解的信心。

是吗?卢石冷笑着:可那刺客还说了一句话!

我呆呆地看着卢石的嘴,真希望飞快地钻进去看看那里边还藏有什么东西。

刺客说,他听说那女的在王振府上是当了妾的!

我的双腿一下子软了,完了,他一切都清楚了,这个时候再去做辩解已经没有任何用处。我无力地靠在了身后的墙上。帖哈再次飞快地看了一眼门。

审讯刺客的人,根本不知道我的妻子和岳父就是曾经潜在王振府中的那一女一男,他们今晚把我叫去的目的,只是因为我曾经领人担任过王振的护卫,他们想让我回忆回忆有无这两个人。你俩说我还用想吗?

帖哈和我都无语,还能说什么?我瞥见帖哈的双脚向门口轻轻移了一下。

别动!卢石猛然抬刀指住了帖哈。你想走?走不了了!你们骗得我好苦!我从来没有对你们起一点点怀疑,我竟然保护了一对瓦剌人的奸细!我竟然爱上了一个瓦剌女奸细!我现在明白了,你们当初到王振家里,就是为了刺探消息;你们后来找到我,也是为了刺探消息。你们不仅刺杀了秦把总,对土木堡那几十万大明军士的死,你们也有责任!你们可是真精明啊,骗人骗得那样彻底,害人害得那样可怕!我今天就代那些怨魂来向你们讨债!我谁也不告诉,我要单独处置你们!我要雪去我的耻辱!尤其是你这个蛇蝎女人,他把目光转向了我,我怎么也没想到你的心有这样毒,你先是一边跟王

361

振睡觉,一边由他那里骗取消息,把他往火坑里推;你后来一边跟我睡觉对我甜言蜜语,一边又动手杀我的秦大哥,你还跟我一块去秦大哥家里安慰那对可怜的母子,你的戏演得可是真好;就在昨天,你还在骗我要和我回开封老家过平安日子,还要给我生孩子,世上怎会有你这样两面三刀口是心非的女人!我今天一定要剜出你的心看看,看看它为何这样黑,这样狠,这样——

我的眼泪涌了出来,我明白无论我怎样辩解,卢石也不会信了,我可怎么办?就在我绝望的这一刻,我忽地瞥见帖哈的右手动了一下,我猛然记起他曾经教过我的那个杀人的绝招,惊得刚想对卢石喊一声:小心!可声音还没出口,却见一道白光一闪,帖哈手中的短刀已飞向了卢石,卢石到底是经过战阵的军人,反应极快,在我还没看清的情况下已将原本指向我的大刀迅疾地转而刺向了帖哈。

他们两个人几乎同时刺中了对方,但我能感觉到,帖哈刺到了卢石的要害处。果然,血,先从卢石的胸口喷了出来,之后,帖哈的胸口也有血涌出了。

不!——我哭喊着扑到他俩面前,伸出两手想去分别捂住他们胸口淌血的地方,可他们已相继倒下了。

我扑到了先倒地的卢石面前,哭喊着他的名字扶起了他,他的脸已变得煞白,他死死地瞪住我,牙齿咬得咯咯响。我哭着说:卢石,我承认我和王振在一起只是为了刺探消息,可我对你是真心的,我真心想和你一起过日子——我的话未说完,他使出最后的力气,噗地将一口和了血的痰吐到了我的脸上,并咬牙断续地说了一句:我……瞎了……眼……你这个……贱……货……

我觉出我的心已轰然炸碎,那些碎块正四散落地。完了,没有了,我最珍爱的东西没有了,没有了……卢石眼中的亮光在一点一点熄灭,身子也在一点一点地软下去,我眼看着他越走越远,我只能更紧地抱住他。卢石,是我害了你,害了你……我第二次不该再来找你,不该呀……

杏…儿……背后忽然传来了帖哈的微弱喊声。我扭过头,看见帖哈正在吃力地由怀里向外掏那三个用作发信号的东西:时辰……快到了……

我恨恨地瞪着他,嘶声问道:你为何要杀卢石?为何朝他动手?为何不让我自己来处理这事?

……我不动手……他会先杀了你的……

我恨你!我朝他吼着。

帖哈的头无力地向地上歪去:求你……一定……发出去……

我看见他的眼中充满渴求,就默然走过去,从他的手中接过了那三个信号筒,筒上已经沾了帖哈的血,黏黏的。

……让我们……的人……杀进来……帖哈说到这里,身子猛然一抖,将眼闭了。我摸了摸他的嘴,已经气息全无了。死了,都死了。帖哈,这个时候让我们瓦剌军杀进来,于你还有什么意义?你还能任什么官职?

屋里现在没有了争执,没有了厮打,只有两具尸体上的血还在一点一点地向外滴。我不敢再听那种血滴到地上的声音,拉开门走到了院里。

院子里异常安静,连夜风也是贴着屋檐和墙根悄步走的。天上的星星很密,有一颗流星正拖着很长的尾巴飞过头顶。近处街上还有人的说笑声,那声音传过来,越发显出了院里的静。我默望着拿在手上的那三个信号筒,发吗?发出去让也先再带着大军来攻城?让城里城外再一次堆满有头和无头的

363

尸体？再出现我弟弟那样的俘虏？不，不！我一步一步地走到厨房门前的水缸旁，揭开缸上的木盖，"嗵"一下将那三个信号筒扔了进去，它们在水面上略一停留，随即沉进了水底。我听见了火药浸在水中所发出的那种声音。我进了厨房，拿出火镰，啪啪几下打燃纸媒，点燃了灶前的柴草，我看着火势一点一点变大，直到火头蹿上房顶。

陈老伯，原谅我点燃了你老人家的房子！原谅我……

火很快地向我和卢石的睡屋及帖哈的住屋蔓延开去，火苗像鸟一样地腾离地面向高空飞去，四周都被火映红了。我听到了近处街上人们发出的惊呼声，听到了人们向这边跑来的脚步声，听到了水桶瓦盆碰地的响声。也先太师，你在城外看见了这堆火吧？应该能看见了，火头已远远地高过了城墙，你不是一直在等待信号吗？这就是我和帖哈发给你的信号！看见了吗？

看见了吗？

看见了吧？！……

之 六

　　这就到了景泰年间。
　　说是一个夏天的傍晚,有两个贩羊皮的年轻小伙,赶着马车从土木堡当年明朝几十万大军战死的那片地方经过。其时夕阳将坠,天上的云朵被映照得火红一片,两个年轻人坐在马车上边挥鞭赶着马走边向四周散漫地看着。忽然之间,他们看见前边的一个小山包上站着一位年轻女人,那女人长发飘飘身形窈窕,正面向着夕阳呆立。两个年轻人很是惊奇:这个时辰这个女人站在这个偏僻的地方是要干啥?于是就勒马停车看去。这当儿,只见那女人忽然跪下,分别朝东南西北四个方向各磕了一个头,好像是做着告别的动作。此时此刻看到一个女子独自站在小山包上已令他们意外,那女子的举动更令他们惊奇,两人急忙悄声下车,想轻步上前问个仔细,不料这时只见那女子双臂向天上一伸,身子竟徐徐飘升起来,而且越升越高,直升到了一团云彩上边。这当儿他们才又看清,那团离地几十丈高的云彩上原本就站着一个人,那是一个衣着华贵的中年妇人,那妇人对着飘飞上来的年轻女子含笑说了几句什么,便亲切地伸手拉了她很快地向更高的地方飞去,一直没入宝蓝色的苍穹里……

有一股奇异的脂粉香味飘入他们的鼻孔。

两个年轻小伙看得目瞪口呆满脸惊疑……

附 录

十四年春正月甲午大祀天地与南郊

秋七月己丑瓦剌也先寇大同参将吴浩战死下诏亲征吏部尚书王直率群臣谏不听癸巳命郕王居守是日西宁侯宋瑛武进伯朱冕与瓦剌战于阳和败没甲午发京师乙未次龙虎台军中夜惊辛酉次土木被围壬戌师溃死者数十万

甲子京师闻败群臣聚哭于朝

——《明史英帝前纪》

冬十月戊申也先拥上皇至大同壬子诏诸王勤王乙卯于谦提督诸营石亨及诸将分守九门丙辰也先陷紫荆关孙祥死之京师戒严

戊午薄都城都督高礼毛福寿败之于彰义门

于谦石亨等连败也先众于城下壬戌寇退

——《明史景帝纪》

秋也先大入寇王振挟帝亲征谦与尚书邝埜极谏不听埜从治兵留谦理部事及驾陷土木京师大震众莫知所为成王监国命群臣议战守侍讲徐珵言星象有变当南迁谦厉声曰言南迁者可斩也京师天下根本一动则大事去矣不见宋南渡事乎王是其言守议乃定十月敕谦提督各营军马而也先挟上皇破紫荆关直入窥京师

庚申寇窥德胜门谦令亨伏

相持五日也先邀请即不应战又不利和终弗可得志又闻勤王师且至恐断其归路遂拥上皇由良乡西去

——《明史于谦传》

……土木堡惨败,明朝皇帝被俘,五十万精锐尽失,二十万骡马、衣甲器械尽为也先所得。从此明军元气大伤,也先则更加野心勃勃,冀以一统天下……

……十月初三日,瓦剌久攻宣府、大同不下,便集中兵力,大举进攻紫荆关、古北口,进逼北京……也先攻城五日不下,又得到各地援军将赶到北京的消息,恐怕腹背受敌,退路被断,遂焚毁了明朝皇帝的陵寝殿,退出塞外。北京保卫战获得了胜利,明皇朝度过了一次严重的危机……

——《中国通史》(上海人民出版社1999年版)第九卷乙编"明朝的中衰"

2003年7月于北京寓所